Meurtre sur papier glacé

Kate White

Meurtre sur papier glacé

MARABOUT

43, quai de Grenelle
75905 Paris cedex 15

1

Cat Jones était de ces femmes qui obtiennent tout ce qu'elles veulent : un poste fantastique de rédactrice en chef dans l'un des meilleurs titres de la presse féminine, un appartement splendide en plein cœur de Manhattan et un mari beau comme un dieu avec une carrière à l'avenant. Elle était de ces femmes qui finissent aussi par s'emparer des biens de leurs rivales – par exemple leurs postes fantastiques et leurs maris beaux comme des dieux. Il était difficile de ne pas la détester. Quand son monde enchanté se mit à trembler, il aurait été tentant pour moi de me laisser retomber sur l'oreiller en ricanant bêtement. Mais je n'en fis rien. Contrairement à beaucoup, je n'ai pris aucun plaisir à son malheur et j'ai choisi de voler à son secours. Pourquoi ? Parce qu'elle me permettait de payer mes factures, parce qu'elle était mon amie – d'une façon particulière, c'est vrai – et surtout parce que, comme rédactrice de faits divers, j'ai toujours été attirée par les histoires qui commencent par un meurtre et qui s'écoulent dans un torrent de larmes.

Je n'oublierai jamais l'instant où j'ai été emportée par le tourbillon Cat Jones : il était 8 heures et des poussières, un dimanche matin, début mai. Sous les draps de mon petit lit à deux places, j'étais recroquevillée en position fœtale, en compagnie de Kyle Conner McConnaughey, trente-quatre ans, banquier d'affaires et fou de voile. Inexorablement, je le sentais durcir contre ma cuisse et je priais pour que rien ne compromette l'équilibre subtil du moment. C'était notre sixième rendez-vous, et la deuxième fois seulement que nous passions à l'acte. Même si le dîner avait été très sympathique et le sexe encore meilleur qu'au début, j'avais une grosse boule dans le ventre, le genre qui apparaît quand on s'entiche d'un homme qu'on prévoit aussi changeant qu'un cabri : à ma première remarque déplacée – mettons, la proposition d'un week-end en tête à tête dans une auberge –, il disparaîtrait aussi vite qu'une traînée de poudre.

À l'instant où sa main gauche se referma sur mon sein droit, le téléphone sonna. Machinalement, je regardai le réveil : il n'était que 8 h 09. L'imbécile qui osait me déranger de si bonne heure allait se contenter du répondeur. Il était trop tôt pour ma mère – qui se promenait en Toscane – et trop tard pour un ex éméché – d'habitude, ceux-là appellent vers 2 heures du matin, depuis un bar situé en dessous de la 14e rue. Le gardien, peut-être. Ça serait bien son genre de me tirer du lit avec une réclamation idiote, du style : « Vous avez mis votre vélo contre le mauvais mur du sous-sol. »

– Tu dois décrocher ? demanda KC, arrêtant la course de sa main.

– J'ai branché le répondeur.

Mais avais-je pensé à couper le volume ? Après la quatrième sonnerie, une voix de femme retentit depuis le petit bureau, en face de la chambre. Non, je n'y avais pas pensé.

– Bailey ?... Bailey ?... Je t'en prie, décroche si tu es là... C'est Cat... Il faut que tu m'aides... Tu es là, Bailey ?

Je soupirai un grand coup.

– Je ferais mieux de la prendre, grommelai-je tout en émergeant de l'édredon blanc.

Me hissant sur un coude, j'attrapai le téléphone de la table de chevet.

– Salut, fis-je en me raclant la gorge. Je suis là.

– Ah ! Merci ! lâcha Cat Jones. Écoute, il y a quelque chose qui ne va pas ici, et je sens que je vais devenir folle. J'ai besoin de ton aide, Bailey.

– Raconte-moi ça, répondis-je d'une voix calme.

Si je ne m'inquiétais pas trop, c'est parce que je connaissais Cat Jones depuis sept ans. Je l'avais déjà vue perdre le contrôle quand les employés du pressing avaient fait le mauvais pli à ses pantalons...

– Il s'agit de ma fille au pair. Tu sais, Heidi.

– Une démission de plus ?

– Ce n'est pas le moment de plaisanter. Je t'assure, il y a un truc pas net. J'ai frappé à la porte du studio et elle n'a pas répondu.

– Tu es sûre qu'elle est là ?

– Mais oui ! On s'est parlé hier et elle m'a promis d'être là ce matin.

– Mais il est à peine 8 heures, Cat ! Elle doit roupiller comme une bienheureuse. Ou alors il y a quelqu'un avec elle et elle n'ose pas t'ouvrir.

La main de KC qui, quelques secondes plus tôt, folâtrait avec mon sein, parut soudain démotivée.

– Jamais elle ne me laisserait attendre à la porte, insista Cat. Tu n'y penses pas. Personne n'aurait un tel culot.

– Si ça se trouve, elle n'est même pas là. Elle a peut-être découché.

– Elle a dit qu'elle dormait ici. J'ai un mauvais pressentiment, tu sais...

– Eh bien, tu n'as qu'à entrer dans le studio. J'imagine que tu as un double de la clé ?

– Je n'ose pas y aller toute seule. Et si je découvre quelque chose...

– Et Jeff, alors ? demandai-je, parlant de son mari.

– Il passe le week-end à la campagne avec Tyler. Moi, j'étais retenue ici, expliqua-t-elle, presque sur la défensive.

– Il n'y a personne qui habite plus près de chez toi ? des voisins ?

– Non, personne en qui j'ai vraiment confiance.

Sur ces mots, j'eus droit à son fameux silence de plomb. À l'origine, c'était un truc censé pousser les gens à parler – par un besoin irrépressible de combler le blanc. Avec le temps, c'est devenu une sorte de manie inconsciente, comme d'autres se mordillent le pouce quand ils réfléchissent. Je ne tombai pas dans le panneau et profitai de son mutisme pour écouter KC respirer.

– Il faut que tu viennes, Bailey ! lâcha-t-elle enfin.

– Tout de suite ? m'étranglai-je. À 8 h 11, un dimanche matin ? Calme-toi, Cat. Je te parie qu'elle a passé la nuit chez un homme et, qu'à l'heure qu'il est, elle cherche un taxi.

– Et si ce n'était pas le cas ? S'il lui était arrivé quelque chose dans le studio ?

– Comme quoi ? un coma éthylique ? une pendaison ?

– Je n'en sais rien. Mais je trouve ça bizarre, et j'ai très peur.

Je compris que c'était plus sérieux qu'un accident de pressing. Cat était vraiment dans tous ses états et elle ne plaisantait pas en me convoquant, toutes affaires cessantes, sur la 91e rue.

– D'accord, d'accord, capitulai-je. Mais il me faudra une bonne demi-heure pour m'habiller et faire le trajet.

– Dépêche-toi. C'est tout ce que je te demande.

Elle raccrocha sans même dire au revoir.

Entre-temps, les dernières traces de désir semblaient avoir quitté mon ardent Casanova. Il avait laissé retomber sa main et s'était renversé sur le dos. Selon la rumeur, Cat Jones était si intimidante qu'elle savait couper ses effets au meilleur des amants : je ne l'avais jamais sous-estimée, mais j'étais frappée de voir qu'elle arrivait au même résultat, à huit blocs de distance, sur un amant *à moi*.

– Écoute, KC, je suis vraiment désolée, déclarai-je en me tournant vers lui.

Du sang irlandais coulait dans ses veines et ça se voyait : des yeux foncés, presque noirs, une épaisse tignasse brune, le visage pâle, les incisives légèrement en avant.

– Cat emploie une fille au pair, expliquai-je, et elle a peur qu'il lui soit arrivé quelque chose. Je dois aller là-bas pour l'aider à tirer ça au clair.

– Cat, ta patronne chez *Gloss* ?

– Exact. La splendide et impossible Cat Jones. Tu n'as qu'à rester ici en attendant mon retour.

J'aurais aimé ajouter : « Et là, je te ferai des trucs dont tu n'as même pas idée », mais je n'étais pas d'humeur assez audacieuse.

– Non, je vais y aller, répondit-il. Je peux squatter ta salle de bains ? Ce ne sera pas long.

– Bien sûr. Je vais préparer le café. Tu mangeras quelque chose ? un petit pain ?

– Inutile, dit-il en dégageant son bras sur lequel j'étais allongée.

Il roula jusqu'au bord du lit, attrapa son boxer et sautilla jusqu'à la salle de bains. Génial. Je flairais un brin d'ironie dans son « Inutile », comme s'il me soupçonnait d'avoir trouvé une bonne excuse pour le virer. À moins qu'il ne soit soulagé, au contraire : de cette façon, il n'avait pas à se demander combien de temps il était censé rester ou s'il devait m'offrir le petit-déjeuner.

Je me traînai hors du lit et jetai un coup d'œil dans le miroir. Pas de fausse modestie : je suis plutôt jolie. Mais question éclat du teint, le réveil n'a jamais été mon fort. Je m'étais démaquillée la veille ; j'échappais ainsi aux coulures, du style *La Fiancée de Chucky*. Par contre, mes cheveux courts (châtain clair) étaient tout hérissés. J'essayai de les aplatir avec quelques coups de brosse, puis j'enfilai un jean, un tee-shirt blanc et un gilet noir.

En allant vers la cuisine, j'entendis KC s'asperger dans la salle de bains. Je mis la bouilloire à chauffer et traversai le salon jusqu'à la terrasse pour voir ce que nous réservait le ciel. J'habite le Village, Greenwich Village, dans son extrémité est, juste avant qu'il devienne officiellement le tristounet East Village. Mon balcon donne plein ouest, sur un fleuve Hudson invisible, caché par des immeubles gris, rouges et sable, coiffés de dix-neuf châteaux d'eau. Il faisait frais et sombre.

– Comment tu as trouvé cet appartement, déjà ?

KC était dans l'entrée, tout habillé, prêt à disparaître. Il y avait chez lui un côté mauvais garçon, que ses costumes stricts de banquier atténuaient très bien, mais qui sautait aux yeux quand il avait des vêtements froissés – froissés d'avoir passé la nuit en boule sur la moquette de ma chambre. J'étais tiraillée entre l'envie d'être séduite et une petite voix qui me soufflait : « Cours, Bambi, cours ! »

– J'ai divorcé et ça faisait partie du lot de consolation.

– Ah, d'accord.

Il fit trois pas vers moi.

– Je me suis servi de votre brosse à dents, mam'zelle Weggins.

– Mmm... J'ai hâte de goûter ça !

Je faillis mourir de honte en m'entendant prononcer ces mots. Un jour, j'avais écrit un article sur une femme qui avait quatorze personnalités différentes – dont celle d'un adolescent baptisé Danny, qui aimait incendier les entrepôts. Je souffrais peut-être du même syndrome.

KC sourit, pour la première fois de la matinée, et s'avança pour m'embrasser sur la bouche.

– Passe une bonne journée, dit-il.

– N'aie pas peur. Je vais parcourir New York à la recherche d'une baby-sitter fantôme. Génial, non ?

– J'espère qu'elle en vaut la peine.

– Tu veux venir ? demandai-je dans un accès d'imagination, ou de stupidité.

– Impossible. J'ai prévu de faire du bateau.

Je le raccompagnai jusqu'à la porte. Il vis le *New York Times* sur le paillasson et me le ramassa. Puis il me fit son petit sourire pincé, en levant les sourcils, et tourna les talons. Ni : « Je te rappelle » ni : « Ça a été la meilleure expérience sexuelle de ma vie. » Un instant tentée de lui envoyer mon journal dans la nuque, je finis par refermer la porte, priant pour ne pas tomber raide amoureuse de lui.

Douze minutes plus tard, je me trouvais dans un taxi qui filait vers le haut de Manhattan. Après m'être brossé les dents, j'avais versé mon café fumant dans un gobelet en plastique, prévoyant de le boire en route. Mais le chauffeur conduisait beaucoup trop vite, si bien que la tasse fit le voyage sur le plancher, coincée entre mes mocassins.

Les trottoirs étaient déserts, excepté quelques promeneurs avec leur chien ou des chauffeurs de taxi qui regagnaient leur véhicule avec des boissons à emporter. La dernière fois que je m'étais promenée un dimanche de si bonne heure, ça devait remonter à l'année dernière, lors de ma fameuse marche de la honte en robe de cocktail noire. Nous avons pris à droite, sur la 23e rue, et filé jusqu'à l'entrée de la FDR Drive. Comme nous longions l'East River, le soleil réussit une percée dans la couche nuageuse, projetant sur l'eau des reflets métalliques.

J'essayai de lire la une du journal, mais j'étais incapable de me concentrer : j'avais peur d'avoir tout gâché avec KC en le mettant à la porte pour les beaux yeux d'une babysitter de vingt et un ans – qui avait certainement découché et allait vite regagner ses pénates, avec quelques brûlures de barbe dans le cou. J'avais croisé Heidi plusieurs fois. C'était une fille aussi belle que réservée, qui avait quitté le Minnesota ou l'Indiana pour s'occuper de Tyler, deux ans, le fils de Cat. Je l'avais aperçue pas plus tard que jeudi soir, lors d'une soirée chez Cat, quand elle était venue prendre le manteau du petit dans la penderie du couloir. Elle m'avait dévisagée comme une parfaite inconnue. J'étais sûre que, d'ici mon arrivée dans la 90e rue, Heidi aurait refait surface. Je n'aurais plus qu'à lâcher quinze dollars supplémentaires pour rebrousser chemin.

Mais je me suis fait une raison : au moins, je commencerais ma journée de bonne heure. De toute façon, je pouvais difficilement faire faux bond à Cat. Non seulement c'était mon amie, mais c'était aussi en grande partie grâce à elle que je menais une jolie petite carrière, à trente-trois ans. Elle m'avait imposée comme collaboratrice de *Gloss*. Auparavant, son magazine était spécialisé dans les recettes de poulet à la crème de champignons et dans les portraits de femmes qui ont consacré l'essentiel de leur vie à combattre les décharges de produits toxiques dans leur ville. Sous Cat, *Gloss* était devenu un journal digne de son titre – pétillant, croustillant, avec des cahiers mode sexy, des conseils bruts de décoffrage pour asservir son mari et des récits fascinants de faits divers. C'était à moi que revenait l'honneur d'écrire ces histoires de tueurs en série ou d'étudiantes plongées par leurs amants professeurs dans des fûts de deux cents litres...

J'étais reconnaissante envers Cat, mais il n'est pas exagéré de dire qu'elle en avait pour son argent : j'étais douée, mes articles attiraient de nouveaux lecteurs et remportaient des prix, et un éditeur s'apprêtait à publier un recueil de douze histoires.

J'avais rencontré Cat sept ans plus tôt, chez *Get*, un mensuel du sud de Manhattan, qui tirait à soixante-quinze mille exemplaires et s'intéressait à l'actualité new-yorkaise sous toutes ses formes : culture, société, célébrités, meurtre – et pas forcément dans cet ordre. Après mes études à l'université de Brown, j'avais fait mes premières armes à l'*Albany Times Union*, où je suivais le travail des flics, puis au *Record* du comté de Bergen, dans le New Jersey. Tout ce qui touchait aux affaires criminelles me passionnait, sans que je sache trop pourquoi. J'avais perdu mon père à l'âge de douze ans, et mon ex-mari avait, un jour, suggéré que ma fascination pour le macabre venait de là. Pour ma part, je préférais penser que cela remontait à une vilaine expérience en classe de seconde, quand j'avais vu fleurir dans mon casier des messages anonymes, tous plus sordides les uns que les autres. Plutôt que de pleurer sur mon sort, j'avais réussi, avec force stratagèmes, à démasquer la coupable : cela m'avait procuré un sentiment de puissance aussi inédit que jubilatoire.

Après quelques années de presse quotidienne, j'étais convaincue de trouver plus de liberté stylistique dans un magazine. Alors, je m'étais frayé un chemin jusqu'à New York et au tout jeune *Get*. Dès mon premier jour de travail, j'avais rencontré Cat – qu'à l'époque on appelait encore Catherine. De quatre ans mon aînée, elle était rédactrice en chef adjointe ; bien qu'elle supervisât les rubriques people et culture, qui n'avaient donc aucun rapport avec mes papiers mordants, j'eus plusieurs fois l'occasion de la voir pérorer en réunion. Elle s'attacha vite à moi, peut-être parce que j'étais l'une des rares personnes à ne pas m'agenouiller devant elle. Elle prit l'habitude de se réfugier dans mon petit bureau pour me confier, la porte fermée, les derniers bruits de couloir ou les complications qui surviennent quand on sort avec plusieurs hommes à la fois – dont un honorable père de famille. Elle avait deviné que j'étais capable de garder un secret, une qualité rare à New York. Un jour, elle m'avait même emmenée à Barbade, à la place de Jeff, son amant depuis quatre mois, pour le seul plaisir de le faire languir. Que m'apportait cette relation ? J'étais éblouie par Cat, par son ambition, son assurance à toute épreuve et par sa façon décomplexée de dire ce qu'elle voulait.

Un an à peine après mon arrivée chez *Get*, le rédacteur en chef démissionna haut et fort : il protestait ainsi contre les pressions exercées par le propriétaire du titre, désireux d'étouffer une sale affaire où trempait un de ses amis. Nous autres, les dix orphelins de son équipe, passâmes l'après-midi dans le hall à nous demander ce que nous devions faire. Jusqu'à ce que Cat propose une démission collective en signe de solidarité. Nous le fîmes sur-le-champ. Ce soir-là, nous nous retrouvâmes dans un bar autour de notre patron chéri, qui paya plusieurs tournées et qui nous voyait déjà cités en exemples dans les écoles de journalisme. J'aurais voulu partager l'excitation et la fierté générales, mais je me demandais surtout si mes frais dentaires seraient toujours couverts – alors que ma bouche était en plein chantier pour une sombre histoire de canal radiculaire infecté. Accoudée au comptoir avec son martini et sa cigarette, Cat restait d'un calme olympien. Trois jours plus tard, nous apprenions qu'elle était la nouvelle rédactrice en chef de *Get*.

Je ne lui adressai pas la parole pendant cinq mois. Mais elle sut me reconquérir, m'expliquant vaguement qu'un journal vaut plus que ceux qui le fabriquent et m'offrant plus d'espace encore pour mes histoires. Catherine était alors devenue Cat, la patronne de presse qui obtenait le concours des plus grandes plumes ; pour paraphraser le portrait qu'un journaliste avait fait d'elle, elle jugeait un article bon s'il lui durcissait les tétons. Cat devint l'étoile montante du monde médiatique : au bout de deux années, le propriétaire de *Gloss* incita, avec le tact d'un bulldozer, sa rédactrice en chef de soixante-sept ans, Dolorès Winter, à se retirer « gracieusement » pour céder la place à la géniale Cat. Les grands magazines féminins du pays, dont *Women's Home Journal* et *Best Home*, approchaient tous des cent ans – du moins les paraissaient-ils, disaient les mauvaises langues – et leur survie exigeait du sang neuf. Cat obtint du propriétaire la permission d'opérer un virage éditorial à cent quatre-vingts degrés pour coller à l'air du temps ; elle m'offrit un contrat d'auteur free-lance pour huit à dix reportages par an et mit même à ma disposition un cagibi dans les locaux du journal. N'étant liée par aucune exclusivité, je pouvais continuer d'écrire pour d'autres publications, notamment des magazines de voyages, mon deuxième dada. Depuis le temps que je rêvais de travailler à mon rythme, loin des contraintes de la vie de bureau... Bref, j'étais comblée.

Cat et moi avons su préserver notre amitié, même si, comme je vous le disais, celle-ci est un peu particulière. Plus d'une fois, j'ai été tentée de prendre mes distances, quand le côté garce de sa personnalité prenait le dessus, mais elle avait l'art de désamorcer nos tensions par des pirouettes grandioses – par exemple en déposant sur mon bureau un sachet avec un pain de glace et trente grammes de caviar.

Le taxi venait de quitter la FDR Drive par la 96e rue. De là, nous avons descendu la Deuxième Avenue, puis la 91e rue à droite, jusqu'au pâté de maisons de Cat, entre Park Avenue et Madison Avenue. Elle habitait un quartier chic et verdoyant, connu sous le nom de Carnegie Hill, composé pour l'essentiel de maisons de ville aux façades de grès brun ou de brique, voire rose pâle pour l'une d'entre elles. En face de chez Cat se trouvait une école privée très sélecte, où de nombreux enfants arrivaient et repartaient en limousine. J'ai réglé ma course et suis sortie du taxi, veillant à ne pas renverser mon café. Personne dans la rue, sauf un type en ciré jaune qui promenait un westie en direction de Central Park. Une brise fraîche se leva d'on ne sait où, entraînant une chute de pétales roses sous un arbre, au bout du trottoir. J'en reçus sur mon pull, sur mes chaussures et même dans les cheveux.

En m'essuyant, je regardai l'hôtel particulier de Cat, cherchant des signes de vie. C'était une maison sur quatre niveaux, en briques blanches et aux volets noirs, bâtie – selon Cat – dans les années 1880. À l'entrée principale se trouvait une porte noire à deux battants, en haut d'un escalier ; en dessous se situait l'entrée privée du studio de la fille au pair, qu'on atteignait en descendant quelques marches, puis en traversant une petite cour pavée. Devant ces marches se dressait une grille en fer forgé de deux mètres de haut, à laquelle je m'appuyai. De là, je vis une faible lueur à travers les volets fermés du studio. Tout semblait donc rentré dans l'ordre. Heidi avait sans doute émergé de sa gueule de bois pendant qu'on me ballottait sur les nids-de-poule de Manhattan. Aurais-je droit au moins à un croissant avant d'être renvoyée dans mes foyers ?

2

Je montai l'escalier et sonnai. Cat m'ouvrit en une fraction de seconde, à croire qu'elle faisait le guet derrière la porte. Elle était vêtue d'un pantacourt noir et d'une chemise blanche trop grande ; sa longue chevelure blonde, qu'elle portait d'habitude lâchée, était retenue en haut de sa tête par ce qui ressemblait à des baguettes en ivoire. Chose inédite : elle ne montrait pas un gramme de maquillage. Elle avait le teint blême et fatigué, les yeux un peu cernés et, pour la première fois, je remarquai de fines taches de rousseur sur ses lèvres.

– Alors, tu es rassurée ? lançai-je.

– Qu'est-ce que tu veux dire ?

– Heidi. Elle est rentrée, non ?

– Mais... (Elle me tira par le poignet pour refermer la porte.) Pourquoi tu dis ça ?

– Il y a de la lumière chez elle. J'en ai déduit qu'elle était revenue.

– Tu ne comprends donc rien ? C'est justement ça le problème. La lumière est allumée, elle est censée être là, mais elle ne répond pas.

– Elle aura peut-être décidé au dernier moment de passer la nuit chez quelqu'un. On est comme ça à vingt et un ans, tu sais.

– Elle en a vingt-deux.

– Peu importe. Elle a un petit copain ?

– Elle *avait*. Mais ils ont rompu il y a quelques mois. Tu vois, elle avait promis d'être là et elle s'est toujours montrée digne de confiance.

– Je croyais qu'elle était libre de ses week-ends. De toute façon, pourquoi veux-tu la voir à 8 heures, un dimanche matin ?

– Il faut que je lui parle. Au sujet de Tyler. Des trucs d'ordre général.

Drôle de réponse. Mais ce n'était pas le moment d'épiloguer.

– Entendu, Cat. Allons ouvrir son studio et nous serons peut-être fixées.

– Tu trouves que j'ai peur pour rien, c'est ça ?

– Je suis sûre que tout va bien, admis-je. Mais puisque tu as un mauvais pressentiment, ça ne coûte rien d'aller vérifier.

Cat pencha la tête pour se masser les tempes. Ses ongles étaient couleur grenat, aussi durs et brillants que des laques chinoises.

– Tu veux bien le faire ? murmura-t-elle en baissant ses mains. Je veux dire, entrer dans l'appartement. J'ai trop peur. Toi, tu sauras comment réagir s'il est arrivé quelque chose.

– D'accord. Allons chercher la clé.

Je la suivis à travers la salle à manger kaki jusqu'à la cuisine toute de blanc et d'inox – malgré sa taille moyenne, elle aurait ravi par son équipement n'importe quel cuisinier. Cat se mit à fouiller dans un tiroir.

– Heidi ne t'as jamais paru avoir un problème avec l'alcool ? demandai-je, plantée au milieu de la pièce.

– Tu penses à un coma éthylique ? s'écria-t-elle en relevant la tête. Non, je n'ai aucune raison de croire qu'elle est alcoolique ni qu'elle se drogue. Cela dit, certains signes peuvent passer inaperçus, j'en suis consciente. Quand j'y pense, c'est vrai qu'elle se conduisait d'une manière étrange, ces temps-ci. Elle était, comment dirais-je..., assez distante.

– Et quand l'as-tu vue pour la dernière fois ?

– Vendredi soir, en rentrant du travail.

– Vendredi ? Je croyais que vous vous étiez parlé hier.

– Oui, au téléphone. J'ai passé la journée à East Hampton. Nous coparrainons leur festival de fin d'été et j'avais une réunion d'organisation.

– Tu es allée là-bas samedi ? m'étonnai-je.

La station balnéaire d'East Hampton, très huppée, se trouvait à plus de deux heures de route de Manhattan.

– C'était mon seul créneau de libre. Que veux-tu, tu connais ma vie. Mais où est cette clé, bon sang ?

– Et quand es-tu rentrée ? En fin de journée ?

– Ce matin. J'étais trop fatiguée pour reprendre le volant hier soir, alors j'ai loué une chambre et je suis repartie à l'aube. Ah ! La voilà.

Comme je faisais demi-tour vers le vestibule, Cat m'attrapa le bras.

– Par ici, dit-elle. On peut y accéder de l'intérieur, par la bibliothèque.

C'était un détail que j'ignorais. Je suivis donc Cat dans le salon, situé à l'arrière de la maison. C'était une grande pièce carrée avec, du sol au plafond, des tons blanc et crème – meubles et tentures compris. Deux portes-fenêtres s'ouvraient sur un balcon qui surplombait le jardin. Le long du mur de droite, un escalier à rampe en fer forgé menait à la bibliothèque. Je m'y engageai derrière Cat.

La grande bibliothèque rouge donnait elle aussi sur le jardin. Il y faisait sombre, malgré les deux spots braqués sur le canapé. Un mur était entièrement recouvert de livres, mais, en descendant la dernière marche, je vis qu'une partie du rayonnage était en réalité fixée à une porte, entrouverte sur une deuxième, celle-ci tout en bois. J'avais visité cette pièce des dizaines de fois sans jamais repérer cette curiosité.

– C'est par ici que passe Heidi quand elle prend ou termine son service ?

– Oui, la plupart du temps.

– Et qui a ouvert le panneau de la bibliothèque ? demandai-je.

– C'est moi. Pour frapper à sa porte.

– Elle donne directement dans le studio ?

– En quelque sorte. Il y a d'abord un petit couloir, puis la pièce. Heidi dort sur un canapé-lit.

Je m'avançai pour coller l'oreille à la porte. J'entendis quelques notes de musique. Mon cœur s'emballa, comme un cheval qui détecte une odeur de fumée dans son box. Je concevais qu'on laisse la lumière allumée en sortant, mais pourquoi la radio ?

Je frappai quatre grands coups.

– Heidi ? appelai-je. Tu es là, Heidi ?

J'attendis une trentaine de secondes, même si j'étais persuadée que personne n'ouvrirait.

– Passe-moi la clé, dis-je en reculant vers Cat.

Dans un soupir nerveux, elle me tendit la clé qui dépassait de sa main comme un minuscule révolver.

– Dans le sens des aiguilles d'une montre, indiqua-t-elle.

J'introduisis la clé dans la serrure, mais elle ne voulait pas tourner. Je la fis glisser d'avant en arrière, puis tournai de nouveau. Enfin, je poussai la porte, entonnant de plus belle le prénom de la baby-sitter. Une odeur épouvantable me prit aussitôt à la gorge. Un mélange de vomi, d'excréments, et que sais-je encore. Bloquant ma respiration, je reculai de deux pas avant de me retourner.

– Mauvais présage, dis-je. Elle est malade – ou morte.

La main de Cat sauta à sa bouche, tremblante comme une feuille.

– Oh..., geignit-elle.

J'enlevai mon gilet et le nouai autour de mon visage pour éviter la nausée. Ouvrant grand la porte, je m'aventurai dans le couloir. Par mon métier de journaliste, j'avais déjà vu des cadavres, avant tout des victimes de la route, mais je ne savais pas ce qui m'attendait dans la chambre d'Heidi. Pour être honnête, j'avais une peur bleue.

Le couloir était plus long que je ne l'imaginais, avec une kitchenette sur la gauche et une salle de bains à droite. Cette dernière était déserte mais éclairée ; par terre, je vis une pile de serviettes turquoise couvertes de vomi séché. Je poursuivis ma progression à pas de fourmi vers la chambre. Une pièce carrée, reliée, au fond à gauche, à un petit vestibule. Le canapé était placé au centre de la pièce, dos à moi. La seule source de lumière était le lampadaire près du divan, mais je parvins à embrasser du regard les quatre coins de la salle. Pas la moindre trace d'une Heidi en pyjama outrée par mon irruption. La musique, un morceau de jazz, s'échappait d'un poste perché sur une étagère murale. En toute logique, l'odeur infernale devait provenir de l'autre côté du canapé.

Je m'avançai un peu, et là, derrière le dossier du sofa, je la vis, allongée par terre, entre la banquette et un coffre faisant office de table basse. Le visage vers le ciel, les bras raides contre ses flancs, comme si elle avait glissé après s'être endormie sur le canapé. Elle était morte. Elle avait le teint cireux et ses yeux noisette étaient vitreux, comme s'ils avaient pâli à force de rester ouverts. À coup sûr, elle avait été victime d'une intoxication. Des vomissures recouvraient ses lèvres, ses longues mèches blondes et son débardeur blanc. Instinctivement, je cherchai de l'alcool ou de la drogue sur le couvercle du coffre, mais ne trouvai rien de tel. Juste une bouteille d'eau minérale vide, une boîte dorée de chocolats Godiva et une serviette de toilette humide, jetée sur un numéro de *People*.

Mes yeux revinrent vers le corps de la jeune fille. L'extérieur de ses bras était écarlate. On aurait cru à une brûlure, mais je savais qu'il s'agissait d'une accumulation de sang due à l'arrêt cardiaque. Elle avait dû mourir hier soir. Je me tournai vers le couloir. Cat n'était pas en vue.

– Cat ! criai-je en écartant le gilet de ma bouche. Où es-tu ?

Sa tête apparut dans l'encoignure.

– Je suis là. Et Heidi ?

– Aussi. Mais elle est morte. Il faut vite appeler de l'aide.

Je m'éloignai du sofa à pas feutrés, veillant à ne rien toucher, pas même l'interrupteur de la radio, puis je remontai le petit couloir. Cat répétait : « Oh non... » d'un air hagard.

– Il faut appeler le 911, dis-je.

– Que s'est-il passé ? Comment est-elle morte ?

– Je n'en sais trop rien. Je peux juste te dire qu'elle a vomi partout. Allez, remontons.

Je la dirigeai à travers la bibliothèque, puis dans les escaliers, jusqu'au salon. Collée à ses talons, j'éprouvais une panique irrationnelle, comme si j'étais poursuivie. Je regardai une dernière fois par-dessus mon épaule pour m'assurer que personne ne nous suivait.

3

Cat s'effondra sur l'une des banquettes beiges. On aurait dit qu'elle voulait pleurer, mais qu'elle ne savait pas comment lancer la machine. De mon côté, je me sentais étonnamment stoïque, comme si j'étais passée en pilotage automatique.

– Je suis vraiment désolée, Cat, dis-je en me tenant debout devant elle. J'imagine combien tu es bouleversée.

– Je n'arrive pas à y croire, bredouilla-t-elle, les paumes pressées contre ses tempes. C'est insensé : je redoutais qu'il ne soit arrivé un malheur, et maintenant je n'arrive pas à y croire !

– Tu veux appeler le 911 ou tu préfères que je m'en charge ?

– Oh oui, tu veux bien ?

Sur la table basse, près du canapé, se dressait un sans-fil brillant, à côté d'un pot-pourri noir laqué. La standardiste me répondit à la quatrième sonnerie, d'un ton froid, presque cassant, comme si j'avais mal choisi mon moment. J'exposai la situation et fournis quelques indications sommaires au sujet d'Heidi.

– Avez-vous pris son pouls ? demanda-t-elle.

– Non, répondis-je. Je ne voulais pas toucher le corps.

Elle promit d'envoyer une ambulance. Je savais qu'elle allait aussi alerter le commissariat le plus proche.

Reposant le combiné, je résumai notre échange à Cat.

– À ton avis, que s'est-il passé ? demanda-t-elle. Tu dis qu'elle a été malade. Mais qu'est-ce qui aurait pu la mettre dans un état pareil ?

– Va savoir. Alcool, drogue... Une overdose aura provoqué une indigestion, avant de l'emporter. À moins qu'elle ne se soit étouffée dans son vomi. Ça sera à la police et aux légistes de le déterminer. Ils vont tout passer au crible. Comme sur le lieu d'un crime.

– Génial, maugréa Cat, attrapant au bout du sofa un coussin léopard pour le serrer contre sa poitrine. Mais si c'est pas la drogue, c'est quoi ?

– Aucune idée. Elle a peut-être mangé un produit toxique. Cela dit, je ne crois pas à une réaction allergique. Je suis moi-même allergique aux cacahouètes ; quand j'en avale, ma gorge se resserre et je commence à suffoquer. Mais, visiblement, nous avons affaire à autre chose. Peut-être le botulisme, on dit que ça retourne tout le système digestif. Mais si elle avait rendu toute la nuit, je pense qu'elle aurait fini par appeler au secours. Quand tu l'as eue au téléphone, elle n'a pas dit qu'elle se sentait mal ?

– Non, répondit Cat. Quoique... De mémoire, elle a dit : « Je ne me sens pas assez bien pour sortir ce soir. »

– Sous-entendu, elle n'était pas en forme ?

– Qu'est-ce que j'en sais, moi ?

– Et de quoi dînait-elle, en général ?

Le visage de Cat esquissa une grimace.

– Ça dépend si quelqu'un l'observait.

– Ce qui veut dire ?

– Quand on mangeait ensemble, elle se contentait de portions minuscules. Mais je suis sûre qu'elle dévorait en cachette.

– Tu veux dire qu'elle était boulimique ?

– Je n'irai pas jusque-là. C'est juste que, derrière ses grands airs de Miss Basses-Calories, de retour dans sa chambre elle avalait de grosses quantités de tout ce que tu veux. Je sais qu'elle prenait dans le frigo de temps en temps.

– C'est vrai ?

– Attention, ne me fais pas dire ce que je n'ai pas dit. Étant ma pensionnaire, elle avait droit de se servir, bien sûr. Mais elle opérait toujours en douce, ce qui avait le don d'exaspérer Carlotta. Par exemple, elle prenait la dernière part de dessert de Tyler, ou le reste du poulet, sans demander la permission et en niant toujours l'avoir fait.

– Ou encore une boîte de chocolats Godiva...

– Pardon ?

– Il y avait une boîte de truffes sur le coffre.

– Eh bien, si ce sont des Godiva, il doit s'agir de la boîte qu'on m'a offerte lors de la fête, jeudi soir. Justement, je n'arrivais pas à remettre la main dessus. Tu vois, qu'est-ce que je te disais ?

Elle rejeta le coussin au bout du divan et se leva.

– Mais que fait cette ambulance ? s'énerva-t-elle. Je ne supporte pas de savoir Heidi en bas et dans un tel état.

– Écoute, Cat, il va falloir prévenir ses parents. Mieux vaut le faire tout de suite, avant l'arrivée de l'ambulance.

– Ils sont décédés tous les deux. Son père est parti quand elle est née, et sa mère est morte quand elle avait quatorze ans. C'est sa tante qui l'a recueillie.

– Tu aurais son numéro ?

– Je dois avoir ça quelque part. Sûrement là-haut, dans mon bureau.

– Tu veux bien vérifier, s'il te plaît ?

Quand elle eut quitté la pièce, je m'assis à mon tour, tâchant d'analyser mes émotions. Mais elles semblaient en quelque sorte ajournées. Et je savais qu'aucun chagrin, aucune détresse, aucun effroi ne m'atteindrait tant que nous ignorerions le pourquoi du comment. En d'autres termes, j'éprouvais avant tout de la confusion. J'avais encore une foule de questions au sujet d'Heidi, que je n'allais cependant pas pouvoir poser à Cat dans l'immédiat. Mon esprit avait du mal à intégrer la réalité de la situation. Une heure plus tôt, j'étais encore au lit, prête à succomber au charme de mon fougueux Irlandais, et me voilà à présent coincée avec un cadavre maculé de vomi...

J'allais à la cuisine en quête de caféine. La matinée s'annonçait aussi mouvementée que déprimante : il me fallait un stimulant pour compenser mes cinq petites heures de sommeil. En inspectant les placards, je finis par trouver une boîte de filtres et un sachet de Starbucks sélection spéciale. Je mis la cafetière en route ; dès qu'elle commença à goutter, je retournai à l'avant de la maison, exactement dans la salle à manger, où j'écartai le voilage en soie d'une des fenêtres. Une famille passait sur le trottoir, monsieur en blazer marine, madame dans un soyeux tailleur lavande, et les deux garçonnets tout aussi endimanchés. La messe, à coup sûr. Soudain apparut l'ambulance, dans une espèce de couinement saccadé. Elle dépassa la maison de quelques mètres, pila et fit marche arrière. Je me ruai dans l'entrée et ouvris grand la porte.

Trois personnes bondirent presque simultanément : du siège passager un quinquagénaire, de l'arrière une jeune femme, ainsi qu'un homme chauve d'une petite trentaine d'années. Ce dernier avait des airs de chef ; il s'élança vers moi tandis que ses collègues déchargeaient le matériel.

– Elle est là-dedans, fis-je en indiquant l'entrée du studio. Mais elle est morte. Enfin, je n'ai pas vérifié son pouls, mais je sais qu'elle est morte.

– On peut passer par ici ? demanda-t-il en désignant de la tête la porte d'Heidi.

Mais pour cela, il fallait ouvrir la grille...

– Je n'ai pas la clé sur moi. Vous préférerez peut-être passer par l'intérieur ?

– Je vous suis.

Pendant qu'il me parlait, les deux autres avaient préparé leur équipement. L'une portait une civière repliée, l'autre ce qui ressemblait à un défibrillateur portatif. On aurait dit deux randonneurs. Le jeune type leur fit stop de la main.

– Je m'en occupe, annonça-t-il. Restez à l'écoute de la radio, OK ?

Lui et moi gravîmes les marches en hâte. Nous avions franchi le seuil au moment où Cat descendait du second étage.

– L'ambulance est là, expliquai-je. Nous allons devoir ouvrir la porte extérieure du studio. Mais la grille en fer est verrouillée, non ?

– Exact.

– Tu as la clé sur toi ?

– C'est toi qui l'as.

– Pardon ?

– Sur le trousseau que je t'ai donné.

Je le cherchai dans ma poche, puis lui demandai de m'indiquer la bonne clé. Celle-ci ouvrait aussi la porte extérieure du studio.

– Je vous montre le corps, dis-je à l'ambulancier, ensuite nous ouvrirons l'autre issue.

Je le guidai à travers la maison jusqu'à la bibliothèque, tandis qu'il me posait quelques questions d'usage – l'âge de la victime, l'heure de la découverte, ce qui me laissait conclure à un décès et non à un simple évanouissement...

– C'est derrière cette porte, indiquai-je de l'index.

Je l'avais fermée en quittant la pièce.

– Très bien, attendez-moi ici. Où est le corps ?

– Au pied du canapé.

Il ouvrit la porte et l'odeur envahit aussitôt la pièce, sur un air de jazz. Je luttai pour ne pas flancher, alors que le jeune homme restait de marbre. Je le regardai prendre le petit couloir avant de contourner le transformable. Il se baissa délicatement sur un genou et examina le corps en moins d'une minute.

– Elle est morte, confirma-t-il en me rejoignant dans la bibliothèque. Je prononce le décès à (il consulta sa montre) 10 h 07.

– Et maintenant ? demandai-je. La police a été prévenue, non ?

– Oui. Je vais d'ailleurs leur ouvrir l'entrée principale. Ils ne devraient pas tarder : c'est plutôt calme, aujourd'hui.

– Au fond à gauche, vous trouverez un vestibule qui donne sur la porte d'entrée, dis-je en lui remettant le porte-clés. Pouvez-vous déterminer depuis combien de temps elle est morte ?

– Eh bien, il y a peu de traces de décomposition. L'odeur provient surtout des vomissures. Alors, je dirais qu'elle est décédée hier dans la soirée.

– Une idée sur la cause ?

– Ça, c'est du ressort des légistes.

Manifestement peu enclin au bavardage, il regagna le studio, tandis que je remontais au premier. Je cherchai Cat dans la cuisine et dans la salle à manger, mais sans succès, malgré mes appels. De la fenêtre je vis qu'un attroupement s'était formé sur le trottoir et remarquai deux flics en uniforme, garés en double file devant la maison, en pleine discussion avec les ambulanciers. Je rouvris la porte d'entrée et descendis à nouveau les marches. Avant que j'aie atteint le trottoir, une voiture bleu foncé s'arrêta à son tour. En sortirent deux hommes, *a priori* tout aussi flics que les précédents, mais en civil. Des inspecteurs, sans doute. En règle générale, les patrouilleurs arrivent les premiers pour évaluer la situation, mais dans les jours calmes ou sur les dossiers sensibles, on envoie en même temps les inspecteurs du coin.

Les quatre policiers s'entretinrent brièvement avec l'ambulancier à peine ressorti du studio. Puis les deux hommes en uniforme vinrent à ma rencontre. Le plus âgé des deux, qui approchait de la cinquantaine, passa devant l'autre pour me saluer. Il mesurait un petit mètre quatre-vingts, était compact comme un produit lyophilisé, avec des cheveux sable et des pattes d'oie au coin des yeux. Dans son complet vert olive plutôt étriqué, sa chemise bleue et sa cravate club rouge, il semblait prêt à vendre des matelas dans une foire commerciale. Quand Cat le verrait, il faudrait qu'elle résiste à l'envie de lui signaler que les costumes kaki sont vivement déconseillés en dehors du *Memorial Day*.

– Je suis l'inspecteur Pete Farley, du 19e secteur.

– Bailey Weggins. Je suis une amie de Cat Jones, la propriétaire de cette maison. Je suis venue l'épauler. Elle employait la défunte comme fille au pair.

– Elle est dans les parages ?

– La fille au pair ?

– Non, j'ai bien compris que la fille au pair était ici. Je vous parle de la propriétaire.

– Oui, elle est à l'intérieur.

Comme je me sentais stupide, tout à coup. Je pris de nouveau les escaliers, supposant que Farley allait me suivre.

– Nous allons d'abord regarder le corps, dit-il. Veuillez dire à Mme Jones que nous souhaitons l'interroger d'ici quelques minutes.

Je remontai les marches quatre à quatre pour tomber à nouveau sur Cat, qui redescendait du second.

– Écoute, Cat, lâchai-je sans dissimuler mon agacement. Arrête de t'agiter dans tous les sens. Les flics sont là et ils vont te poser quelques questions dès qu'ils auront examiné le corps.

– J'ai prévenu Jeff. Il rassemble les affaires de Tyler et devrait être là dans deux heures, si ça roule bien.

– Parfait. Et la tante d'Heidi ? Tu as pu la joindre ?

– Ça sonne dans le vide. Même pas de répondeur.

– Tant pis, tu ressaieras un peu plus tard. J'ai fait du café. Une petite tasse en attendant que les flics remontent ?

Nous sommes allées dans la cuisine où Cat, l'air assommé, se percha sur un tabouret de bar tandis que je remplissais deux tasses sur le comptoir en granit. D'habitude, peu importe le stress qui s'emparait de la rédaction de *Gloss*, peu importe qui menaçait de la poursuivre en justice ou de faire boycotter le journal par tout le gratin du show-biz : Cat gardait toujours le contrôle de la situation, maniant selon les circonstances le charme ou la baguette. Je ne l'avais jamais vue aussi désemparée.

Quelques gorgées de café semblèrent lui redonner des forces. Elle fouilla dans son sac à main Fendi, sortit une trousse de maquillage et, pendant qu'elle s'appliquait fond de teint, blush et rouge à lèvres brique de chez Chanel, je lui fis un résumé du déroulement probable de la journée : les flics allaient facilement rester plusieurs heures ici, sollicitant à la fois les médecins légistes de l'institut médico-légal et leurs propres enquêteurs. La journée promettait d'être longue.

– Au risque de paraître insensible, ajoutai-je en reposant ma tasse, je pense qu'il ne faut pas négliger ta communication, dans cette affaire. Tu devrais contacter ton agence de relations publiques si tu ne veux pas faire les gros titres demain matin.

– C'est déjà fait.

– Tu veux rire ! Quand ça ?

– J'ai appelé Leslie de là-haut. Elle est à New York ce week-end et elle se charge de briefer l'agence. D'ailleurs, elle va nous rejoindre ici.

Chouette alors. Leslie Stone était l'imbuvable directrice administrative de *Gloss*. Si la directrice exécutive, Polly Davenport, supervisait le pôle créatif du journal, Leslie gérait l'organisation, ce qui consistait notamment à tenir le budget, à établir les calendriers, à stresser les mauvais éléments et à s'assurer que le magazine paraissait chaque mois. C'était aussi la fidèle lieutenante de Cat. Ainsi, cette dernière avait déjà dressé son plan de bataille. Comme quoi, elle n'était pas aussi déboussolée que je le pensais.

Soudain, nous entendîmes un bruit de pas et nous sursautâmes quand les deux inspecteurs surgirent dans la cuisine, par la porte de derrière : il s'agissait de Farley et d'un gars plus jeune, aux cheveux peroxydés, qui devait être la personne la plus maigre que j'aie jamais vue.

Cat se présenta et je vis le regard de Farley s'écarquiller un quart de seconde. Il n'avait pas semblé faire le rapprochement quand j'avais prononcé le nom de la propriétaire des lieux, mais, maintenant qu'il disposait d'un visage, la mémoire lui revenait. Après avoir refusé un café, il expliqua à peu près ce que j'avais déjà prédit : un légiste de l'institut médico-légal viendrait examiner le corps d'Heidi avant qu'on l'emmène. Et d'ajouter que c'était la procédure classique pour les morts à domicile, surtout quand le défunt était si jeune.

Avec Cheveux-jaunes juché sur un tabouret pour prendre des notes, ils firent la liste des questions rituelles : nom, âge et lieu de naissance de la victime, ancienneté dans cette maison, responsabilités précises... Cat fournit des réponses aussi complètes que concises.

– Où est l'enfant ? lui demanda Farley de but en blanc.

– Dans notre résidence secondaire, avec mon mari, répondit-elle un peu sur la défensive, avant de ressortir son couplet sur son impossibilité de passer ce week-end en famille.

L'explication sembla les satisfaire. Ensuite, Farley voulut savoir comment on avait découvert le corps. Quand Cat leur apprit que j'avais eu cet honneur, les deux têtes convergèrent sur moi. À l'expression de mon visage, allaient-ils deviner que j'étais nue avec un homme quand Cat m'avait téléphoné ?

– Je peux vous appeler Bailey ? demanda Farley.

– Bien sûr, acquiesçai-je.

– Rendez-moi service, Bailey, vous voulez bien ? Pourriez-vous me montrer exactement comment les choses se sont déroulées ce matin ? L'inspecteur Hyde pourra rester avec Mme Jones pour compléter ses informations au sujet de la jeune fille au pair.

Il eut un instant d'hésitation avant de prononcer « fille au pair », comme si l'expression ne lui était pas familière, à l'instar de « gouvernante » ou de « majordome ». En me guidant par le bras d'une façon horripilante, il me conduisit au fond de la maison. Je savais qu'il nous avait séparées volontairement, ce qui m'inspira un sentiment irrationnel de culpabilité et d'angoisse. La porte séparant la bibliothèque du studio était entrouverte ; il y avait du mouvement à l'intérieur, mais j'étais incapable de dire combien ils étaient et ce qu'ils fabriquaient. Plantée à l'entrée du petit couloir, je décrivis verbalement mes mouvements à Farley, jusqu'à mon irruption dans les quartiers d'Heidi.

– Vous voulez aussi que je raconte mon arrivée dans la chambre ? demandai-je, priant pour ne pas avoir à retourner là-dedans.

– Cela ne sera pas nécessaire. Et si on allait discuter par là ? proposa-t-il en pointant son pouce vers le jardin.

Sans attendre mon accord, il tourna le verrou d'une porte-fenêtre, l'ouvrit d'un geste brusque et désigna la table de jardin en fer forgé, autour de laquelle nous prîmes place. De la poche intérieure de sa veste, il sortit ses propres carnet et crayon, et inscrivit quelques notes avant de me poser sa première question. Il avait des doigts courts et boudinés, comme des saucisses de cocktail.

– Ainsi, comme vous le disiez, vous avez déverrouillé la porte et pénétré dans la pièce...

– C'est ça, et j'ai tout de suite compris à l'odeur qu'il y avait un problème. J'ai contourné le canapé et c'est à ce moment-là que je l'ai vue.

La température avait peu augmenté depuis que j'avais quitté mon appartement. Je croisai les bras sur ma poitrine pour me réchauffer.

– Avez-vous déplacé ou touché le corps quand vous étiez dans la pièce ?

– Absolument pas.

Mais pourquoi prenais-je un ton si défensif ?

– Vous êtes sûre de ça, Bailey ?

– Non. Je veux dire, oui, j'en suis sûre. Non, je n'ai pas touché le corps.

– Vous n'avez pas cherché à vérifier ses constantes vitales, à prendre son pouls, par exemple ?

– Non. On voyait tout de suite qu'elle était morte. De plus, je ne connaissais pas la cause du décès et je sais qu'il est primordial de ne pas toucher un cadavre.

– Vous avez fait preuve d'un sacré sang-froid, glissa-t-il, creusant ses pattes d'oie dans un sourire pincé.

Dans sa bouche, ça ne sonnait pas vraiment comme un compliment.

– Que voulez-vous, je suis journaliste, répliquai-je.

Ce détail serait venu dans la conversation à un moment ou à un autre. Alors autant jouer cartes sur table.

– Tiens donc. Vous écrivez quel genre de trucs ?

– Je raconte avant tout des faits divers. En fait, je travaille beaucoup pour *Gloss*, le mensuel de Cat Jones.

– Ce qui expliquerait que votre nom ne me dise rien, considéra-t-il. Je suis plus porté sur les magazines masculins, si vous voyez ce que je veux dire. Alors, dites-moi un peu ce que vous avez pensé en tombant sur ce corps. En tant que reporter, vous devez avoir le sens de l'observation. Avez-vous songé à un acte criminel ?

Un acte criminel ? C'est donc à ça qu'il pensait ?

– Vous voulez dire : est-ce que j'ai supposé que quelqu'un avait attenté à sa vie ? Oh non, j'ai juste pensé à une crise ou à une maladie foudroyante.

– Et pourquoi ça ?

– Eh bien, elle avait vomi partout et elle était allongée par terre.

– Mme Jones vous a-t-elle accompagnée ou suivie dans la chambre, à un moment ou à un autre ?

– Non, elle est restée dans la bibliothèque.

– Aviez-vous déjà rencontré la jeune femme ?

– À quelques reprises. Cat n'est pas seulement mon employeur, mais aussi mon amie, et il m'est arrivé de croiser Heidi dans cette maison.

Il cessa de me dévisager de ses yeux pervenche pour griffonner quelque chose sur son calepin, froissant encore plus l'épaule droite de son costume étriqué.

– C'était une brave gosse ? reprit-il.

– Elle m'a toujours paru gentille, et je crois savoir que le fils de Cat l'aimait beaucoup. Mais je la connaissais à peine.

– C'était une bonne baby-sitter ? Mme Jones était contente d'elle ?

– Autant que je sache, oui.

– Y avait-il quelqu'un d'autre dans la maison ce week-end ?

Je marquai un temps d'arrêt.

– À ma connaissance, elle était seule.

– Vous avez hésité avant de répondre, Bailey, dit-il en redressant le menton.

– Je pensais à la femme de ménage, Carlotta. Elle travaille surtout en semaine, mais il doit lui arriver de passer le week-end.

Au loin, j'entendais les cloches de la messe et le sifflement d'une bouilloire, depuis une fenêtre ouverte.

– À votre connaissance, M. Jones n'était pas dans le secteur ?

– D'après Cat, non. D'ailleurs, il s'appelle Henderson. Jeff Henderson.

– Et un amant ? lança-t-il.

– Je vous demande pardon ?

Je compris l'instant d'après qu'il parlait d'Heidi, pas de Cat.

– Savez-vous si Heidi avait un petit copain ? précisa-t-il.

– Elle en avait un, mais Cat dit qu'ils ont rompu. C'est à elle qu'il faut poser cette question.

– La fille au pair avait-elle des ennuis de santé ? Est-ce qu'elle...

– Écoutez, je la connaissais très peu. Cat saurait vous dire tout ça.

Il me fixa en silence, son regard pervenche s'humidifiant un peu. Il semblait me recommander, en toute amitié, de ne plus jamais lui couper la parole.

– Vous vivez à New York ? demanda-t-il après cet intermède désagréable.

– Oui, dans le Village.

– À votre avis, pourquoi Mme Jones vous a-t-elle fait venir ?

– Elle était nerveuse, très inquiète. Apparemment, Heidi était une fille très responsable, et Cat a pris peur en voyant qu'elle ne répondait pas.

– En fait, le sens de ma question était : pourquoi vous ?

– On se connaît depuis longtemps. Je suis le genre d'amie qu'elle peut déranger à 8 heures, un dimanche matin.

– Comment l'avez-vous trouvée à votre arrivée ?

– Comme je l'ai dit, elle était inquiète, très inquiète.

– Elle ne pouvait pas vérifier le studio elle-même ?

– Je pense que la peur l'en empêchait.

– De vous à moi, Bailey, je peux vous poser une question ? Vous n'avez pas trouvé ça bizarre ? qu'elle refuse d'y aller toute seule ?

– Absolument pas. Nous avons envisagé l'hypothèse d'une overdose, d'un coma éthylique ou même d'un suicide, et Cat n'était pas prête à affronter cela toute seule.

– Un suicide, dites-vous ? Heidi était déprimée ?

– Non. Enfin, pas que je sache. Mais quelque chose ne tournait pas rond, et il pouvait s'agir de mille choses différentes. Comme d'une fausse alerte, du reste. Cat n'en savait rien.

Il se tut enfin, soutenant mon regard un petit moment avant de se lever. L'interrogatoire semblait provisoirement clos. Il nota mon téléphone et mon adresse, en précisant qu'il chercherait peut-être à me joindre dans les jours à venir. Il referma son calepin d'un coup de poignet et me précéda à l'étage. Il récupéra Cheveux-jaunes avant d'annoncer qu'ils retournaient en bas. Dès qu'ils se furent éloignés, Cat m'agrippa par la manche.

– Je suis parano ou ils ont fait exprès de nous séparer ? murmura-t-elle.

– Ce n'est pas de la paranoïa, répondis-je tout en me resservant un café. C'était tout à fait délibéré.

– Formidable ! réagit-elle en renversant la tête d'une manière théâtrale.

Des mèches de son chignon se détachèrent, retombant de part et d'autre de son visage.

– Si je comprends bien, ils nous soupçonnent de cacher quelque chose et cherchent à nous piéger ?

– Détrompe-toi, Cat. Les flics interrogent toujours les témoins séparément, parce que deux personnes qui se trouvent dans la même pièce chercheront toujours, inconsciemment, à accorder leurs versions.

– Écoute, je n'ai pas encore eu l'occasion de te le dire, Bailey, mais je ne sais vraiment pas comment j'aurais fait sans toi.

– Oui, je suis contente d'être venue. Ton sixième sens ne s'était pas trompé.

J'avais une question importante à lui poser et le moment semblait enfin s'y prêter. Mais à peine avais-je ouvert la bouche qu'on sonna. Cat alla ouvrir : la minute d'après, Leslie Stone arpentait la cuisine.

Trente-huit ans, les yeux marron et les cheveux bruns ramenés en chignon, Leslie était réputée séduisante, même si cela resta pour moi une grande énigme. Ses narines étaient épaisses comme des haricots rouges et, quand je la regardais, j'avais l'impression de contempler une chauve-souris. Aujourd'hui, elle s'était mise sur son trente et un – un tailleur pantalon beige en fausse soie et des sandales spartiates –, à croire qu'on l'avait tirée d'un brunch à Santa Barbara. Dans une situation pareille, j'avais horreur d'être méchante, mais je ne pus m'empêcher de remarquer qu'elle avait pris du poids depuis la dernière fois que j'avais observé ses cuisses. Somme toute, mon problème était simple : je ne pouvais pas encadrer cette fille. En tant que collaboratrice free-lance, j'étais assez insensible à son terrorisme, mais elle ne perdait jamais une occasion de me harceler avec ses dates butoirs et mes notes de frais. Son mari avait fait fortune en Bourse quelques années plus tôt ; la seule raison qui la poussait à travailler, disait-on, était le plaisir d'aboyer sur ses petits camarades.

– Raconte-moi tout depuis le début, commanda-t-elle à Cat en se posant sur un tabouret.

Elle me lança un regard noir, comme si j'étais pour quelque chose dans le désordre ambiant. Tandis que Cat déroulait le film des évènements, je m'excusai et me rendis au cabinet de toilette, logé sous l'escalier du hall. Sans me presser, je me lavai les mains, m'aspergeai le visage et me servis d'un blush et d'un rouge à lèvres trouvés dans une corbeille, sous le lavabo. Mon reflet dans le miroir était à l'unisson de mon mental : fatigué, vidé, chamboulé par toute cette histoire. Comment en était-on arrivé là ? De quoi avait bien pu mourir Heidi ? Et où se trouvait KC à cet instant ?

En ressortant, je constatai l'arrivée de deux jeunes blondes de l'agence de relations publiques ; en compagnie de Cat et de Leslie, elles se lancèrent dans une grande discussion sur les moyens de canaliser l'irruption inévitable de la presse. Finalement, par le haut-parleur du téléphone, la directrice de l'agence fut même associée à l'échange – elle qui avait eu la bonne idée de fuir New York ce week-end. Puis on commanda à manger. On avait tiré les rideaux côté rue, mais j'allais régulièrement écarter l'un deux pour surveiller le terrain. Si l'ambulance était repartie, deux autres véhicules s'alignaient devant la maison : il y avait le fourgon de l'institut médico-légal, et l'entrée du studio grouillait de spécialistes allant et venant. Il y avait aussi des badauds sur le trottoir, qui formaient une grappe en perpétuel renouvellement. Mais, pour l'instant, aucun camion de télévision en vue.

Vers 12 h 30, Jeff apparut, tout seul. Il expliqua avoir laissé Tyler chez des amis. Malgré son look brancho-décontracté – treillis vert, tee-shirt blanc et pull fauve à col en V –, il était pâle comme un linge et paraissait tout chamboulé. Cat lui sauta au cou, prolongeant leur étreinte un peu plus longtemps qu'il semblait le souhaiter. Il voulait tout savoir, du début jusqu'à la fin, alors elle l'emmena dans la cuisine.

Ah, Jeff... C'était sans conteste le parfait Adonis. Environ un mètre quatre-vingt-cinq, étonnamment glabre, il avait les yeux noisette, une bouche charnue et sensuelle, avec un petit creux au milieu de la lèvre inférieure, des cheveux bruns, légèrement ondulés, coupés au carré au niveau de la mâchoire, et le plus souvent ramenés derrière les oreilles.

Il s'était spécialisé dans la photo de mode. Après plusieurs années passées à son compte, j'avais cru comprendre que sa carrière était en plein boum. Il n'était pas encore une star comme Cat, mais il avait six ans de moins qu'elle. Leur mariage semblait solide, malgré des paris contraires – certains croyaient Cat incapable de rester avec un homme qui n'avait jamais lu un livre en entier. C'était oublier que Cat avait eu son lot de *golden boys* milliardaires et de vieux pédants. Ce qu'elle cherchait désormais, m'avait-elle confié un jour, c'était quelqu'un qui exercerait son talent dans un domaine et qui voudrait passer le reste de son temps auprès d'elle. Un homme facile à vivre, à qui elle pourrait dire les choses sans prendre de gants, qui aimerait lui masser le dos après une dure journée – et qui serait tellement doué au lit que les voisins seraient tentés d'appeler la police... Jeff était cette perle rare. Je l'appréciais plutôt, même si un léger malaise avait toujours régné entre nous. Peut-être à cause de son accoutrement proprement déconcertant.

Vers 14 heures, je jugeai préférable de mettre les voiles. Je me faisais du souci pour Cat, qui n'était pas au bout de ses peines, et je ne demandais qu'à l'aider. Mais j'avais l'impression d'être devenue la cinquième roue du carrosse. En matière d'amitié, Cat avait une approche qu'on pourrait qualifier de « compartimentaliste » : chacune de nous répondait à un besoin spécifique – ce qui permettait, au passage, de limiter notre pouvoir individuel. Dans l'immédiat, Cat pensait communication de crise. Or, ce n'était pas du tout mon rayon. J'aurais pu en profiter pour bavarder avec Jeff, mais Leslie ne voulait pas le lâcher. Je pris donc congé de Cat, lui faisant promettre de téléphoner s'il lui fallait quoi que ce soit. Picorant sa salade de pâtes sous les pépiements d'une stratège blonde, elle prit acte de mon départ d'un air distrait.

Je retrouvai mon pull sur la console de l'entrée sans que je me souvienne l'avoir laissé là. Au moment où j'ouvrais la porte, Jeff apparut dans le hall.

– Ça va aller ? demanda-t-il avec une douce intonation de son Tennessee natal. Cat m'a dit que c'est toi qui as trouvé le corps.

– Je tiens le coup, Jeff. Et toi ? J'imagine ta tristesse.

En fait, j'avais du mal à deviner ce qu'il éprouvait réellement. Il semblait surtout agité.

– C'est sûr, répondit-il avec pudeur. Et Tyler va très mal le vivre. Qu'est-ce qu'on va bien pouvoir lui dire ?

Comme j'allais lui poser une autre question, une poupée Barbie passa la tête dans le hall.

– À votre place, je ne laisserais pas cette porte ouverte, avertit-elle.

Jeff m'embrassa rapidement sur la joue et je dévalai les marches du perron. Un camion de télévision amorçait un créneau devant la maison, ce qui me laissait juste le temps d'échapper à ses occupants. Mais un autre jeune homme planté sur le trottoir fondit sur moi, micro au poing. Je piquai un sprint jusqu'à Park Avenue, où j'arrêtai un taxi.

Une fois installée sur la banquette arrière, je ressentis une douleur dans mon crâne, mon dos, mes jambes et même ma cervelle. La mort d'Heidi soulevait une foule de questions. Qu'est-ce qui l'avait rendue malade ? Prenait-elle de la drogue ? Avait-elle passé la soirée seule ? Pourquoi n'avait-elle prévenu personne en voyant que son état empirait ? J'avais d'autres points d'interrogation au sujet de Cat, des détails qui m'avaient turlupinée toute la matinée. Pourquoi avait-elle passé le samedi à East Hampton et son mari dans leur résidence secondaire ? Pourquoi voulait-elle voir Heidi aussi tôt un dimanche matin ? Et pourquoi pressentait-elle avec une telle certitude qu'un drame s'était produit ?

J'avais hâte d'obtenir des réponses, même si elles me terrifiaient d'avance. Il me semblait qu'en l'espace de quelques jours l'existence de Cat allait devenir un bourbier infâme.

4

La rédaction de *Gloss* occupait le dixième étage d'un immeuble situé à l'angle de Broadway et de la 56e rue, autour d'un vaste espace paysager, surnommé le « puits » ; là cohabitaient les services photo, art et fabrication, ainsi que quelques journalistes de second rang. Jadis, la salle était fractionnée en bureaux traditionnels, mais après six mois à la barre, Cat avait choisi d'adopter le style des grands quotidiens. À vrai dire, je doutais qu'elle ait jamais imaginé quelqu'un débarquer en hurlant : « Arrêtez les rotatives ! Gwyneth Paltrow vient de hurler à la mort pendant qu'on lui faisait le maillot ! » Mais, selon ses propres termes, ce choix visait à réaliser l'équilibre parfait entre bruit, énergie, jalousie et alchimie sexuelle. De ce que j'en voyais, c'était réussi.

Quand je gagnai les locaux ce lundi matin, sur les coups de 9 heures, lestée d'une brioche aux myrtilles et d'un grand café, le puits était presque désert. Vêtu d'une chemise à jabot noir, le chef du service photo feuilletait *W* à son bureau et, huit boxes plus loin, un type de la fabrication ouvrait une fenêtre. Il n'y avait jamais foule avant 10 heures, mais j'avais présagé qu'au vu des évènements quelques salariés seraient arrivés plus tôt pour s'enquérir du décès de la 91e rue. Aux confins du puits, le bureau de Cat, avec sa cloison de verre, était plongé dans l'obscurité.

Je pris à gauche et m'enfonçai dans le long couloir qui menait à mon bureau. Atteignant le recoin de la photocopieuse, je faillis sursauter en découvrant le rédacteur en chef adjoint, Kippinger, dit « Kip », en train de passer les pages d'un livre. D'un âge proche du mien, il avait tenu une chronique sur le show *Good Morning America* avant d'être embauché, voilà neuf mois, pour superviser le secteur reportages. Formé à la presse écrite, il avait ainsi commis une brève incursion dans le monde de la télévision. Bien que ses faits d'armes se soient limités à des sujets santé – du style « Comment éviter l'ulcère » –, à l'écouter on aurait dit qu'il avait couvert le Kosovo. Son recrutement avait fait sensation : il était l'un des rares hétéros de l'effectif (marié, avec deux enfants) et, de plus, il était considéré comme hyperséduisant – rouquin aux yeux d'azur, l'épiderme laiteux criblé de taches de rousseur. Personne ne semblait remarquer que sa tête était trop petite pour son corps. Je le trouvais arrogant et prétentieux, et son art journalistique me donnait cent fois raison – un jour, il avait fait ajouter dans une fiction érotique cette réplique, qu'il considérait comme le summum du compliment féminin : « Tu as un permis, au moins, pour porter un tel engin ? » Dieu merci, du fait de mon statut, mes articles restaient soumis à Polly, la directrice exécutive.

– Bonjour, dis-je.

– On est drôlement matinale, répondit-il d'un ton parfaitement déplaisant.

C'était le genre de remarques passives-agressives dont je ne savais jamais que faire.

– Je pourrais te dire la même chose, rétorquai-je.

– Tu connais la nouvelle ?

– Tu veux parler de la fille au pair de Cat ?

– Oui, c'en est où, cette histoire ? T'as d'autres infos ?

Il avait une mine renfrognée, comme s'il craignait que cette mort ne perturbe son programme de la journée.

– C'est dans le journal, dis-je en indiquant d'un signe de tête les deux quotidiens qui dépassaient de mon cabas. J'allais justement m'y plonger.

Je repris mon chemin sans lui laisser le temps de répondre. Confier mes petits secrets à Kip était bien la dernière de mes envies.

Je passai l'ultime virage avant mon bureau. J'étais installée au milieu des services mode et beauté et des journalistes vedettes. Auparavant, mon cagibi avait servi de salle de documentation ; avec la mutation de *Gloss* en féminin dédié aux *toutes dernières tendances*, nos collections d'annuaires reliés avaient perdu de leur intérêt et tous les ouvrages de la maison s'étaient retrouvés à la cave. Ma pièce mesurait environ deux mètres sur trois, avec une fenêtre donnant sur une bouche d'aération et sur une vue de Broadway de la taille d'un trou de serrure. Mais je me sentais bien dans ce cocon, loin de l'agitation du puits. En tant que free-lance, c'était déjà bien de disposer d'un bureau.

Je jetai mes sacs et mon cuir sur une chaise et ôtai le couvercle de mon café. M'installant à mon bureau, j'ouvris les deux tabloïds que j'avais achetés au kiosque.

Mort mystérieuse d'une fille au pair chez la star des médias », annonçait le *Daily News* sur un coin de la une. Le *New York Post*, en revanche, en avait fait un gros titre autrement racoleur : « Une baby-sitter morte dans les sous-sols de la patronne de presse ». Suivait une photo de Cat sur le trottoir, l'air hagard. Ce cliché, qui datait d'un an au moins, voulait, bien sûr, faire croire que le *Post* avait coincé Cat à la sortie du commissariat. Les deux journaux poursuivaient leur récit en pages intérieures, dans des termes flous qui semblaient toutefois suggérer une overdose. S'ajoutaient à cela quelques tartes à la crème, du style : « Mme Jones est profondément peinée », attribuées à une « porte-parole » – preuve que les conseillères en communication avaient bien travaillé. Les deux quotidiens montraient une photo de la maison, et le *Daily News* ajoutait le portrait officiel de Cat, sexy à souhait, la chevelure ample et d'un blond éclatant, les lèvres pulpeuses comme un fruit mûr. Le contraste avec le texte qui l'accompagnait était épouvantable. On aurait pu y adjoindre la légende : « La baby-sitter vient de mourir, mais tout va bien pour moi ! »

Les articles ne m'apprirent rien que je ne savais déjà en quittant Cat, hier après-midi. J'avais regagné mes pénates vers 17 heures, après une longue promenade dans l'East Village. Excitée par la caféine ingurgitée, j'avais soudain ressenti un besoin furieux de compagnie. Mais, après quinze minutes de téléphone tout azimut, j'avais compris que je ne débaucherais personne avec un préavis aussi court. Même Landon, mon voisin de palier, un homosexuel de soixante-dix ans et un fidèle démêleur de crises, était aux abonnés absents. En temps normal, je planifiais mes dimanches soirs à l'avance, mais, comme une idiote, j'avais laissé celui-ci vacant dans l'espoir que KC refuse de quitter mon appartement. Assise avec le combiné sur les genoux, je l'imaginai amarré dans le détroit de Long Island, lutinant une belle blonde sur le pont de son voilier, tandis que le soleil amorçait son lent déclin...

Puisque personne ne voulait dîner avec moi, il me fallait trouver un autre moyen de chasser le souvenir de ces serviettes de toilette incrustées de vomi. Un jour, j'avais demandé à une inspectrice de la brigade criminelle de Dallas comment elle faisait pour supporter toutes les horreurs qu'elle voyait ; elle m'avait répondu qu'elle s'entourait de « jolies choses ». Je doutais que cette approche me soit d'un grand secours, mais ça ne coûtait rien d'essayer. Alors je mis un CD de Mozart et dégustai une salade accompagnée d'un verre de cabernet. Puis je me prélassai une bonne heure dans un bain parfumé aux sels de lavande, sous une lumière tamisée, la nuque posée sur un drap de plage.

Cela ne fut guère concluant. Pour commencer, les émotions que mon esprit avait refoulées se réveillèrent d'un coup, me submergeant de tristesse. La pauvre Heidi avait péri si jeune, seule dans ce studio, sans personne pour lui venir en aide. Mais je songeais également à Cat et à Jeff. Où en était leur relation, à ces deux-là ? Certes, elle avait un emploi du temps de ministre, mais louper un week-end en famille dans le Connecticut pour organiser un festival de cinéma, c'était un peu comme refuser un rendez-vous un samedi soir parce qu'on doit faire une lessive de pulls ! En arrivant, Jeff s'était montré tendre, puis de plus en plus détaché à mesure que le temps s'écoulait. Cat allait avoir grand besoin de lui. Car si Heidi avait succombé à une overdose, la presse allait leur tomber dessus à bras raccourcis.

En sortant de mon bain, j'appelai Cat. Je doutais que la police lui ait déjà révélé grand-chose, mais j'étais preneuse de la moindre info. Il y avait le répondeur – ils filtraient, bien sûr. Alors, je m'installai au salon avec un bouquin. Comme je l'avais expliqué à KC, j'avais hérité de cet appartement deux ans plus tôt, après dix-huit mois d'un mariage raté. C'était à l'origine un simple trois-pièces, avec une grande penderie que j'avais transformée en bureau, mais doté d'une terrasse offrant une vue superbe sur les toits du Village. Je le considérai comme mon sanctuaire. Étant donné le prix de l'immobilier à New York, les gens étaient souvent surpris que mon ex m'ait cédé un tel bien, mais, à vrai dire, celui-ci avait d'autres priorités – notamment fuir la ville pour se soustraire à ses dettes de jeu.

Je réessayai de joindre Cat à 21 heures, puis une dernière fois à 22 h 15, sans plus de succès. J'étais un peu vexée qu'elle ne me rappelle pas. Je m'étais levée à une heure indue pour ses beaux yeux, et voilà qu'elle me snobait. Dans le fond, cela n'était pas très étonnant. La mort d'Heidi relevait désormais de la communication de crise, et c'était l'affaire de professionnelles. C'est dans ce but que Dieu avait créé les pit-bulls du genre de Leslie.

Vers minuit, je me glissai sous les draps avec un livre et tâchai de trouver le sommeil. Depuis mon divorce, je souffrais d'insomnie chronique, en général sous la forme dite du

« dernier réveil précoce » : je m'endormais sans problème, puis me réveillais à 2 ou 3 heures du matin, sans pouvoir me rendormir. Cette nuit-là, je finis par allumer la télé, où je suivis la fin de David Letterman, puis zappai sur un film. La dernière fois que je consultai le réveil, il indiquait 2 h 22.

Les journaux du matin ravivèrent mon envie d'appeler Cat. Mais je lui avais laissé assez de messages comme ça. De toute manière, il faudrait bien qu'elle me contacte, ne serait-ce que pour m'indiquer l'attitude à adopter si on m'interrogeait. Dans cette attente, je décidai de m'occuper avec un peu de travail. Je sortis plusieurs dossiers de mon cabas, ainsi qu'un cahier à spirale. Bien que, au cours des dernières années, je me sois spécialisée dans les enquêtes criminelles, je ne disais pas non aux faits plus « sociétaux » – pour peu qu'ils renferment ce qu'il fallait de mystère et d'intrigue. Ma dernière histoire en date, que je devais rendre dans quatre semaines, entrait dans cette catégorie. Elle mettait en scène une famille modeste de trois enfants à Olean, dans l'État de New York, dont la maison paraissait hantée. Dès qu'on avait le dos tourné, les meubles semblaient se déplacer tout seuls, les oreillers tomber du lit et le papier peint se décoller. La famille soutenait même avoir vu à plusieurs reprises des objets traverser les airs, comme portés par une « main invisible » [*sic*].

J'avais eu vent de cette affaire par une coupure de presse reçue d'un copain basé dans l'ouest de l'État (j'ai un réseau d'amis et de correspondants qui me communiquent leurs découvertes insolites depuis les quatre coins du pays). Aucun cadavre portant des marques de strangulation ni de disparition mystérieuse. Mais ma curiosité était piquée. Et quand j'avais soumis le projet en conférence de rédaction, Cat avait dit oui tout de suite.

Quelques semaines plus tôt, je m'étais rendue sur place, au volant de ma Jeep, pour passer deux jours en compagnie de la famille Case. À mon retour, je ne croyais pas plus aux maisons hantées qu'à l'aller, mais j'étais incapable de dire qui réalisait ces tours de passe-passe – les parents ou l'un des enfants. Pendant mon séjour, une peluche volante m'était passée à ras du visage. À ce moment-là, nous étions plusieurs dans la pièce, dont Marky, la fille de douze ans. Je n'avais rien vu venir.

En début de semaine dernière, j'avais interviewé par téléphone le parapsychologue que la famille avait consulté. Sa conclusion : pas le moindre esprit frappeur, mais des phénomènes de « télékinésie », déclenchés par la morose petite Marky. « Dans quatre-vingt-dix-neuf pour cent des cas, on se trouve face à un enfant en pleine puberté ou excessivement stressé, m'avait-il expliqué en dissimulant tant bien que mal son impatience. Les bouleversements endocriniens génèrent de l'énergie électromécanique, que la petite fille expulse à son corps défendant – c'est le cas de le dire – et selon une trajectoire spirale. Voilà pourquoi les objets se déplacent, se renversent ou s'envolent. »

Je passai trois quarts d'heure à relire la transcription de l'entretien. Il me restait d'autres personnes à consulter, dont ce professeur de pédopsychiatrie de Georgetown, de passage dans notre ville afin de préparer ses cours d'été à l'université de New York. Il considérait les parapsychologues comme des charlatans et me promettait une tout autre théorie pour expliquer cette joyeuse pagaille.

Après une heure de travail, mon cerveau jeta l'éponge. Je ne cessais de penser à Heidi. Je décrochai mon téléphone et composai le numéro de poste de Cat. Son assistante, Audrey, me répondit et m'informa qu'*a priori* on ne verrait pas Cat de la journée.

Sur ce, je parcourus mon carnet d'adresses et trouvai le numéro du Dr Paul Petrocelli, chef des urgences dans un petit hôpital de la banlieue de Boston. Je l'avais rencontré quand j'écrivais l'histoire d'une femme violée, qu'il avait accueillie dans son service. Depuis, j'avais la permission de le déranger pour d'autres sujets. Je l'appelai et laissai un message, car il était trop pris pour me parler, m'avait-on répondu.

Attrapant une tasse propre sur l'étagère, je décidai d'aller me détendre au coin café. Le service mode faisait presque face à mon bureau ; en sortant, je croisai Sasha, la responsable, postée dans l'embrasure de sa porte – cheveux de jais, pantalon taille basse marron et débardeur rose, diadème autour du cou et escarpin orange à la main... Elle regardait une poignée d'assistantes et de stagiaires d'allure prépubère remplir des malles de vêtements d'automne.

– On part en voyage ? lançai-je en m'arrêtant derrière elle.

Je ne connaissais presque personne dans cette équipe – elles s'appelaient toutes Tara ou Tanya ou Tamara –, mais puisque nous étions voisines de couloir, Sasha et moi échangions de temps en temps quelques propos stériles.

– On a une séance photo du côté de Palm Springs, répondit-elle d'un sourire poli.

Ses lèvres semblaient plus épaisses que la dernière fois, comme si elle avait reçu des injections de collagène ou une piqûre de frelon.

– Dans le désert ?

– Tout à fait. La lumière y est si merveilleuse, répondit-elle tout en lançant la chaussure dans une malle.

Reprenant mon chemin jusqu'à la machine à café, je croisai des bureaux où, à cette heure-ci, j'aurais dû voir toutes les huiles au téléphone, devant leur écran ou penchées sur la mousse d'un espresso. Mais peu étaient présentes. Comme je remplissais ma tasse, j'entendis appeler mon nom. Je me retournai et découvris Polly Davenport qui trottait dans ma direction. Bien qu'elle fût officiellement celle à qui je devais des comptes, cela ne nous avait pas empêché de devenir copines, de grignoter ensemble nos sandwiches et nos sushis, et de nous attendrir sur notre condition de trentenaires new-yorkaises divorcées.

– Salut, Polly. Mais où sont-ils tous passés, dis-moi ?

– Ils sont dans le puits, à jacasser sur ce qui s'est passé. Tu es courant, non ?

– Oui, oui. Si on allait en parler dans mon antre ?

Nous regagnâmes mon bureau, dont je fermai la porte aux trois quarts. Polly avait réuni ses longs cheveux blond doré en une natte ; par-dessus son tee-shirt blanc, elle portait une robe chasuble noire, censée cacher ses hanches – le fléau de sa vie. Polly avait essayé tous les régimes imaginables, y compris celui de « l'hôtesse de l'air », qu'elle avait déniché dans un numéro de *Gloss* vieux de vingt-cinq ans, mais rien à faire : elle avait toujours quinze kilos de trop.

– Alors, que sais-tu au juste ? demanda-t-elle en prenant la deuxième chaise.

– Eh bien, impossible d'apprendre quoi que ce soit aujourd'hui, mais j'étais là-bas hier. En fait, c'est moi qui ai trouvé le corps.

– C'est pas vrai... Mais que s'est-il vraiment passé ?

– Difficile à dire. Cat m'a suppliée de venir, parce qu'Heidi n'ouvrait pas sa porte. Elle était paniquée, alors c'est moi qui suis entrée dans le studio où elle logeait. Elle était allongée par terre, morte. Elle avait vomi partout. J'ai tout de suite pensé à une overdose, mais...

– C'est ce qu'insinuait le journal. Tu crois qu'elle prenait de l'héroïne ?

– Je n'en ai pas la moindre idée. Je n'ai vu aucune trace de drogue, mais tu penses bien que les flics ne m'ont pas laissé fouiller la pièce.

– Ça a dû être horrible de la trouver dans cet état-là...

– Il y a plus sympathique, en effet. Je la connaissais à peine, mais c'est toujours triste de voir quelqu'un partir si jeune.

– Mais où est Cat, au fait ? demanda-t-elle un peu agacée.

– Chez elle, je suppose. D'après Audrey, il est peu probable qu'elle passe.

– J'essaie de la joindre depuis que je suis arrivée. L'article sur le cancer de l'ovaire doit partir aujourd'hui sans faute. Je sais qu'elle a d'autres chats à fouetter, mais elle tenait à lire la dernière mouture.

– Comment as-tu appris la nouvelle ? demandai-je.

– Au journal de la nuit. Mais bon, j'ai l'habitude de recevoir les infos après tout le monde...

Polly n'avait jamais digéré de ne pas être dans le secret des dieux comme Leslie, alors qu'elles étaient, en théorie, au même niveau hiérarchique. À mon humble avis, Polly était pourtant la plus compétente des deux. Beaucoup pouvaient faire le boulot de Leslie, tandis que Polly avait un vrai talent journalistique, une grande créativité éditoriale et un bon sens de la formule. Si Cat s'imposait comme la visionnaire du titre, avec son instinct infaillible et son carnet d'adresses bien rempli, Polly savait mettre en forme les idées de la patronne et concevoir ces unes alléchantes qui faisaient tant pour les ventes – citons « Pourquoi je couche avec votre mari », « En parfaite santé mais accro aux frottis », ou encore « Sept trucs coquins qui lui mettront le feu aux cuisses ».

– Si ça peut te consoler, sache que je serais perdue sans toi, lui dis-je dans un sourire.

– T'es gentille, va. Au fait, je n'ai pas vu Leslie non plus. Tu crois qu'elle est sur le pont ?

– Ouais, Cat lui a demandé de gérer la presse. Elle a dû rester là-bas pour contrer les journalistes.

– Eh bien, je suis ravie pour elle. Rien ne lui réussit mieux que de jouer les fayottes avec la chef, lâcha-t-elle avant de se relever. Bon, j'ai une série de chapeaux à réécrire. Je repasserai plus tard. Au fait, ton histoire de fantômes avance comme tu veux ?

– On peut dire ça.

– Tu sais que c'est pour septembre ?

– Oui, oui, sois sans crainte.

Comme elle quittait la pièce, le téléphone sonna. Elle stoppa net, pensant que ça pouvait être Cat. Je décrochai puis secouai la tête pour lui dire non. Je mentais, bien sûr, mais il me semblait que Cat préférerait faire profil bas et garder secrets ses coups de fil au journal.

– Salut, fis-je, tandis que Polly disparaissait dans le couloir. Tu te sens comment ?

– Dans la panade.
– Qu'est-ce que j'ai raté hier après-midi ?
– Juste quelques heures de cafard de plus. Écoute, je sais que tu as cherché à me joindre hier soir, mais je n'étais pas disponible. J'ai cru que les flics n'allaient jamais partir. Ils ont interrogé Jeff – en le prenant à part, comme pour toi et moi. Puis la presse est arrivée comme une meute de chiens enragés. Jeff est parti chercher Tyler vers 19 heures, et je me suis gavée d'aspirine avant de tomber dans les bras de Morphée.
– Les policiers ne t'ont pas dit s'ils privilégiaient une piste plutôt qu'une autre ?
– Rien du tout. Muets comme des tombes, si l'on peut dire...
– Tu as pu joindre la famille d'Heidi ?
– Jeff leur a parlé. Ils n'ont pas semblé abattus par la nouvelle. Mais Jeff pense qu'ils seraient plus enthousiastes si ça leur donnait l'occasion d'intenter un procès. On leur enverra la dépouille d'Heidi quand les flics en auront terminé.
– Ils vont pratiquer une autopsie, non ?
– Oui. Dans la journée, je crois. J'espère en savoir plus dans les heures qui viennent. C'est pour cette raison que je reste à la maison. Sans compter qu'il doit encore y avoir des paparazzi qui rôdent, et je n'ai pas envie qu'on me tire le portrait.
– Je peux faire quelque chose ?
– À vrai dire, oui. J'ai le pressentiment que cette affaire va nous exploser à la figure. Aussi j'aimerais en savoir plus sur la vie privée d'Heidi. J'ai besoin que tu fouines un peu.
– Que je fouine ? Tu veux que je fouille dans ses affaires ?
– Éventuellement. Mais je veux surtout que tu prennes contact avec son entourage. Elle avait une très bonne amie, fille au pair elle aussi. Sans oublier Jody, son ex.
– Tu ne préfères pas connaître la cause du décès d'abord ?
– Je veux avant tout éviter les mauvaises surprises. (Un silence.) J'ai besoin de toi, Bailey. J'ai vraiment besoin de toi.

– Entendu, tu peux compter sur moi.

Puisque la mort d'Heidi m'obsédait, je préférais encore plonger au cœur de l'action que de rester sur la touche.

– D'ailleurs, j'ai moi-même plusieurs questions à te poser, ajoutai-je.

Elle proposa que je la rejoigne chez elle, mais, de préférence, après avoir essayé de contacter la copine et l'ex. Pour gagner du temps, elle me demanda de sauter dans un taxi et de la rappeler depuis mon portable pour qu'elle me laisse les coordonnées de ces jeunes gens. Je répondis que j'étais en route.

Au moment où j'attrapais mon cabas, le Dr Petrocelli rappela. Je lui racontai la découverte macabre d'hier.

– On fait mieux comme dimanche, commenta-t-il.

– C'est sûr. D'après vous, qu'est-ce qui aurait pu causer ce décès ?

– Ça dépend. Quel âge avait-elle ? Quand l'a-t-on vue vivante pour la dernière fois ?

– Elle avait à peine vingt-deux ans. Et son employeuse lui a parlé dans l'après-midi de samedi.

– Eh bien, c'est drôlement jeune pour une mort subite. Dans ce cas, je chercherais d'abord des traces de traumatismes. Vous en avez repéré ?

– Non. Ni sang ni blessure. Elle était étendue sur le sol, mais on aurait dit qu'elle avait glissé du canapé.

– Pas de problèmes particuliers de santé ?

– Pas que je sache.

– Alors, ça ressemble fort à un cas toxicologique.

– Vous voulez parler de drogue ? C'est effectivement la première chose qui m'est venue à l'esprit.

– Oui, la drogue. L'héroïne peut causer des vomissements importants. Ou bien l'alcool. Sinon les deux. Le patient régurgite, puis s'étouffe dans son vomi. L'ébriété et l'état hallucinatoire diminuent le réflexe nauséeux et les bronches se retrouvent obstruées. On voit ça tous les jours.

– Sauf que rien dans la pièce ne laissait penser qu'elle buvait ou se droguait.

– Elle aurait pu… Un instant, je vous prie. (Je l'entendis donner quelques ordres.) Excusez-moi. Où en étais-je ? Ah oui, je vous disais qu'elle aurait pu boire ou se piquer ailleurs, avant de rentrer chez elle. Mais je pense aussi à l'ecstasy ou à ces drogues dites « du viol », comme le GHB ou le Rohypnol®. Quelqu'un aurait pu en glisser dans son verre, dans un bar ou lors d'une fête.

– Pourquoi pas. Mais elle disait ne pas avoir l'intention de sortir. Et une intoxication alimentaire, du type salmonellose ou botulisme ?

– Ce n'est pas une cause de mort subite. On met en général trois ou quatre jours à en mourir. Il reste d'autres possibilités : une rupture d'anévrisme, par exemple, ou une embolie pulmonaire. Les deux peuvent provoquer des vomissements avant de vous tuer. Mais c'est très rare à cet âge-là. Non, d'après ce que vous me dites, je pencherais pour la piste toxicologique. Une substance qu'elle aura prise, volontairement ou non.

Ces trois derniers mots me donnèrent la chair de poule.

– Je vous remercie pour vos lumières, lui dis-je.

À vrai dire, tout cela ne faisait qu'accroître ma perplexité – et mon inquiétude.

5

Je demandai au chauffeur de remonter Central Park West puis de redescendre par l'intérieur, en lui promettant de donner notre destination exacte dans un instant. Tandis que nous tournions en rond autour de Columbus Circle, je parvins à joindre Cat. Elle me renseigna sur les deux personnes que je devais contacter ce matin.

L'autre fille au pair – visiblement la meilleure amie d'Heidi, pour ne pas dire la seule – s'appelait Janice. Elle aussi était américaine, ce qui, d'après Cat, était très rare dans le petit monde des baby-sitters new-yorkaises. Elle ne l'avait rencontrée qu'à deux ou trois reprises, en savait très peu sur elle et avait eu son numéro de téléphone par Carlotta.

Mon autre client était l'ex-boyfriend, le dénommé Jody Ransom (Radson ?). Il travaillait au Starbucks à l'angle de la Troisième Avenue et de la 90e rue, mais Cat ignorait son adresse personnelle. Heidi et lui avaient dû sortir ensemble entre le début de l'automne dernier et les premiers jours de janvier, puis il était réapparu plusieurs fois comme le « bon copain ». D'après Carlotta, il était même passé jeudi soir, pendant que Cat donnait une fête en l'honneur de Dolorès Winter, la rédactrice en chef précédente.

– Quand ils sortaient ensemble, arrivait-il à ce Jody de passer la nuit dans le studio ? demandai-je.

– Sûrement, oui, le week-end. On est rarement là, mais Carlotta passe de temps à autre et je crois savoir qu'elle l'a déjà surpris au lit.

– Cela était contraire aux règles de la maison ?

– Non, non. Bien sûr, je n'avais aucune envie de voir de jeunes mâles défiler sous mes fenêtres à longueur de journée, mais Heidi n'invitait jamais personne en semaine. Quant au week-end, du moment qu'ils ne faisaient pas ça sous notre nez...

Je promis d'essayer de les contacter avant de m'arrêter chez elle.

J'appelai d'abord les employeurs de Janice, et c'est elle qui décrocha. Je lui expliquai que j'étais une amie de Cat, laquelle souhaitait qu'on se rencontre. Oui, la jeune fille avait appris le drame et disait être effondrée, notamment parce qu'elle n'avait pas réussi à joindre la maison pour en savoir plus.

– C'est justement pour cela que j'appelle, répondis-je. Cat aimerait que je vous parle de certaines choses. J'espérais pouvoir passer ce matin.

Elle accepta volontiers. Elle serait là-bas jusqu'à la fin du déjeuner. Je promis d'arriver dans moins d'une heure.

Après avoir rangé mon portable dans mon sac à main, je me renversai sur la banquette du taxi, fermai les yeux et tâchai de me remémorer ma première rencontre avec Heidi. C'était à la fin de l'été dernier, dans le jardin de Cat, lors d'un dîner en plein air donné en l'honneur de je ne sais plus qui pour je ne sais plus quel exploit. Nous venions de passer à table, quand Heidi avait amené Tyler pour dire bonne nuit à ses parents. Si Cat avait paru moyennement ravie de cette intrusion – sûrement de peur que ce contretemps ne réchauffe le gaspacho –, les convives étaient tombés dans un silence béat. Heidi, qui travaillait là depuis une semaine, était d'une beauté renversante. Un mètre soixante-dix, un corps de rêve. Une longue chevelure blonde aux reflets nacrés, les yeux vert foncé. Je me souviens m'être dit que, si j'avais été mariée, je n'aurais jamais osé accueillir une telle créature chez moi. Mais Cat n'avait jamais douté de sa propre beauté ni de l'adoration que lui vouait Jeff.

En plus de sa grâce, Heidi m'avait impressionnée par son extrême réserve. On aurait dit une sorte de princesse de glace, le genre de fille qui s'intéresse peu aux hommes. À l'inverse, elle ne laissait aucun mâle indifférent – produisant un peu le même effet qu'un sifflet à ultrasons sur des chiens. J'en vis quelques-uns s'empourprer en la voyant, dont mon boyfriend du moment – que j'allais d'ailleurs plaquer trois heures plus tard au coin de la rue, en sautant dans un taxi, tandis qu'il raclait sa semelle couverte de chewing-gum.

Depuis cette soirée, je l'avais régulièrement croisée chez Cat. Elle ne s'était jamais départie de cette froideur naturelle ; aussi n'avions-nous pas pu sympathiser. En somme, j'ignorais presque tout d'elle.

Je fis mon premier arrêt devant Starbucks, où j'espérais trouver Jody. À 11 h 45, le lieu était quasi désert. Une soupe salsa faisait fond sonore, totalement décalée avec l'ambiance.

– Un grand cappuccino à emporter, s'il vous plaît, demandai-je à une jeune fille portant le tablier vert et la casquette noire de la maison.

Tandis que de la machine sortait un jet de lait fumant, l'employée fixait le plafond avec l'air fatigué de celle qui entend ce sifflement des centaines de fois par jour. J'attendis qu'elle me rende la monnaie pour lui demander :

– Jody travaille, aujourd'hui ?

– Vous cherchez un job ?

– Non, c'est personnel.

– Il était là tout à l'heure, mais il a dû s'absenter. Vous êtes une amie ?

– Plus exactement une amie de la famille chez qui travaillait son ex-copine. (Je vis à son regard qu'elle devinait parfaitement ce qui m'amenait ici.) Je voulais savoir comment il allait.

– Pas fort, répondit-elle.

– Comment a-t-il su ?

– Il a dû voir ça dans le journal.

– Vous-même connaissiez Heidi ?

– Elle venait très souvent ici, avec un petit garçon. Moins souvent ces derniers temps.

– Vous ne connaîtriez pas l'adresse de Jody, par hasard ? Je veux m'assurer qu'il va bien.

– Je n'ai pas son adresse, dit-elle en haussant les épaules, mais je peux vous donner son téléphone.

Numéro en main, je hélai un second taxi qui me conduisit à l'angle de la 93e rue et de la Deuxième Avenue, où vivait et travaillait Janice. L'immeuble était l'une de ces tours de quarante étages qui avaient poussé dans les années 1980, habitées, selon Cat, par des yuppies qui n'avaient pas les moyens de franchir Lexington Avenue.

Le gardien annonça mon arrivée et m'indiqua l'appartement 31E. Janice mit une bonne minute pour répondre à mon coup de sonnette. Je l'entendis calmer un enfant, puis gagner l'entrée en faisant battre ses semelles sur la moquette. Son physique me surprit. Habituée à celui d'Heidi, j'avais dû m'attendre à une belle plante. Mais elle était petite et ronde, et ses cheveux blonds rappelaient tristement le brushing de Farrah Fawcett dans *Drôles de dames*. Elle était moulée dans un jean et un tee-shirt noir Calvin Klein trop petit d'à peu près trois tailles.

– Bonjour, Janice, je suis Bailey, lançai-je en tendant la main. C'est très gentil de me recevoir. Ça doit être dur pour vous, qui étiez si proche d'Heidi.

À l'évocation de ce nom, ses larmes se mirent à couler, entraînant avec elles un limon de mascara.

– J'en peux plus, gémit-elle. Je n'arrête pas d'appeler là-bas, espérant que quelqu'un va enfin me parler, mais je tombe toujours sur ce répondeur.

– Ils sont traqués par la presse à cause de la notoriété de Mme Jones. Je peux entrer ?

– Oui, pardon. Entrez donc.

Les appartements de ce type étant tous plus ou moins semblables – des pièces de même taille, sans ornement, un parquet bas de gamme, une cuisine minuscule. Je fus tout de suite saisie par la surface de celui-ci : les propriétaires avaient dû abattre les cloisons de deux logements pour créer une sorte de loft, combinant cuisine américaine, séjour et salle à manger. Le mobilier était avant tout contemporain et, malgré une décoration soignée, le moindre mètre carré était encombré de fatras – des paquets de couches, des boîtes de lingettes, des vidéos, des journaux, du courrier, des catalogues, du linge déplié, un pack de flans à la vanille... Dans le coin séjour trônait un immense écran de télévision, presque aussi grand que ceux qui diffusent les ralentis dans les stades. Dans un trotteur se trouvait un bébé presque chauve qui devait avoir tout juste un an. Il triturait un pain au lait face à un dessin animé avec un chien géant à taches bleues.

Janice fit clapoter ses mules noires jusqu'à la grande table et se laissa tomber sur une chaise. Sur le set posé devant elle, une canette de Coca light et une assiette de frites, celles qu'on achète congelées et qu'on réchauffe au four. Je pris la chaise opposée, qui offrait une vue époustouflante sur l'East River et le Queens.

– Un soda ? proposa Janice en écartant son assiette avant de prendre sa canette.

Ses ongles de quatre centimètres de long étaient mauves et ornés de petites fleurs en décalcomanies.

– Non merci. Je vais finir mon cappuccino.

Pendant que je buvais une gorgée, Janice jeta un œil au bébé. Il sautillait joyeusement dans son trotteur, tandis que le chien à taches bleues se roulait dans une flaque.

– Qu'est-il arrivé à Barney ? demandai-je. Les enfants ne l'aiment plus ?

– Barney, c'est fini, répondit-elle avec une moue de dégoût. Et tant mieux. Je ne pouvais plus le voir.

– Vous et Heidi étiez déjà filles au pair quand vous vous êtes rencontrées ?

– Ouais, c'était à Gymboree. On était les seules filles qui ne venaient pas d'Angleterre.

– Gymboree est un endroit pour les enfants ?

– Ouais, ce sont ces classes où les enfants font du toboggan ou du trampoline, et à qui on chante des chansons du genre « Bateau sur l'eau ».

– Comment avez-vous appris le décès d'Heidi ?

– Une copine m'a appelée, après l'avoir vu aux infos.

Les larmes se remirent à couler. Elle les essuya du bout de l'index en veillant à ne pas s'entailler la cornée avec ses ongles.

– Mais ce que je ne comprends pas, reprit-elle, c'est comment on peut tomber malade et mourir en quelques heures.

– On n'a pas encore la réponse à cette question. C'est un vrai mystère. Ils vont pratiquer une autopsie et quelques examens. Quand lui avez-vous parlé pour la dernière fois ?

– Samedi. On a discuté au téléphone.

– Vers quelle heure ?

Elle réfléchit un instant, en se tortillant nerveusement une mèche de cheveux.

– Environ 1 heure de l'après-midi. Je voulais qu'on sorte ce soir-là, mais ça ne lui disait rien.

– Elle avait d'autres projets ?

– Non, elle avait juste pas envie de sortir. Elle était comme ça depuis quelque temps. Avant, on était des habituées de cette boîte de la Troisième Avenue, le Caboose. Elle adorait cet endroit, et les garçons de là-bas la trouvaient canon. Puis, du jour au lendemain, elle est devenue très casanière.

Elle fit marcher deux de ses doigts jusqu'à l'assiette de frites froides et en piocha une, qu'elle tint suspendue comme un ver de terre.

– Elle n'a pas laissé entendre qu'elle se sentait mal ? hasardai-je.

– Non, elle disait juste qu'elle préférait rester à la maison.

– Était-elle déprimée ou blasée ?

– Je ne crois pas, non. Elle avait juste envie de lire et d'écouter de la musique.

– Quel genre de musique ? demandai-je, me souvenant de ce que j'avais entendu dans le studio.

– Du jazz. C'était son nouveau truc. Allez comprendre...

Elle engloutit la frite froide.

– Et quand l'avez-vous vue pour la dernière fois ? poursuivis-je.

– Vendredi. Non, jeudi. On a sorti T et G pour prendre le café ensemble.

– T et G ?

– Oui, c'est comme ça qu'on surnomme Tyler et George. C'est plus rapide.

– Quand vous aviez l'habitude de sortir le soir, arrivait-il à Heidi de boire un peu trop ?

Janice eut un petit rire.

– Jamais de la vie. Elle devait boire un demi-verre de vin blanc tous les dix mille ans. Elle n'aimait pas l'alcool. Juste de l'eau minérale.

– Et la drogue ?

– La drogue ?! Parce que certains pensent qu'elle se droguait ?

– Non, non. Je cherche juste à expliquer les vomissements. Mais d'autres auront la même idée que moi, vous savez.

– Heidi n'aurait jamais touché à ça, affirma-t-elle en secouant la tête. Ça peut paraître prétentieux, mais elle se considérait au-dessus de tout ça.

Le petit G commençait à s'agiter dans son trotteur, peut-être parce que le chien bleu avait disparu.

– Tu veux un biberon, Jojo ? lança Janice.

Il répondit d'un grognement. Alors elle se leva pour sortir un biberon tout prêt du réfrigérateur. Comme elle s'approchait de lui, les bras de G se tendirent d'un coup. Il devait me manquer une case, car, dans ces moments-là, mon désir de maternité ne frémissait pas d'un iota.

– Personnellement, je trouve qu'il a passé l'âge des biberons, se justifia Janice. Mais sa mère le laisse continuer. Elle ne sait pas lui dire non.

– Vous connaissiez le petit ami d'Heidi, Jody ?

– Attendez, c'est hypervieux, cette histoire-là ! Mais oui, elle me l'avait présenté. Du genre plutôt lourd.

– Pourquoi ça ?

– Il lui racontait des craques pour se donner de l'importance. Il se disait manager de sa boutique, alors qu'il n'était qu'assistant. Il prétendait que sa famille du Colorado roulait sur l'or, mais c'était du faux. Quand elle l'a quitté, il n'a pas arrêté de l'appeler pour l'embêter.

– Il continuait à le faire ?

– Je crois qu'il a fini par comprendre le message.

– Et elle revoyait quelqu'un ?

Un ange passa.

– Je ne sais pas, lâcha-t-elle enfin. Heidi disait vouloir prendre du recul par rapport aux garçons. Pour penser un peu à elle, et tout ça. Mais...

Elle se renversa sur son dossier et baissa la tête, les mains sur les genoux. Ses cheveux blonds tombèrent devant son visage.

– Mais quoi ?

– Heidi avait, soi-disant, renoncé provisoirement aux aventures. Mais je ne peux pas l'imaginer sans copain, confia-t-elle en me regardant entre deux mèches. J'avais comme l'impression que...

– Oui ? fis-je d'une voix posée, pour ne pas la brusquer.

– Je me demande si elle ne fréquentait pas un autre type en secret, sans vouloir m'en parler. Comme si... comme si elle avait honte de moi ou un truc de ce genre.

Sa lèvre se mit à trembler, et deux larmes jaillirent.

– Si seulement je l'avais convaincue de me suivre samedi soir, elle serait peut-être en vie, gémit-elle. Je l'aurais vue tomber malade et j'aurais pu l'aider.

– Vous vous faites du mal, Janice. Personne ne sait encore de quoi elle est morte. Vous n'auriez sans doute rien pu faire.

Jojo choisit ce moment-là pour lancer son biberon sur la table basse, renversant une canette vide qui roula par terre. Je décidai qu'il était temps de partir.

– Écoutez, Janice, dis-je en me levant, il faut que je retourne travailler. Je vais vous laisser mon numéro. Si vous avez la moindre question, n'hésitez pas à me laisser un message au journal *Gloss* – je travaille avec Mme Jones.

Je lui tendis ma carte de visite. À son tour, elle me remit un numéro de portable griffonné sur un bout de papier.

– Et que vouliez-vous me dire, au fait ? demanda-t-elle tout en me raccompagnant à la porte. Vous disiez venir de la part de Mme Jones.

– Nous voulions juste nous assurer que vous alliez bien. Nous savons combien Heidi et vous étiez proches.

– Oui, c'est vrai.

– Je n'ai pas d'infos sur les funérailles, dis-je en m'arrêtant devant la porte. Je suppose qu'elles auront lieu dans la ville de sa famille. Vous savez quelque chose à son sujet ? Il lui arrivait d'en parler ?

– Ses parents sont morts. Elle avait une tante qu'elle détestait et dont elle ne parlait jamais. Une sorcière, disait-elle.

Elle pinça les lèvres, comme si elle hésitait à ajouter quelque chose. Je m'immobilisai, pour laisser venir.

– Écoutez, il y a une dernière chose que j'aimerais dire. Voilà : j'ai prêté une paire de boucles d'oreilles à Heidi il y a environ un mois, et elle oubliait tout le temps de me les rendre. Vous croyez que je pourrais les récupérer ? Elles ont coûté quarante dollars environ.

– Mais bien entendu. Je demanderai à Carlotta de les chercher.

Elle me décrivit les bijoux – deux pendillons dorés avec deux perles – et je la saluai. De retour dans la rue, j'arrêtai un taxi et, tandis qu'il prenait la direction de chez Cat, je sortis mon cahier pour y prendre quelques notes.

Je n'avais pas obtenu de grandes révélations, mais quelques détails intéressants.

Premier point : d'après Janice, Heidi se tenait à l'écart de l'alcool et de la drogue, ce qui, si c'était confirmé, annulait l'hypothèse d'une overdose. À moins, comme le suggérait Paul, qu'elle ait avalé quelque chose sans le savoir.

Deuxième point : Heidi avait déclaré à Janice qu'elle ne s'intéressait pas en ce moment aux garçons, mais moi non plus je n'y croyais pas. Une minette de vingt-deux ans ne prend pas ce type de congé sabbatique – en tout cas, pas volontairement. Il semblait bien qu'elle ait eu quelque chose sur le feu, qu'elle ne souhaitait pas révéler à Janice. Par ailleurs, Cat avait remarqué que Heidi semblait un peu ailleurs ces temps-ci...

À supposer qu'elle eût un nouveau copain, pourquoi n'étaient-ils pas sortis samedi soir ? Était-il en déplacement ? ou indisponible, pour une raison ou pour une autre ? À moins qu'elle l'ait tout de même rejoint, sans le dire à Janice. Mais, dans ce cas, pourquoi mentir aussi à Cat en prétendant rester à la maison ? Dernière option : c'est monsieur X qui serait venu lui rendre visite. Saurait-il nous dire ce qui avait rendu Heidi malade ?

Troisième point : à supposer qu'elle eût quelqu'un dans sa vie, pourquoi en faire un secret d'État ? Qu'elle n'ose pas le présenter à Janice, à la rigueur, mais à Cat ? Peut-être était-ce lui qui exigeait la discrétion. Peut-être était-il plus âgé et craignait-il de s'afficher avec une aussi jeune fille. Peut-être était-il marié. Oui, voilà une bonne explication : il se cachait de son épouse, et Heidi se cachait de Cat qui n'aurait jamais toléré un adultère sous son toit. Et cela expliquerait qu'elle ait passé la soirée toute seule.

Un homme marié... New York en était plein. Heidi l'aurait rencontré en promenant Tyler en poussette. Ou bien il l'aurait abordée dans un bar, l'alliance cachée dans la poche. Ils auraient même pu faire connaissance chez Cat, lors d'une de ses innombrables fiestas.

À l'approche du carrefour entre Park Avenue et la 91e rue, mon sang se glaça. Et si elle était vraiment tombée amoureuse d'un homme marié qu'elle aurait rencontré chez Cat ? Et s'il s'agissait de celui qui résidait là, celui qui appartenait à Cat ?

6

Pour l'instant, je chassai l'idée d'une liaison entre Heidi et Jeff, car 1) c'était assez grotesque 2) l'urgence était d'éviter d'éventuels paparazzi restés en planque. En remontant la rue, je constatai qu'ils avaient levé le camp. Je sortis du taxi, payai le chauffeur et, avant d'entrer, je m'arrêtai pour observer le studio. Un cordon de plastique barrait en diagonale la grille en fer forgé.

Je grimpai l'escalier et sonnai. Carlotta m'ouvrit.

– Les journalistes sont tous partis ? demandai-je tandis qu'elle me faisait entrer.

– Tous partis, Mlle Bailey. Mais hier, ce n'était pas joli.

– Cat est là ? Elle m'a demandé de passer.

– Elle vous attend. Dans son bureau. Au deuxième étage, vous voyez ?

Je n'avais visité le haut de la maison que deux ou trois fois depuis que Cat avait emménagé quatre ans plus tôt. L'avant-dernier étage abritait une grande chambre avec salle de bains, ainsi que son petit bureau ; le dernier, une chambre d'amis, celle de Tyler, et l'atelier de Jeff, bien que celui-ci ne travaillât, à ma connaissance, que dans son studio du centre-ville.

En arrivant au deuxième, j'aperçus Cat debout, dans son bureau, un téléphone sans fil collé à l'oreille. Elle portrait un pantalon kaki stretch et un top orange fermé par un zip. Comment faisait-elle pour porter aussi bien cette couleur ? Les rares fois où j'avais essayé, on m'aurait prise pour un ouvrier des travaux publics. Elle avait aussi des escarpins léopard. Cat était réputée pour ses chaussures excentriques, et elle adorait celles qui révélaient la naissance des orteils.

Je me laissai tomber dans un fauteuil recouvert d'un plaid et promenai mon regard dans la pièce. Entre les murs vert mousse, les volets sombres et le ventilateur de plafond en bois, on se serait cru dans un roman de Somerset Maugham. Cat n'avait pas prononcé un mot depuis mon arrivée, et je la voyais bouillir d'impatience tandis que son interlocuteur jappait à l'autre bout du fil. Elle finit par lui couper la parole :

– Elle refuse de porter du cuir ? On n'a qu'à lui trouver un joli Dolce & Gabbana. Ou du Versace. Ce que tu veux, pourvu qu'on maintienne la date fixée.

Se taisant à nouveau pendant une minute, elle m'indiqua les journaux posés sur le bureau, derrière moi. J'allai lui faire comprendre que je les avais déjà lus, quand elle hurla dans le téléphone :

– Quoi ? Elle considère les vers à soie comme une espèce maltraitée ? (Une pause.) Tu te moques de moi ou quoi ? Laisse tomber. Je ne vais pas me laisser mener en bateau par une folle pareille. Avec les deux navets qu'elle vient de tourner, elle mériterait juste qu'on lui fasse porter du Tati ! Y'a qu'à trouver quelqu'un d'autre.

Sa correspondante devait être Rachel Kaplan, la responsable éditoriale beauté, qui semblait faire des pieds et des mains pour que Cat revienne sur sa décision d'annuler la couverture avec la star amie des bêtes.

– Écoute, cette fille a l'air complètement atteinte, et je sais très bien comment ça va se terminer. Quand on aura tout installé et qu'il n'y aura plus qu'à mettre en boîte, on apprendra qu'elle est contre la cueillette du coton, parce que ça décime les charançons ! Tu ne me feras pas prendre un tel risque, tu m'entends ? Bon, qui d'autre sort un film en octobre ?

Un silence.

– Non, elle a une tête à plomber les ventes.

Un nouveau silence, plus long.

– Ça pourrait convenir, sauf qu'elle est chez cet agent hargneux qui ne nous cède jamais personne. Avant d'essayer, dis à Peter de se procurer des clichés d'elle pris par des paparazzi. Il nous faut une arme de persuasion. Allez, je dois te laisser.

Elle raccrocha aussitôt sans s'encombrer d'un au revoir.

– J'ai cru que tu ne viendrais jamais, expira-t-elle en s'affaissant dans l'autre fauteuil. Tu veux boire quelque chose, ou manger ?

– Un peu plus tard, peut-être, quand nous aurons discuté.

– Tu as du nouveau sur Heidi ?

– Un peu. Je n'ai pas encore mis la main sur Jody, mais j'ai parlé à Janice. Elle jure qu'Heidi ne buvait presque jamais et ne touchait pas à la drogue. Au fait, comment l'as-tu recrutée ? Par une agence ?

– Non, par le bouche-à-oreille. Elle travaillait dans le Westchester et voulait venir à Manhattan.

– Tu disais qu'Heidi et Jody avaient rompu depuis un moment déjà. Tu crois qu'elle avait un nouveau copain ?

– Pas que je sache, répondit-elle après un infime temps d'arrêt.

– Elle passait tous ses week-ends ici, même quand vous étiez à Litchfield ?

– Oui, sauf les quelques fois où nous l'avons emmenée, au printemps. Mais elle savait s'occuper, tu sais. En faisant de longues balades à vélo, par exemple. Pourquoi ?

– Je me demandais simplement où elle en était. Janice la trouvait moins disponible ces derniers temps. Et plus secrète.

– C'est précisément le genre de révélations à approfondir, répondit Cat en se penchant en avant. Comme je te l'ai dit, je ne veux pas avoir de mauvaises surprises. Tu as lu le *Post* ? Ils racontent qu'elle est morte dans ma cave. C'est tout juste si on ne me traite pas de dépeceuse d'enfants !

– Je ne demande qu'à t'aider, Cat, mais si Janice ne sait rien, et Jody encore moins, je ne vais pas aller très loin.

– Et si tu allais jeter un œil dans ses affaires ? J'aurais dû m'en charger, mais le courage me manque.

– La police a fini d'inspecter le studio ? Ça me paraît bien tôt pour déranger les lieux.

– Les flics y ont passé toute la journée d'hier. Quand je les ai rappelés dans la soirée, ils m'ont dit qu'on pouvait réutiliser la pièce – je me demande ce qu'on y ferait, d'ailleurs.

– Je peux toujours y faire un tour, mais, à mon avis, ils ont déjà dû emporter tous les objets intéressants.

– Ils m'ont juste parlé de son carnet d'adresses et de son sac à main. Mais tu remarqueras peut-être un détail qui leur aura échappé. Je veux être sûre qu'elle ne trempait pas dans des trucs louches.

– Entendu. J'y ferai un tour. Mais j'aimerais d'abord que tu m'aides à clarifier certains points.

– Vas-y.

Ça n'allait pas être facile. Si Cat n'était jamais avare de confidences, elle n'était pas prête à aborder tous les sujets.

– Parmi les raisons qui t'ont fait paniquer quand Heidi ne répondait pas, y en a-t-il une que tu m'aurais cachée ?

– Comment ça ? Je ne te suis pas.

– Eh bien, tu te mets dans tous tes états pour une chose qui paraît anodine, et pour finir tes craintes sont parfaitement fondées. Alors je repose ma question : m'aurais-tu caché certaines choses ?

– Jamais de la vie, Bailey. Il était 8 heures du matin, elle était censée être là, la lumière était allumée, mais elle n'ouvrait pas la porte. On s'inquiéterait à moins, non ?

– Tiens, tu n'avais pas mentionné la lumière allumée lors de ton appel, non ?

– Si tu crois que je m'en souviens ! J'étais paniquée et j'avais besoin de ton aide. Beaucoup de gens te diraient que j'ai un instinct plutôt fiable.

– D'accord. Autre chose : tu disais vouloir lui parler de Tyler. Tu avais des soucis ?

– Mais pourquoi demandes-tu ça ?

Je la vis se raidir un brin.

– Je trouve curieux que tu lui fixes rendez-vous un jour de congé, c'est tout.

– Bon, c'est vrai, je voulais faire une petite mise au point, avoua-t-elle en se passant la main dans les cheveux. Il m'avait semblé, ces derniers temps, qu'Heidi n'avait pas toujours la tête à son travail. Elle paraissait distraite, rêveuse, et j'avais peur que Tyler en souffre. J'ai donc décidé de lui en toucher deux mots. Elle se levait tôt, alors pourquoi ne pas en profiter ? Je n'avais pas envie de ruminer ça toute la journée.

– Mais pourquoi un dimanche, quand elle était de repos ?

– Tu veux vraiment le savoir ? Parce que Jeff n'était pas là, voilà pourquoi. Il en a marre de voir nos baby-sitters claquer la porte les unes après les autres, et il pense que c'est en grande partie ma faute : je serais trop exigeante. Alors, vu qu'il partait dans le Connecticut et que j'étais retenue ici, le moment me semblait idéal.

– Je ne savais pas que Jeff et toi passiez parfois le week-end séparés, glissai-je.

Si la questionner au sujet d'Heidi était délicat, s'attaquer à Jeff frôlait l'outrage. Elle garda son air placide, sans détourner les yeux, mais sans non plus se décontracter.

– C'était exceptionnel. J'avais enfin l'occasion de préparer ce festival, et Jeff ne pouvait pas déplacer son rendez-vous avec le paysagiste qui va refaire le jardin de Litchfield. Nous n'avions pas le choix, en somme. Mais où veux-tu en venir, Bailey ?

– Je tenais juste à éviter un malentendu.

Convaincue par ses explications, j'arrêtai mon inquisition.

– Alors, tu veux bien inspecter les affaires d'Heidi, oui ou non ? demanda-t-elle d'un ton soudain morose.

– Pas de problème. Mais tu me proposais de casser la croûte, si je me souviens bien. Je meurs de faim.

– Carlotta a préparé quelques plats à la cuisine. Tu veux que je t'accompagne ?

– Je ne voudrais pas te retarder. Fais ce que tu as à faire, je me débrouillerai. J'avale quelque chose, puis je file dans le studio. Tu n'attends personne ?

– Si, j'ai convoqué du monde pour une réunion de travail, mais on a plus d'une heure devant nous.

En sortant du bureau, j'entendis Tyler gazouiller au dernier étage. En levant les yeux, je l'aperçus assis, sur le seuil de sa chambre, sa jolie tête blonde baissée sur un camion qu'il faisait rouler entre ses jambes. Je me retournai vers Cat, qui anticipa ma question :

– La cousine de Carlotta s'occupe de lui jusqu'à ce que l'agence m'ait trouvé une nouvelle fille au pair.

Arrivée à la cuisine, je me servis de la salade aux anchois et des haricots blancs, qui étaient sur le comptoir, dans de très jolis bols en céramique, à côté d'une assiette de brownies, l'une des grandes faiblesses de Cat. Le tout complété d'un broc de thé glacé. Sans oublier les serviettes jaune pâle, parfaitement repassées. Du temps de mon mariage, je m'étais mise à rêver d'une vie comme celle-là, remplie de petits plaisirs et de belles choses. Mais mon divorce avait dissipé cette envie. Bénéficiant déjà d'un appartement confortable et d'une jolie carrière, j'essayais pour l'heure de me reconstruire psychiquement.

Tout en mastiquant, j'interrogeai ma boîte vocale au bureau. Le pédopsychiatre que je devais rencontrer jeudi confirmait notre rendez-vous. Sa voix me parut plus jeune que la première fois, dans les trente-cinq ans. Les deux autres messages venaient de l'assistante de Leslie, signalant qu'elle attendait mes notes de frais depuis deux mois – elle aurait employé le même ton pour annoncer une épidémie dans l'immeuble ; et mon ami Landon, qui était tombé sur un article racontant la mort d'Heidi, me demandait tous les détails – le pauvre ignorait le rôle que j'avais joué. Le grand absent était un message du style : « J'ai lu le *Post* et j'espère que tu vas bien », venant de mon rendez-vous de samedi soir. Il était peut-être passé par-dessus bord, avec sa blonde, dans son voilier.

Rassasiée, je m'armai de courage pour une nouvelle incursion dans le studio. Je sortis le bloc-notes de mon sac et descendis l'escalier.

Le battant de la bibliothèque était entrouvert. En m'engouffrant dans le couloir, je flairai quelques relents putrides ; l'odeur avait faibli mais n'avait pas disparu, comme un élancement après une migraine. Avançant dans le noir, j'atteignis la salle de bains, trouvai l'interrupteur à tâtons et allumai la lumière. Il fallait bien commencer la fouille quelque part.

La pièce était minuscule, avec une simple cabine de douche. La pile de serviettes maculées, qui m'avaient hantée toute la nuit, n'était plus là ; la police l'avait sûrement embarquée. Assez vite, il m'apparut que le seul coin digne d'intérêt serait l'armoire à pharmacie. J'en avais déjà inspecté plus d'une, et je savais qu'elles renfermaient parfois des surprises terrifiantes – par exemple quand on découvre une plaquette de Zovirax®, ce qui signifie que son nouveau copain fait de l'herpès. Celle-ci était pleine de cosmétiques et d'accessoires de toilette, tous de marques – Calvin Klein, Estée Lauder, Sisheido, Chanel... Cette abondance me surprit un peu, jusqu'à ce que je devine que Cat les avait pris dans les armoires à maquillage de *Gloss*.

Les autres objets étaient plus communs : un gel pour le visage sans savon, une brosse à dents de rechange, du fil dentaire, une solution buccale... Mais ni pilule contraceptive ni rien laissant supposer des rapports récents.

De l'autre côté du couloir se trouvait la kitchenette, avec évier, réfrigérateur, mini-four, trente centimètres de plan de travail et quelques placards. On voyait qu'Heidi n'était pas une fidèle de la Chaîne des Gourmets. Excepté une boîte de musli et quelques briques de soupe aux lentilles, ils étaient désespérément vides. Le frigo était tout aussi triste : un yaourt à la pêche périmé, un sachet de carottes, un carton de jus de raisin et une collection de sauces allégées – mexicaine, crudités, tomate-basilic, vinaigre de framboise. Qui s'étonnerait, après ça, qu'elle se soit jetée sur une boîte de chocolats ?

Il ne me restait plus qu'à examiner la pièce principale. Mon cœur se mit à battre tandis que je cherchais la lumière. Ma main finit par trouver l'interrupteur pour le lampadaire du canapé.

La chambre était encore plus exiguë que dans mon souvenir. Le mobilier était minimal : un canapé-lit, un coffre-table basse et un petit fauteuil, tous situés au centre ; à ma droite, une commode et une armoire en pin ; à ma gauche, un petit téléviseur sur trépied et une bibliothèque basse ; entre les deux fenêtres, une petite table et sa chaise. Si la décoration était de bon goût – murs moutarde, canapé à carreaux bleus et jaunes –, on voyait bien que Cat y était allée à l'économie. Je restai immobile à côté de la table basse. Un lieutenant de police, dont j'avais fait le portrait, m'avait confié un jour que son tout premier geste, en arrivant sur le lieu d'un crime, avant même de regarder le corps, était de capter l'atmosphère de la pièce. Alors je fermai les yeux pour essayer d'en faire autant. J'eus des sensations de vide, de confusion et de peur, mais sans savoir si elles venaient de cet endroit ou si elles reflétaient seulement mon état d'esprit depuis les dernières vingt-quatre heures.

Il n'y avait presque plus d'effets personnels, et on avait débarrassé le coffre de la boîte de chocolats et de la bouteille d'eau. Je soulevai le couvercle pour découvrir une couverture et deux oreillers avec une taie en coton bleu ciel.

Je passai à la table, entre les fenêtres, qui servait de bureau. Il y avait là un téléphone, un pot en osier rempli de stylos, une boîte de bristols bleus et une soucoupe avec des trombones et des timbres.

Laissant la commode et la penderie pour la fin, j'examinai la bibliothèque. Quelques thrillers – John Grisham, Nicci French, Sandra Brown – et une étrange sélection de matériel *new age* – un traité de visualisation créative, deux guides d'astrologie et un ouvrage intitulé *Symboles celtiques*, dont la jaquette montrait un diagramme noir en forme de spirale. Les rayonnages étaient surtout occupés par des piles de magazines – *Cosmo, Vogue, InStyle* – soigneusement rangés par titre et par date. Sur le haut de la bibliothèque, le radio-CD d'Heidi et une pile de disques – Faith Hill, Destiny's Child, 'NSync et Madonna. Rien de plus normal à son âge. Mais il y avait aussi cinq ou six albums de jazz, ce qui était plus surprenant. Les notes de musique s'échappant du poste me revinrent à l'esprit, tout comme les propos de Janice sur ce nouvel engouement. Enfin, il y avait deux photos d'Heidi dans des cadres de pacotille dorés. La première la montrait avec une amie sur le quai d'embarquement des croisières Circle Line – qui proposaient le tour de Manhattan en bateau. Elles portaient des vêtements d'été, et les cheveux d'Heidi ne lui arrivaient qu'aux épaules. Ce cliché datait sans doute de son arrivée à New York, l'été dernier. Sur l'autre photo, elle posait devant des arbres, peut-être à la campagne ou bien à Central Park. La prise de vue semblait plus récente : ses cheveux avaient poussé, ainsi que les manches de ses vêtements – un jean et un pull jaune ras du cou, trois fois trop grand. Une fin d'hiver ou un début de printemps. Elle avait un air mutin, penchée en avant, tirant des deux mains sur son pull et se mordant la lèvre inférieure avec sensualité.

Depuis le début de mon inspection, j'avais tenu mes sentiments à distance, mais l'armoire d'Heidi réveilla ma tristesse. Était-ce la vue de ses vêtements bien rangés, ou bien leur petit nombre ? Elle avait une parka rouge, un long manteau noir en laine, un coupe-vent jaune, quelques robes, dont une à dos nu qui pendait par une bretelle, quatre ou cinq pantalons, et quelques paires de chaussures. Avait-elle choisi d'emporter à New York le strict nécessaire ? ou étaient-ce là ses seuls biens ? Sur la commode, quelques peluches et un vide-poche avec des bijoux fantaisie, avant tout des boucles d'oreilles. Je reconnus la paire que Janice m'avait décrite ; en la prenant, je vis qu'il manquait l'une des perles.

Le contenu de la commode était à l'unisson : huit ou neuf tee-shirts et débardeurs, trois pulls, des slips et des soutiens-gorge 90 C, mais le tout mal rangé – sûrement l'œuvre des flics. Dans le dernier tiroir, un jean, qui ressemblait beaucoup à celui de la photo. Mais aucune trace du pull jaune trois fois trop grand. L'avait-elle emprunté au photographe qu'elle regardait avec tant d'espièglerie ?

Je rouvris le tiroir du haut et passai délicatement la main sous les piles de linge. Mes doigts butèrent sur un coffret... signé Tiffany. Il renfermait huit diamants d'environ trois carats chacun, dont deux montés en dormeuse, et six autres sur un bracelet en or. Nom d'un chien... Cette parure devait valoir dix mille dollars au moins. Heidi ne l'avait sûrement pas achetée avec son argent de poche, mais l'avait plutôt reçue d'un homme richissime. Un ancien amant, ou monsieur X lui-même ? C'était la question.

Répétant ma technique dans chaque tiroir, je trouvai sous les jeans une deuxième boîte, plus grande. Je l'ouvris et découvris un paquet de préservatifs ultrafins.

Comme je la remettais en place, j'entendis du bruit derrière moi. En me retournant d'un coup, je me retrouvai nez à nez avec Carlotta.

– Bon sang, Carlotta, vous m'avez fait une de ces peurs !

– Pardon, Mlle Bailey. Mais Mme Jones veut que vous montiez tout de suite. Un policier a appelé et il arrive ici, tout de suite.

– Aïe. Quand a-t-il appelé ?

– Il y a quelques secondes.

– Très bien, j'arrive.

Supposant que j'avais tout de même quelques minutes devant moi, je pris le temps d'écrire quelques notes.

Je m'apprêtais à éteindre la lumière de la kitchenette, quand je me rappelai ce conseil donné jadis par un flic. Dans le réfrigérateur, j'ouvris le compartiment à glace où m'attendait une surprise : toute seule dans son coin, une bouteille pleine de vodka Stoly.

Si Heidi ne buvait pas, un de ses visiteurs le faisait à sa place. Mais qui ? D'après mon souvenir, Jeff, en bon sudiste qu'il était, aimait surtout la bière et le bourbon. Notre monsieur X amateur de vodka serait-il venu ce week-end ? Avait-il remarqué qu'Heidi se sentait mal ? ou en était-il lui-même la cause ?

7

De retour à l'étage, je retrouvai Cat dans le salon, un thé glacé à la main.

– Pourquoi Farley revient-il ? demandai-je, essoufflée d'avoir monté l'escalier quatre à quatre.

– Je ne sais pas trop, dit-elle en se tournant vers moi. Il a juste dit qu'il voulait me revoir, soi-disant pour me poser de nouvelles questions.

– L'autopsie a peut-être révélé quelque chose. Je ferais mieux de filer, tu ne crois pas ? Je doute qu'il soit ravi de me trouver ici.

– Par pitié, reste, Bailey. Je n'ai aucune envie d'être toute seule quand il va me cuisiner. Et puis quoi, tu n'es pas curieuse de voir comment il sera habillé ? Je parie qu'on aura droit à un vieux pantalon en jersey, ou à une merveille de ce style.

– Et Jeff, tu ne préférerais pas qu'il soit là ? Et un avocat, tiens ? Tu t'en es pris un, au moins ?

– Oui, oui, on lui a parlé hier, mais il préfère rester en retrait tant que les flics ne se montrent pas trop accusateurs. Allez, reste, s'il te plaît. C'est dur, tu sais.

Je ne me fis pas prier plus longtemps et m'assis face à Cat, dans un fauteuil crème. J'avais hâte d'entendre ce que Farley avait à dire.

– Alors, qu'est-ce que tu as trouvé en bas ? me demanda-t-elle. Va à l'essentiel, le temps presse.
– Eh bien, cela a été plutôt rapide. Heidi ne possédait pas beaucoup d'effets personnels, non ?
– Des fringues, tu veux dire ?
– Des fringues, des livres, des babioles... Tu as bien dû jeter un œil dans son studio de temps en temps, non ? Je te connais, Cat, et je sais que tu n'as pas dû résister à la tentation.
– J'ai juste passé la tête de temps en temps. À part ça, Carlotta faisait le ménage une fois par semaine. La baby-sitter précédente n'entretenait pas beaucoup : elle avait réussi à attirer des souris !
– Comme je te le disais, il n'y avait pas grand-chose, mais l'hypothèse d'un nouveau copain semble se confirmer.
– Ah bon ? fit-elle d'un air détaché.
– Pour commencer, j'ai trouvé plusieurs CD de jazz tout neufs. Or, vu ses goûts musicaux archiclassiques pour son âge, j'en déduis que soit un homme les lui a offerts, soit elle les a achetés pour l'épater. Et j'ai mis la main sur une bouteille de vodka dans le freezer. Si on en croit les dires de Janice à propos de la sobriété d'Heidi, elle était à l'évidence destinée à un tiers. J'ai également déniché une boîte de préservatifs dans un tiroir, même s'il n'est pas exclu qu'ils datent de l'épisode Jody. Enfin, *last but not least*, figure-toi que la demoiselle était l'heureuse détentrice d'une parure de diamants Tiffany !
– Carrément ? lâcha-t-elle entre l'interrogation et le constat, les yeux un peu écarquillés.
– Vu la probabilité très faible que ce cadeau vienne de Jody, tu ne vois pas qui aurait pu le lui offrir ? Elle ne t'aurait pas volé un truc pareil, rassure-moi ?
Elle répondit non à mes deux questions. Mais je voyais travailler ses neurones, cherchant toutes les pistes qu'ouvraient mes révélations. Le prénom de Jeff lui effleurait-il l'esprit, comme il l'avait fait pour moi ?

À cet instant, on sonna.

– Mince, le voilà ! s'écria Cat. Nous poursuivrons cette discussion plus tard.

Comme si j'avais pensé un seul instant à raconter mes exploits devant l'inspecteur Farley...

Ce dernier avait dû perdre Cheveux-jaunes en route. Carlotta l'amena au salon, et nous nous levâmes d'un coup. Il était aujourd'hui en bleu marine, dans un costume aussi étriqué que celui d'hier. Soit il avait pris du poids depuis sa dernière séance de shopping, soit il aimait le style moulant, lui donnant l'impression d'avoir tout en place et sous contrôle.

– Je vous remercie de bousculer votre emploi du temps pour moi, lança-t-il à Cat avant de me saluer d'un air sévère : Mlle Weggins.

– Asseyez-vous donc, inspecteur. Un thé glacé ?

– Non merci.

S'étant posé dans un fauteuil, il ôta quelques peluches imaginaires sur son pantalon.

– Alors, vous savez quelque chose ? demanda Cat en se rasseyant en même temps que moi. On a enfin trouvé ce qui a tué Heidi ?

– Je vais vous expliquer où en est l'enquête, mais je dois d'abord vous poser quelques questions.

Il sortit de la poche de son veston un carnet, qu'il feuilleta jusqu'à la première page.

– Hier, vous m'avez dit qu'Heidi et M. Radson – Jody Radson – avaient mis fin à leur relation, commença-t-il en fixant Cat droit dans les yeux. Savez-vous lequel des deux est à l'origine de cette rupture ?

Cette question m'alerta. S'il se demandait qui avait quitté l'autre, c'est qu'il avait une idée très précise derrière la tête.

– Ça, elle ne me l'a jamais dit, répondit Cat. Mais, personnellement, je pense que c'est elle.

– Et pourquoi ça ?

– Parce qu'elle n'avait pas l'air très abattue en m'annonçant leur rupture. À moins qu'ils n'aient pris cette décision ensemble, mais c'est rarement le cas, non ?

– M. Radson, que nous avons entendu hier soir, dit qu'ils ont rompu en janvier. Vous confirmez ?

– Janvier ? Ça doit être ça. Carlotta, ma femme de ménage, vous le dirait mieux que moi.

– Avez-vous croisé Radson récemment ?

– Oui, il passait à la maison de temps en temps, comme un bon copain. Carlotta l'a d'ailleurs croisé pas plus tard que l'autre soir.

– Quel soir ?

– Jeudi. Mais pourquoi ces questions ? Que se passe-t-il à la fin ?

Et de quoi soupçonnaient-ils Jody ? me demandais-je. Le jeune homme aurait-il rendu visite à Heidi samedi soir ? Dans le but de lui faire du mal ?

– Nous voudrions savoir s'il a pu lui remettre une boîte de chocolats. Dans l'espoir de la reconquérir, par exemple. Où Heidi se serait-elle procuré une boîte de chocolats, d'après vous ?

L'image de la boîte dorée à côté du cadavre me revint à l'esprit. J'en eus la chair de poule.

– Il ne s'agit pas de chocolats belges ? demanda Cat par acquit de conscience.

– Si, justement.

– Dans ce cas, si vous faites allusion à une boîte de Godiva, c'étaient les miens. Mais pourquoi ? Ce ne sont quand même pas ces chocolats qui...

– Alors, c'est vous qui les lui avez offerts ? l'interrompit Farley.

– Oh non, elle a dû me les voler en douce. Quelqu'un les a apportés jeudi soir, à mon intention, lors d'une fête que je donnais. Heidi a dû les redescendre pendant la soirée.

– Et qui est ce « quelqu'un » ?

– Je ne sais pas. Je les ai trouvés sur la console de l'entrée. Mais pourquoi, enfin ?

– Pour l'instant, c'est moi qui pose les questions, Mme Jones, rappela-t-il, très calme. Qu'est-ce qui vous fait penser qu'Heidi les a « volés », comme vous dites ?

– C'est simple : quand j'ai voulu les goûter, ils n'étaient plus là. J'ai pensé que les serveurs les avaient rangés quelque part. Mais pas moyen de les retrouver. Puis Bailey les a repérés dans le studio d'Heidi.

La tête de Farley se braqua sur moi.

– À quel moment avez-vous remarqué les chocolats dans le studio ?

– En même temps que j'ai découvert le corps. Je n'étais pas entrée avant, précisai-je pour ma défense.

– Et pourquoi l'avoir mentionné à Mme Jones ?

– C'est venu comme ça, répondis-je en haussant les épaules. Nous parlions d'Heidi en attendant l'ambulance. Elle avait vomi ; aussi nous nous demandions ce qu'elle avait bien pu manger. Cat m'a signalé qu'Heidi dévalisait parfois le frigo, et j'ai fait le lien avec les chocolats. C'est aussi simple que ça.

L'inspecteur prit quelques notes. Quand allait-il se décider à parler ? Les chocolats auraient-ils été piégés ? Dans ce cas, la cible visée n'était pas Heidi mais... Cat. Cette dernière prit une grande inspiration et je compris qu'elle allait faire un revirement tactique, ayant compris que sa fébrilité ne menait à rien. Cat partait toujours du principe que tous les chemins mènent à Rome.

– Écoutez, inspecteur, commença-t-elle de sa plus jolie moue aguicheuse. Je suis heureuse qu'on ait confié cette affaire à un professionnel de votre trempe, et loin de moi l'intention de vous pressurer. Mais puisqu'il est évident que ces chocolats vous préoccupent et étant donné qu'ils m'étaient destinés, je voudrais que vous me disiez quel est le problème.

– Je compte bien vous l'expliquer, Mme Jones, mais j'ai besoin de quelques renseignements supplémentaires. Pouvez-vous me décrire la boîte qui se trouvait sur la console ?

– C'était le modèle Godiva standard, le doré. Mais en plus du ruban ou de l'élastique habituel, il était orné d'une fleur artificielle, comme ils le font parfois en période de fête. C'était une fleur rose, je crois. Rose pâle.

– Et vous soupçonnez Heidi d'avoir pris vos chocolats ?

– À moins d'une coïncidence incroyable, répondit Cat. Rendez-vous compte : on m'offre des chocolats et ils disparaissent mystérieusement. Peu après, on découvre une boîte de truffes dans l'appartement d'Heidi qui, non seulement n'aurait jamais pu se la payer, mais qui avait la manie de chiper les sucreries de la maison.

– Heidi était présente ce soir-là ?

– Oui, elle veillait sur mon fils Tyler pendant la fête.

– Je l'ai moi-même aperçue dans le hall, intervins-je. Elle sortait le blouson de Tyler de la penderie. D'ailleurs, je lui ai trouvé un air bizarre. Comme si je l'avais prise en flagrant délit de quelque chose.

– Par pitié, supplia Cat, cessez de faire tant de mystères ! Que se passe-t-il, à la fin ?

– Bon, puisque vous insistez... Il semble y avoir un hic avec ces chocolats. Nous les avons fait analyser, et nous craignons qu'ils n'aient été, comment dirais-je..., altérés.

– Altérés ? releva Cat. Vous voulez dire *avariés* ? Ce n'est vraiment pas le genre de Godiva.

– C'est-à-dire que ces truffes n'étaient pas des Godiva, répondit Farley. Visiblement, quelqu'un a remplacé les truffes d'origine par une fournée de fabrication maison.

Oh la la... En d'autres termes, on avait voulu tuer Cat. Mais cette dernière ne semblait pas encore parvenue à cette terrible conclusion.

– Qu'entendez-vous au juste par *altérés* ? reprit-elle.

Fini les accents mielleux, place au ton exaspéré qu'elle réservait à ceux qui mettaient plus de vingt secondes à lui vendre l'article du siècle. Sous sa carapace je décelais pourtant les signes d'une panique grandissante.

– Nous attendons toujours le rapport d'autopsie définitif, ainsi que les relevés toxicologiques, mais nous pensons que c'est une substance présente dans les chocolats qui a tué Heidi. Du poison, par exemple.

La stupeur déforma le visage de Cat.

– Attendez un peu, seriez-vous en train de me dire que ma baby-sitter est morte après avoir dévoré une boîte de chocolats empoisonnés qui m'étaient destinés ? s'exclama-t-elle.

– Je me refuse à toute conclusion prématurée, répondit Farley. Encore une fois, attendons les rapports officiels. Mais il apparaît bel et bien que la boîte a été trafiquée, et que les chocolats sont la cause probable du décès.

– C'est à peine croyable, articula Cat en enfonçant ses doigts dans sa tignasse blonde. Ça semble irréel, on se croirait dans un film. (Elle se releva pour arpenter la pièce.) Et qu'est-ce que je fais, moi, maintenant ?

La question semblait destinée davantage au ciel qu'à nous. Les lèvres serrées, Farley la regarda déambuler d'un air impassible.

– Inspecteur, fis-je en me penchant vers lui tout en luttant pour dissimuler ma terreur, quand serons-nous fixés ? Combien de temps prendront tous ces tests ?

– C'est le problème avec New York : les labos sont complètement engorgés. Le rapport d'autopsie ne va pas tarder, mais pour les toxiques il faut parfois compter plusieurs semaines.

– Des *semaines* ? s'étrangla Cat. Vous voulez dire que je vais rester dans le flou absolu pendant des semaines ?

– Non, madame. Car nous accordons à cette affaire la plus haute attention. L'enquête a déjà commencé, et selon vos dernières déclarations nous allons explorer une nouvelle piste, à savoir que la personne visée par ces supposés chocolats empoisonnés n'était pas votre fille au pair, mais vous-même. Parlez-moi un peu de cette réception que vous avez donnée – jeudi soir, c'est bien ça ?

– C'était une soirée barbante pour fêter la dernière publication d'une certaine Dolorès Winter. C'est elle que j'ai remplacée à la tête de *Gloss*. Elle a rassemblé plusieurs nouvelles sentimentales publiées dans le magazine, et je n'avais pas d'autre choix que d'organiser ce raout.

– Pensez-vous que quelqu'un ait pu voir la personne déposer les chocolats ? Votre femme de ménage, peut-être ?

– Non, pas Carlotta. Quand je lui ai demandé plus tard si elle avait rangé la boîte quelque part, elle a répondu non et a précisé qu'elle ignorait leur provenance.

– Alors, je veux la liste de tous les participants à la soirée – et il me la faut aujourd'hui. Au besoin, faites-la faxer à mon bureau. Avez-vous reçu des menaces ?

– Non. Du moins, rien d'inhabituel. Les gens m'envoient régulièrement des lettres d'insultes, mais ça fait partie du métier.

Un instant, je crus qu'elle allait dire : « Mais il en a toujours été ainsi. »

Farley lui conseilla de fouiller dans ses souvenirs, au cas où un détail important lui reviendrait soudain en mémoire. Lui avait-on adressé des menaces déguisées ? N'y avait-il personne, parmi les convives de jeudi, qui aurait eu une dent contre elle ? Puis il ajouta que lui ou ses collègues seraient amenés à revenir, le studio étant sans doute le lieu d'un crime.

– Que votre femme de ménage laisse la pièce en l'état, ordonna-t-il. Personne ne doit y pénétrer.

À cet instant, je voulus croiser le regard de Cat, mais Farley l'aurait forcément remarqué.

Quand il se leva pour partir, je crus que Cat allait s'agripper à ses mollets.

– Vous partez ? se récria-t-elle. Et moi, dans tout ça ? Suis-je en danger, inspecteur ?

Il nous ressortit son couplet sur l'importance d'éviter les conclusions hâtives, avant de lui conseiller d'adopter un profil bas. Sur ces mots, il promit de la tenir informée, nous remit sa carte de visite et nous engagea à le prévenir sur-le-champ à la moindre intuition, information ou interrogation nouvelle.

Dans l'espoir qu'il m'en dise plus, loin de Cat, je m'offris de le reconduire à la porte. Mais, pour toute récompense, il m'expliqua qu'il allait désormais faire équipe avec des agents de la brigade homicides, n'étant lui-même qu'un simple inspecteur de quartier. Au mot *homicides*, je fus parcourue d'un nouveau frisson. Comme il franchissait le seuil, Farley me rappela de lui communiquer au plus vite la liste des invités. Je n'osai pas lui révéler ce que j'avais trouvé dans le studio. Non seulement il m'aurait tuée pour cette ingérence, mais ses collègues allaient finir par découvrir les mêmes choses que moi.

De retour au salon, je trouvai Cat allongée sur le canapé, les yeux fermés, un sac de petits pois surgelés sur le front : de toute évidence, elle débutait d'une de ses migraines légendaires. Malgré les rancœurs dues à sa rudesse et à ses manières de garce, je ne pouvais pas imaginer qu'on veuille sa mort. J'aurais voulu la rassurer, la réconforter, mais je m'en étais incapable. J'étais muette de stupeur à l'idée d'avoir dîné en compagnie d'un assassin.

– Dis-moi, Cat, fis-je en m'asseyant à côté d'elle et en m'efforçant d'apaiser ma voix, tu ne vois vraiment personne qui te voudrait du mal à ce point ?

– Tu te demandes peut-être pourquoi je n'ai pas cité le nom de Dolorès Winter ? marmonna-t-elle. Après tout, tu sais comme moi combien cette femme me déteste.

– En effet, j'ai tout de suite pensé à elle. Mais pourquoi n'as-tu rien dit à Farley ?

Elle souleva le sac de petits pois de son front. Son rimmel avait commencé à couler, et son visage était un mélange d'effroi et d'épuisement.

– Parce que ça n'amènerait rien, Bailey. Qu'elle s'en soit prise à moi quand je l'ai délogée de *Gloss*, cela avait un sens. Mais pourquoi aujourd'hui, après toutes ces années ? Et puis, franchement, j'ai du mal à l'imaginer, un tablier sur les hanches, en train de remuer du chocolat dans une casserole. Dolorès ne s'aventure dans une cuisine que pour chercher les olives d'apéro.

– Tu devrais quand même en parler à Farley. C'est à lui de juger. Sinon, à part Dolorès ? Il n'y a personne qui soit en rage contre toi ?

– Si, quasiment la terre entière. Mais il y a un pas entre la simple rage et la folie meurtrière. Non, je ne connais personne qui m'en veuille littéralement *à mort*. Mais tu sais ce que ça signifie, Bailey ? Ça signifie que c'est à cause de moi qu'Heidi est morte.

Son regard se brouillait de larmes – on ne voyait vraiment pas ça tous les jours.

– Ce n'est pas ta faute, Cat. Et tu n'avais aucun moyen de prévenir ce drame. Écoute, il faut faire preuve de méthode et de sang-froid.

– N'en rajoute pas, Bailey.

– À quel traiteur t'es-tu adressée ?

– À une petite entreprise familiale, la même que d'habitude. Pourquoi ? Tu ne crois tout de même pas qu'ils sont mêlés à cette histoire ?

– Non, mais il faudrait vérifier s'ils n'ont pas changé eux-mêmes les truffes. Il faut être sûr qu'il n'y a qu'une seule boîte dans cette histoire, tu comprends ?

– D'accord, d'accord, soupira-t-elle de retour sous son sac.

– Et il te faudrait une protection rapprochée.

– Un garde du corps, tu veux dire ?

– Par exemple.

– Ce qu'il me faudrait, c'est surtout un goûteur. Mais ces gens-là ne travaillent plus depuis cinq siècles.

– Et si j'appelais le responsable de la sécurité au journal ? Tu sais, cet Eddie quelque chose.

– Tu parles d'une protection ! La chose la plus excitante qu'il ait jamais faite est de surprendre un employé en train de fumer dans les locaux.

– Mais il aura peut-être des idées. Je vais l'appeler, puis j'appellerai Audrey pour la liste des invités. Quand aura lieu ta réunion de travail ? Il vaudrait mieux l'annuler.

Rejetant le paquet de petits pois sur la table basse, elle regarda sa montre Cartier au motif panthère.

– Dans deux minutes.

– Je vois. Tu vas tenir le coup ? Tu sauras faire comme si de rien n'était ? Dans l'immédiat, il vaut mieux qu'ils en sachent le moins possible. Je devrais peut-être les intercepter à leur arrivée et leur dire que tu es clouée au lit par une migraine...

– Non, cette réunion est indispensable. On aurait dû commencer à préparer octobre depuis la semaine dernière – et puis il faut que je m'occupe si je ne veux pas devenir folle.

– Comme tu voudras, mais alors motus. Et Jeff, au fait ? Il faut le contacter. Il est à son studio ?

Il y eut un silence, aussi étrange que celui de tout à l'heure.

– Normalement, répondit Cat. Je vais l'appeler.

– Tout va bien entre vous deux ?

– Bien sûr que oui, répondit-elle en soutenant mon regard – ce que les menteurs avaient souvent du mal à faire.

Mais Cat était une bonne menteuse, et je n'avais aucun moyen de savoir si elle disait vrai. Peut-être son couple marchait-il comme sur des roulettes ; peut-être cela n'était-il pas le cas, et elle ne souhaitait pas m'en parler. Aux débuts de sa relation avec Jeff, elle m'avait confié tous ses états d'âme, au gré des hauts et des bas de leur romance. Puis le mariage l'avait rendue secrète. Bientôt, il allait sans doute falloir lui tirer les vers du nez, mais ce n'était visiblement pas le bon moment.

J'eus sa permission d'utiliser son bureau pour joindre Audrey et elle se retrancha de plus belle derrière ses surgelés.

– Une dernière chose, dis-je. Pourquoi m'as-tu laissé fouiner dans le studio alors que c'était formellement interdit ?

– Je n'en savais rien, je te jure. Quand j'ai appelé le commissariat hier soir pour demander si je pouvais faire nettoyer la pièce, le type que j'ai eu m'a donné son feu vert.

Cat et ses quiproquos commodes... maugréai-je en montant les marches deux à deux, le sang bourré d'adrénaline.

Audrey était à son poste. Je lui expliquai en quelques mots que j'étais chez Cat, qui couvait une grosse migraine, et que nous venions d'apprendre qu'il y avait eu quelques « irrégularités » pendant la fête de jeudi dernier. Il nous fallait au plus vite la liste des invités. Non seulement Audrey pouvait nous transmettre l'inventaire des RSVP, mais puisqu'elle avait supervisé les réjouissances – comme à chaque évènement lancé par Cat –, elle savait précisément qui était venu ou non. Je lui demandai de nous faxer ses documents au numéro laissé par Farley et à celui de Cat.

Pendant que j'attendais fébrilement l'apparition du fax, je passai un coup de fil à Eddie, le type de la sécurité. Il n'était pas dans son bureau, mais sa secrétaire me dicta un numéro de portable, où il répondit à la troisième sonnerie. Je me présentai comme le bras droit de Cat – il fallait bien ça pour retenir son attention – et je lui expliquai la situation dans ses grandes lignes. Puis je lui dis que Cat avait besoin d'une protection rapprochée.

– Vous voulez dire qu'on a essayé de l'empoisonner ? s'exclama-t-il.

– C'est fort possible, confirmai-je. La police est sur le coup, mais votre aide nous serait précieuse.

– Vous savez, c'est pas les services secrets, ici.

– Oui, je sais, mais il faudrait demander aux vigiles de l'entrée de redoubler de vigilance, et que quelqu'un passe dans les couloirs de temps en temps. Pourriez-vous réfléchir aux moyens d'action de votre service et rappeler Mme Jones à son domicile ?

Je le sentis partagé entre son envie de participer à l'action et sa réticence à bouger. Il promit de rappeler Cat sans tarder.

J'entendis sonner en bas. Comme je dévalais l'escalier avec mon fax, je vis tout le gratin de *Gloss* défiler dans l'entrée et accueilli assez fraîchement par une Cat remaquillée. Leslie était là, bien entendu, dans une robe bleu marine à rayures tennis (choisie pour son effet amincissant), avec un sac Chanel en cuir capitonné. Polly semblait bouillir sous son blazer et sa robe chasuble. Kip affichait la même mine sinistre que ce matin. Rachel Kaplan, la responsable de la rubrique beauté, était là aussi – celle que Cat avait malmenée au téléphone un peu plus tôt. On se moquait souvent de Rachel pour son besoin maladif d'imiter Cat, et son look d'aujourd'hui en donnait une nouvelle illustration : les cheveux blonds tombant en cascade sur les épaules, la jupe serrée coupée aux genoux, le top sans bretelles lavande et le pull assorti jeté sur les épaules – sans oublier la naissance des orteils, très visible.

La petite troupe avait dû voyager dans le même taxi et paraissait de mauvaise humeur, tel un groupe de touristes venant d'apprendre que la climatisation du bus ne sera pas réparée. Tous semblèrent médusés de me voir débouler dans l'escalier, mais Cat ne leur donna aucune explication. Comme ils pénétraient dans le salon, je prenais Cat à part pour lui annoncer que je partais, mais que la police avait reçu la liste d'invités et qu'Eddie allait appeler. Puis je lui suggérai de faire revenir Jeff le plus vite possible et d'informer Harry, le propriétaire du titre. M'écoutant d'une oreille distraite, elle referma les deux portes du salon sur ses convives.

– Je suis morte de trouille, lâcha-t-elle en se retournant vers moi. Tu dois m'aider. Tu es la seule personne en qui j'ai vraiment confiance.

– Tu sais bien que je vais t'aider, Cat. N'hésite surtout pas à m'appeler si tu te sens anxieuse, ou si tu as une intuition soudaine sur l'identité du coupable.

– Ça ne me suffira pas. Il faut que tu m'aides à le démasquer.

– C'est le travail de la police, Cat.

– Mais j'aimerais que tu enquêtes de ton côté. Allons, Bailey, le crime est ton domaine préféré.

– Je raconte des histoires criminelles, mais je ne les résous pas !

– Mais tu as toujours su regarder les choses sous un autre angle. Tu remarques ce que les autres ne voient pas... Allons, je t'en supplie.

– Bon, si tu insistes... Dans ce cas, retrouvons-nous demain matin de bonne heure. On mettra sur pied un plan de bataille. Mais en dehors du bureau, c'est plus prudent. Tu n'auras qu'à m'appeler pour me dire l'heure qui te convient.

J'ajoutai que j'avais conservé une copie de la liste d'invités et que je l'examinerai ce soir. Puis, pour les étudier ensemble, je conseillai à Audrey de retrouver les CV de tous ceux qui avaient assisté à la fête.

– En attendant, conclus-je, promets-moi d'être prudente. Dis à Jeff de rappliquer et ne bougez pas d'ici.

Je lui donnai une accolade et partis. La rue était pleine d'écoliers du privé, mais aucun journaliste en vue. En remontant vers Park Avenue à la recherche d'un taxi, le cœur palpitant et le ventre noué, je songeai à la façon dont tout, en si peu de temps, avait basculé. J'avais passé la moitié de la journée focalisée sur Heidi, tentant de démêler ses petits secrets et les causes possibles de son décès. Tout ça pour découvrir, en fin de compte, que ses secrets n'étaient strictement pour rien dans le drame qui l'avait emportée. C'était Cat qu'on avait visée, c'était donc sa vie à elle qu'il fallait désormais scruter. Quelqu'un était venu chez elle avec l'intention de l'éliminer. Pourquoi ? Était-ce par rancune ? par vengeance ? par jalousie ? Et maintenant ? Ayant raté son coup, le meurtrier allait-il revenir à la charge ? J'avais la liste des convives et j'allais m'y plonger, au cas où un nom me sauterait aux yeux.

Au moment de monter dans le taxi, une pensée effroyable me traversa l'esprit. Je venais de laisser Cat avec quatre collègues qui avaient toutes répondu présentes jeudi soir. Je l'appelai tout de suite sur mon portable.

– Carlotta est toujours là ? lui demandai-je.

– Oui, pourquoi ? fit-elle d'une voix impatiente.

– Simple vérification, répondis-je. C'est tout ce que je voulais savoir. Sois prudente, d'accord ? Promets-moi d'être prudente.

8

Le premier appel anonyme eut lieu, ce soir-là, sur les coups de 18 h 30 – même si je ne l'ai pas analysé ainsi. Le téléphone sonna au moment où je rentrai chez moi et, vous allez trouver ça pathétique, mais j'ai failli me briser le cou en me ruant sur le combiné – j'espérais que ce soit KC. Quelle idiote j'étais ! Je décrochai donc, pour sentir à l'autre bout du fil une présence muette, qui raccrocha après mes deux « Allô ? » Mon écran de téléphone indiquait « Numéro masqué ».

En fait, je ne venais pas directement de chez Cat : après l'avoir appelée du taxi, j'avais joint le bureau et appris que les épreuves de mon article de juillet étaient quasiment prêtes. Vu qu'elles partaient en compo dans la semaine, je devais les relire très vite. Alors je retournai au journal et patientai une demi-heure dans mon placard à balais. Je brûlais d'examiner la liste d'invités, mais ce n'était ni le lieu ni le moment. Je profitai de ce temps d'attente pour appeler Landon, mon voisin de palier. Lui expliquant que j'avais plein de choses à lui raconter, je lui proposai de dîner ensemble. Non seulement il dit oui, mais proposa de cuisiner.

Vers 16 heures, je me traînai jusqu'au puits, espérant que mon air désœuvré inciterait le personnel de la PAO à sortir mon histoire en priorité. Il régnait dans la grande salle une atmosphère délirante – un peu comme dans *Sa Majesté des Mouches* –, due peut-être à l'absence des chefs. Une dizaine d'éphèbes nus erraient dans la salle, les biceps montrant des tatouages « barbelé » ; le directeur artistique s'engueulait avec son assistant et celui de la photographie insultait quelqu'un au téléphone. Je crus comprendre qu'il avait loué un troupeau de buffles pour un reportage de mode dans le grand Ouest, en vue du numéro de septembre, mais que les bestiaux manquaient à l'appel. Le surréaliste de la situation venait peut-être de ce que je ressentais : au milieu de ces futilités, je détenais un secret terrible – on avait voulu tuer Cat !

Quand le type de la PAO sortit enfin mes épreuves, je les rapatriai vers mon cagibi pour les relire et supprimer les trente lignes en trop. Dans l'article, il était question d'une femme de vingt-huit ans, vivant de l'État de Géorgie, qui avait été arrêtée pour harcèlement moral et sexuel contre une collègue de travail – ses faits d'armes allaient de l'envoi de photos tirées des pages de *Gros Lolos* à l'incendie de son garage. Lors d'un voyage de deux jours à Atlanta, j'avais sympathisé avec la prévenue – drôle et intelligente, mais terrifiée par la perspective du procès –, alors que la victime m'avait fait vraiment peur. Après ces deux rencontres, je disposais d'une toute nouvelle théorie et de maigres indices pour l'étayer. Mon intime conviction était que l'accusée n'avait harcelé personne : la plaignante avait tout organisé pour le faire croire. J'avais transmis mes conclusions à la police qui, elle-même, s'avoua de plus en plus dubitative, si bien que l'affaire fut vite classée sans suite. Gratter un peu la surface des choses avait suffi à révéler la vérité. Aurai-je la même chance avec Cat ?

Ayant apposé mon BAT sur les épreuves de mon texte, je me précipitai vers la sortie.

Après avoir pris le métro, ouvert ma porte et, comme je l'expliquais, sauté sur le téléphone pour répondre au coup de fil anonyme, j'étais épuisée. Je fis un brin de toilette, enfilai une robe en coton sans manches et allumai quelques bougies à l'eucalyptus. J'étais enfin prête à éplucher la liste. Pour aider ma concentration, je m'installai sur la grande table en pin, au fond du séjour.

Au premier coup d'œil sur les petites croix griffonnées par Audrey en marge des noms, je vis que cinquante à soixante personnes avaient honoré l'invitation de Cat. Cela n'était pas la foule des grands jours, mais la maison était agencée de telle sorte – salon et salle à manger sur un étage, bibliothèque sur un autre – que, cette nui-là, il y avait eu beaucoup de mouvement et d'animation. L'objet de cette réception était de promouvoir la dernière livraison de Dolorès, *L'Amour à tout prix*, un recueil d'histoires sentimentales écrites pour *Gloss*, du temps que Dolorès appelait la « grande époque » du journal – c'est-à-dire la sienne. À toutes fins utiles, précisons que Cat n'aurait jamais donné cette fête si son patron Harry ne le lui avait pas expressément demandé.

Audrey avait établi sa liste par catégories : presse, éditeur, auteurs concernés, personnel de *Gloss* et membres d'autres magazines. Je décidai de rayer les noms qui étaient au-dessus de tout soupçon et de marquer d'une étoile ceux qui méritaient un examen plus poussé.

Je commençai par l'éditeur, une petite maison spécialisée dans la fiction. Visiblement, elle avait dépêché un bataillon : le directeur éditorial et son assistant, le responsable éditorial, le directeur commercial et la quasi-totalité du service commercial. Économies obligent, les éditeurs n'organisaient plus guère ce genre de fêtes ; aussi ce petit groupe avait dû sauter de joie à l'idée d'aller tous ensemble se goinfrer de petits fours à la crème fraîche et au caviar. Je me souvins que, avant la fête, Cat m'avait dit n'avoir jamais rencontré l'un d'entre eux – soit, avec ses mots à elle : « C'est la première et j'espère la dernière fois que je pose mes yeux sur ces gens-là. » Je barrai chacun de leurs noms.

Venait ensuite la presse. Je m'étais laissé dire qu'il avait été aussi difficile d'attirer les journalistes que d'ôter une tache de graisse sur un pantalon en soie. Mais des pressions amicales de la part de notre agence de relations publiques avaient permis de glaner quelques âmes, dont un reporter de *People*, un autre de l'agence Associated Press et un chroniqueur télé de *The View*. Autant que je sache, Cat ne les connaissait pas plus que les précédents. Je les éliminai donc à leur tour. S'était également joint à la fête l'un des cancaniers du *Post*, un type qui adorait égratigner Cat avec des titres comme « Cat la Cata » ou « Miaule avec les loups ». Cat lui vouait un profond mépris. Cela aurait été un comble qu'il veuille, *lui*, la faire disparaître, *elle*. Rayé, donc.

Le plus grand cercle était sans conteste l'équipe de *Gloss*. Le milieu des magazines était un monde sans pitié, où les chefs prenaient un plaisir fou à se débiner les uns les autres. Mais je ne pouvais imaginer aucun d'entre eux sous les traits d'un meurtrier. Ces gens-là mettaient à mort, mais ne tuaient pas. Et, pourtant, il y avait de fortes chances pour que notre assassin soit issu des rangs de *Gloss*.

L'encadrement du journal au complet, plus Audrey, avait été convié, même si tous n'étaient pas venus. Le directeur de la photo et le directeur artistique s'étaient abstenus, de même que la chef de la rubrique beauté, en congé maternité. Mais Leslie, Polly, Rachel et Kip étaient de la partie, ainsi que Sasha, la responsable de la mode, qui se trouvait maintenant à Palm Springs avec ses escarpins orange. Mentalement, je m'attardai sur chacun : ces derniers temps, aucun n'avait manifesté d'hostilité envers Cat, ou alors à mon insu. Cela dit, Cat s'était montrée assez dure avec Rachel tout à l'heure au téléphone. On ne sait jamais...

Le responsable de la publicité et son adjoint étaient également présents ce soir-là. Cela m'avait tout d'abord surpris, vu qu'ils ne figuraient pas dans les petits papiers de Cat. Puis je m'étais souvenue qu'ils avaient officié sous Dolorès ; autrement dit, elle les avait probablement invités elle-même.

Ils devaient être les seuls rescapés de l'ère Dolorès. En effet, à son arrivée, Cat avait donné un grand coup de pied dans la fourmilière, en mettant le paquet sur les rubriques mode et beauté, ainsi que sur les pages cuisine qui en étaient restées au collier d'agneau braisé et aux boulettes de viande à la suédoise. Dans la mesure du possible, plutôt que de renvoyer les gens comme des malpropres, elle avait misé sur ses talents d'intimidation. Les deux membres du secteur pub étaient passés entre les gouttes, en partie parce qu'ils étaient doués, en partie aussi parce qu'ils étaient incapables d'entraver la nouvelle stratégie de Cat. Étaient-ils amers ? Je les connaissais peu l'un et l'autre, mais la seule chose qui semblait les contrarier étaient les journées à rallonge en période de bouclage.

Étant donné le peu d'intérêt manifesté par la presse pour cet évènement, une dizaine d'autres collaborateurs avait été recrutés à la dernière minute pour remplir la salle. En bons bouche-trous, leurs noms avaient été rajoutés en fin de liste. Il s'agissait avant tout de rédacteurs des rubriques mode, beauté et shopping. L'un d'eux était-il venu avec une idée derrière la tête ? Cat était une patronne exigeante, volontiers brutale, dont les propos s'encombraient rarement de tact. Elle appréciait et encourageait les gens doués, ce qui signifiait qu'elle avait ses têtes, et que certains se sentaient exclus. Il n'y avait personne dans ce sous-groupe que je pouvais rayer sans hésiter. Pour la simple raison que j'en savais encore trop peu.

La liste comprenait aussi deux conjoints : Jane, l'épouse de Kip, qui, à 19 h 30, ne marchait déjà plus droit, et Clyde, le mari de Leslie, l'archimillionnaire contre lequel, à un moment donné, je m'étais retrouvée comprimée dans la bibliothèque. C'était un type taciturne, qui dégageait néanmoins un certain charme, avec ses cheveux de jais bouclés, ses yeux noirs et sa peau lisse et blanche comme de la cire. Histoire d'engager la conversation, je lui avais demandé quelques conseils de placements.

– Cela ne serait pas vous rendre service que de vous donner quelques tuyaux simplistes, le tout entre deux petits fours, avait-il répondu d'un air condescendant.

Vu le ton qu'il employait, il devait croire que j'avais déposé toutes mes économies sur un vulgaire livret d'épargne.

Je le rayai de la liste, tout comme la femme de Kip, faute de pouvoir leur attribuer le moindre mobile.

Suivaient les noms d'une dizaine de journalistes d'autres publications, des femmes pour la plupart, qui avaient travaillé à *Gloss* du temps de Dolorès. Certaines avaient été virées par Cat. L'affront leur serait-il resté en travers de la gorge ? Cat saurait peut-être me le dire...

C'était presque terminé. Le dernier groupe réunissait quatre auteures publiées dans le recueil de Dolorès ; au moment du toast, celle-ci les avait lamentablement saluées comme « des femmes qui savent conter une histoire d'amour d'une façon telle que vos jambes se mettent à flageoler et que votre cœur fait des bonds ». Trois d'entre elles, qui avaient dépassé la cinquantaine, n'écrivaient même plus de nouvelles. Quant à la quatrième, une quadragénaire dénommée Nancy Petland – qui, pour des raisons évidentes, signait Nancy Highland –, elle donnait toujours dans l'eau de rose, mais semblait très aigrie. Par malchance, elle m'avait mis le grappin dessus en début de soirée.

– Vous faites partie de la nouvelle bande ? m'avait-elle demandé d'un air mauvais. Pouvez-vous me dire pourquoi vous avez décidé d'abandonner la fiction ?

Je lui conseillais de poser la question à Cat qui, seule, avait pris cette décision, avant de m'éclipser en quête d'un autre verre. Aussi contrariée soit-elle, je la voyais mal tuer pour si peu.

Pour finir, la dernière inscrite, mais non des moindres, était Dolorès en personne. Elle avait été supplantée par Cat et, depuis, n'avait jamais caché à quel point elle la maudissait. Pour faire justice à l'histoire, précisons que Cat n'y était pas pour grand-chose si les propriétaires de *Gloss* avaient poussé Dolorès vers la sortie. Au moment des faits, elle avait soixante-trois ans, et le magazine, qui jusque-là s'était imposé comme le moins branché des sept grands féminins, était depuis sept ans sur la mauvaise pente. En vingt-deux ans de règne, Dolorès s'était peu à peu coupée de son époque comme de son lectorat, laissant le journal partir en roue libre. Les derniers numéros étaient infestés de fiches pratiques interminables, pour des projets déco atroces, et la spécialiste des recettes de grand-mère avait suggéré, pour reboucher le vin quand on a jeté le bouchon par mégarde, d'utiliser un tampon périodique. L'une des dernières couvertures titrait : « Toutes nos recettes de pâtes : que dire de plus ? » On avait sans doute exhorté Dolorès de trouver une énième formule percutante pour parler de spaghettis. En d'autres termes, elle avait bien mérité de souffler un peu – et elle pouvait s'estimer heureuse de décrocher un placard doré au titre de consultante du journal. Mais Cat n'avait rien fait pour arrondir les angles, c'est vrai. Dès qu'elle en avait l'occasion, elle n'hésitait pas à dire tout le mal qu'elle pensait de l'ancienne formule, rebaptisée par ses soins *Grosse*. En échange de quoi, Dolorès qualifia publiquement le nouveau *Gloss* de « vulgaire, pervers et délétère ». Cela valait bien une inscription sur ma petite liste de suspects.

Détail intéressant, le mari de Dolorès ne l'avait pas accompagnée ce soir-là. J'avais vaguement entendu dire qu'il était cloué au lit par une hernie discale.

À propos de mari, la liste avait omis un participant de taille : Jeff. Je l'avais aperçu peu avant de partir, mais il était peut-être arrivé plus tôt. Lors des soirées vraiment lancées que donnait Cat – celles avec les grosses pointures et les célébrités –, il assumait volontiers les fonctions de deuxième hôte, mais, pour un évènement comme celui-là, il se contentait souvent d'une brève apparition – quand il daignait venir. Ce soir-là, il m'avait paru s'ennuyer – je l'avais même vu grimacer quand un serveur avait brandi sous son nez un plateau de canapés au foie gras.

Me voilà revenue à la question qui me taraudait : le temps était-il vraiment au beau fixe entre Cat et Jeff ? Une autre question, bien plus angoissante : monsieur aurait-il une raison de souhaiter la disparition de madame ? Je me souvenais avoir découvert qu'Heidi fréquentait un homme en secret. Pouvait-il s'agir de Jeff ? Aurait-il voulu se débarrasser de Cat au profit de la jeune fille ? Difficile à croire : le visage qu'il affichait dimanche n'était pas celui d'un homme qui vient d'empoisonner sa promise par erreur. Pour autant, il allait bien falloir que je perce à jour l'état réel de la relation entre Cat et Jeff.

J'avais barré les noms de tous ceux qui, *a priori*, n'avaient aucune raison de vouloir mettre Cat Jones hors-jeu ; malgré tout, il me restait une liste considérable. Je me rappelai la fête, à la recherche du moindre détail suspect ou incongru. En vain. À l'évidence, je n'allais pas avancer tant que je n'aurais pas soumis la liste aux lumières de Cat.

À 19 heures, je rangeai mes documents dans mon sac et filai chez Landon avec un bon cabernet californien. Comme je frappais à sa porte, un fumet délicieux vint me titiller les narines, et je me rendis compte que je n'avais pas pris de repas digne de ce nom depuis samedi soir.

– Tu es vraiment un ange, lançai-je à Landon quand il ouvrit. J'ai deux besoins pressants : ta cuisine et ta sagesse.

– Tu sais, ma chérie, j'avais peu de temps devant moi, alors ce sera poulet rôti, répondit-il de sa voix profonde et suave. Si seulement j'avais eu quelques heures de préavis...

Un mètre soixante-quinze, mince, les yeux noisette, les cheveux argentés drus et touffus, jamais un septuagénaire ne m'avait paru si jeune. Il dirigeait une entreprise d'aménagement et de réfection de halls d'immeubles, et il parvenait malgré tout à rester bronzé presque toute l'année. Il s'était habillé dans son style habituel, chic et décontracté, dans un jean serré et un pull ras du cou en coton blanc cassé. En guise de tablier, il avait coincé le bord d'un torchon dans sa ceinture.

– Ça sent divinement bon, dis donc, surtout après les odeurs que j'ai subies ces derniers jours.

– Ai-je vraiment envie d'en savoir plus ? dit-il tout en m'invitant dans la cuisine, où il me servit une coupe du champagne qu'il venait de déboucher.

– Tu sais, la fille au pair de Cat. C'est moi qui ai trouvé le corps. C'était assez immonde.

– Oh... fit-il en écarquillant les yeux. J'ignorais que tu étais mêlée à cette histoire. Que s'est-il passé ?

– Eh bien, il y aurait beaucoup à dire, et il se pourrait que j'aie besoin de tes conseils. Mais j'aimerais d'abord souffler un peu devant ce bon repas. Je crois que j'ai besoin de m'aérer l'esprit.

– Très bien, très bien. Emporte ta coupe au salon, qu'on bavarde un peu. Je meurs d'envie de te questionner sur ce ravissant jeune homme au bras duquel je t'ai surprise samedi soir, quand je quittais le parking.

– Ah, *lui* ? fis-je en levant les yeux au ciel, avant de me laisser tomber dans un fauteuil.

– Ce n'est pas le mec idéal, apparemment.

– Je me demande encore ce qu'il est au juste, répondis-je. Ou, plus exactement, je sais que c'est une affaire... À part ça... Dès que je pense à lui, je me mets à rougir, alors il n'est pas impossible que j'ai le béguin. Malheureusement, je le soupçonne de plus en plus d'être le genre de type à ne jamais s'engager, voire un mufle. C'est bien dommage, car, pour la première fois depuis deux ans, mon cœur s'était remis à battre.

– Sans vouloir jouer les psys, tu n'es peut-être pas encore tout à fait prête.

– Comment ça ?

– Peut-être qu'il t'attire justement parce que tu as senti le mufle qui sommeille en lui, et cela te garantit que ça ne deviendra pas sérieux.

– Va savoir… Je pensais que deux ans étaient bien assez longs pour se remettre d'un divorce. Parfois, j'ai l'impression de me débattre dans le vide, comme un poisson suspendu sur un bateau de pêche. Mais parlons plutôt de toi. Où en es-tu avec ce fameux Edward ?

– Ce fut un dîner merveilleux, et il a promis de téléphoner – j'attends toujours. Je lui ai pourtant laissé un message sur son répondeur.

– Ne l'appelle plus.

– Je sais, tu as raison. Mais c'est plus fort que moi. En général, quand je n'ai plus de nouvelles de quelqu'un, je me mets à faire n'importe quoi – comme lui envoyer des coupures de presse sur des sujets qui l'intéressent…

– Dans ce cas, je te conseille de résilier ton abonnement au *Times* pendant quelques semaines, répliquai-je dans un sourire.

Il s'excusa un instant pour aller surveiller le poulet, m'offrant quelques secondes de silence pour boire mon champagne. J'adorais cet endroit. À l'origine, c'était le même trois-pièces que moi, mais Landon avait abattu la cloison entre le salon et la seconde chambre afin d'obtenir un grand espace de vie, de type loft, avec des murs gris clair, un parquet lasuré anthracite et des sièges gris. Le reste du mobilier, rien que des antiquités, était en bois foncé. Des dessins superbes ornaient les murs, dont un de Mary Cassatt, légué par sa mère.

Nous étions déjà voisins pendant les dix-huit mois de mon mariage, mais nous nous connaissions à peine, nous contentant d'échanger quelques banalités. Une fois séparée, après avoir relevé la tête et arrêter d'envisager de sauter par-dessus le balcon, j'avais laissé une de nos rencontres se finir par un verre de vin ; quelques jours plus tard, nous nous promenions ensemble dans le Village. Si j'avais plus de points communs avec mes amis de fac ou avec certaines relations chez *Get* et *Gloss*, Landon était peu à peu devenu, par la magie de la proximité géographique, l'un de mes meilleurs copains.

Son dîner était à se damner – malgré son lamento pour dire qu'il avait manqué de temps. Le poulet était accompagné de pommes de terre sautées au romarin, de haricots verts et de carottes à la noix de pécan cuites au sucre brun. Nous mangeâmes avec la fenêtre de la terrasse ouverte, caressés par la brise du soir. Landon remplaça le dessert par un plateau de fromages, un prétexte parfait pour réclamer un troisième verre de cabernet.

Le temps était venu de lui confier mes malheurs. Je lui racontai toute l'histoire, depuis la découverte du cadavre jusqu'à la révélation sur les truffes, destinées à Cat. Sa réaction fut un mélange d'effroi et de fascination – bien entendu, je ne pouvais pas l'en blâmer.

– Je n'aime pas dire ça, commenta-t-il, mais Cat ne doit s'en prendre qu'à elle-même.

– Pourquoi ? demandai-je avant d'engloutir une nouvelle tartine de brie crémeux.

– Quiconque se sert de l'épée périra par l'épée. Elle s'est servie de certaines personnes et en a enfoncé d'autres. Résultat : elle a réussi à rendre quelqu'un fou furieux.

– C'est un peu excessif, répondis-je. Il lui est arrivé de jouer les garces ou de traiter les gens sans ménagement, mais je ne l'ai jamais vu se conduire d'une manière ignoble.

– Si tu ne travaillais pas avec elle, seriez-vous amies ? demanda-t-il en remplissant deux tasses à café.

– Bien sûr, déclarai-je. Enfin, je crois. Elle est maligne et intéressante, charmante et drôle, du moins quand elle n'a pas un cadavre dans son sous-sol.

– Pourtant, à t'entendre, votre relation semble lui profiter plus qu'à toi.

– Non, tu exagères, me défendis-je. D'abord, je suis fière d'avoir gagné l'estime et la confiance d'une personne de sa trempe. Ensuite, elle s'est montrée très généreuse dans son rôle de mentor. Ma position chez *Gloss* est très confortable, tu sais.

Mais, tout en parlant, je sentais mon estomac se nouer : en effet, j'avais parfois l'impression d'un léger déséquilibre dans nos rapports.

– Tu ne sais vraiment pas qui aurait pu vouloir la tuer ? demanda Landon en se penchant en avant.

– Non, mais elle m'a chargée de le découvrir.

– Pourquoi ? Elle est fâchée avec la police ?

– Pas du tout. Mais c'est bien son genre de dédoubler les équipes. Je l'ai déjà vu confier le même sujet d'article à deux journalistes différents. De cette façon, elle est sûre d'obtenir ce qu'elle attend.

– Tu ne ferais pas mieux de rester en dehors de tout ça, dis ?

– Sûrement, mais je m'y refuse. Quelqu'un a tenté d'éliminer Cat, et il risque de revenir à la charge. Si j'ai la possibilité de l'aider, je n'ai pas le droit de me défausser. Je connais les gens de *Gloss* et, avec un peu de chance, je verrai quelque chose que les flics n'auront pas vu. Et puis, tu sais combien ce genre d'histoires m'excite. Alors, pour une fois que je suis en position d'actrice et non de simple spectatrice, je ne vais pas me gêner !

– Je m'inquiète pour toi, c'est tout, dit-il d'un air qui ne laissait aucun doute sur sa sincérité. J'étais déjà rongé d'angoisse quand tu as passé la journée dans l'Ohio avec le mari de cette femme disparue...

– Tu plaisantes ! m'amusai-je. Bon, c'est vrai que, dans quatre-vingt-dix-neuf pour cent des cas de disparitions d'épouses, c'est le mari qui a fait le coup en lui fracassant la tête avec un marteau avant de la jetter dans un lac. Mais j'étais persuadée que ce gars était innocent.

– En tout cas, fais attention à ce que tu manges, d'accord ?

– Je n'ai qu'à prendre tous mes repas ici.

Il était presque minuit quand je réintégrai mon appartement. D'après mon répondeur, personne n'avait cherché à me joindre de toute la soirée. Selon un rapide calcul, le jour devait à peine se lever en Italie, où ma mère savourait sa retraite, et je réussis à réprimer l'envie subite de l'appeler. À quoi bon l'affoler inutilement ?

Je me glissai dans un pyjama en coton et m'installai sur le canapé, recouverte d'un plaid. Si les trois verres de vin n'avaient ni calmé mon agitation ni appelé le sommeil, le sofa ferait peut-être l'affaire. Ma cervelle avait associé le lit à l'idée de ne pas dormir : alors, j'avais parfois plus de chances dans d'autres emplacements. C'était le seul conseil valable donné par l'armée de psys et de spécialistes que j'avais consultés. Ce qu'ils adoraient tous répéter, c'est que mon insomnie découlait de mon divorce, que je devais finir mon travail de deuil et, qu'en attendant, j'étais condamnée à me tourner et me retourner jusqu'aux fatidiques 3 heures du matin – après quoi, il n'y avait plus d'espoir. Pour ma part, j'avais une théorie un peu différente, bien qu'elle soit aussi liée à mon mariage. Derrière ses airs d'avocat bien sous tous rapports, mon ex-mari s'était révélé un joueur invétéré et avait dilapidé l'essentiel de nos économies. Je supposais donc que mes insomnies traduisaient mon besoin inconscient de rester vigilante – ce que je n'avais pas fait quand il détournait le fruit de mon travail pour éponger ses paris sur les matches de foot américain.

Au moment où mon esprit commençait à divaguer, le téléphone me fit sursauter. En cherchant le combiné à tâtons, je renversai un cadre de la table basse.

– Tu dormais, Bailey ? demanda une voix féminine que mon état m'empêchait de reconnaître.

– Qui est à l'appareil ?

– Oh, pardon, c'est Leslie. Je te réveille ?

Recevoir un coup de fil de Leslie était une grande première, surtout à cette heure. Cette fille avait souvent de drôles d'idées derrière la tête et, en l'occurrence, j'avais hâte de savoir lesquelles.

– J'étais en train de lire, mentis-je.

– Je suis désolée d'appeler si tard, mais je sais que tu es un animal de nuit. Cat m'a donné les dernières nouvelles, et je me suis dit que nous devions discuter, toi et moi. Entre nous, tu l'as trouvée comment ? Il a presque fallu que je lui arrache les mots de la bouche.

Cet appel visait sûrement à me dire qu'il faudrait compter avec elle. Comment avais-je pu oser détenir l'exclusivité des confidences de Cat !

– Oui, elle semble très remuée, mais c'était à prévoir, répondis-je. J'espère juste qu'elle évitera de se confier à la terre entière.

Tout en parlant, j'allumai la lampe.

– Oui, bien sûr, dit Leslie. Mais de là à me cacher des choses, *à moi* ! Et puis Harry aussi a le droit de savoir. Toute l'entreprise est concernée, tu comprends ? Cat est en danger de mort, mais, quand on y réfléchit, nous le sommes tous.

– Qu'entends-tu par là ?

– L'assassin a éliminé une autre personne que celle qu'il visait. Soit par négligence, soit par stupidité. Dans les deux cas, nous sommes tous menacés.

Sacrée Leslie, qui ne perdait jamais de vue ses propres intérêts...

– Tu ne vois pas qui aurait pu faire le coup ? demandai-je. Ces derniers temps, personne ne t'as paru particulièrement remonté contre Cat ?

– Aucun nom ne s'impose de lui-même. Mais je continue à réfléchir. C'est forcément quelqu'un qui la connaissait bien pour supposer qu'elle allait se jeter sur une boîte de Godiva.

– Tu te rappelles avoir vu la boîte sur la console, dans l'entrée ? poursuivis-je.

– Tout à fait. Je ne saurais dire si elle se trouvait là à mon arrivée, mais je l'ai remarquée en allant aux toilettes. Je me souviens même avoir lancé à ma voisine, sur le ton de la plaisanterie, que j'ignorais qu'il fallait apporter un cadeau.

– Et après ? Tu n'as pas repéré si elle avait disparu ?

– Non, hélas. Impossible de te dire si elle était encore là à mon départ.

– Et ton mari n'a rien vu d'étrange ?

– Pardon ?

– Ton mari. Il était là, ce soir-là.

– Il faudra que je lui demande. Il n'est pas là ce soir, et je ne l'ai même pas informé des derniers développements. Tu as conscience que la presse va nous mener une vie terrible, non ? Surtout quand ils auront fait le lien avec la mort de Tucker Bobb.

– Quoi ?

Si mon attention s'était un peu relâchée quand elle parlait de son mari, sa dernière phrase me ramena dans la discussion avec la force d'une main me tirant par les cheveux. Tucker Bobb, le rédacteur en chef de *Best House*, l'autre titre phare de la presse féminine, était décédé l'automne dernier.

– Mais de quoi tu parles, Leslie ?

– De Tucker Bobb.

– Eh bien, quoi ? Je croyais qu'il était mort d'une hémorragie, ou quelque chose de ce style.

– D'une défaillance rénale, Bailey. Mais les toubibs se demandent si la mort n'a pas été causée par l'ingestion de champignons vénéneux. Cat ne t'en a jamais parlé ? On en discutait justement tout à l'heure. Elle se demandait s'il n'y avait pas un lien entre les deux affaires.

– Mais comment Tucker Bobb aurait-il fait pour avaler des champignons vénéneux ?

– C'était un de ses hobbys, la cueillette de champignons, et on pense qu'il les a mal identifiés. Je n'ai pas tous les détails, car j'étais en vacances en Espagne au moment des faits. Mais voilà ce qu'on m'a raconté, et je suis sûre qu'on va en entendre parler.

– Eh bien, tu m'apprends quelque chose, Leslie.

– Avoue que c'est troublant, non ? (Elle parut soudain distraite.) Écoute, je crois que mon mari vient de rentrer. Je te laisse.

Je n'avais pas fini de dire au revoir qu'elle avait déjà raccroché.

Je reposai ma nuque sur l'accoudoir du canapé, abasourdie. Pouvait-on raisonnablement imaginer un lien entre les deux décès ? Quelqu'un se serait-il mis en tête d'éliminer tous les rédacteurs en chef du pays ?

Le téléphone sonna de nouveau. Sûrement Leslie, pour quelques considérations ou questions supplémentaires...

– Oui ? fis-je en décrochant.

Aucune réponse, juste un bruit de respiration. Je raccrochai sur-le-champ. Comme précédemment, c'était un numéro masqué. Une seule fois, cela aurait pu être une simple erreur. Mais deux fois de suite... Un ex-fiancé ? mon ex-mari ? qui appellerait dans le seul but d'entendre ma voix ? Ou cherchait-on à m'intimider ?

Pouvait-il s'agir du tueur ? Cela n'était un mystère pour personne que j'étais proche de Cat. Ces appels pouvaient être un moyen de me surveiller – ou de m'effrayer.

Dans ce cas, c'était réussi.

9

Ce mardi matin, je me réveillai vers 7 h 30, le dos en compote à cause du divan. Mais, au moins, j'avais réussi à dormir d'une traite. Après avoir mis de l'eau à bouillir, j'entrai dans le bureau pour inaugurer un cahier d'écolier noir et blanc flambant neuf.

À chaque nouvelle histoire, mon premier geste est d'ouvrir un nouveau cahier et d'y inscrire le titre provisoire de l'article, en haut de la page de garde. Au fur et à mesure de mes recherches et de mes entretiens – pour ces derniers, j'emploie un bloc sténo ou un dictaphone –, j'y reporte mes observations, les déclarations importantes, les pistes à explorer, les éléments dont je ne sais encore que faire et, pour finir, la trame générale. C'est ainsi que se dessine peu à peu la forme de l'article. Autrement dit, si je rédige mes papiers à l'ordinateur, c'est toujours à la main, à l'aide d'un crayon n° 2, que je commence ma réflexion. Et c'est souvent en noircissant des pages que j'appréhende les choses d'une manière complètement nouvelle. Si je devais m'attribuer une spécialité, ce serait celle-là. Je suis une intervieweuse moyenne, qui craint toujours de remuer le couteau dans la plaie de mon interlocuteur, mais je suis douée pour voir certains détails que les autres négligent.

Bien que la mort d'Heidi ne concerne pas mes travaux d'auteur, j'allais m'y pencher sans déroger à mes habitudes.

J'ouvris donc mon nouveau cahier, marquai le pli de la couverture et inscrivis en haut de la première page : « Mort d'une fille au pair. » Je ne sais pas pourquoi j'avais choisi ce titre – c'était le premier à me venir à l'esprit. Puis je regagnai ma chambre, enfilai un jean et un tee-shirt, retournai à la cuisine pour me préparer un café et rapportai ma tasse fumante dans le bureau. Pendant les 45 minutes suivantes, je couchai sur le papier tout ce que je savais de l'affaire Heidi, ainsi que les questions qui me trottaient dans la tête.

Vers 9 heures, je contactai Cat pour fixer le lieu et l'heure de notre rendez-vous. Elle proposa qu'on se retrouve pour déjeuner dans un petit restaurant de Madison Avenue. Elle semblait *très* à cran.

Après avoir raccroché, je sortis mon Filofax de mon sac et composai le numéro d'une connaissance, Megan Fox, rédactrice en chef adjointe de *Best Home*. Nous nous étions croisées plusieurs fois chez une amie commune ; sans être proches, nous nous apprécions mutuellement. J'espérais qu'elle me glisserait ce qu'elle savait sur la mort de son patron. Depuis que Leslie m'avait parlé de Tucker Bobb, je cherchais désespérément auprès de qui me renseigner : seul le nom de Megan Fox m'était venu. Tombant sur sa boîte vocale, je la priai de me rappeler d'urgence.

Je passai une autre partie de la matinée sur Internet à consulter des sites dédiés aux champignons. L'informatique me faisait gagner un temps fou – comparé aux heures que, à mes débuts, j'avais passées en bibliothèque. Je trouvais presque tout sur le web, excepté les archives judiciaires, qui nécessitaient encore de se rendre sur place – pour caresser dans le sens du poil des fonctionnaires revêches et lents comme des tortues.

Je découvris qu'il existait une ribambelle de champignons vénéneux aux États-Unis. Certains noms suffisaient à me rendre malade : langue du diable, conocybe mortel, lépiote brune, sans oublier le gang des amanites (printanière, vireuse, phalloïde...).

À 11 heures et des poussières, j'éteignis mon ordinateur et me glissai dans un pantalon noir et un pull jaune en coton. Avant de sortir, j'interrogeai mon répondeur au bureau – oui, dans l'espoir ridicule que KC ait appelé là-bas –, mais je n'avais aucun message. Me revint alors en tête cette phrase d'une copine : « Ils n'appellent pas, ils n'appellent pas, et c'est là qu'on se met à les aimer. »

Ayant tout le temps, j'optai pour le métro, que je pris à la station d'Astor Place, à deux blocs de mon immeuble. Le restaurant se trouvait à quelques encablures de chez Cat, à l'angle de Madison et de la 90e rue. Dans ce secteur, Madison Avenue a un caractère très européen, avec ses façades qui excèdent rarement trois étages et ses devantures aux stores chamarrés – jaunes, bleus ou rayés rouge et blanc.

J'entrai dans le restaurant avec une minute d'avance exactement. On y servait de la cuisine française et méditerranéenne. Le serveur qui geignait au téléphone me fit signe de choisir n'importe quelle table dans la petite salle déserte.

Après m'avoir laissé le temps d'admirer le décor, le garçon vint enfin vers moi, me remit la carte et demanda ce que je désirais boire. Je l'informai que j'attendais quelqu'un, avant de commander un thé glacé.

Cat avait vingt minutes de retard. Je la repérai à travers la vitre alors qu'elle surgissait au carrefour. Bien qu'elle habitât à deux pas, je fus surprise de la voir à pied – un journaliste people avait souligné qu'elle se trouvait rarement à plus de trois mètres d'une limousine. Quand elle poussa la porte, les clients arrivés entre-temps se retournèrent comme un seul homme pour la contempler. Elle portait une robe sans manches couleur tabac, un cabas en cuir marron et un minuscule sac à main Vuitton format Barbie. Elle était chaussée d'escarpins à bride léopard, qui révélaient à merveille la naissance des orteils. Assises à une table voisine, les deux femmes type copines de shopping regardèrent ses jambes nues – Cat ne mettait des bas qu'en hiver, et encore, quand le thermomètre passait en dessous de zéro.

Se glissant sur la chaise en face de moi, elle ôta ses lunettes de soleil, les jeta sur la table et héla le garçon.

– Tu sais ce que tu prends ? demanda-t-elle sur un ton qui était davantage une affirmation qu'une question.

Elle estimait certainement que j'avais eu tout le loisir d'étudier le menu. Je commandai une salade niçoise et Cat un ragoût d'agneau.

– Alors, du nouveau ? demandais-je après le départ du serveur.

– J'ai dit à Carlotta de jeter toute la nourriture à la poubelle et de refaire des provisions. Et Farley a rappelé ce matin pour parcourir la liste avec moi. Il voulait savoir qui est qui.

– Et le traiteur ? Tu lui as parlé des chocolats ?

– Oui, j'ai eu Maverick, la patronne, qui était présente à la fête. Elle se souvient avoir vu une boîte, sur la console, portant l'inscription « truffes » et coiffée d'une fleur.

– Mais elle ne l'a pas déplacée.

– Non. Et j'ai fait fouiller la maison à Carlotta pour en avoir le cœur net.

– Cela semble confirmer ce que nous craignions. Les chocolats t'étaient bien destinés.

– Voici un détail qui va t'amuser, ajouta-t-elle d'un air sardonique. Maverick raconte que l'une de ses employées a failli vider le contenu de la boîte sur un plateau, pensant qu'elle était destinée à la collectivité. Heureusement, elle a eu la sagesse de consulter Audrey, qui le lui a interdit. Tu imagines un peu si ces truffes avaient circulé ? La moitié de l'assistance aurait pu mourir. Et si Tyler en avait goûté une ? J'en suis malade rien que d'y penser.

– Ce qui m'intrigue, opposai-je, c'est que Heidi a pris les chocolats jeudi soir mais a attendu le week-end pour les manger.

– Elle se constituait peut-être des réserves pour les grandes faims, suggéra-t-elle machinalement avant d'embrayer sur autre chose : Dis, est-ce que tu sais de quoi Tucker Bobb est mort ?

– Oui, Leslie m'en a touché deux mots hier soir. Mais elle semble ignorer si cette histoire de champignons vénéneux est fondée ou non.

– Mais si c'était vrai ? Et si tout cela était lié ? Une sorte de complot obscur...

Je tournai ma paille dans mon verre tout en réfléchissant à la question.

– En effet, c'est assez troublant, Cat, et tu devrais en parler à la police. Je vais tâcher d'en savoir plus de mon côté. Mais, tu sais, ça ne change rien au fait que celui ou celle qui a tué Heidi se trouvait chez toi jeudi soir. Et, pour l'instant, aucun participant ne doit être oublié.

– À ce sujet, j'ai apporté ce que tu m'as demandé : les CV. Audrey me les a fait porter par coursier.

Elle sortit de son cabas une grande enveloppe kraft qu'elle fit glisser vers moi.

– Il y a tout le monde ? demandai-je en enfournant la pochette dans mon sac.

– Oui, à l'exception d'un type de la fabrication, dont le dossier est introuvable. Mais, rassure-toi, je ne lui ai jamais fait les gros yeux.

– Il le regrette peut-être.

– C'est ça, moque-toi de moi. Sans blague, les gens voudraient que je les dorlote et les félicite quand ils me font des mises en pages ou des articles aussi sexy qu'une notice de machine à laver !

– Eh bien, parlons des gens, alors. Tu disais que personne ne semblait furax contre toi, à part Dolorès ? Passons les noms en revue un par un, si tu veux bien. Dis-moi où tu en es avec chacun.

Elle commença par sa garde rapprochée, en citant au hasard. Ses rapports avec Audrey étaient « absolument impeccables ». La secrétaire de quarante-deux ans au grisonnement précoce organisait la vie de Cat à merveille. Elle quittait son poste tous les jours peu après 18 heures, pour retrouver sa chatte Muchi ou son club de lecture, et semblait n'avoir aucun mal à oublier *Gloss* jusqu'au lendemain matin. Cat affirma que leur collaboration marchait du tonnerre, excepté un petit accroc, la semaine dernière, à propos d'un message mal transmis.

– Et tu ne donnes aucune signification particulière au fait qu'elle ait interdit à la serveuse d'ouvrir la boîte de truffes ? demandai-je.

– Non, non, fit Cat en écartant l'idée d'un revers de la main. Elle pensait à moi, c'est tout.

À présent, Sasha était chef de la rubrique mode. Elle travaillait à *Gloss* depuis deux ans, pulvérisant de treize mois le record de longévité à ce poste. Selon Cat, c'était l'une des rares chefs mode à écouter ce qu'on lui disait – c'est pourquoi elle jouissait d'une grande autonomie. En tout début d'année, Sasha s'était fait remonter les bretelles pour dépassement budgétaire – elle avait arrosé une séance photo de caisses entières de chateaubriand. Mais, depuis, les deux femmes s'étaient rabibochées.

Vint ensuite Rachel. Comme je l'avais pressenti, une vraie tension existait entre elle et Cat, qui avait appris par deux sources différentes que Rachel s'était permis un déjeuner en tête à tête avec Harry, le propriétaire du journal. Cat suspectait Rachel de vouloir sa place, surtout depuis que, fait inédit sous le règne de Cat, les ventes semblaient ralentir.

– Elle pense être plus compétente que toi pour diriger le journal ? demandai-je.

– Ben, tiens. Elle commence à critiquer mes choix de couvertures et, l'autre jour en réunion, je l'ai surprise en train de rire dans sa barbe. Il a fallu que je la convoque pour lui passer un savon. Elle se croit tellement intelligente. Tu parles ! Avant que je la recrute, son plus grand coup était d'avoir révélé que Jennifer Aniston n'avait pas avalé une seule pomme de terre ni une seule tranche de pain en trois ans. Et ça se prend pour Albert Londres !

– Pourquoi ne pas la virer, dans ce cas ?

– Parce que ce n'est pas une mauvaise chasseuse. Dans ce métier où on passe son temps à courir après les stars, elle arrive à coincer du monde.

Le garçon nous apporta les plats ; nous suspendîmes notre conversation pour goûter nos assiettes. Ma salade avait l'allure d'une fille qui a passé la nuit à attendre son cavalier ; j'y touchai sans enthousiasme. Cat examina sa viande de la pointe du couteau avant de l'entamer. Je compris qu'il lui faudrait du temps pour pouvoir manger de nouveau sans appréhension.

– Bon, reprenons, décidai-je après quelques bouchées. Nous arrivons à Polly. Tout baigne avec elle ?

– Je suppose, répondit Cat en plantant sa fourchette dans un haricot vert.

– Comment ça, tu « supposes » ?

– Tu connais Polly, fit-elle en levant les yeux au ciel. Ce n'est pas vraiment une fille épanouie. Si elle voulait bien perdre dix kilos et réprimer son envie d'acheter des couverts à poisson chaque fois qu'elle rencontre un type potable, elle irait peut-être un peu mieux.

– Laissons ça de côté, répondis-je en essayant de cacher mon agacement. Je te demande juste si tout baigne entre vous.

Un silence.

– Pas complètement, avoua-t-elle. Je crois qu'elle m'en veut toujours à cause d'une histoire regrettable.

– Ne me force pas à t'arracher les mots de la bouche, Cat.

Reposant ma fourchette, je me renversai sur mon dossier.

– D'accord, soupira-t-elle. Il y deux ou trois mois de ça, Harry a décidé de lancer un magazine de jardinage. Quand Polly a eu vent de ce projet, elle s'est aussitôt portée candidate au poste de rédactrice en chef. Or, il se trouve que je ne l'ai pas tout à fait soutenue, et cela lui est remonté. Les filles des ressources humaines m'ont dit qu'elle était hors d'elle, mais elle n'est jamais venue m'en parler.

– Pourquoi ne pouvais-tu pas l'imaginer à ce poste ? Elle semble avoir le bon profil.

– Écoute, je sais que tu adores Polly et je suis la première à reconnaître son immense talent. Mais le métier de rédactrice en chef ne se réduit pas à trouver des formules choc et à rédiger les chapeaux. Tu dois avoir une vision pour ton journal et savoir comment la réaliser. Pour être franche, je ne pense pas que Polly ait l'envergure d'un numéro un.

– Et le poste a été pourvu ?

– Oui, et Polly le sait. Mais cela ne sera officiel que dans quelques semaines. Il s'agit d'un Anglais.

Le garçon revint nous débarrasser et prendre la commande de cafés. Je me tus pendant qu'il s'affairait. Les révélations de Cat me laissaient sans voix. Travailler pour elle avait servi de nombreuses carrières et, bien qu'elle détestât voir ses ouailles partir vers d'autres aventures, elle avait la réputation de booster les talents. C'était la première fois que j'entendais dire – et de sa propre bouche – qu'elle empêchait la réussite de quelqu'un. Croyait-elle sincèrement que Polly n'était pas de taille ? ou redoutait-elle de la perdre, alors que le journal traversait une mauvaise passe ?

– Passons à Leslie, enchaînai-je, persuadée que, ce coup-ci, ça serait vite plié.

Mais Cat commença par se taire, se mordillant un ongle. Mauvais signe.

– Qu'y a-t-il ? m'impatientai-je.

– Écoute, tu sais que Leslie et moi avons noué d'excellentes relations de travail. Beaucoup au journal la trouvent pas commode, mais je n'aurais jamais pu remettre *Gloss* d'aplomb sans elle.

– Et... ?

– Eh bien, cette nuit, je me suis souvenue d'un truc. Un drôle d'incident s'est produit il y a quelques mois. Rien de capital, mais je ne veux omettre aucun détail, tu comprends. Leslie et son mari, Clyde, possèdent une maison dans le même coin que nous, à Litchfield. On se retrouve parfois là-bas, à l'occasion d'un barbecue ou d'une fête quelconque. Un jour, Leslie m'appelle et m'accuse d'avoir flirté avec son Clyde la veille au soir. Je n'en croyais pas mes oreilles.

– C'était vrai ?

– Quoi ? Non, voyons. Bien sûr que non. D'accord, je n'ai rien contre un flirt occasionnel, y compris en dessous de la ceinture, mais je te jure que je n'avais rien fait d'autre que de me montrer aimable. Ce type est du genre renfermé, et il était tout seul dans son coin. Mais tu sais ce qu'on dit : les bonnes actions ne restent jamais impunies.

– Leslie t'a paru très contrariée ?

– Oui, pendant quelques jours. J'ai hésité à lui dire qu'elle perdait la tête, mais j'ai préféré qu'on en finisse. J'ai simplement juré que j'étais navrée, que j'avais voulu être gentille, etc., et les choses sont vite rentrées dans l'ordre. Mais j'estimais devoir t'en parler.

– Et parmi les autres participants ? Personne à avoir une dent contre toi ? Dolorès mise à part, il nous reste les nouvellistes, la presse et les représentants des autres magazines. Aucune raison de suspecter l'un d'entre eux ?

– Pour la plupart, je ne les connaissais même pas.

– Et si l'on descend dans l'organigramme de *Gloss* ? Je pense notamment aux survivants de l'ère Dolorès. L'un d'eux pourrait-il t'en vouloir ?

– Impossible. C'est vrai que j'ai interdit le pop-corn au micro-ondes dans les bureaux, parce que c'est une vraie infection, mais je doute qu'on veuille me tuer pour ça.

– Autrement dit, la seule personne qui te déteste à coup sûr est Dolorès.

– Oui, mais, encore une fois, pourquoi ferait-elle quelque chose *maintenant* ? Ça fait quatre ans qu'elle a été remerciée. Elle ne peut toujours pas m'encadrer, mais ce n'est plus la guerre comme avant. Elle sort son bouquin débile, et ça suffit à son bonheur.

– Mais, quand on y réfléchit, elle a d'autant plus intérêt à agir maintenant qu'on n'ira pas la soupçonner. Écoute, je vais trouver un prétexte pour la rencontrer, et je verrai bien ce qu'elle raconte.

Arrivèrent nos deux cappuccinos.

– Revenons un peu à Tucker, Cat. Tu le connaissais, non ? Vous étiez proches ?

– Tu rigoles, ou quoi ? Je ne supportais pas ce type. Il m'a invité à déjeuner au *Four Seasons* quand j'ai pris mes fonctions chez *Gloss*, et il m'a traitée comme une vulgaire nièce de l'Idaho qui visiterait New York pour la première fois. J'ai cru qu'il allait expliquer aux gens qu'il me présentait que je cousais mes habits moi-même.

– Mais vous vous croisiez souvent ? Vous siégiez ensemble dans certains conseils d'administration ou dans certaines commissions ?

– J'essayais de l'éviter. Je l'apercevais dans les grands raouts de la profession, mais ça s'arrêtait là.

– Et les autres rédacteurs en chef de la presse féminine ? Tu avais des liens avec eux ou avec elles ?

– Aucun. Tu sais que j'ai tout fait pour que *Gloss* se démarque des autres et je déteste être associée à eux.

– Tu détestes ça, mais ça n'aurait rien d'inconcevable. Notre meurtrier te considère peut-être comme partie prenante d'un groupe – ou d'une action qui lui aurait déplu.

– Il y aurait bien une piste, mais je suis sûre que ce n'est pas ça. L'avortement. Mes homologues et moi sommes presque tous partisans du libre choix. Je reçois parfois des lettres d'insultes de militants anti-avortement qui dénoncent cette unanimité. Ils y voient une sorte de cabale.

– Mouais... Moi aussi, je trouve ça un peu court, comme explication. C'est vrai qu'on trouve beaucoup de cinglés chez ces gens-là, mais ils utilisent des bombes et des armes, pas des truffes.

Je bus un peu de cappuccino puis léchai la mousse sur ma lèvre.

– Bon, voici mon plan de bataille, lançai-je. Pour commencer, je vais explorer deux directions différentes. La première est le personnel de *Gloss*. Je vais éplucher les CV et, sait-on jamais, peut-être qu'un détail fera tilt. Je regarderai aussi si quelqu'un a déjà travaillé pour Tucker chez *Best Home*. Pendant ce temps, j'aimerais que tu repenses aux dernières semaines écoulées en te demandant si personne, plus bas dans la hiérarchie, ne s'est montré hargneux, furax ou simplement bizarre. L'autre direction concerne Dolorès. À ton avis, pourrait-elle haïr Tucker autant qu'elle te déteste, toi ?

– Je ne vois pas pourquoi, sinon qu'elle devait être verte de perdre sa place, tandis que lui restait en poste.

Cat fit signe au garçon d'apporter l'addition, qu'elle régla elle-même,. puis nous rassemblâmes nos affaires pour sortir. À présent, Madison Avenue grouillait de monde : des écolières du privé aux jupes si courtes qu'on voyait presque leur culotte, des femmes plus âgées en tailleur Chanel, des gamins enfourchant des trottinettes chromées, des jeunes mamans qui, six mois plus tôt, jonglaient avec vingt millions de dollars en actions et qui, aujourd'hui, se retrouvaient aux commandes d'une poussette – et semblaient y prendre encore plus de plaisir. Une berline roulait au pas le long du trottoir, et quand je vis Cat croiser le regard du conducteur, je compris qu'il l'attendait.

– Je te dépose quelque part ? offrit-elle tout en mettant ses lunettes de soleil.

– Merci, mais ça me fera du bien de marcher un peu. Je t'appelle si je trouve quoi que ce soit d'intéressant sur les CV. Sois prudente, d'accord ?

– Je veux bien, mais je ne sais même pas de quoi me méfier. J'ai même jeté mon dentifrice, tu te rends compte ? Quelle farce... Mais bon, j'évite de trop y penser, pour ne pas fondre en larmes.

– Tu vas au journal aujourd'hui ?

– Non. Je prévoyais de m'y rendre après le déjeuner, mais l'envie est passée. J'ai quelques affaires à régler, puis je prévois de travailler à la maison, comme hier.

À cet instant, le chauffeur bondit, comme s'il avait décelé un signal imperceptible de Cat, lui indiquant le moment d'ouvrir la portière. Alors qu'elle se glissait sur la banquette arrière, une idée me traversa l'esprit :

– Au fait, une dernière chose, dis-je en me penchant par la vitre baissée. J'ai oublié de mentionner Kip. Rien à signaler à son sujet ?

À ma grande surprise, elle se mit à rougir – non sur ses joues, mais sur la peau délicate et diaphane de son cou. Quelque chose de léger mais d'immédiat, comme une goutte de cabernet sur une serviette blanche.

– Non, rien, dit-elle. Je suis satisfaite de son travail, et on s'entend bien.

– Certains le disent arrogant...

– Pas avec moi. Encore une fois, je suis contente de lui. Que dire de plus ?

Le chauffeur avait dû capter le « point final » sous-entendu dans cette dernière phrase, car il enclencha aussitôt sa boîte automatique. Le temps pour moi d'émettre un « À plus ! », et la berline retrouva en douceur le trafic de l'avenue.

Il était à peine 13 h 30. Je mis le cap vers l'est, en direction du métro, mais sans me presser, comptant sur la promenade pour m'aider à réfléchir. J'étais venue à ce déjeuner avec l'espoir que Cat se souviendrait d'un détail important. Ce que j'avais appris était à mille lieues de mes attentes. Le coup de poignard dans le dos de Polly, pour commencer. Dieu sait combien elle devait haïr sa patronne, même si elle ne m'en avait jamais rien dit. Mais de là à commettre un meurtre... Comme l'avait souligné Cat, j'adorais Polly, et je ne pouvais me résoudre à la classer parmi les suspects. Leslie, ensuite. C'était une charmante petite histoire, fleurant bon le soufre, que Cat m'avait racontée là. Mais m'avait-elle vraiment tout dit ? Et pour finir, que se passait-il avec Kip ? Cat n'avait sans doute pas eu conscience de rougir à l'évocation de ce nom. Toujours est-il que son « Que dire de plus ? » appelait sûrement des tonnes de réponses. Y avait-il anguille sous roche entre elle et Kip ? Et, si oui, Jeff était-il au courant ?

Me retrouvant à l'angle de Lexington et de la 88e, je me souvins que le Starbucks où travaillait Jody n'était qu'à deux blocs d'ici. Heidi n'était plus le centre de l'énigme, mais, par souci d'achèvement, je décidai de tenter ma chance auprès de son ex.

Cette fois-ci, il était là. Un beau et grand gaillard proche de la trentaine, affublé de la casquette noire et du tablier vert de rigueur, occupé à ranger les chaises sous les tables. Je me présentai et devinai aussitôt qu'on l'avait informé de ma visite précédente. Il proposa que nous prenions l'air et je le suivis sur un carré de trottoir coincé entre l'entrée de service et une benne à ordures.

Il se révéla l'un de ces hommes qui gagnent à être vus d'une distance de trois mètres. De près, la barre de ses sourcils donnait à son regard noisette un léger strabisme, un peu bourru. Tandis que nous parlions, je vis qu'il avait la manie agaçante de se rabattre la frange toutes les dix secondes.

– Ça doit être très dur pour vous, lui dis-je, tandis qu'il s'adossait au mur de l'immeuble.

– C'est rien de le dire, soupira-t-il. Le pire, c'est que je n'ai accès à aucune info.

– Que voulez-vous savoir ? Je pourrai peut-être vous aider.

– Ce qui s'est passé, répondit-il d'un air de défi. Je veux juste savoir ce qui s'est passé.

– Rien n'est sûr pour l'instant. Mais il semble qu'Heidi ait succombé à une intoxication alimentaire. La police vous a déjà parlé ?

Farley m'avait dit que oui, mais je jouais les ingénues.

– Oui, ils se sont pointés ici, en pleine journée. Très délicat, non ?

– Que voulaient-ils savoir ?

– Si Heidi se droguait, tout ça, et si elle était déprimée. Je leur ai répondu qu'elle buvait très rarement et que j'ignorais dans quel état d'esprit elle se trouvait ce week-end. Pour ma part, j'étais en congé hors de la ville. Et c'était terminé entre Heidi et moi. On ne se voyait presque plus.

– Et où avez-vous passé le week-end ?

Il balaya sa frange.

– Dans le New Jersey. Une course de vélo. Eh oui, je peux le prouver.

– Quand avez-vous vu Heidi pour la dernière fois, alors ?

– Je suis passé la semaine dernière. Le soir où Cat Jones organisait une de ses fêtes monstres. Mais Heidi était occupée, et j'ai à peine pu lui dire bonjour.

Il jeta un œil sur sa montre, puis à l'intérieur de la boutique.

– Il faut que j'y retourne, dit-il. C'est quoi votre nom, déjà ?

– Bailey. Bailey Weggins.

J'ouvris mon porte-feuilles et lui remis ma carte. Je lui dis de ne pas hésiter à m'appeler, bien que cette perspective lui parût visiblement aussi alléchante qu'un sandwich au pneu.

Comme je repartais en direction du métro, des images d'Heidi que je croyais enfouies remontèrent de nouveau – les cheveux incrustés de vomi, les prunelles vitreuses, la pile de draps de bain souillés. Dire qu'elle était morte dans d'atroces souffrances pour avoir volé une boîte de truffes...

Sur les questions innombrables que soulevait cette affaire, un détail me turlupinait depuis la fin du déjeuner : le meurtrier n'avait-il pas pris un risque incroyable en laissant les chocolats en évidence, dans l'entrée ? Tout indiquait qu'il s'agissait d'un cadeau destiné à la maîtresse de maison. Mais le tueur ne pouvait pas négliger le fait que les chocolats pouvaient tomber entre les mains – ou dans le gosier – de tierces personnes. C'est ce qui avait failli arriver quand la serveuse avait pensé disposer les truffes sur un plateau. Et cela s'était bel et bien produit quand Heidi les avait pris.

Cela dit, peut-être n'était-ce pas là le premier souci du meurtrier. Ce genre de confusion pouvait même aller dans son sens, pour peu que son but fût de détruire l'existence de Cat. Et c'était encore plus effrayant. Liquider son ennemi intime est une chose. Tuer des innocents en est une autre.

La situation me paraissait plus dangereuse que jamais. Moi qui rêvais d'être au cœur de l'action, j'y étais jusqu'au cou.

10

Une fois rentrée à la maison, je mis la cafetière en route et vidai sur la table les quarante-sept CV de l'enveloppe kraft. Je passai l'heure suivante à les éplucher, à l'affût de la moindre curiosité et m'attardant sur les collègues qui avaient honoré la fête, mais pas seulement. C'est fou ce qu'on peut ignorer sur les gens qu'on côtoie : l'une des rédactrices mode, que j'avais toujours jugée aussi futée qu'une éponge, était diplômée d'Harvard ; l'adjointe de la rubrique livres avait exercé pendant deux ans la profession de masseuse, spécialisée dans les massages aux galets ; et ce bon vieux Kip, qui évoquait sans arrêt ses années à Princeton, avait commencé ses études là-bas, mais décroché son diplôme à l'université du Nouveau-Mexique. À part ces découvertes amusantes, rien n'attira mon attention. De même, rien ne suggérait un rapport quelconque entre la tentative d'assassinat de Cat et le décès de Tucker Bobb. Deux salariés du journal avaient travaillé à *Best Home*, mais aucun n'était venu à la fête.

L'étude des CV fut un coup d'épée dans l'eau. Je passai alors à mon second impératif du moment : m'entretenir avec Dolorès. Lors de mon retour en métro, j'avais peaufiné ma stratégie : j'appellerais Dolorès pour l'informer que je planchais sur une anthologie de mes récits (ce qui était vrai, bien sûr) et que, vu le travail formidable qu'elle venait d'accomplir sur son propre recueil, *L'Amour à tout prix*, je sollicitais ses précieux conseils (mensonge absurde). Trouvant son numéro dans l'annuaire du journal, je décrochai mon téléphone. Je tombai sur une secrétaire, assez vieille pour avoir nocé dans les Années folles. Je lui exposai ma demande, et après m'avoir fait patienter une dizaine de minutes, elle me proposa soit demain après-midi, soit lundi prochain. Inutile de le préciser : je choisis la première option.

Ensuite, je contactai Polly pour l'inviter, d'un ton aussi naturel que possible, à déjeuner ou à prendre un verre un de ces quatre. S'avouant charrette à cause du bouclage de juillet, elle proposa que nous nous retrouvions vendredi en fin de journée, ou bien pendant le week-end. Elle n'avait pas mieux à m'offrir.

Enfin, j'appelai mon ancienne copine de chez *Get* pour décommander notre sortie cinéma de ce soir. À la place, j'emportai un sac de linge au pressing, fis un crochet par la salle de gym, commandai une pizza et consacrai une nouvelle demi-heure à mes CV, m'intéressant uniquement aux convives de jeudi dernier. De nouveau, je fis chou blanc, et le reste de la soirée fut rasoir au possible. Ni coup de fil anonyme, ni coup de fil tout court. J'allai me coucher vers minuit, m'endormis à 1 heure et des poussières pour me réveiller à 2 h 44. Dernier coup d'œil sur le réveil avant de me lever : 4 h 10.

Mercredi matin, je regagnai *Gloss* de bonne heure. Je voulais être sur place pour observer les gens et, accessoirement, abattre un peu de travail. Les dernières épreuves de mon histoire de harcèlement arriveraient à la mi-journée, ce qui me laissait la matinée pour travailler sur Marky et l'esprit frappeur.

Vers 10 h 30, je me rendis au bureau de Cat en empruntant le chemin le plus long afin de scruter les lieux. Polly était au téléphone, sa porte à moitié fermée ; Rachel, d'après son assistante, n'était pas revenue de son petit déjeuner avec un publicitaire ; Leslie tenait la réunion de fabrication hebdomadaire dans le puits ; et Kip n'était pas dans les parages. À l'approche du bureau de Cat, je l'aperçus à travers la cloison de verre, assise dans une robe noire moulante, lisant en fronçant les sourcils. Je frappai à la vitre avant d'entrer. Son premier geste fut de me fourrer sous le nez le *New York Post* du jour : un article rapportait que la fille au pair de Cat Jones avait, selon toute vraisemblance, été assassinée, mais qu'on avait sans doute visé la patronne de presse.

D'où avait pu partir la fuite ? se demandait-elle. À ma connaissance, seuls Jeff, Leslie et moi étions dans la confidence, et Dieu sait si j'avais tenu ma langue. Quand je suggérai que le journaliste avait pu trouver ses infos au commissariat, Cat se plaignit du peu de cas que la police semblait faire de sa sécurité. Je la laissai gémir une minute et, quand elle fut calmée, elle m'annonça que les flics avaient appelé : l'autopsie semblait confirmer la thèse de l'empoisonnement, bien que, comme Farley l'avait prédit, on attendît encore le retour des analyses toxicologiques. Avaient-ils interrogé d'autres personnes ? demandai-je. Ils avaient rencontré Carlotta, les traiteurs et Jeff pour la seconde fois, mais Cat n'en savait pas plus.

– Je pensais que je me sentirais mieux ici, avec plein de choses à faire, confia-t-elle en se tordant les mains. Mais j'ai peur. Je crois que je vais demander à Jeff de venir me chercher.

Je mentionnai mon rendez-vous prochain avec Dolorès, puis quittai le bureau en l'assurant que je poursuivais mon enquête, comme promis. Le fait que d'autres journalistes étaient sur le coup ne faisait qu'augmenter mon empressement.

Je regagnais à peine mon cagibi quand le téléphone sonna : c'était Megan Fox, de *Best Home*.

– Désolée de ne pas t'avoir rappelée hier, dit-elle. J'étais débordée.

– Y'a pas de problème, Megan. Je n'oublie pas qu'on s'est juré de déjeuner ensemble un de ces jours, mais, en fait, j'appelle pour autre chose. J'ai besoin de renseignements sur Tucker.

– Eh bien, pour commencer, il est mort.

– Très drôle, répondis-je en ouvrant mon bloc sténo. Ça remonte à quand, déjà ? octobre ?

– Exact. Mais pourquoi cet intérêt soudain pour lui ?

– Je ne peux pas t'expliquer pour l'instant, mais tu le sauras bientôt. Quelqu'un m'a confié dernièrement qu'il avait mangé des champignons vénéneux. C'est vrai ?

– Qui a bien pu te raconter ça ?

– Une personne qui semblait très sûre d'elle.

– Je suis surprise que cette théorie circule hors du journal. On pensait avoir tout fait pour ne pas l'ébruiter.

– Alors, c'est vrai ?

– Je n'en sais rien, soupira-t-elle. Ce dont je suis certaine, c'est que ce n'est pas une vulgaire rumeur. L'hypothèse semble venir d'un des médecins.

– Et quelle a été la version officielle ?

– Défaillance rénale, mais ça n'a jamais été très clair. Tucker souffrait d'une sorte de vilaine grippe intestinale, qui a très vite dégénéré et qui l'a emporté en quelques jours.

– Ça s'est passé à New York ?

– Non, dans le comté de Bucks, en Pennsylvanie, où il possédait une ferme. Mais les premiers symptômes se sont manifestés ici, un mercredi ou un jeudi après-midi, alors qu'il s'apprêtait à partir pour un long week-end. Le soir même, il se rendait là-bas aux urgences. Ses reins et son foie ont lâché, et il est parti en un ou deux jours. C'est seulement plus tard qu'un des médecins de Pennsylvanie a rapproché ses symptômes de ceux d'une intoxication aux champignons vénéneux.

– Mais comment peut-on avaler un mauvais champignon à Manhattan ?

– Excellente question, Bailey. Encore une fois, je ne suis pas sûre qu'il en ait avalé. Mais je sais que la chasse aux champignons était l'un de ses hobbys. Il appartenait à ce club qui cherche des morilles et je ne sais quoi à Central Park. Il passait son temps à fureter là-bas, à midi ou après le travail. Il aura pu s'y rendre à l'heure du déjeuner, ce jour-là, ramasser un sale truc et y goûter sur le chemin du retour.

– Mais on n'a procédé à aucun examen pour en avoir le cœur net ?

– Il semble que ce genre de poisons soit très dur à détecter.

– Et personne n'en a jamais parlé à sa femme ? Il était marié, non ?

– Oui, à cette fameuse Darma. Épouse numéro deux. Ancienne responsable de la rubrique cuisine, pour la petite histoire.

– Ça y est, ça me revient maintenant ! On me l'avait dit, mais j'avais complètement oublié. Il a quitté le numéro un pour elle ?

– Oui, mais on ne saurait l'en blâmer, le pauvre. Le numéro un ressemblait à la sœur de Jabba. En plus méchante.

– Et cette Darma n'a jamais livré son sentiment sur la thèse des champignons ?

– Elle n'était pas du genre loquace, tu sais. On l'a vue à l'enterrement, mais c'est tout. Elle n'a même pas répondu à nos messages téléphoniques. Elle a fait vider le bureau de Tucker par des déménageurs. Aux dernières nouvelles, elle a aussi vendu leur appartement pour s'installer dans lc comté de Bucks.

– Mmm, je vois. Eh bien, écoute, merci beaucoup pour tous ces renseignements.

– Ça n'a rien à voir avec *ta* patronne, rassure-moi ? J'ai lu que sa baby-sitter était morte dans des circonstances obscures.

– Non, non. C'était par pure curiosité.

J'abrégeai cette conversation en promettant de l'inviter à déjeuner d'ici quelques semaines.

Sur le coup de 13 heures, je filai m'acheter des rouleaux californiens chez le Japonais d'en bas. Je regagnai mon bureau en faisant un détour par les couloirs. Polly, Rachel et Kip n'étaient pas dans le leur, et Leslie avait fermé sa porte. Ensuite, je poussai jusqu'au puits, histoire de prendre la température. On aurait dit une ruche écrasée par une balle de baseball : le vacarme des téléphones, les gens qui s'agitaient dans tous les sens en hurlant... Le peuple du puits était toujours à cran la semaine du bouclage, mais j'étais persuadée que l'hystérie d'aujourd'hui était surtout due à l'article du *Post*.

De retour dans mon bureau, je dévorai un rouleau californien, parcourus les dernières épreuves de mon histoire de harcèlement, puis, la porte fermée, inventai quelques questions à poser à Dolorès. Peu avant 14 h 30, je commençai à remballer mes affaires, prévoyant de rentrer directement chez moi, après le rendez-vous. Comme je sélectionnais les dossiers à enfourner dans mon cabas, Leslie se glissa dans la pièce avec cette mine sombre qui voulait dire qu'elle venait d'éplucher mes notes de frais et qu'elle avait découvert que j'avais surévalué le pourboire de la femme de chambre lors de ma dernière nuit d'hôtel. J'étais toute disposée à lui parler, mais pas d'humeur à me faire engueuler. En fin de compte, elle se montra assez aimable – pour Leslie, en tout cas.

– Je viens de lire les épreuves de ton histoire, lança-t-elle. C'est très bon.

– Merci, Leslie. Comment ça va ?

– Comme tu peux t'en douter, après l'article du *Post*, les gens sont très nerveux.

– Tu crois que le coupable travaille ici ? demandai-je, attentive à sa réponse.

– Je pense qu'il ne faut pas se voiler la face. Celui ou celle qui a fait le coup se trouvait chez Cat l'autre soir. Or, la moitié de ceux qui étaient *là-bas* travaillent *ici*. Personnellement, j'ai fait vider mon frigo, et je vais recommander aux collègues de ne plus laisser traîner de nourriture dans les locaux. Tu en penses quoi, toi ?

– Ça me paraît judicieux. Ça n'apaisera pas les esprits, mais il ne faut prendre aucun risque.

– Non, je voulais dire : que penses-tu de cette affaire en général ? Tu crois que le coupable est ici ?

– Je suis aussi perplexe que vous tous, Leslie.

Je n'avais aucun intérêt à lui confier l'état de mes cogitations. Ce qui m'intéressait, par contre, c'était cette fameuse crise de jalousie qui l'avait opposée à Cat, même si son attitude actuelle ne laissait paraître aucune hostilité à l'égard de sa chef.

– Je croyais pourtant que tu aidais Cat, insista-t-elle. Allez, dis-moi, tu as bien une petite idée...

– Je t'assure que non. Pour le moment, en tout cas. Cat a tendance à surestimer mes capacités, tu sais.

Elle me dévisagea en silence, ses narines-haricots gonflées, visiblement convaincue que je lui mentais.

– Allez, j'ai des choses à faire, comme toi, dit-elle avec une pointe d'ironie. Au fait, je suis désolée de t'annoncer ça, mais cette histoire d'adoption que nous avions prévue pour août passe à la trappe. À la place, on va mettre ton Poltergeist.

– Tu plaisantes ? Ça veut dire que j'aurais dû le remettre la semaine dernière, alors que je n'ai pas écrit une ligne !

– C'est Cat qui l'exige. On pourra toujours réduire ton texte, ce qui te laisse un peu de temps. Disons, jusqu'à la semaine prochaine. J'imagine que c'est désagréable, mais avec les évènements, les semaines à venir promettent d'être mouvementées, et chacun devra faire des sacrifices.

Quand elle tourna les talons, je résistai à l'envie de lui sauter à la gorge. Leslie prenait-elle un malin plaisir à me persécuter, ou n'était-ce qu'une impression ?

Cet imprévu allait me contraindre à mettre les bouchées doubles sur mon article, et je ne pouvais pas le commencer avant d'avoir vu le pédopsychologue avec qui je déjeunais demain. Révisant mon planning en catastrophe, je résolus de me terrer à la maison, juste après ce rendez-vous, pour faire le plan de mon article, puis consacrer tout le vendredi et une bonne partie du week-end à sa rédaction. Il restait juste à caser Cat là-dedans.

Vint enfin l'heure de ma rencontre avec Dolorès. J'avais pensé qu'elle préfèrerait peut-être me recevoir dans le bureau de « consultante » qu'elle gardait au premier étage, mais sa secrétaire m'avait invitée au domicile de Dolorès, à l'angle de Lexington Avenue et de la 70e rue. Dans le taxi qui m'emmenait, j'éprouvai soudain un brin d'appréhension à l'idée de me trouver dans la même pièce qu'elle : mon estomac me donnait l'impression d'avoir avalé par erreur un noyau de pêche.

Pour commencer, Dolorès était un vrai pit-bull. Même ceux qui l'avaient pratiquée pendant des années avaient toutes les peines du monde à ressentir de l'affection pour elle. D'après la rumeur qui avait secoué *Gloss* après sa reprise en main par Cat, Dolorès était un jour ressortie des toilettes avec le bas de sa robe coincé dans sa gaine – et personne n'avait pris soin de l'avertir.

En plus de sa férocité, on lui attribuait la même capacité de concentration qu'un macaque de trois jours. Ses collaborateurs, du moins ceux qui souhaitaient obtenir son feu vert, avaient appris à soumettre leurs idées d'articles en soixante secondes chrono.

Enfin, pour ne rien arranger, je redoutais de me trouver en tête à tête avec la femme qui tenait la première place sur ma liste de suspects. Allions-nous être toutes seules dans son appartement ? Et si elle découvrait les vraies raisons de ma venue ?

La réponse à la première question était non. Je fus accueillie par une employée de maison d'une soixantaine d'années, affublée d'un tablier orné de cerises délavées. Elle m'annonça que Mme Dolorès Winter serait à moi dans un instant et me fit traverser un couloir étroit jusqu'au salon. Dès qu'elle eut disparu, je scrutai la pièce. Dolorès avait dirigé *Gloss* à une époque où les rédactrices en chef jouissaient d'un grand prestige, mais sans les salaires mirifiques d'aujourd'hui : bien que son appartement soit d'une belle taille pour New York, il était sans commune mesure avec l'hôtel particulier de Cat. Compte tenu du nombre de portes que j'avais comptées sur le palier, ça devait être un simple trois-pièces avec chambre de bonne.

La décoration du séjour semblait dater de 1964. Des kilomètres entiers de chintz indien recouvraient le canapé, les fauteuils, les coussins et les fenêtres, et fournissaient même des rideaux aux portes vitrées d'un vaisselier en acajou. Il y avait plusieurs miroirs au mur, mais presque aucune œuvre d'art, excepté un grand portrait à l'huile de Dolorès en compagnie d'un cocker – lequel, à en juger par l'odeur de vieux chien qui régnait dans l'appartement, ne devait pas être bien loin.

J'attendis pendant une quinzaine de minutes en feuilletant un *Times* vieux de deux semaines, posé sur la table basse. Soudain, un bruit de conversation retentit au bout du couloir et, quelques instants plus tard, Dolorès surgit dans la pièce. Je bondis de mon siège, la main en avant. C'était une femme râblée, n'excédant pas un mètre cinquante-cinq (ce qui contribuait à son côté pit-bull) et mal habillée – un pantalon rouge et un corsage orangé avec un gros nœud, qui ne faisaient qu'accentuer sa petite taille. Ses cheveux courts viraient au gris, du même gris plat et terne que les rambardes d'autoroute, et sa peau était parcheminée, distendue aux paupières. Et sa bouche – ah, que serait la légende Dolorès sans cette bouche ? Conséquence d'une vue déclinante, d'une dépigmentation ou du simple entêtement, elle arborait en permanence un rouge à lèvres couleur camion de pompiers, comme si quelqu'un avait frotté vigoureusement son pouce dès l'application.

– Je vous suis très reconnaissante de me recevoir, dis-je, tandis qu'elle se laissait tomber sur le canapé, au centre de la pièce, une main sur chaque genou.

Je m'assis, face à elle, dans un fauteuil.

– Vous êtes une rédactrice salariée ? demanda-t-elle avant que j'aie pu placer ma première question. Je suis surprise qu'ils en aient encore. Cela semble être une espèce en voie d'extinction.

– Je ne suis pas salariée, mais collaboratrice free-lance. Ils tiennent un petit bureau à ma disposition, et je leur fournis des récits de faits divers ou de société, et...

– Ce sont les seules choses que je prends encore la peine de lire dans ce magazine. C'est vous qui avez écrit cet article sur l'excision en Afrique ?

– Sur l'excision ? Je ne me souviens pas que *Gloss* ait traité ce sujet. Peut-être est-ce *Marie-Claire* qui...

– C'est une chose affreuse. On voyait les photos de ces filles qu'on maintenait au sol. L'Afrique est un cloaque infâme. Et ça ne changera jamais.

Accrochant son bras au dossier du canapé, elle se dévissa le cou pour aboyer :

– Madge ?... Madge !

Je supposai qu'elle appelait la femme qui m'avait ouvert, mais elle aurait aussi bien pu s'adresser à un chien.

– En fait, je raconte beaucoup d'enquêtes criminelles, et elles vont faire l'objet d'un recueil, expliquai-je quand elle se retourna vers moi. Vous avez accompli un travail superbe avec votre anthologie ; je me suis dit que vous auriez peut-être quelques conseils pour moi.

– Pour écrire quel genre d'histoires ?

– Non, non, elles sont déjà écrites. Il y en a une bonne dizaine, des récits criminels pour la plupart. Je pensais que vous auriez peut-être des suggestions à me faire pour la couverture et le marketing. Les anthologies sont assez difficiles à vendre.

– Placez le mot « amour » dans le titre. (Sa tête pivota de nouveau vers la porte.) J'ai besoin de toi, Madge ! Mais où est passée cette femme, bon sang ?

– C'est vrai qu'il y a « amour » dans votre titre à vous, observai-je. Vous pensez que ça aide ?

– Que voulez-vous que j'en sache ? Ça fait à peine deux semaines que c'est sorti. Mais puisque vous travaillez pour le nouveau *Gloss*, soi-disant « plus frais, plus jeune, plus à la page », vous préférez peut-être glisser le mot « sexe » dans le titre. Sans blague, qu'est-ce qu'elle a avec le sexe ? Elle est obsédée, ou quoi ?

Plusieurs personnes m'avaient prévenue que Dolorès ne prononçait jamais le nom de Cat quand elle parlait d'elle.

– Écoutez, je ne sais pas trop, répondis-je en riant. Mais puisqu'on parle de *Gloss*, pensez-vous que la petite fête de lancement a été bénéfique en termes de couverture presse ? Devrais-je demander à quelqu'un d'en organiser une pour moi ?

Je sautais du coq à l'âne, mais j'étais sûre qu'elle ne le remarquerait même pas.

– Voyons, Billy. Vous savez bien qu'elle a organisé cette soirée uniquement parce qu'Harry l'a forcée. Quant à la presse... C'est la baby-sitter morte qui a tout remporté, cette semaine.

À quoi bon lui dire qu'elle avait mal compris mon prénom ? J'avais réussi à l'amener sur le terrain que je voulais : ça suffisait à mon bonheur.

– Mais Cat n'y est pour rien, répondis-je.

Elle lâcha un rire dédaigneux.

– Vraiment ? Elle en serait bien capable, vous ne croyez pas ? Liquider la baby-sitter pour éloigner les regards de moi...

N'avait-elle pas lu dans le journal que Cat était la véritable cible ? Ou bien jouait-elle les idiotes ?

– C'est tout de même un drame terrible, non ? repris-je. Mourir de cette façon, si jeune...

– La police est venue jusqu'ici, figurez-vous. Pour me poser tout un tas de questions au sujet de la fête. Ils espèrent que quelqu'un aura repéré un détail suspect, cette nuit-là. Je leur ai dit que je ne connaissais pas cette fille personnellement et que je n'avais rien vu du tout.

– À mon avis, ils vont interroger beaucoup de monde.

– Ça, ils ne m'ont pas exposé leur plan de bataille, dit-elle avant de se figer dans une moue semblable au bec d'un ornithorynque. Avec les filles du genre de cette baby-sitter, reprit-elle, il y a toujours une foule de personnes qui aimeraient les voir payer pour leurs péchés. À force de chercher les ennuis, elle les a trouvés.

– Que voulez-vous dire ? Je me demandais bien comment elle pouvait savoir quoi que ce soit sur Heidi.

– Elle était ce qu'on appelait de mon temps une catin. L'une de mes amies nouvellistes la connaissait. Elle l'avait eue comme fille au pair dans le Westchester.

– L'une des nouvellistes présentes à la fête ? demandai-je, abasourdie.

– Oui, bien sûr. Nancy Highland.

– Je n'étais pas au courant, avouai-je.

Elle tendit le bras vers un bol en étain posé sur la table basse, y piocha une sorte de calisson sous cellophane, puis ramena sa tête dans ma direction pour reprendre :

– Rassurez-vous, elle n'a pas tué la fille, si c'est ce que vous pensez. Mais elle m'a confié qu'elle était une vraie garce. Nancy s'est remariée il y a un an ou deux, et elle est tombée enceinte à un âge plutôt avancé – elle a quarante-deux, quarante-trois ans aujourd'hui. Hildy s'est occupée des petits pendant les six premiers mois environ. Mais il se trouve que Nancy a eu un fils d'un premier mariage, qui a dans les dix-huit ans, et cette Hildy, ou Heidi, ou ce que vous voulez, a eu une liaison avec lui. Puis elle l'a plaqué du jour au lendemain, et le pauvre bougre était prêt à se tirer une balle.

– Nancy a-t-elle vu Heidi pendant cette soirée ?

– Elle l'a entraperçue, et la fille ne savait plus où se mettre. Toutefois, Nancy savait qu'elle travaillait ici. Heidi est venue à New York directement après Scarsdale. Mais Nancy n'a découvert l'étendue des dégâts qu'après son départ.

Ces éléments sur Heidi n'étaient pas sans intérêt, mais je préférais recentrer la conversation sur Cat.

– Vous l'ignorez peut-être, lançai-je, mais il semble que ce soit *Cat* qu'on ait voulu atteindre. Heidi a avalé des chocolats laissés à l'intention de Cat, lors de cette soirée, et on a découvert que ces truffes contenaient du poison.

Il fallut bien trois secondes à son cerveau pour intégrer ce que je lui disais, car elle était aux prises avec un morceau de cellophane récalcitrant. Quand la connexion fut établie, elle redressa brusquement la tête, l'air complètement sonné. Soit c'était la meilleure actrice de tous les temps, soit je lui confiais un vrai scoop.

– Quoi ? D'où sortez-vous ça ?

– Ça figure dans le journal. Et je le savais déjà par Cat.

– Les flics n'arrêtaient pas de me demander... Ils ne connaissent pas le coupable ?

– Non, mais à l'évidence celui-ci était présent à la soirée.

Son esprit se mit à surchauffer, mais j'ignorais dans quel sens. Elle me demanda de but en blanc si j'avais d'autres questions au sujet de mon livre.

– J'ai un peu de mal avec l'introduction, improvisai-je. Un jour, un éditeur m'a confié que lorsqu'un lecteur feuillette une anthologie chez un libraire, il parcourt l'introduction : s'il la trouve séduisante, il achète le livre. Votre éditeur vous avait-il donné des tuyaux là-dessus ? Vous-même, que me conseillez-vous ?

Elle me considéra d'un air hébété, comme si je lui avais posé une question inepte, du style : « Croyez-vous qu'il existe un antéchrist ? », ou : « Quelle est votre profondeur de bonnet ? » Puis elle secoua la tête, comme exaspérée.

– Vous voulez rencontrer mon éditeur ? C'est ça ? Vous n'avez pas trouvé d'éditeur ?

– Si, si, j'en ai un, mais je pensais que... Écoutez, j'ai vraiment l'impression d'abuser de votre temps. Je ferais mieux de vous laisser. Si j'ai d'autres questions, je vous passerai un coup de fil.

Je me levai, mais elle resta assise, les neurones en ébullition. À cet instant, Madge se matérialisa enfin dans l'embrasure de la porte, portant un petit plateau en bois avec deux tasses de ce qui ressemblait à du Sanka.

– Dieu du ciel, Madge, où étais-tu passée ? J'ai oublié de te prévenir, mais Herb ne dînera pas ici ce soir, alors tu pourras faire le flétan. Et il me faut un taxi dans dix minutes. Sois gentille d'avertir le portier.

Où allait-elle comme ça ? Avais-je déclenché un sentiment de panique ou était-ce son état normal ? Elle avait certainement compris que si Cat avait fait l'objet d'une tentative de meurtre, on allait à coup sûr la soupçonner.

– Vous croyez que c'est le mari ? lâcha-t-elle, toujours assise.

Tout d'abord, je ne sus pas si elle s'adressait à moi ou à Madge, qui dégageait la table basse pour poser son plateau.

– Pardon ?

– Monsieur Jones. Croyez-vous qu'il pourrait être le meurtrier ?

– C'est impensable, dis-je en jouant les vierges effarouchées. Ils sont très heureux ensemble.

– Il n'avait pas l'air ravi l'autre soir, si vous voulez mon avis.

– Aucun couple n'est parfait, Dolorès. Tout le monde se dispute de temps à autre.

Depuis quelque temps, je semblais souffrir d'une forme rare du syndrome de Gilles de la Tourette qui, à défaut d'obscénités, me poussait à débiter les clichés les plus éculés.

– De nos jours, la plupart ne font même plus d'efforts, asséna-t-elle avant de se lever enfin pour contourner la table. C'est moi qui ai inventé l'harmonie du couple, vous savez.

– L'expression ?

– Non, le concept. J'ai été la première à l'introduire dans mes articles. En 1971. En ce temps-là, les magazines avaient de l'influence. Ils modelaient les esprits, les comportements.

– Ce n'est plus vrai ?

– Que voulez-vous, les gens n'ont plus de respect pour les magazines qu'on leur propose aujourd'hui.

Le moment semblait idéal pour partir. Je lui servis un au revoir aussi chaleureux que possible, et elle m'informa que Madge allait me reconduire. Puis elle fila à l'autre bout de la pièce pour disparaître par une porte dérobée.

Au lieu de m'engouffrer dans la première bouche de métro, je longeai quelques blocs jusqu'à ce que je trouve un café. Je tenais à retranscrire sur papier le maximum de notre conversation ; cela n'était pas gagné, vu qu'elle ressemblait plutôt à un dialogue de Ionesco.

Je commandai un cappuccino, puis, soudain gagnée par une faim de loup, j'enchaînai sur le dîner : cheeseburger et verre de vin rouge. Après avoir écrit chaque mot dont je me souvenais, je me renversai sur mon dossier et repensai à cet échange, en particulier au moment où j'avais appris à Dolorès que Cat était la véritable cible. Aurait-elle pu simuler un tel choc ? Je n'y croyais pas. De plus, j'avais une théorie selon laquelle Dolorès avait passé une telle partie de son existence à s'imposer face aux autres qu'elle n'avait jamais appris à cacher ses désirs ni ses sentiments.

Or, si elle ignorait que Cat était visée, elle n'avait pas pu tenir le rôle de la chocolatière démoniaque. Autrement dit, je n'avais plus qu'à revenir au personnel de *Gloss*, sans oublier de faire toute la lumière sur la relation Cat-Jeff.

Je remontai quelques pages en arrière, jusqu'aux notes que j'avais prises au sujet de Tucker Bobb. Si celui-ci avait bien succombé à une intoxication aux champignons et qu'on avait essayé d'empoisonner Cat, alors il y avait toutes les chances que les deux cas soient liés. Quelqu'un était peut-être parti en croisade contre les magazines féminins, décidant d'éliminer ses directeurs un à un. Dans ce cas, d'autres vies étaient menacées.

Il était environ 18 h 30 quand je terminai mon repas et mon second cappuccino. Tandis que je rangeais mon bloc dans mon cabas, je me rendis compte que j'avais laissé au bureau plusieurs dossiers sur l'affaire Marky. Pas de chance. Je les revoyais, empilés sur ma seconde chaise, là où je les avais posés quand Leslie était apparue pour déployer tout le charme d'un chalumeau. Devant impérativement commencer mon article demain matin, j'étais condamnée à refaire un saut au journal. Quelle gourde.

Le métro ne permettant aucun trajet direct entre le café et le bureau, je décidai de m'y rendre en taxi, puis de rentrer en métro. Il ne serait pas loin de 19 heures quand je débarquerais à *Gloss*, mais, dans une nuit de bouclage, j'étais en droit d'attendre la foule des grands jours.

Erreur. En m'avançant dans le puits, je n'aperçus qu'une seule personne, un type de la fabrication qui fermait son sac à dos. Il me salua d'un léger hochement de tête avant de hisser son sac sur ses épaules, de mettre sa casquette et de gagner la sortie. La boîte disputait peut-être une partie de softball ce soir. Ou bien les gens évitaient de s'attarder depuis qu'ils savaient qu'un tueur se cachait parmi eux.

Je traversai le puits désert au pas de course et pris, à gauche, le couloir principal. Le bureau de Polly était plongé dans le noir, comme ceux de Kip et de Leslie. Il y avait pour seul bruit le léger grésillement du panneau lumineux au seuil de la cage d'escalier. À l'approche de la bifurcation menant vers mon bureau, j'entendis un nouveau bruit, tout proche, comme si on actionnait la fontaine à eau. Mais, trois secondes plus tard, je trouvai un couloir parfaitement vide, exception faite du mannequin surnommé Gros Derrière, posté en sentinelle devant le service mode et vêtu d'un simple pull bordeaux. Je me retournai. Personne. Nulle part. J'étais blême.

Je parcourus les quelques mètres de couloir menant à mon cagibi. À ma grande surprise, la porte était fermée. Mais je ne la fermais jamais. Un des agents de nettoyage l'avait-il claquée par erreur ? Je l'ouvris et allumai la lumière. Ma corbeille à papier était encore pleine et il n'y avait aucune trace de ménage. Bizarre. Mes dossiers oubliés étaient toujours sur la chaise, tels que je les avais laissés en partant. Comme je les rangeais dans mon cabas, quelque chose attira mon regard, sur la gauche. Je tournai la tête : posé en évidence, en plein milieu de mon bureau, je vis un chocolat *Mon Chéri* dans son papier rosé.

11

La vue du chocolat me fit hurler. Ce n'était qu'une petite friandise enveloppée, mais son message était ignoble et lourd de sens. D'un pas fébrile, je reculai hors du bureau et balayai le couloir du regard. Personne, rien. Si la peur m'ordonnait de détaler, la colère exigeait de tirer cela au clair. Le cœur palpitant, je retournai dans le bureau, sortis un mouchoir de mon cabas et ramassai délicatement le chocolat. Je le glissai dans mon sac et repartis aussitôt, sur la pointe des pieds, vers le couloir principal. Toujours personne. Soudain, une sorte de roulement en provenance du puits me pétrifia. Une femme de ménage, âgée d'une soixantaine d'années, déboucha du virage, poussant un chariot avec un grand sac-poubelle et des produits d'entretien.

– Excusez-moi, vous n'avez croisé personne à cet étage ?

Elle ouvrit de grands yeux. Je fis une autre tentative :

– Est-ce que...

– J'arrive de l'ascenseur. Et je n'ai vu personne.

Je lui pardonnai sa froideur, car j'étais soulagée pour deux. Avant de reprendre le chemin du puits, je pris le couloir en sens inverse, vers la machine à café et le petit corridor qui donnait sur les bureaux des correcteurs et des maquettistes. Pas âme qui vive.

Une dernière chose méritait vérification : le registre des départs, en bas, à l'accueil. Je rebroussai chemin jusqu'à l'ascenseur et descendis au rez-de-chaussée. Tout en apposant mon nom sur le registre, je parcourus la colonne. La plupart des collègues que je connaissais, dont Kip, Polly et Leslie, avaient signé leur sortie entre 18 heures et 18 h 30. Quant au reste, je ne remarquai rien d'inhabituel.

Le métro était bondé, mais j'en avais à peine conscience, obsédée par le *Mon Chéri* logé dans la poche de mon sac. Je ne voyais qu'une explication possible : il avait été déposé par le tueur d'Heidi. Parfois, mes camarades me laissaient des sucreries, c'est vrai, mais dans le climat actuel personne ne commettrait un tel geste. L'assassin savait très bien que je n'y goûterais pas. C'était juste de l'intimidation. Le bruit avait couru que j'enquêtais pour le compte de Cat, et ce message disait : « Mêle-toi de tes affaires. » À présent, j'en aurais mis ma main au feu, les appels anonymes faisaient partie du même plan.

Ce *Mon Chéri* était la preuve ultime que l'assassin travaillait chez *Gloss*. Et les candidats ne manquaient pas : Polly, que Cat avait trahie ; Leslie, qu'elle avait ulcérée ; Rachel, rembarrée ; et Kip, virtuellement séduit. Sans exclure d'autres victimes collatérales dont je ne savais rien.

Toutefois, une personne extérieure avait pu s'introduire dans les locaux. Les ascenseurs n'étaient pas surveillés, et même si les visiteurs étaient tenus de se déclarer à la réception, il suffisait de venir aux heures d'affluence et de jouer les habitués pour passer entre les mailles du filet.

Mon cœur battait encore fort quand je sortis du métro. Une fois rentrée dans mes quartiers, j'appelai Cat. Répondeur. Je raccrochai et interrogeai le mien. Un seul message : Landon, qui me faisait coucou. Pas de nouvelles de KC. On était mercredi soir, autrement dit ce dernier se moquait bien de s'assurer une place de choix dans mon week-end. Lâche. Comment avais-je pu m'aveugler ainsi ? Allez, calme-toi. Résiste à l'envie de hurler.

L'idéal aurait été ensuite de descendre au sous-sol pour faire une lessive, car il ne me restait plus, comme sous-vêtement propre, qu'une culotte de grand-mère – achetée dans un lot, en catastrophe, dans un supermarché du Texas où m'avait retenue une histoire complexe. Mais je n'osais pas quitter la sûreté de mon appartement. Ce chocolat m'avait drôlement secouée. Je décidai d'appeler Farley à la première heure demain matin pour qu'il me dise quoi faire de cette chose. Puis j'essaierais à nouveau de joindre Cat et de lui raconter mon tête-à-tête avec Dolorès, ainsi que le vilain tour qu'on m'avait joué. Sans oublier que j'avais un renseignement à lui extirper : je m'étais souvenue, hélas trop tard pour vérifier sur le registre, que Jeff avait dû passer la prendre au travail. À quelle heure était-il arrivé ? Était-il monté jusqu'au dixième ou l'avait-il attendue dans le hall du rez-de-chaussée ? Enfin, pour clore le chapitre des résolutions, je devais en savoir plus sur la mort de Tucker Bobb.

Après avoir passé un tee-shirt en guise de chemise de nuit, je me versai dans un verre ballon quelques gouttes du Courvoisier que je réservais aux invités, espérant calmer mon anxiété. Je venais de me coucher, devant la télé, quand le téléphone sonna. Je répondis, pensant tomber sur Landon. Je n'eus droit qu'au souffle d'une respiration, pendant quatre secondes environ, puis on raccrocha. Par acquit de conscience, je regardai l'écran de mon téléphone, même si je savais déjà le verdict : numéro masqué. Je succombai à la même vague de peur et de colère qu'au bureau. J'ajoutai un dernier élément à ma liste de demain : appeler mon opérateur téléphonique pour connaître les recours possibles face à ce type de harcèlement.

Le lendemain, au petit jour (heure d'endormissement : vers minuit ; nombre de réveils : deux), mon lit baignait dans une flaque de lumière et je me sentais reposée – malgré un léger poids au-dessus de mon œil gauche, sûrement dû au brandy. Je mis un pied sur la terrasse et contemplai les dizaines d'immeubles qui se dressaient à l'ouest. Quelque part dans cette jungle se cachait un assassin, qui avait décidé de me narguer.

Après avoir dévoré ma tartine de brioche grillée, je fis le numéro de l'inspecteur Farley : il ne serait pas joignable de la matinée, m'informa-t-on. Je laissai un message. Guère plus de chance avec Cat : je tombai successivement sur ses répondeurs personnel et professionnel. Je lui laissai deux messages, la priant de me rappeler au plus vite.

Mon opérateur téléphonique, ensuite. Après un voyage kafkaïen dans les méandres du standard automatique, j'entrai enfin en contact avec un humain, prêt à m'aider. Malheureusement, me dit-on, il était impossible de dévoiler un numéro masqué. En revanche, un service permettait désormais d'intercepter, de bloquer et d'interrompre les appels provenant de tels numéros. Cela constituait un bon rempart contre le harcèlement, mais aussi contre le télémarketing – je n'aurais plus à subir les laïus sur les nouvelles cartes de crédit ! Pourtant, j'y renonçai, un peu réticente à l'idée de rabrouer mon ennemi par ce type de procédés. En fin de compte, cela risquait d'attiser sa haine et son agressivité. Et puis, si ces appels lui permettaient de me tenir à l'œil, la réciproque était vraie aussi.

Sans déranger à nouveau mon contact chez *Best Home*, je tentai de me procurer le numéro de la veuve Bobb. Ce fut un jeu d'enfant : une biographie en ligne de Tucker Bobb indiquait la commune du comté de Bucks où se trouvait sa ferme, et il était toujours répertorié aux Renseignements.

Darma Bobb me répondit d'une voix essoufflée, comme si elle avait couru depuis le fond du jardin. Elle devint assez glaciale quand je me présentai comme rédactrice chez *Gloss*. J'expliquai que j'appelais de la part de Cat Jones et que je souhaitais la rencontrer de toute urgence. Me serait-il possible de venir, demain, lui poser quelques questions ? Elle tenait à connaître mes motivations, mais j'avais peur qu'elles ne soient pas à son goût et qu'elle refuse de me voir. Aussi, je lui dis que le sujet était trop sensible pour en parler au téléphone. Gagnée par la curiosité, elle céda : rendez-vous à 14 heures chez elle. Mon ami Landon ayant sa maison de campagne dans le même comté, je l'appelai dans la foulée et lui demandai *via* son répondeur la permission de dormir là-bas vendredi soir : cela m'éviterait de refaire deux heures de route dans la même journée. Puis je contactai Polly pour reporter notre collation de vendredi à dimanche.

Je passai le reste de la matinée à ranger mes notes et mes dossiers afin de faire mon plan dès cet après-midi. Pour respecter mes nouvelles échéances, je devrais écrire à la vitesse de la lumière.

Puis vint l'heure de mon rendez-vous avec le Dr Jack Herlihy, pédopsychologue et pourfendeur d'esprits frappeurs. Je déteste les entretiens au restaurant, où il faut à la fois manger, prendre des notes et s'essuyer la bouche, mais il avait semblé tenir à l'idée d'un déjeuner. La cantine des professeurs laissait peut-être à désirer...

– Votre lieu sera le mien, avait-il dit. Vous connaissez mieux le Village que moi.

J'avais perçu une pointe d'autorité dans sa voix, fréquente chez les psys que j'interviewais. Je lui avais proposé de me retrouver dans un petit café de la 9e rue est, qui avait une cour intérieure.

Je troquai mon tee-shirt et mon pantalon de survêtement contre une minijupe en jean, que je n'avais pas mise depuis août dernier, et une paire de sandales rouges. Au risque d'enfreindre les règles du politiquement correct, j'avais remarqué que les tenues sexy faisaient des merveilles lorsque j'interviewais un mâle.

En quittant mon immeuble, je regardai de part et d'autre de la rue. Rien à signaler. La faune ordinaire du Village. En retard de deux minutes, je vis, soulagée, que le psy l'était tout autant. Du moins, je le crus. Il y avait un homme attablé tout seul dans la cour, vêtu d'un jean, d'un tee-shirt blanc et d'une veste souple bleu marine, mais il n'avait pas la tête de l'emploi. Pourtant, quand il releva les yeux de son *New York Times* et m'aperçut, il me fit signe de la main. Je ne l'aurais jamais imaginé comme ça – alors que lui, manifestement, m'avait très bien cernée au téléphone.

Au lieu d'un type sérieux, barbu et dégarni, et de plus de quarante ans, se tenait un jeune trentenaire rasé de près, sophistiqué et terriblement mignon dans le genre pommettes saillantes et peau douce – même s'il n'était pas à proprement parler mon genre, je savais reconnaître la qualité là où elle se nichait.

– Salut, dit-il en se levant. Jack Herlihy.

Il mesurait bien un mètre quatre-vingt-dix.

– Bailey Weggins, répondis-je. Vous avez donc trouvé sans problème.

– Je ne voyais pas le quartier comme ça, avoua-t-il. On m'a toujours dépeint l'East Village comme un endroit excentré, peuplé d'excentriques.

– Ça devait être comme ça dans les années 1960. Ça a pas mal changé depuis. Pour ma part, j'habite à la frontière entre l'East Village et le West Village, alors je ne critiquerai aucun des deux. Vous résidez Mercer Street ?

– Oui, la fac me prête un meublé dans un immeuble qu'elle possède. C'est pas mal. On m'a dit qu'il fallait compter au moins deux mille dollars par mois pour un deux-pièces dans cette ville, alors je ne vais pas me plaindre – sauf que le mobilier fait très cabane de bûcheron d'avant-guerre. Je devrais acheter des CD de chants d'oiseaux pour l'ambiance sonore.

– Il n'y a pas une tête d'élan au-dessus de votre lit, rassurez-moi ?

– Quand même pas, rit-il tout en passant sa main dans ses cheveux châtain sable. Mais au moins quarante pour cent du mobilier est en écorce de bouleau.

Sa personnalité aussi était désarmante. Au téléphone, j'avais senti quelqu'un de cérébral et de professionnel, qui semblait impatient de m'exposer son point de vue sur la prétendue science parapsychologique. J'étais un peu déstabilisée par sa décontraction. Je proposai que nous passions d'abord notre commande, ce que nous fîmes, puis je sortis mon dictaphone, en expliquant que j'aimais enregistrer les conversations tout en notant sur papier les grandes lignes. J'enfonçai les deux touches de lecture et d'enregistrement, et il se renversa sur son dossier, les bras croisés sur son torse, pour m'observer d'un air amusé.

– Comme je vous le disais au téléphone, commençai-je, essayant de cacher le trouble que me causait son regard bleu intense, j'écris sur une famille dont la maison semble frappée de phénomènes étranges. De nombreuses personnes pensent qu'elle est hantée. À la lecture des deux articles que vous avez publiés sur la question, je suppose que vous réfutez l'hypothèse d'un fantôme ou d'un esprit frappeur ?

– Vous savez aussi bien que moi, du moins je l'espère, que les esprits maléfiques et les fantômes n'existent pas. Bien que j'admette avoir vu *L'Exorciste* à l'âge de douze ans chez un copain et en avoir été terrorisé. Pendant les six mois qui ont suivi, j'ai dormi sur la moquette de la chambre de mes parents.

– Dans cette enquête, j'ai auditionné deux parapsychologues, expliquai-je. Par définition, ils croient aux phénomènes paranormaux. Mais, en l'occurrence, eux aussi rejettent l'hypothèse surnaturelle. Ils pensent que c'est l'énergie télékynétique de Marky qui provoque tous ces désordres.

Pas de question précise. Un simple commentaire, appelant une réaction de sa part.

– Et ça vous paraît crédible ?

– C'est vous l'interviewé, répliquai-je.

– Entendu, sourit-il.

Il joignit ses mains en triangle et les pressa contre sa bouche, tenant la pose pendant quelques secondes.

– Je connais par cœur ces espèces de chasseurs de fantômes, se lança-t-il. Ils parlent comme des scientifiques et, dans ce genre d'affaires – celles qui impliquent des adolescents –, ils apparaissent comme la voix de la raison. Car tout le monde crie au fantôme sauf eux, qui débarquent en disant : « Allons, ne soyez pas ridicules ! Oubliez ces histoires d'esprits frappeurs. C'est l'énergie perturbée de cet enfant qui est en cause. Elle est devenue incontrôlable. » Mais l'idée qu'un cerveau d'ado puisse déplacer des objets à distance est une pure escroquerie.

– D'où vient ce désordre, alors ?

– Qu'en pensez-vous ?

– C'est moi qui pose les questions, je vous dis.

Il sourit de plus belle, son regard rivé au mien. Alors, je fis une découverte fascinante sur son physique : l'ensemble valait bien mieux que la somme des parties. Ses yeux azur étaient beaux sans être extraordinaires (et ses cils, si clairs qu'on distinguait à peine les pointes) ; sa bouche était charnue sans être irrésistible ; et son nez tenait la route, droit et proportionné, mais tout de même un peu épais. Pris un par un, aucun de ces détails n'était à tomber par terre, mais mis bout à bout ils formaient un visage canon de chez canon. Pas étonnant qu'il ait choisi de se spécialiser dans l'enfance : il était beaucoup trop mignon pour conseiller des adultes – la moitié de sa clientèle lui aurait sauté au cou.

– Ce sont les gosses eux-mêmes qui sèment la pagaille, lâcha-t-il enfin.

– Mais comment ? Cela a été votre conclusion dans les cas que vous avez observés, mais je ne vois pas comment cette fillette, Marky, pourrait obtenir ces résultats, ni pourquoi elle se donnerait tout ce mal.

– Eh bien, tout d'abord, laissez-moi vous parler de ces gosses. Dans l'écrasante majorité, nous avons affaire à un ado ou à un préado. Une fille, en général. En colère ou très instable. Il arrive que ce soit une enfant adoptée, ou marquée par une cassure dans son existence. Elle simule ces phénomènes pour obtenir l'attention dont elle manque – ou bien il s'agit d'une manifestation de colère de type passif-agressif.

En quelques mots, je lui décrivis la petite Marky. C'est sûr, elle correspondait bien à ces critères. Bien que sa famille m'eût paru affectueuse, elle n'était pas la fille des parents, mais leur nièce. La sœur de madame, prostituée notoire, avait mis Marky au monde quatre ans avant de mourir d'un cancer des ovaires.

Le serveur revint avec une grande bouteille de San Pellegrino et deux verres à pied, coincés entre les doigts d'une seule main. Il les remplit et reposa la bouteille au milieu de la table.

– Franchement, je doute que Marky soit capable de causer tout le désordre que j'ai constaté là-haut. Les meubles qui ont bougé étaient parfois très lourds, vous savez.

– Ces gosses ont leurs trucs. J'ai filmé un gamin à l'œuvre, alors qu'il pensait que personne ne le voyait. Pas besoin d'être costaud pour déplacer un gros meuble, du moment qu'on trouve les bons appuis. D'autres sont encore plus rusés. De vrais petits magiciens.

Je lui demandai s'il jugeait possible que le farceur soit un autre membre de la famille – les parents, par exemple, pour ériger Marky en célébrité locale, ou encore un des frères, pour le simple plaisir de nuire à sa sœur. Jack répondit que tout était possible, mais qu'il parierait sans hésiter sur la fillette.

Nos sandwiches arrivèrent, et le moment semblait parfait pour marquer une pause. Il faisait un temps délicieux, où l'air vous caresse la nuque comme un tissu vaporeux. Malgré le stress et l'agitation de ces derniers jours, je me sentais détendue.

Comme nous attaquions nos assiettes, je questionnai Jack sur son parcours. Après son doctorat, expliqua-t-il, il avait soigné des enfants pendant deux ans avant de s'orienter vers l'enseignement, tout en assurant des expertises d'une manière ponctuelle. Il se plaisait à l'université de Georgetown, mais il avait pris ce job d'été, à New York, afin de poser des jalons pour une mutation future.

– Comment vous êtes-vous intéressé aux esprits frappeurs ? demandai-je.

– Un de mes directeurs de recherches m'a proposé de me pencher sur le cas d'un gamin de dix ans qui vivait avec sa grand-mère depuis que sa mère s'était enfuie avec son nouveau compagnon. Tout le monde croyait la maison hantée par le fantôme d'un fermier qui avait été battu à mort, en ce même lieu, des années plus tôt.

– J'imagine que vous n'y avez pas cru ?

– Au début, je ne savais quoi penser, mais j'ai gardé la tête froide et j'ai fini par surprendre le gosse en train de bouger le lustre avec une règle.

Les sandwiches terminés, nous commandâmes deux cafés, et lui un tiramisu.

– Deux fourchettes ? suggéra-t-il en m'interrogeant du regard.

– Euh, oui, bien sûr, répondis-je, prise au dépourvue.

Je rêvais, ou il me draguait ? Quelle pouvait être sa situation ? Il n'avait pas l'air gay, il ne portait pas d'alliance et j'avais cru comprendre qu'il vivait seul. À tous les coups, il avait laissé une copine à Washington, qui se morfondait en comptant les jours et tremblait à chaque fois qu'il évoquait sa future mutation.

– Vous allez passer vos week-ends à Washington ? lui demandai-je.

– Pas vraiment. Peut-être une ou deux fois, histoire de vérifier l'état de l'appartement. C'est complètement mort en été, vous savez. Mais j'ai des amis qui vont me rejoindre.

Il jeta un œil à sa montre : je compris qu'il n'avait pas tout son temps. D'un signe, je réclamai l'addition. Il se battit pour payer, mais je lui tins tête, argumentant que c'était contraire à mon éthique de journaliste.

Nous prîmes congé sur le trottoir. Puis nous fîmes cette expérience singulière, où on se rend compte qu'on part tous les deux dans la même direction, ce qui oblige à reprendre la conversation qui vient de finir. Il me posa des questions sur mon travail, mes débuts, mes préférences et le déroulement d'une journée type. Ses paroles étaient pertinentes et sa curiosité un vrai régal – même si, dans son cas, elle relevait sûrement d'une déformation professionnelle. Tout à coup, il sembla distrait, comme s'il se demandait, tout en parlant, où il avait mis son passeport. Par une étrange pulsion, je voulus reconquérir toute son attention : alors je débitai l'histoire du meurtre d'Heidi.

– C'est affolant, commenta-t-il. La police a des suspects ?

– Pas que je sache. Au fil des ans, Cat semble avoir fâché plein de gens, et le temps de les passer tous en revue...

– Une des particularités du meurtre avec préméditation – je suis profane en la matière, mais je sais au moins ça –, c'est qu'il révèle presque toujours un intérêt personnel et une vive émotion. Personne ne va organiser votre assassinat parce que vous avez donné un dîner ennuyeux. Il faut une motivation très forte, comme la jalousie, la cupidité ou la rancune. Sans oublier la déception amoureuse, qui reste la voie royale.

Soudain, il s'immobilisa au milieu du trottoir, à l'angle de Broadway et de la 9e rue, et je compris qu'il allait tourner pour regagner son université.

– Encore une fois, dis-je en lui tendant la main, je ne sais comment vous remercier pour vos lumières sur Marky. Cela me sera très utile.

– Ravi d'avoir pu vous aider, répondit-il en souriant. Appelez-moi si vous avez d'autres questions – et n'adressez plus la parole à ces satanés parapsychologues. Ou c'est de votre cervelle qu'ils feront jaillir leur énergie télékinétique !

– J'aurai sûrement quelques points à élucider après avoir relu mes notes, l'avertis-je. Merci encore.

Il s'éloigna vers le sud de Broadway, le bas de sa veste flottant au vent, filant vers son bureau ou sa cabane de bûcheron perchée dans la montagne, pour préparer ses cours, retrouver son passeport ou joindre sa copine restée à Washington et lui demander de le retrouver pour passer un week-end en amoureux. Mais d'où me venaient ces pensées ? m'inquiétai-je. Ce n'était même pas mon genre, et il était hors de question que je sorte avec un psy.

Arrivée à dix mètres de mon immeuble, je décidai de continuer vers l'ouest de la 9e rue. Mon organisme n'avait pas eu sa dose de caféine et j'avais envie de m'asseoir, dans la brise printanière, pour savoir comment, dans mon article, exploiter les paroles de Jack. D'entrée de jeu, je pouvais annoncer la couleur au lecteur ou, au contraire, préserver l'aspect mystérieux de l'affaire.

Sur University Avenue, j'achetai un double cappuccino à emporter et marchai jusqu'à Washington Square Park. L'endroit était noir de monde, entre les poussettes, les rollers et ceux qui venaient simplement se prélasser au soleil. Je dégottai un banc libre, près du boulodrome, et m'y installai.

Avec mon portable, j'interrogeai ma boîte vocale. Deux messages. Ma directrice de collection, chez *Travel*, allait me faxer de nouveaux documents pour mon voyage au Royaume-Uni, prévu en juillet. Mon copain Mitch me rappelait que, ce soir, sa sœur chantait dans un club de l'Upper West Side, et que j'avais intérêt à être là. Cet évènement m'était sorti de la tête.

Puis j'essayai le répondeur de la maison, espérant entendre Farley ou Cat. Aucun message pendant mes deux heures d'absence. Mais deux raccrochages. Mon cœur fit un bond, comme si un passant m'avait bousculée.

Je rangeai le téléphone dans mon sac et posai mes pieds sur le banc – en prenant soin de ne pas montrer mon sous-vêtement à tout le monde... Cernée par des écureuils qui couraient partout, je pris une gorgée de cappuccino et tâchai de me concentrer sur mon article.

Cela n'était pas facile. Sans le beau Dr Herlihy pour me distraire, mon esprit revenait sans cesse au *Mon Chéri* et aux appels anonymes. Pour l'heure, notre assassin se contentait de m'adresser des signaux, mais il pouvait décider d'un moment à l'autre de passer à la vitesse supérieure. J'étais convaincue qu'il n'était pas uniquement l'esclave de la rancœur. C'était un monstre, sans pitié – n'avait-il pas failli causer un carnage avec ses truffes empoisonnées ? Aussi, j'avais toutes les raisons de m'angoisser. Landon n'avait pas tort quand il me conseillait de laisser tomber. Sauf que je ne pouvais pas me résoudre à abandonner. J'avais trop peur pour la sécurité de Cat, j'étais trop révoltée par la mort absurde d'Heidi, trop en colère de recevoir des menaces, et oui, c'est vrai, trop grisée par cette aventure. De toute façon, à ce stade, je n'avais aucun moyen d'annoncer à l'assassin : « C'est bon, tu peux me lâcher, j'arrête de jouer les Castors Juniors. » Demain, comme convenu, je me rendrais dans le comté de Bucks pour essayer de découvrir un lien éventuel entre les deux drames ; en cas d'échec, je rentrerais à New York continuer mon enquête. Je démarcherais les collègues de *Gloss* et me renseignerais sur les représentants des autres magazines, présents à la fête. Et je surveillerais mes arrières en permanence.

Dans l'immédiat, je n'avais qu'un impératif : me mettre à mon article. Peut-être serais-je plus inspirée devant l'ordinateur. Je me relevai, jetai mon gobelet à la poubelle et traversai le Washington Square Park d'un pas décidé. Comme je passais sous l'arc de triomphe, je me retournai brusquement, avec la curieuse impression d'être suivie. Mais je ne vis personne.

12

Le lendemain matin, vers 9 heures, je m'engageai sur la route du comté de Bucks – l'Interstate 78, pour être précise –, impatiente de mettre deux cents kilomètres entre Manhattan et moi. Non seulement ma soirée s'était soldée par deux raccrochages supplémentaires, mais j'avais commis une bourde monumentale sur le dossier KC.

J'aimerais tellement pouvoir dire que l'alcool fut la cause de mon égarement, mais, de toute la soirée, je n'avais bu que deux Amstel légères – et, c'est vrai, le début d'une troisième. À vrai dire, la barre qui me comprimait le crâne, à l'heure où ma Jeep fonçait sur l'autoroute vers la Pennsylvanie, n'entrait pas dans la catégorie gueule de bois : elle était due à un cocktail détonant de fatigue, de peur et de dégoût de soi.

Comble de stupeur, KC avait appelé en fin d'après-midi, alors que je travaillais dur, à mon bureau, sur le plan et les deux premières pages de mon article sur Marky. Pour moi, la clé d'un récit se situe dans le premier paragraphe : passé ce cap, le reste vient tout seul. Ce coup-ci, je l'avais capturé assez vite, grâce à un truc confié par Jack Herlihy – celui aux yeux azur et au joli petit derrière. Comme quoi, pour un type qui n'était pas mon genre, j'avais du mal à me le sortir de la tête.

Quand le téléphone avait sonné, j'étais sûre d'entendre Cat ou Farley, car aucun d'eux ne s'était encore manifesté. J'eus sans doute du mal à contenir ma surprise en reconnaissant KC. Nous échangeâmes les : « Comment ça va ? » de rigueur. Il m'exposa rapidement le contrat qu'il était en train de conclure (devais-je y voir une excuse à son silence radio ?) et je lui racontai ma découverte du cadavre d'Heidi : cela lui inspira à la fois de la stupeur et de la consternation (j'en déduisis qu'il ne lisait pas le *Post* tous les jours). Il posa alors quelques questions, auxquelles je répondis évasivement, ne voulant pas m'appesantir au téléphone. Puis, sans crier gare, il changea de sujet, évoquant notre ami commun Mitch et sa sœur Trudy, qui se produisait ce soir dans un club. Est-ce que j'allais y aller ? demanda-t-il. Cherchant la meilleure réponse, je trouvai ce qu'il y a de plus brillant :

– Peut-être, mais je ne suis pas sûre.

Il ajouta quelques banalités sur l'immense talent de Trudy. Puis son esprit parut soudain s'absenter (étais-je donc incapable de retenir l'attention des hommes ?). Pour finir, il m'acheva en déclarant :

– Bon, eh bien, on se verra peut-être là-bas. Je pense y aller.

Et il raccrocha.

J'avais envie de jeter l'appareil du haut de la terrasse. Que voulait dire cet appel ? S'agissait-il d'un simple coucou ? Ou bien avait-il eu l'intention de m'inviter à sortir, avant d'opérer un virage à cent quatre-vingts degrés devant mon manque d'enthousiasme ? Ou cherchait-il un moyen de me retrouver quelque part, sans avoir à dépenser d'argent ? Oublie-le, me dis-je. Coupe la corde et laisse-le dériver sans te retourner.

Après ça, inutile d'essayer de reprendre mon travail. Écrire trois heures d'affilée était un maximum pour moi, et je n'en pouvais plus. Je me préparai un café et réessayai de joindre Cat. Je tombai sur Carlotta, qui me passa sa patronne.

– Où étais-tu ? lui demandai-je d'un ton légèrement irrité. Ça fait un bon moment que j'essaie de t'avoir.

– J'étais couchée avec le genre de migraine qui ne se produit qu'une fois par siècle. Je commence à peine à pouvoir porter ma tête.

– Je suis désolée pour toi, Cat. Écoute, il y a du nouveau.

Je l'affranchis sur ma conversation avec Dolorès, sur le *Mon Chéri* trouvé sur mon bureau et sur mon escapade du lendemain dans le comté de Bucks. Alors que je m'attendais à une rafale de questions, elle se contenta de ponctuer mon récit de quelques « Mmm, Mmm... » Soit les antalgiques l'avaient transformée en zombie, soit le stress des derniers jours l'avait immunisée. Mais je fus soulagée quand elle m'annonça que Jeff et elle allaient passer le week-end à Litchfield. Je lui donnai le numéro de Landon, lui demandant à me joindre au moindre problème.

À peine avais-je reposé le combiné que Farley se manifesta à son tour. Je le remerciai d'abord de me rappeler.

– Alors, qu'est-ce qu'on a ? me coupa-t-il.

D'une traite, je lui confiai le coup du chocolat et l'histoire des appels anonymes. Dans un premier temps, il ne répondit rien – cette fameuse pause éloquente dont raffolent les flics –, puis les questions fusèrent : À quelle heure cela était-il arrivé ? Y avait-il du monde dans les parages ? Qu'était devenue le chocolat ? Quand je lui appris que je l'avais avec moi, il m'ordonna de le lui apporter, mais en évitant de le toucher directement. Cela dit, il ne semblait pas excessivement préoccupé. Me croyait-il parano ? ou en plein syndrome prémenstruel ? Les choses se gâtèrent quand il termina notre échange par une mise en garde : N'essayez pas de vous immiscer dans les affaires de la police. Je raccrochai, à la fois vexée et tendue.

Trop agitée pour attendre le prochain appel anonyme, je décidai de me traîner dehors et d'aller écouter Trudy. Je sais, KC serait là-bas, mais il me suffirait de l'ignorer et de draguer le premier bel inconnu. Mon attirail : la jupe la plus mini de toute ma garde-robe et un débardeur tellement serré qu'il fallait presque me placer sous oxygène.

Vers 21 heures, je quittai l'immeuble, très méfiante vis-à-vis des passants que je croisais pendant que je hélais un taxi. Le chauffeur me conduisit dans le West Side, d'abord au commissariat du 19e secteur – où je déposai une boîte à chaussures au nom de Farley contenant le Mon *Chéri* –, puis au caveau où chantait Trudy.

Des tas de couples se trouvaient là, des amis de Trudy avec leurs conjoints, et quelques potes célibataires de Mitch, que je connaissais pour la plupart. Mais aucune trace de KC. Lors d'un entracte, un pauvre type, avec une tête énorme et des cheveux épais comme du chaume, vint me brancher. Depuis six semaines que je fréquentais KC, j'avais renoncé à toutes les opportunités. C'était donc entièrement ma faute si je me retrouvais avec quelqu'un qui aurait pu être le fils perruqué de Pac-Man.

KC apparut vers minuit. Après lui avoir servi un bonjour de pure forme, je m'appliquai à le snober. Mais, ensuite, tandis que je décrochais ma veste de la patère du hall, il se planta devant moi et me sortit le grand jeu. M'étant un peu apitoyée sur mon sort, je le laissai m'offrir un verre au bar et s'extasier devant mon allure. À mesure que l'heure avançait et qu'il me répétait combien j'étais superbe, je sentais mes défenses s'effriter. Tard dans la nuit, par un malheureux tour du destin, je me retrouvais chez lui, quelque part entre la 80e et la 89e rue ouest. Je n'explique pas bien ce geste. Peut-être une attirance physique réelle pour KC, ainsi que les menaces dont je faisais l'objet depuis plusieurs jours avaient-elles fait de moi un concentré de débauche… Je me sauvai à 6 heures, le lendemain matin, dans le vain espoir de retrouver un semblant de mystère. KC devait tout juste ouvrir l'œil à l'heure qu'il était, se demandant l'espace d'une seconde qui avait pu creuser le matelas de l'autre côté du lit.

Mais, dans l'immédiat, je pouvais laisser tout ça derrière moi. J'étais en route vers la province, où deux États me sépareraient de New York. Il y avait juste assez de circulation pour me faire un peu oublier à la fois mes frasques avec KC et les raccrochages sur mon répondeur – le dernier remontait aux environs de minuit.

Je m'étais déjà rendue à deux reprises dans le comté de Bucks, chaque fois à l'invitation de Landon. Bien qu'elle soit gagnée par les banlieues pavillonnaires, cette région du nord de la Pennsylvanie reste rurale et bucolique, avec ses vieilles bâtisses en pierres du XVIIIe siècle, ses murets irréguliers et ses ponts couverts. Le trajet longe d'abord l'aéroport de Newark, puis traverse la partie industrielle et polluée du New Jersey. Mais à un point précis de l'I-78, ce paysage s'estompe d'un coup, révélant au loin une première grange rouge et son silo, et le monde devient sylvestre et serein. J'atteignis ce cap à 10 heures et des poussières, et mon mal de crâne se réduisit peu à peu à de tout petits élancements.

Deux rencontres m'attendaient. Outre celle avec Darma, j'avais réussi hier, en fin d'après-midi, à fixer un rendez-vous au Dr Kate Tressler, urgentiste à l'hôpital de Doylestown – où, selon l'avis de décès, Tucker Bobb s'était éteint. On m'avait renvoyée sur une dizaine de personnes avant de me la passer, et j'avais pris des gants. Le pire, quand on démarche un toubib, est de s'entendre répondre : « Je vous conseille d'interroger notre service communication » – ce qui signifie que vous n'apprendrez rien du tout. D'emblée, je prévins donc le Dr Tressler que je n'avais pas l'intention d'écrire un papier et que je n'allais pas la citer. Je voulais juste aider ma rédactrice en chef qui, selon toute vraisemblance, avait fait l'objet d'une tentative d'empoisonnement : pour cela, j'avais besoin de certains renseignements. Elle baissa la garde et consentit à me recevoir. J'étais attendue à 15 h 30, soit à peu près une heure après la fin probable de ma visite chez Darma.

Je quittai l'I-78 par la sortie numéro 7, pénétrai en Pennsylvanie, puis rattrapai la route 611 qui me conduisit jusqu'à la jolie bourgade de Carversville. La maison de Landon était une somptueuse demeure victorienne, située à deux pâtés de maisons de la grand-rue, avec un porche circulaire et une piscine. Être l'hôte de Landon était comme un avant-goût du paradis. À l'origine, lui aussi avait prévu d'arriver dans la matinée. Mais il avait glissé un mot sous ma porte, m'expliquant qu'en raison d'un problème avec un client il me rejoindrait ce soir, vers 21 heures.

J'atteignis la maison peu avant 11 heures. Les azalées étaient éclatantes de lumière, les jardinières et les parterres débordaient de rouge, de rose et de mauve. Tout en mettant la clé dans la serrure, je me demandai quel effet cela ferait de se trouver chez Landon sans Landon. Étrange, voilà la réponse. Ni feu dans la cheminée, ni Mozart, ni cierges se réfléchissant sur toutes les surfaces, ni odeur de cassoulet s'échappant de la cuisine. À croire que je m'étais trompée d'adresse.

Après avoir posé mon sac dans l'une des chambres d'amis, en haut, je déjeunai d'une soupe en boîte. La maison baignait dans un silence parfait, excepté l'évier qui gouttait. Je fis un brin de toilette, puis enfilai une robe jaune en coton, un gilet assorti et des sandales à talons. Je partis chez Darma en avance, m'accordant de la marge au cas où je me perdrais sur les petites routes de campagne.

Sage précaution : je passai effectivement une bonne vingtaine de minutes à tourner en rond. J'en aurais pleuré de rage. Darma habitait Old Hollow Road, mais il me fallait d'abord trouver Beaver Road, qui ne correspondait à aucune de ses indications. Au bout d'un moment, je la soupçonnais même de m'avoir induite en erreur exprès – je pouvais presque l'entendre ricaner dans son salon. Je finis par me ranger sur le bas-côté pour demander mon chemin à un gars qui montait dans son pick-up, mais il m'égara plus encore. J'étais sur le point de craquer quand je tombai enfin sur Old Hollow, qui partait vers le nord au lieu du sud. L'allée de la maison était une route à elle seule, sinuant sur quatre cents mètres au milieu d'érables, de chênes et de sapins, entre deux ruines de pierres, jusqu'à une cuvette semblant coupée du monde.

Le corps de logis était impressionnant. Tout en pierres vieilles d'au moins deux siècles, avec une large façade biscornue percée de fenêtres d'un mètre de profondeur. Je garai la voiture dans une cour, près d'une grange en bois qui devait servir de garage. Deux autres granges, plus petites, flanquaient aussi la cour. Furtivement, je vis un type en chemise et en jean disparaître dans l'une d'elles alors que je descendais de voiture. Contournant celle où je m'étais garée, je faillis avoir une attaque : un paon, le cou dressé et les plumes traînant par terre, se tenait à trois mètres devant moi. Tucker Bobb avait certainement mené une vie de châtelain. Il était issu d'une riche famille sudiste, ce qui lui avait assuré un tout autre standing que celui de Dolorès.

La grange se trouvant en retrait de la maison, je gagnai l'entrée principale par une contre-allée pavée de briques et bordée de fleurs. Il fallut deux coups de sonnette et plusieurs autres à la porte avant que celle-ci s'ouvre sur la silhouette de Darma. Elle était belle et impressionnante, dans le genre veuve idéale : svelte malgré une poitrine généreuse, une peau diaphane, une longue chevelure blonde aux millions de boucles. Sa tenue était le summum du bon chic campagnard : une chemise blanche, des jodhpurs bruns, des bottes de cheval noires, le tout enveloppé dans un long châle en pashmina.

– Nous n'avions pas dit 13 heures ? demanda-t-elle froidement, comme si j'avais gâché sa journée.

– Désolée, je me suis perdue.

– Eh bien, entrez.

Ce moment ne s'annonçait-il pas exquis ?

Elle me précéda en silence à travers une suite de pièces qui me révélèrent peu à peu l'inconvénient majeur de cette bâtisse : elle était sombre comme une église par un après-midi de janvier. Les fenêtres en étaient en grande partie responsables, à la fois profondes et étroites, et cachées par les érables. Nous nous installâmes dans une grande véranda, tout au fond de la maison, où il faisait à peine plus clair.

Délicatement, je pris place dans un petit fauteuil jaune, avec au moins trois coussins. Un service à thé en argent était posé sur la table basse, mais Darma se laissa tomber sur le canapé sans y prêter attention : je compris que les rafraîchissements n'étaient pas compris dans le forfait.

– Cet endroit possède un charme fou, déclarai-je pour essayer de briser la glace. Vous l'avez décoré vous-même ?

– Essentiellement. Mais je me suis fait aider, cela va sans dire.

Elle dégagea son col de chemise en secouant son épaisse tignasse, à la manière d'un cheval s'ébrouant. Dans la lumière de la véranda, elle paraissait cinq ans de plus. Je lui donnais entre quarante-cinq et cinquante ans. Je me fis aussi la réflexion que, malgré le pashmina et le collier de perles, elle n'était pas à l'abri d'une certaine vulgarité. Bien qu'elle eût mené sa carrière dans la presse magazine, elle me faisait penser à ces croqueuses de diamants qui épousent des millionnaires après six semaines de drague.

– Vous vivez ici toute l'année ? continuai-je.

– Oui. Je ne vois pas ce qui m'aurait retenue à New York. Et vous, vous êtes venue passer la journée au vert ?

– En fait, je loge chez quelqu'un à Carversville.

– Tiens, quel est son nom ? Je la connais peut-être.

– À vrai dire, il s'agit d'un homme, d'un homme plus âgé. Landon Hayes. Il s'investit beaucoup dans son quartier ; vous l'avez peut-être déjà croisé chez des voisins à lui.

– Ce nom ne me dit rien. Vous savez, en dehors d'un petit cercle d'amis, nous ne fréquentions pas grand monde.

– Je suis navrée pour votre mari, glissai-je. Je ne l'ai rencontré que brièvement, à l'occasion d'un ou deux évènements, mais je sais la grande réputation qu'il avait.

– Vous et moi, nous ne nous somme jamais croisées, non ?

– Non, je ne crois pas. Mais nous avons sans doute eu des collègues en commun.

– Leslie Stone est passée chez *Gloss*, il me semble ? Nous avions travaillé ensemble chez *Food and Entertaining*. Et je connais Dolorès, bien entendu. C'était une bonne amie de Tucker. Ils étaient aussi horrifiés l'un que l'autre de voir ce que Cat Jones faisait de *Gloss*.

– Ce n'est pas du goût de tout le monde, c'est sûr. Mais les lecteurs semblent apprécier.

– Alors, s'ils apprécient... conclut-elle d'un air sardonique. Allez, expliquez-moi un peu ce besoin urgent de me parler.

– Très bien, mais tout d'abord je vous remercie infiniment de me recevoir, car c'est vraiment de la plus haute importance. Je suppose que la nouvelle n'est pas arrivée jusqu'ici, mais la fille au pair de Cat Jones est morte dimanche dernier, visiblement empoisonnée. Or, il semble que la cible visée était en fait Cat elle-même. Je me demande donc si ce décès aurait le moindre lien avec celui de votre mari.

Ses yeux émeraude me décochèrent un regard si dur et si froid que je dus lutter pour ne pas me recroqueviller sur mon siège.

– C'est donc ça ? fit-elle sèchement. C'est pour cette raison que vous avez tenu à venir jusqu'ici ?

Oups...

– Oui, j'ai pensé que vous pourriez nous aider, répliquai-je sur-le-champ. J'ai entendu certaines spéculations, comme quoi votre mari aurait mangé des champignons vénéneux. Avouez que deux incidents de ce type, à six mois d'intervalle, c'est une sacrée coïncidence.

– Alors la rumeur du champignon toxique circule encore, articula-t-elle lentement.

– Vous voulez dire qu'elle n'est pas fondée ?

– Personne n'a jamais su ce qui avait tué Tucker. Et il n'existe pas le plus petit indice pour étayer l'hypothèse des champignons. Un médecin de l'hôpital a simplement eu le malheur de lancer cette idée, comme ça, sans la moindre preuve.

– Votre mari aimait cueillir des champignons, non ?

– Oui. Ainsi que les manger. Il n'est pas impossible qu'il en ait avalé de mauvais. Mais si vous voulez mon avis, j'ai surtout l'impression que l'hôpital cherchait à se couvrir.

– Il est tombé malade au bureau ?

– C'est bien ça.

– En milieu de semaine ?

– Oui, un jeudi. Il a commencé à se sentir mal après le déjeuner. Il avait prévu de passer un long week-end ici – j'étais déjà sur place. Mais son état s'est aggravé, au point qu'il a dû renoncer à conduire lui-même et faire appel à un service de chauffeurs. Quand il est arrivé ici, il était au plus mal et je l'ai emmené tout de suite à l'hôpital. Il avait presque soixante-dix ans. Que voulez-vous, c'est un âge fragile.

– Lui-même n'a jamais fait allusion à un plat de champignons ?

– Non, madame. Et franchement, qu'est-ce que ça peut bien faire, aujourd'hui ?

– Eh bien, comme je vous le disais, puisqu'il semble qu'on ait tenté d'assassiner la rédactrice en chef d'un autre magazine féminin, je me demandais si la mort de votre mari n'avait pas elle-même été provoquée.

Elle se tut et se tourna vers la vitre, me montrant son profil. Le bout de son nez formait une sorte de petite boule, qu'on ne pouvait pas voir de face.

– Ça y est, j'ai compris, railla-t-elle. C'est un peu comme dans *La Grande Cuisine* : quelqu'un veut assassiner les chefs les uns après les autres.

– Je n'ai jamais vu ce film, madame. Mais il n'est pas exclu que les deux morts soient liées, comme si quelqu'un avait une dent contre les dirigeants de la presse féminine. Auquel cas, il pourrait de nouveau frapper.

– Voyez-vous ça...

– Je pense que ça mérite au moins d'être signalé à la police.

Son visage se durcit.

– Si vous voulez mon avis, lâcha-t-elle, je trouve cette histoire grotesque, et je ne suis pas d'humeur à rire. Mon mari est mort, et je me contrefiche de ce qui se passe à Manhattan.

– Je peux comprendre. Une dernière question, pourtant. À l'époque de sa mort, votre époux était-il en conflit avec l'un ou l'autre de ses collaborateurs ? Avait-il reçu des menaces ?

– Les gens adoraient mon mari, madame. Si seulement vous l'aviez connu, vous ne poseriez pas ces questions indignes.

– Eh bien, excusez-moi de ne pas l'avoir connu. Écoutez, je crois que j'ai suffisamment abusé de votre temps, alors je vais vous laisser profiter de votre après-midi.

Dans le fond, songeai-je tout à coup, ce qui avait emporté Tucker Bobb était peut-être la peur permanente d'être tancé par cette harpie.

Plutôt que de me faire retraverser la maison, Darma s'avança jusqu'à une grande porte vitrée qui donnait sur un patio. Elle l'ouvrit si fort que le panneau de verre rebondit contre sa butée.

– Par ici, dit-elle en me congédiant. Le garage se trouve par là.

– Merci d'avoir pris le temps de me recevoir, dis-je en lui tendant la main.

Elle la serra mollement et la relâcha presque tout de suite. J'avais à peine posé le pied dehors qu'elle rabattit violemment la porte vitrée.

Je traversai rapidement la pelouse jusqu'à ma Jeep, me demandant si elle allait la faire exploser à l'aide d'une télécommande ou bien lancer à mes trousses un couple de dobermans. Je dus m'y reprendre à trois fois pour démarrer, puis je remontai l'allée de gravillons.

Deux minutes plus tard, le gravier fit place à la terre, et je me rendis compte que je m'étais trompée de sortie : je me trouvais sur une voie de service ou un chemin de randonnée. Je ne voyais aucun endroit pour faire demi-tour, et plutôt mourir que de m'enfoncer dans les bois – cette journée faisait bien assez *Blair Witch* comme ça. Je repartis en marche arrière, laborieusement.

Non, Darma ne m'attendait pas avec un fusil sur l'épaule quand je revins dans la cour. Je repassai la première et m'éloignai au pas, cherchant la bonne sortie. Elle se trouvait derrière la grande grange, ce que j'avais oublié dans ma précipitation. En m'éloignant, je consultai mon rétroviseur central. : le cow-boy Marlboro de tout à l'heure remontait la contre-allée menant à la maison.

Malgré ma nervosité, je retrouvai sans difficulté la route 611. Il était 14 heures pile, ce qui me laissait plus d'une heure à tuer avant mon rendez-vous avec le Dr Tressler. À mi-chemin de Doylestown, je m'arrêtai devant Sammy's, un stand routier proposant hot dogs, glaces et frites, et où on passe commande à travers une vitre qui ne se lève qu'au moment de payer. J'achetai un milk-shake chocolat-vanille, que je rapportai à la Jeep.

Là, je sortis mon bloc-notes et reportai les souvenirs de ma « conversation » avec Darma. Pour ne pas l'effrayer, j'avais renoncé à prendre des notes devant d'elle – et c'était elle qui m'avait donné la frousse ! Je voulus tout de suite analyser son attitude, pour essayer d'expliquer son brusque raidissement face à mes questions. Mais c'était mettre la charrue avant les bœufs. Règle d'or : tout d'abord retranscrire les propos, puis décrire mes impressions avant de tirer la moindre conclusion.

Cela fait, je redémarrai et repris mon chemin. D'après Landon, l'hôpital était au bord de la route 611 et serait donc forcément indiqué.

Vérification faite, en marge de la ville, un grand H sur fond bleu précédait une bretelle de sortie, que j'empruntai. J'atteignis l'hôpital en moins de deux minutes.

L'accueil des urgences était un modèle de design danois. La femme du guichet, à qui j'expliquai que j'avais rendez-vous avec le Dr Tressler, me fit asseoir, tandis qu'elle bipait le médecin. Il n'y avait pas foule dans la salle d'attente : un couple de quinquagénaires (madame affublée pour je ne sais quelle raison de chaussons bleus gigantesques) et une maman accompagnée de son fiston qui lui martelait la tête avec une vache en caoutchouc. Dans les deux cas, impossible de deviner qui était le malade. J'étais assise depuis une petite minute quand une femme en blouse blanche et en pantalon enfonça une porte au fond de la pièce, s'avançant vers moi d'un pas décidé. Trente-huit, trente-neuf ans, un certain charme masculin, et visiblement très pressée.

– Bailey Wagon ? demanda-t-elle à peine parvenue au centre de la pièce.

Je me levais et m'apprêtais à corriger mon nom quand elle m'arrêta en dressant ses mains, comme si elle m'aidait à manœuvrer dans un parking étroit.

– Restez assise, me conseilla-t-elle. Je suis avec un patient, et j'aurai bien vingt à trente minutes de retard. Désolée, mais on ne peut jamais prévoir ce genre de choses.

– Sans problème, acquiesçai-je. Je vous remercie déjà de m'accorder votre attention.

– Vous préférez peut-être m'attendre à la cafétéria ? Oui, prenez un café, et je viens dès que j'ai fini.

– Parfait.

– Il suffit de prendre le couloir jaune, dit-elle en indiquant un point derrière moi. Vous verrez, c'est fléché.

Elle partit aussi vite qu'elle était apparue.

Je trouvai la cafétéria en question, où j'achetai un café qui avait un goût d'élastique fondu. N'ayant rien à lire, je m'assis et pris mon mal en patience, sirotant par minuscules gorgées afin de ne pas régurgiter. Des images de la nuit dernière me revinrent à l'esprit. Désormais, il était clair que KC ne cherchait rien d'autre qu'une aventure sans lendemain ;

j'avais intérêt à arrêter là avant d'y laisser des plumes. De toute façon, il y avait peu de chances qu'il me rappelle.

J'avais vidé la moitié de ma tasse quand le Dr Tressler s'affala sur la chaise voisine et étendit ses jambes sous la table. Elle avait les yeux marron, la paupière inférieure droite ornée de deux petits grains de beauté, un nez droit et une grande bouche qui semblait traverser son visage de part et d'autre. Pas de maquillage. Ses cheveux n'étaient pas courts, comme je l'avais d'abord cru, mais attachés en une longue natte. Sa blouse protégeait un pantalon ocre et un col roulé bleu marine, et elle portait des sabots bruns.

– Désolée pour l'attente, dit-elle, mais un gamin de dix ans a eu maille à partir avec une rampe de skateboard. Vingt-sept points de suture.

– Avec le retour du beau temps, vous devez voir toutes sortes de désastres.

– Ne m'en parlez pas. (Elle avait apporté son propre café, dans un gobelet en plastique, qu'elle ouvrit d'un pouce.) Alors, comme ça vous travaillez pour *Gloss* ? Vous n'avez rien à voir avec ces dossiers sur le sexe, par hasard ? J'y ai jeté un coup d'œil hier soir. C'est très, comment dirais-je... graphique.

– Non, on ne me laisse pas approcher ce genre d'articles, répondis-je en riant. Je travaille pour la rubrique société. Mais je suis aussi une amie proche de la rédactrice en chef, et c'est ce qui m'amène ici. Comme je vous le disais au téléphone, elle semble avoir fait l'objet d'une tentative d'empoisonnement. Vu que Tucker Bobb travaillait dans la même branche, je me demandais s'il pouvait y avoir un lien entre les deux affaires.

Elle inclina la tête sur le côté.

– Comment ça ?

– J'ai entendu dire que certains avaient émis l'hypothèse de champignons toxiques...

– D'*un* champignon.

– Pardon ?

– D'une variété de champignons bien précise : l'amanite phalloïde. C'est moi qui ai suggéré cette explication.

– C'est vous qui avez suivi ce patient ? demandai-je en empoignant mon bloc-notes. Rassurez-vous, les notes sont uniquement pour mon usage personnel.

– Non, j'assistais à une conférence dans une autre ville quand c'est arrivé. Mais comme c'était un VIP, j'ai jeté un œil sur son dossier, à mon retour.

– Vos collègues n'y avaient pas songé ? demandai-je en ayant l'air de ne pas les critiquer.

– Voyez-vous, expliqua-t-elle en croisant les bras, il faut bien comprendre que ce n'est pas tous les jours qu'on assiste à des morts causées par des champignons vénéneux. Et les symptômes peuvent évoquer de toutes autres maladies. En général, la seule chose qui nous met sur la voie, c'est ce que nous raconte le patient ou sa famille. Sans ça, il y a peu de chance qu'on y pense. Et les analyses sanguines ne révèleront rien.

– Alors, pourquoi y avez-vous pensé, vous ?

– C'est un sujet que je connais bien, une spécialité mineure, en quelque sorte. Un jour, lors de mon internat dans un service d'urgences de l'Ohio, une famille de Laotiens est arrivée, agonisante, et nous avons découvert qu'ils avaient tous mangé de cette fameuse amanite. Elle ressemble comme deux gouttes d'eau à un champignon parfaitement bénin, qu'on trouve partout au Laos. Trois d'entre eux sont morts, et deux parmi les plus jeunes ont été sauvés grâce à une greffe de foie.

– Dommage que vous n'ayez pas été là quand Tucker Bobb a été admis.

– Ça n'aurait pas changé grand-chose. Il avait déjà franchi le point de non-retour. Et vu qu'il n'a évoqué les champignons à aucun moment, j'aurais moi-même pu passer à côté. Ce n'est qu'après mon entretien avec son médecin traitant, qui m'a parlé de sa première crise, que j'ai vraiment soupçonné l'amanite.

– Je ne vous suis plus.

– Oui, pardon. Je reconnais que ce n'est pas évident. Quand vous avalez une amanite phalloïde, les symptômes surviennent généralement en trois crises successives. (Tout en parlant, elle découpa trois petites languettes dans son couvercle de gobelet et les aligna sur la table. Elle désigna la première.) Phase numéro un : environ six heures après l'ingestion, vous êtes pris de violentes douleurs abdominales, accompagnées de vomissements. La plupart du temps, le patient se rend aux urgences, mais parfois il attribue cela à une simple grippe intestinale, sans prendre la peine de se soigner. (Elle indiqua le deuxième morceau de plastique.) Puis vient cette étrange période de faux rétablissement. Les symptômes disparaissent, et on se croit guéri. Cela dure à peu près quatre jours. Puis, brusquement, vers le cinquième, les symptômes réapparaissent, vlan ! Et là, tout le monde comprend qu'il se passe quelque chose de grave. Le foie et les reins commencent à décliner, puis le cœur. Les enfants sont les plus fragiles, mais un adulte qui a mangé plusieurs amanites peut en mourir aussi. C'est pour cette raison que les tests sanguins n'apprennent rien. Dix jours après l'ingestion, l'organisme en a éliminé toute trace.

– Et vous disiez que M. Bobb avait eu une première attaque ?

– Oui, c'est ce que j'allais vous expliquer. J'ai donc appelé son médecin pour connaître les antécédents. Pas son vrai médecin traitant, à New York, mais le confrère qu'il consultait quand il venait se reposer ici. Or, celui-ci m'explique que Bobb l'avait appelé le week-end précédent pour se plaindre d'une grippe intestinale. Le médecin lui avait tout de même conseillé de venir aux urgences, car, à l'âge de Bobb, il faut faire attention aux risques de déshydratation. Bobb a répondu qu'il attendait que sa femme revienne d'une compétition équestre, ou quelque chose de ce genre, et qu'à son retour il se ferait peut-être conduire à l'hôpital. Mais il n'en a rien fait. Du moins, pas ici. Il a dû estimer que son état ne nécessitait pas un tel déplacement. C'est le problème, avec la première phase.

– Vous souvenez-vous du jour où c'est arrivé – samedi ou dimanche ?

– Un dimanche, je crois. Il aurait mangé l'amanite le samedi soir.

– Mais aurait-il pu l'avaler plus tôt dans la semaine ?

– Et tomber malade le dimanche ? Impossible. Le délai serait trop long.

– Vous savez sûrement que les champignons étaient son hobby.

– Bien sûr, ce qui accrédite la thèse de l'amanite. Cela dit, on imagine mal un type de sa compétence cuisiner un champignon ressemblant à une amanite.

Un silence.

– Mais alors, comment serait-elle arrivée dans son estomac ?

– C'est toute la question, non ? De plus, s'il avait mangé volontairement des champignons, pourquoi nous l'aurait-il caché ?

Avant que j'ai eu le temps de mesurer, à son regard, la portée de ces propos, elle baissa les yeux sur sa taille et je m'aperçus que son biper avait sonné. Le menton rentré dans le cou, elle déchiffra le message.

– Il me reste deux minutes, prévint-elle. Parlez-moi de l'autre cas. Vous avez noté des similitudes ?

– Vous voulez dire : a-t-elle pu manger une amanite ? Ça m'étonnerait fort. La fille qui a absorbé le poison – qui était contenu dans des chocolats – est morte quelques heures plus tard et, à ma connaissance, elle n'avait pas eu d'autre crise. Mais cet échange m'a beaucoup appris, et je vous en remercie. M'autorisez-vous à vous appeler si d'autres questions me viennent à l'esprit ?

– Je n'y vois pas d'inconvénient. Au fait, autant que vous le sachiez, la police de New York semble s'intéresser à cette affaire. Je me suis laissé dire qu'elle avait parlé à notre directeur, et il faut s'attendre à une visite dans les jours qui viennent.

Cat leur avait donc transmis l'information. Pourvu que Farley n'apprenne pas que je l'avais précédé.

Nous quittâmes la cafétéria côte à côte. Puis le Dr Tressler m'indiqua un raccourci vers le parking. Je pris un dédale de couloirs, me perdant une seule fois avant d'atteindre l'entrée principale de l'hôpital. En franchissant la porte à tambour, je vis que le ciel s'était assombri et qu'il tombait un fin crachin. Je trottai vers la voiture, mon pull sur la tête. Le temps que je retrouve la Jeep et me glisse sur la banquette avant, j'étais humide comme une basket qui a passé la nuit dehors.

Je ne démarrai pas tout de suite. Je restai immobile à réfléchir sur la révélation du Dr Tressler : les problèmes de santé de Tucker Bobb s'étaient déclarés en Pennsylvanie, et non à New York, comme l'avaient supposé ses collaborateurs au journal. Si la cause de sa mort était un champignon, il l'avait consommé ici. Et s'il avait été empoisonné, le coupable s'était trouvé dans le comté de Bucks ce week-end-là. La probabilité que le meurtrier d'Heidi, qui avait assisté à la party de Cat, ait également liquidé Tucker Bobb dans un autre État, me paraissait bien faible – mais je ne pouvais pas l'écarter. L'assassin était peut-être un rédacteur ou un auteur qu'il aurait reçu ce week-end-là. Ou bien il ou elle possédait une maison dans le coin et serait parvenu à empoisonner Bobb au cours d'une soirée quelconque.

En voilà une idée sordide. En d'autres termes, ce week-end le meurtrier pouvait hanter la région.

13

Moite et épuisée, je mis le cap sur Carversville. Maintenant que le comté de Bucks m'avait révélé ses secrets, j'étais pressée de retrouver New York pour y poursuivre mes recherches. Mais qu'allais-je y trouver en plein week-end ? Et Landon se faisait une joie de m'accueillir : décemment, je ne pouvais prendre la tangente.

Finalement, je choisis la solution suivante : j'irais dîner de bonne heure à l'auberge de Carversville, retrouverais Landon un peu plus tard dans la soirée, puis repartirais dans la journée de samedi.

Revenue dans ma villégiature, je troquai ma robe pour un pantalon et un chemisier sans manches. Installée à la table du salon, face à mon ordinateur, j'abattis de la besogne dans l'affaire Marky. Vers 18 h 30, je refermai la maison pour me rendre à l'auberge avec bloc et cahier. La pluie avait cessé ; je décidai de parcourir à pied les quelques pâtés de maisons qui me séparaient du restaurant. Le crépuscule baignait dans la fragrance enivrante des lilas et, au fil de mes pas, je retrouvai peu à peu la sérénité chassée par le tumulte des derniers jours. Si, d'aventure, en poussant la porte de l'auberge, je tombais nez à nez avec un ex-invité de Cat, j'aurais la présence d'esprit de paniquer. Mais, sinon, je me sentais à l'abri du danger.

Je découvris une salle presque déserte. Je choisis une petite table contre le mur, et sa lampe me permettrait de lire sans m'abîmer les yeux. Je commandai un verre de rouge ; après la première gorgée, j'ouvris mon bloc pour parcourir mes notes de la journée.

Darma, tout d'abord. Une drôle de femme. Je m'étais attendue à trouver une veuve encore marquée par la disparition de son époux. Quelle était l'expression consacrée ? Accablée de chagrin ? En tout cas, c'est ainsi que je m'imaginais face à la mort d'un être aimé : minée par le désespoir, la tête sur l'accoudoir du canapé, aussi lourde qu'un boulet. Mais il n'y avait aucun signe d'abattement chez Darma. La disparition de Tucker ne l'avait peut-être pas tellement affectée. Selon la biographie de Bobb, trouvée sur Internet, ces deux-là n'avaient été mariés que quatre ans – bien que cela suffise à sceller les plus grandes passions.

Quoi qu'il en soit, j'étais sûre d'une chose : mes questions sur le décès l'avaient mise hors d'elle. Si elle était vraiment peinée, remuer le passé lui était forcément douloureux, c'est vrai. Mais, en même temps, n'était-elle pas curieuse de savoir si Tucker avait été empoisonné ou non ?

Au fait, qui était cet homme solitaire que j'avais vu se glisser dans la grange et qui, à mon départ, s'était dirigé vers la maison ? Un employé ? Un garçon d'écurie ? Un nouveau compagnon ?

Le serveur nota ma commande – asperges vinaigrette en entrée (j'évitai la tourte aux champignons) et côtelettes d'agneau –, puis je passai au chapitre suivant : le Dr Tressler. Sa théorie tenait la route, notamment quand on savait l'amour que Bobb vouait aux champignons. Mais, comme elle l'avait souligné, il n'y avait aucun moyen de la vérifier. Je mesurai à quel point il aurait été préférable de rencontrer Darma *après* le Dr Tressler. Car j'aurais pu tirer au clair certains détails sur le week-end ayant précédé le décès – savoir ce qu'il avait mangé samedi soir, ses fréquentations de la journée, l'heure du retour de Darma, le dimanche, et pourquoi, en fin de compte, il n'avait pas été aux urgences. Mais Darma aurait été peu coopérative.

Je me mis à imaginer toutes sortes de scénarios pour expliquer le décès de Tucker. Peut-être était-il parti à la cueillette sur ce chemin de terre où je m'étais perdue ? Avait-il confondu des amanites avec une variété bénigne ? et, un peu plus tard (à l'insu de Darma), s'était-il mitonné une bonne poêlée ? Dans l'hypothèse d'une telle bêtise, il aurait vite fait le lien avec ses maux de ventre et aurait couru à l'hôpital. L'autre possibilité était qu'une *autre* personne avait fourni les mauvais champignons – volontairement ou non – et que Tucker les avait avalés sans se douter de rien. Je le voyais bien, trônant à la lueur des bougies dans sa vaste demeure de pierre, par un beau samedi soir, se faisant servir un bœuf bourguignon aux carottes et aux oignons du jardin, avec des champignons de la forêt – le tout préparé par son épouse pulpeuse, ex-chef de la rubrique cuisine.

Une idée intéressante qui, à elle seule, aurait mérité une enquête, mais qui impliquait une chose : que ces deux morts rapprochées soient une pure coïncidence. Dès mon retour à Manhattan, j'essaierais de trouver ce club d'amateurs de champignons dont Bobb avait fait partie. Ses membres sauraient peut-être évaluer la probabilité que leur camarade ait pu cueillir une amanite.

Mes asperges arrivèrent. Je refermai mon cahier et me concentrai sur le repas. La salle se remplissait peu à peu, surtout de couples – seuls ou par paires –, que j'étudiai discrètement tout en dégustant mon assiette. La différence était frappante entre les jeunes amoureux, qui exprimaient leur fougue par un flot de paroles, et les vieux ménages, qui avaient épuisé tous les sujets de conversation. Moi aussi, j'attirai quelques regards. Ils devaient se demander ce que je fabriquais, toute seule, un vendredi soir, dans une auberge de campagne.

Plusieurs fois, j'avais entraîné mon mari dans des week-ends au vert. Cela participait d'un plan destiné à nous rapprocher, à resserrer les liens qui nous avaient unis pendant les six premiers mois de notre idylle, puis qui s'étaient effilochés à vitesse grand V une fois les papiers du mariage signés. Lors de ces tristes escapades, j'avais retrouvé à chaque fois un homme à cran : il faisait les cent pas dans la chambre et s'étirait le cou à table, comme si son col de chemise l'étranglait. Mes premiers soupçons, avant l'incontournable « Il y a une autre femme », s'étaient portés sur la drogue – la cocaïne ou le crack –, mais mes recherches dans ce domaine n'avaient rien donné. J'avais fini par comprendre qu'on s'agite ainsi quand on doit vingt mille dollars à son bookmaker.

Quand aurais-je l'occasion de me retrouver dans ce genre de chambre avec quelqu'un ? Six mois plus tôt, j'aurais jugé impensable une chose aussi intense. Mais, depuis peu, l'envie de flirter me gagnait de nouveau. Je ne pensais pas à KC, bien sûr. Notre relation semblait ne mener à rien, et une escapade romantique l'aurait terrorisé. Non, je pensais plutôt aux hommes de la trempe d'un bel et suave Dr Herlihy. D'ailleurs, à ce sujet, où pouvait-il être ce soir ? Peut-être montrait-il son appartement du Village à sa fiancée de Washington, de passage pour le week-end ? Allez savoir pourquoi, cette pensée m'agaça ferme.

Jusqu'à la fin du repas, je tâchai de me concentrer sur ce que j'avalais et de reposer un peu mes neurones. Après le café et l'addition, la salle était pleine à craquer. Comme l'espace bar, constatai-je en allant vers la sortie. Le long du mur, on avait ajouté des petites tables pour que les gens puissent manger sous un épais nuage de fumée. Avis aux amateurs. À la réception, l'employée avait le nez dans son cahier de réservations, cherchant le nom des deux couples postés devant elle. Ma sortie passa inaperçue.

En posant le pied hors de l'auberge, je fus saisie par la fraîcheur de la nuit. Et par sa noirceur absolue. Quelle idiote j'étais de ne pas avoir pris la Jeep. Même si le trajet était court jusqu'à la maison, l'idée de le faire dans le noir et dans le froid frôlait le niveau zéro du désir.

Assise sur un vieux rocking-chair du porche, je composai sur mon portable le numéro de Landon. À cette heure-ci, il était sûrement arrivé. Avec ses bonnes manières d'autrefois, il ne verrait rien de ridicule à mes appels au secours. Mais je tombai sur son répondeur. Bizarre. Il était plus de 21 heures et Landon était un modèle de ponctualité. Pourvu qu'il ait fait bonne route...

Je me levai, boutonnai mon gilet et m'engageai sur la grand-rue, dans le halo des réverbères. En avançant, j'entendais s'atténuer dans mon dos les bruits étouffés de l'auberge – une cacophonie dès que s'ouvrait la porte, une portière qui claquait sur le parking... Je croisai l'épicerie, un écriteau « Fermé » suspendu au carreau. Je passai devant l'antiquaire ; à l'étage, une femme déambulait dans une pièce éclairée, sans doute la propriétaire. Avec sa petite barrière blanche, la maison ressemblait à celle qu'avait achetée ma mère il y a quatre ans.

Cette pensée me remit en mémoire ce que ma mère m'avait, un jour, confié au sujet des coïncidences soi-disant étranges. Selon elle, plus de la moitié des évènements que nous considérons comme des coïncidences n'en sont pas. Souvent, des liens logiques existent, même d'une façon indirecte, et il suffit de remonter assez loin ou de regarder de plus près pour trouver le fil conducteur. Elle m'avait expliqué cela un soir, alors que mes belles-sœurs avaient, toutes deux, apporté une tarte au citron pour le dîner. Après le repas, comme je l'aidais à charger le lave-vaisselle, je lui avais fait part de mon étonnement, et elle m'avait montré en quoi cela n'avait rien d'extraordinaire. Ses deux brus avaient peut-être découpé la même recette dans le dernier numéro de *Martha Stewart Living*. Ou bien, ajouta-t-elle d'un air amusé, Amy avait peut-être prévenu Sydney, une ou deux semaines plus tôt, de son intention de préparer une tarte au citron. Sydney avait aussitôt oublié l'information, mais pas son inconscient, qui avait associé la tarte au citron à ce rendez-vous familial : le moment venu, dans un éclair d'originalité apparente, elle avait, elle aussi, eu l'idée de confectionner ce dessert. Ou, dans le registre de la rivalité mesquine, Sydney avait peut-être eu vent des projets d'Amy : pour la moucher, elle avait décidé de proposer une tarte plus goûteuse (en quoi, c'était réussi).

Dans le cas présent, je me demandais ce qu'aurait pensé ma mère. Si je lui avais présenté, sous l'angle de la coïncidence, l'éventuel empoisonnement de Tucker et la tentative d'assassinat de Cat, elle aurait répondu : non, pas forcément, ou pas complètement. Elle aurait souligné le caractère peu commode des deux personnages, et leur propension à se faire des ennemis, ce qui les exposait davantage aux risques d'empoisonnement que le commun des mortels. Autre solution : l'adversaire de Cat était au courant des rumeurs sur la mort de Tucker et, d'une manière consciente ou non, cela lui avait fourni un mode opératoire. Ou alors : le meurtrier avait utilisé du poison pour que la mort de Cat *paraisse* liée à celle de Tucker. Deux rédacteurs en chef empoisonnés ? À première vue, cela désignait quelqu'un du métier, ayant une dent contre les dirigeants ou contre les revues féminines en général, et qui serait parvenu à empoisonner Tucker Bobb un après-midi, puis à déposer une boîte piégée chez Cat. Du coup, cela innocentait les intimes de Cat et son premier cercle de collaborateurs.

Si cela était le cas, nous avions affaire à un malin, capable d'échafauder un plan méticuleux. Cela signifiait aussi qu'il était bien introduit dans la presse magazine pour avoir eu accès aux différentes théories qui circulaient sur le décès de Bobb. Une faille cependant : il ignorait que Bobb s'était intoxiqué ici, dans le comté de Bucks, ce qui fragilisait la thèse du complot anti-rédacteur en chef.

Avant de bifurquer, à droite, dans Pear Street, la rue de Landon, je m'arrêtai pour regarder au-dessus de mon épaule. Le trottoir était désert, la chaussée aussi. Pour seul bruit, on entendait le vent dans les arbres, qui évoquait davantage l'automne que la fin du printemps. Au même moment, la lumière s'éteignit chez l'antiquaire.

Sur le faux plat de Pear Street, j'accélérai le pas. Les réverbères devenaient rares, et la plupart des maisons étaient éteintes. Le vent s'arrêta quelques secondes, comme si quelqu'un l'avait stoppé, d'un coup d'interrupteur, avant de redoubler d'intensité, faisant briller les feuilles dans la lumière de la lune. Je n'apercevais toujours pas la villa, mais elle se trouvait juste après le virage. Soudain, un bruit de raclement retentit quelques mètres devant moi, près d'une voiture garée ; avant d'avoir le temps de paniquer, je vis un opossum sortir de sous le véhicule, traverser le trottoir et se réfugier dans un jardin.

Enfin, je distinguai la maison de Landon, et il était bien là : en partant, j'avais laissé la lampe du petit salon, tandis qu'à présent brillaient celles de sa chambre et du perron. Soulagée, je fis les derniers mètres en footing.

– Salut la compagnie ! lançai-je après avoir déverrouillé la porte d'entrée. C'est moi, Bailey des champs, ton invitée préférée !

Silence. J'en déduisis qu'il était dans la chambre ou dans la salle de bains, avec la porte fermée. Je grimpai l'escalier, glissai la tête dans l'embrasure de sa chambre sombre et l'appelai de nouveau, à deux reprises. Toujours rien. La salle de bains était ouverte aussi, la lumière éteinte. Écartant le voilage de sa chambre, j'examinai le fond de son allée, que je n'avais pas vérifié. Aucune voiture. En laissant retomber le rideau, je vis par hasard un petit boîtier à côté de la lampe de chevet. Elle était branchée sur une minuterie. À coup sûr, celle du perron était reliée à un détecteur de mouvements. En d'autres termes, Landon n'était pas arrivé. Je regardai ma montre : 21 h 17. J'éteignis et redescendis l'escalier.

Pendant que j'allumais les luminaires au rez-de-chaussée, j'aperçus clignoter la diode rouge du répondeur. Il s'agissait sûrement de mon appel depuis l'auberge. Malgré tout, j'enfonçai la touche de lecture, au cas où mon hôte m'aurait laissé un message. Et c'était le cas :

– Tu n'es pas là, chérie ? Non ? Écoute, je suis vraiment confus. Je sors à l'instant d'une réunion épouvantable. Il est 9 heures et j'hésite à prendre la route. Non que je souffre de narcolepsie, mais, ces derniers temps, j'ai pris la sale habitude de piquer du nez quand je conduis tard. Alors, si tu veux toujours de moi, je débarque demain matin à la première heure. Ne prends pas de petit déjeuner. Je te ferai des œufs brouillés au caviar.

Génial. Non seulement Landon n'avait pas le câble et sa vidéo la plus récente avait au moins trente ans, mais j'avais la chair de poule à l'idée de dormir seule dans cette maison. Un instant, je pensai sauter dans ma Jeep pour rentrer à New York. Mais j'avais bu deux verres de vin au dîner. Dommage.

J'allai inspecter les portes et les fenêtres. J'entendais encore Landon me dire qu'il n'avait pas installé d'alarme, car la ville était sûre et les voisins tout proches. Cette insouciance se voyait dans le choix des serrures. Si celle de la porte d'entrée était solide, la porte vitrée de la cuisine, qui donnait dans l'allée, n'avait qu'un simple bouton-poussoir incorporé à la poignée. Et si les fenêtres étaient protégées par un loquet, celui de la double-fenêtre du salon était resté ouvert. Je découvris avec stupeur qu'il était scellé dans cette position sous quatre ou cinq couches de peinture.

En poussant tous les jurons possibles, j'essayai de le décoincer, mais en vain. Bien résolue à garder mon calme, je sentais tout de même la peur commencer à couler dans mes veines. Je devais me souvenir que, selon Landon, c'était une ville tranquille.

Je me versai un verre d'eau pétillante, que j'emportai à l'étage ; je me fis couler un bain bouillant, avec une grosse noix de gel parfumé. Je m'y prélassai pendant une bonne demi-heure, écumant la pile de vieux magazines posée dans une corbeille, et j'écoutais la maison craquer et respirer.

Après avoir vidé le ballon d'eau chaude, je ressortis, passai mon pyjama et redescendis dans le bureau de Landon pour suivre sur son téléviseur la fin du journal de 22 heures.

Un fin voilage blanc masquait les fenêtres : je n'étais pas ravie de m'exhiber ainsi, toute seule, en pyjama. Alors, sans attendre la fin des infos, je me repliai là-haut, laissant une lumière dans le petit salon. J'avais apporté un bouquin et je prévoyais de lire jusqu'à trouver le sommeil – parti comme ça l'était, ça pouvait durer jusqu'au petit matin. Malgré la fraîcheur du dehors, j'entrouvris la fenêtre pour chasser la légère odeur de renfermé – peu de chance qu'un cambrioleur s'introduise dans la chambre par une échelle. De retour sous les couvertures, j'ouvris mon livre, une biographie d'Anne Boleyn que j'avais choisie comme prélude à mon voyage en Angleterre. Ces histoires de conspirations et de meurtres au XVIe siècle me détendirent. J'avais dévoré quatre chapitres quand, à ma surprise, je sentis venir le sommeil. J'éteignis la lampe de chevet et reposai ma tête sur la taie d'oreiller, d'une douceur exquise. Landon n'achetait que de la qualité.

Quand je me réveillai en sursaut, je ne savais plus où j'étais. Je restai au moins dix secondes figée, dans le noir complet, cherchant en vain à reconnaître mon environnement, avant que la mémoire me revienne. Landon. Comté de Bucks. Je cherchai les aiguilles phosphorescentes de ma montre. 2 h 15. D'habitude, mes réveils nocturnes arrivaient un peu plus tard. Avais-je fait un mauvais rêve ?

Puis je l'entendis. Un craquement, dehors, comme des pas sur du gravier ou des branchages. Mon cœur fit un bond. Je me souvins de l'opossum aperçu à mon retour de l'auberge. Peut-être s'était-il frayé un chemin jusqu'ici. Je restai immobile, l'oreille tendue. Le bruit se répéta. Il s'agissait bien de pas, juste sous ma fenêtre, ceux d'un individu qui essayait de marcher en douceur et en silence. Landon aurait-il changé d'avis au dernier moment ? À supposer qu'il ait quitté New York sur le coup de 10 heures, il serait arrivé depuis belle lurette.

Un nouveau bruit de pas, un peu plus loin. Je me glissai hors du lit et gagnai la fenêtre à quatre pattes. Je levai lentement la tête et regardai vers la gauche, là où semblaient se diriger les pas. La lampe du petit salon projetait assez de lumière à travers la fenêtre latérale pour révéler une silhouette – un homme, sans doute – qui remontait l'allée vers l'arrière de la maison. Puis il stoppa net. Je me baissai, de peur qu'il se retourne dans ma direction. Quand j'émergeai de nouveau il avait disparu. Je ne savais pas s'il était resté sur le côté de la maison ou s'il avait atteint le coin et se trouvait à présent dans le jardin.

Vite, un téléphone. Il y en avait un dans la chambre de Landon, j'en étais presque sûre. Je me relevai d'un bond et courus dans le noir, m'enfonçant au passage le coin d'une bibliothèque dans la cuisse. Logiquement, le téléphone devait se trouver sur l'une des tables de chevet. Après quelques tâtonnements frénétiques, je mis la main dessus. Les touches brillaient d'une lumière verte. Je composai le 911.

On me répondit au bout de trois sonneries.

– Il y a un rôdeur ! criai-je.

Dans mon affolement, il me fallut quelques instants pour retrouver l'adresse de Landon. Tandis qu'on me promettait d'envoyer quelqu'un le plus vite possible, je m'approchai d'une fenêtre pour observer le jardin. Je ne distinguai rien, excepté la faible lueur du dallage autour de la piscine.

L'opératrice promit de rester en ligne, mais je voulais savoir où était passé le rôdeur. Lâchant le téléphone, je me faufilai dans le couloir jusqu'en haut de l'escalier. Nouveau bruit. Quelqu'un tournait le bouton de la porte de derrière, avec insistance, mais elle résistait. La police mettrait peut-être dix minutes à arriver. Je devais faire quelque chose.

Mes yeux s'étaient adaptés à l'obscurité : au début des marches, je distinguai une corbeille en osier où dépassaient des cannes. J'empoignai la première venue et m'engageai dans l'escalier. Mon cœur battait si fort qu'il résonnait dans mes oreilles. Le bruit avait cessé à la porte. Mon esprit pensa aussitôt à la fenêtre du salon que je n'avais pas pu verrouiller.

Je m'arrêtai en bas des marches. La cuisine se trouvait au bout du couloir. Sur ma gauche, le petit salon, dont la lampe projetait un rectangle de lumière sur le sol du hall. Sur ma droite, le bureau de Landon, plongé dans le noir, puis la salle à manger. Je traversai le premier pour aller à la seconde.

La pièce était vide et la fenêtre intacte. J'attendis, cachée dans l'obscurité, essayant de percevoir quelque chose dehors, serrant la canne entre mes doigts, implorant mentalement la police : « Vite, vite, vite... »

Un nouveau bruit. Derrière moi. Je me retournai. Ça venait de la cuisine. En m'avançant dans le couloir, je distinguai dans l'embrasure de la porte la silhouette d'un homme, de dos. Il commençait à se retourner, comme s'il avait senti ma présence. Je fonçai sur lui, la canne levée pour l'assommer de toutes mes forces.

Elle rebondit sur son crâne et se cassa sur son épaule. Il cria, les genoux fléchis. Je relevai ma canne, prête à le frapper de nouveau, mais il se rabattit sur le côté. Mon arme s'écrasa sur la table. Je reculai d'un pas, tandis qu'il finissait de se retourner. Il portait une cagoule, et ses yeux de fouine, qui me foudroyaient, semblaient avoir brûlé la maille. Il se jeta sur moi.

Par réflexe, je reculai en oblique, si bien qu'il ne m'attaqua pas de front. Pourtant déséquilibrée, je me cognai le coccyx sur le coin de la table du salon. Il revint à la charge, puant la sueur. Cette fois-ci, ma canne s'écrasa sur sa pommette. Jurant sous sa cagoule, il l'agrippa de sa main gantée et la jeta à l'autre bout de la pièce, où elle brisa un objet en verre.

– J'ai appelé les flics ! menaçai-je, hors d'haleine. Ils arrivent !

Je m'étais éloignée de la table et faisais demi-tour pour m'enfuir. Mais il m'attrapa le bras et me projeta violemment par terre. Cherchant mon souffle, je roulai sur le dos, parée pour lui balancer mes pieds. Alors je vis qu'il avait tourné les talons pour regagner la cuisine. Il fit claquer la moustiquaire, et ses semelles clapotèrent sur les marches du porche. Je me relevai et m'avançai dans la cuisine. Je l'entendais s'enfoncer dans les buissons du jardin. Soudain, un faisceau lumineux fendit la nuit, celui d'une lampe-torche, qui balaya l'espace quelques instants avant de disparaître. Un silence parfait plana pendant une trentaine de secondes. Puis un bruit de moteur s'éleva derrière le jardin, dans la rue parallèle à celle de Landon.

Je claquai la porte de la cuisine, allumai la suspension et barricadai l'issue avec la petite table – preuve était faite que le verrou ne servait à rien. Dès que j'eus retiré mes mains du meuble, elles se mirent à trembler. Cette agitation semblait extérieure à mon corps, comme si je tenais un oiseau blessé qui luttait pour se libérer. Je respirai profondément, décidée à me calmer.

De l'autre côté de la maison, j'entendis une voiture remonter la rue à toute vitesse. L'espace d'un instant, je crus qu'il revenait. Je me ruai dans le couloir pour me poster à la fenêtre. C'était une voiture de la police de l'État. Aucune sirène, mais le gyrophare bleu qui tournoyait sur le toit.

Deux types en uniforme sautèrent à terre et coururent jusqu'au perron, la main sur l'étui de revolver. Je devais avoir l'air remué, car dès qu'ils eurent franchi le seuil, l'un d'eux, jeune et mignon, posa la main sur mon épaule et me demanda si j'allais bien.

– Oui, ça va, juste un peu secouée, répondis-je d'une voix chevrotante.

– Il s'est introduit dans la maison ?

– Oui, je crois qu'il est passé par la porte de la cuisine. Mais je suis sûre de l'avoir verrouillée. Je l'ai frappé avec une canne, et il s'est enfui en courant.

– Il est reparti par où ?

Je tendis le bras vers la porte.

– Par le jardin. Puis j'ai entendu démarrer une voiture. Ça devait être la sienne.

– Restez ici, dit le jeune flic, avant de disparaître avec son partenaire rondouillard, palpant à nouveau leurs étuis.

J'entendis la table de la cuisine frotter sur le carrelage, et l'un d'eux prononça quelques mots dans sa radio au sujet d'une tentative de cambriolage. Quand ils arrivèrent dehors, j'allumai plusieurs lampes, puis retournai à la cuisine. Ils avaient laissé la porte entrouverte. Sans rien toucher, je l'examinai. À première vue, la serrure ne paraissait pas forcée et le carreau était intact. Je regardai autour de moi, cherchant la moindre trace laissée par l'agresseur. Rien. Si ce n'est la terreur qui m'habitait encore.

Je voyais et entendais les deux flics arpenter le jardin, promenant le faisceau de leurs torches. J'essayai de remettre mes idées en ordre. Les policiers avaient employé le terme « cambriolage », mais je n'en croyais rien. Le voleur aurait choisi l'unique nuit de l'année où je me trouvais seule dans la maison de Landon ? C'était le genre de coïncidence que réfutait maman. Non, tout cela me concernait, moi et moi seule. Peut-être que le tueur vivait en effet ici et qu'il avait eu vent de ma venue. À moins qu'il ne m'ait suivie depuis Manhattan.

Je quittai la cuisine et filai à l'étage. Je me débarrassai de mon pyjama et enfilai un jean et un tee-shirt. Puis je fourrai mes affaires en vrac dans mon sac de voyage. La police n'allait pas rester *ad vitam aeternam* : il était hors de question que j'attende sagement le retour du rôdeur.

Comme je reposai mon sac au pied de l'escalier, les deux flics réapparurent dans le hall, le petit gros un peu essoufflé.

– Vous êtes Mme Hayes ? demanda le beau gosse tout en me désignant une chaise dans le petit salon.

Ils avaient dû vérifier le nom du propriétaire avant de se déplacer. J'expliquai qui j'étais, d'où je venais et par quel concours de circonstances je m'étais retrouvée seule ici.

– Dites-nous ce qui s'est passé. (Le mignon, toujours.) Au fait, je suis l'officier Andrews et voici l'officier Persky.

Je racontai toute l'histoire, expliquant que le seul détail que je pouvais leur donner était la taille de l'individu, plutôt grande. Quand je leur parlais de la scène de bagarre, ils ouvrirent de grands yeux et voulurent s'assurer que je n'avais pas besoin de soins.

– Non, non, je vais bien. Juste une égratignure au genou. Avez-vous trouvé comment il est entré ?

– Il n'y a aucune trace d'effraction, répondit Andrews. Puisque vous dites avoir verrouillé la cuisine de l'intérieur, je parie qu'il a utilisé une carte de crédit pour débloquer le pêne. Ce genre de serrure s'y prête bien. Pourriez-vous déterminer si quelque chose a disparu ? ou peut-être votre ami sera-t-il mieux placé pour le faire ?

– Je pense qu'il n'a pas eu le temps de voler quoi que ce soit. Il venait à peine d'entrer quand je l'ai surpris.

– La voiture dans l'allée, c'est bien la vôtre ?

– Oui, pourquoi ?

– Voyez-vous, c'est le signe que la maison est habitée. Nous avons des cambriolages dans le secteur, mais, en général, ils se produisent quand les gens sont au travail, ou loin. (Il marqua une pause.) Vous n'avez pas d'ennemis particuliers, non ? Je sais, c'est une question bizarre, mais je suis obligé de la poser.

– Encore une fois, je n'habite même pas dans le coin, répondis-je prudemment.

– Et un ancien petit ami qui vous aurait suivie jusqu'ici ? suggéra Andrews d'un air presque badin.

– Non, répondis-je en m'efforçant de lui retourner son sourire. Rien de récent, en tout cas.

– Êtes-vous sortie ce soir ? Quelqu'un aurait-il pu vous repérer et vous suivre ?

– J'ai dîné à l'auberge et je suis rentrée à pied, en effet. Je suis restée vigilante, mais il n'est pas impossible qu'on m'ait suivie.

C'était le moment idéal pour leur révéler mes ennuis new-yorkais. Mais je laissai passer l'occasion, jugeant inutile et fastidieux de mettre deux nouveaux flics sur le coup. Il me suffirait de contacter Farley dès mon retour à Manhattan.

– Bon, nous enverrons quelqu'un demain à la première heure pour chercher des empreintes.

– Il portait des gants, dis-je.

– Entendu. Mais il a laissé des marques de chaussures derrière la maison. On prendra des clichés.

– Alors, il faudra attendre l'arrivée de M. Hayes, indiquai-je.

– Pourquoi, où serez-vous demain matin ?

– Je ne peux pas rester ici. Je repars à New York.

Presque ensemble, ils levèrent les mains en signe de protestation. Andrews jugea l'idée mauvaise ; il n'aimait pas m'imaginer sur la route à une heure pareille, dans mon état. Il s'engagea, si j'acceptais de rester, à faire une ronde tous les quarts d'heure. Pas question, répondis-je. Hors de question.

Comprenant qu'il était inutile d'insister, ils voulurent m'escorter jusqu'à la sortie de la ville pour être sûrs que personne ne me suive. Quand nous franchîmes le seuil de l'entrée, je vis plusieurs voisins en robe de chambre sur leurs perrons ; celui d'en face accourut pour savoir si tout allait bien. Andrews lui résuma la situation avant de lui demander s'il avait repéré quoi que ce soit d'inhabituel. Non, répondit le sexagénaire, et d'expliquer d'une voix essoufflée qu'on n'avait jamais eu le moindre incident dans cette rue.

Je serrai la main des deux flics, ouvris la Jeep et grimpai sur le siège, jetant mon sac sur la banquette arrière. Comme promis, ils me talonnèrent comme dans un vrai cortège officiel. Ils me suivirent même pendant une dizaine de minutes sur la route 611 avant de me signaler d'un appel de phares que nos chemins se séparaient là.

De nouveau seule face à mon destin. La route était bordée avant tout de bâtiments commerciaux, tous coiffés de projecteurs de sécurité qui diffusaient une lumière sinistre sur des parkings déserts. Je regardais mon rétroviseur toutes les soixante secondes, de peur d'être prise en filature, mais il n'y avait personne en vue, excepté les rares véhicules qui arrivaient en sens inverse. Puis vint le moment de quitter la 611 pour sinuer sur de petites routes de campagne jusqu'à l'I-78. Mes mains tremblaient sur le volant. Les maisons le long de la voie étaient noires, comme abandonnées, sauf une dont les fenêtres étaient ornées de guirlandes lumineuses. J'avais pris cette route cinq ou six fois, mais jamais au milieu de la nuit, et je craignais de me perdre. Par chance, je retrouvai facilement mon chemin ; en un quart d'heure, je croisai une seule voiture, un coupé customisé, sans doute rempli de fêtards du vendredi soir. Le pire incident fut une odeur soudaine provenant d'une mouffette, qui sembla planer pendant une éternité.

En débouchant sur l'I-78, je me sentis rassurée, même si la circulation n'avait rien d'un week-end à la plage. Des camions à perte de vue me dépassaient en trombe par la droite, tandis que je me maintenais sagement sur la file du milieu. Je mis dans l'autoradio un CD de Maria Callas interprétant les arias de Puccini, ouvris la bouteille d'eau minérale que je gardais dans la voiture et la vidai de moitié en une fois. Aurais-je dû raconter plus de choses aux policiers ? me demandais-je en boucle. Mais comment auraient-ils accueilli ce déballage d'informations ? Non, c'était à Farley et à lui seul que je devais m'en remettre. Bien qu'il risque de me tuer en apprenant ce que j'avais fait.

À l'horizon, pile dans le prolongement de la route, la lueur grise de l'aube atténuait l'obscurité. Je vis surgir les premiers feux du soleil. Le spectacle aurait dû me réconforter. Pourtant, mes mains tremblaient toujours.

14

J'atteignis mon garage peu avant 5 heures du matin. De là, je courus un demi-bloc jusqu'à mon immeuble. Le portier de nuit libidineux était à son poste, coiffé d'une casquette trois fois trop grande qu'il avait dû emprunter à un collègue de la journée. Son petit sourire narquois semblait dire : « Alors, bébé, on a fait des folies ? » et je priai pour qu'il comprenne à mon regard que je le considérais comme l'abruti plus grotesque jamais apparu sur terre. Enfin à l'abri dans mon appartement, la porte verrouillée et la lumière allumée, je savourai ma délivrance. Luttant contre l'envie de réveiller Landon pour lui débiter toute l'histoire, je glissai sous sa porte un mot l'informant de mon retour et demandant à lui parler au plus vite. Puis, d'un coup, la fatigue m'assomma. De peur de ne pas entendre la sonnette depuis ma chambre, je me couchai sur le divan, recouverte du plaid chenille.

Je dormais depuis à peine deux heures quand Landon se manifesta. L'affolement causé par mon billet vira au traumatisme quand je lui racontai l'effraction. Avant qu'il pense « cambrioleur », je lui exposai ma théorie, selon laquelle l'incident provenait de mon investissement dans l'affaire Heidi-Cat. Aucune convoitise là-dedans pour son argenterie. Dans ces circonstances, je n'aimais pas l'imaginer seul dans cette grande maison, ajoutai-je. Il me répondit qu'il attendait d'autres invités dans la journée et qu'il serait donc entouré. Ce qui semblait le tracasser, lui, c'était de *me* laisser toute seule, après ce que je venais d'endurer. Je lui promis que tout irait bien et lui souhaitai bonne route, sans oublier de lui annoncer la visite prochaine des flics – et de lui demander d'investir d'urgence dans des verrous dignes de ce nom.

Après son départ, je me traînai jusqu'à ma chambre, me déshabillai et sombrai dans un sommeil d'une profondeur que je n'avais pas connue depuis des années. Je me réveillai groggy, le crâne douloureux, comme si je venais d'effectuer un vol de dix-sept heures au-dessus du Pacifique.

La douche me fit du bien, suivie de deux tasses de café. Affamée, je décidai de marcher jusqu'au petit restaurant où j'avais déjeuné avec Jack Herlihy. Au moment de claquer la porte, je consultai le répondeur. Deux copines avaient appelé, ainsi que mon frère Cam, mais aussi le Pac-Man junior rencontré jeudi soir au club, qui avait dû soudoyer son monde pour obtenir mon numéro. Détail intéressant : pas un seul raccrochage. À croire que mon intimidateur avait eu vent de mes déplacements...

En sortant de l'immeuble, j'observai la 9e rue un petit moment. Rien à signaler, juste la faune habituelle du Village qui faisait les courses du week-end, léchait les vitrines, se baladait à rollers, promenait le chien ou se dirigeait vers Washington Square Park pour profiter du soleil. Il faisait un temps radieux et on avait sorti les bermudas. Certains avaient même abandonné le noir réglementaire du quartier pour des tons pastel.

Au restaurant, je commandai une salade aux anchois et un thé glacé. Une fois servie, je me mis à picorer quelques croûtons, sans appétit. J'étais encore sous le coup de ma nuit d'horreur. Mais à force de ressasser ces évènements, je commençais à y voir plus clair. Désormais, je doutais que mon agression eût un lien direct avec les ennuis de Cat.

Après avoir retourné le problème dans tous les sens, j'en étais arrivée à cette conclusion : il était impossible qu'un individu présent chez Cat, ce fameux soir, ait appris ma virée en Pennsylvanie. Seule Cat était au courant, et encore, je lui avais laissé un numéro où me joindre, mais sans préciser l'identité de mon hôte, afin qu'elle ne puisse pas la révéler par mégarde. De plus, j'étais persuadée que personne ne m'avait suivie : je me revoyais, regardant machinalement mes rétroviseurs sur les petites routes de campagne, entre l'I-78 et chez Landon, sans voir la moindre voiture sur des kilomètres.

Toutefois, quelqu'un avait appris où je résidais : Darma. À sa demande, j'avais indiqué le nom de Landon et la ville où il habitait. De là, il lui suffisait d'ouvrir l'annuaire pour trouver l'adresse exacte. Ah, l'irascible Darma... Manifestement, j'avais touché un point sensible en abordant la mort de Tucker. Peut-être s'était-il vraiment passé un truc pas clair, peut-être avait-elle bien caché des amanites dans son repas – et elle voyait d'un très mauvais œil ma soudaine curiosité. De toute évidence, ce n'était pas elle qui avait fait irruption dans la cuisine de Landon, ses boucles d'or emprisonnées sous une cagoule. Mais ça pouvait être cet homme solitaire, en mission spéciale d'intimidation.

Car il y avait autre chose : les gants du rôdeur. Ils étaient en coton épais, presque du jean, le genre de gants qu'on utilise pour les travaux en extérieur – un genre qui lui aurait bien convenu. Il n'y avait pas de quoi se ruer chez les flics, mais tout de même assez pour me faire une intime conviction.

Même si elles étaient intéressantes, ces considérations ne devaient pas me faire oublier mon impératif : le dossier Cat. Jusqu'à nouvel ordre, je partirais du principe que les décès de Bobb et d'Heidi n'étaient pas liés et que personne ne menait de croisade contre la presse féminine. En d'autres termes, j'étais condamnée à reprendre cette liste d'invités pour me demander qui, en dehors de Dolorès, avait une bonne raison de supprimer Cat, et seulement Cat.

Par associations, l'ambiance du restaurant me rappela les paroles de Jack Herlihy au sujet du meurtre d'Heidi : les homicides prémédités ne répondaient jamais à des offenses anodines ou mineures, soulignait-il, mais étaient des manifestations extrêmes de jalousie, de rancune ou de fureur. Voilà ce que je devais garder en tête pour éplucher la liste des invités. Pas de temps à perdre avec les blessés légers – concentrons-nous sur ceux que Cat avait anéantis.

C'est donc sans états d'âme que je rayai le nom de Leslie – pour le moment, du moins. Visiblement, ses soupçons de flirt entre Clyde et Cat étaient de l'histoire ancienne. Je blanchis aussi Rachel, qui se doutait bien qu'il ne suffisait pas d'éliminer Cat pour prendre sa place.

D'autres individus, par contre, pouvaient avoir assez de griefs pour être tentés de passer à l'acte. Polly, tout d'abord. J'avais honte de l'associer à ça, mais elle avait toutes les raisons d'en vouloir à mort à sa patronne : après des années de (très) bons et (très) loyaux services, Cat avait torpillé l'occasion de sa vie de devenir rédactrice en chef.

Jeff, ensuite. À l'évidence, il y avait quelques ombres au tableau sentimental de Mme Jones. Avait-elle trompé son mari ? Je la voyais encore rougir à l'évocation de Kip. Jeff avait-il voulu se venger d'un coup de canif dans le contrat ? Ou bien avait-il un tout autre mobile pour la tuer ? L'argent ? Non seulement Cat gagnait plus que lui, mais elle avait touché un bel héritage il y a quelques années.

Kip, enfin. J'avais toutes les peines du monde à imaginer Cat craquer pour ce type, qui non seulement travaillait sous ses ordres, mais semblait atteint d'hypersécrétion chronique de testostérone. Mais, indiscutablement, il y avait un truc bizarre entre eux – c'était presque palpable. Même éphémère, une liaison aurait pu inspirer à Kip les sentiments les plus excessifs – de la jalousie, de la colère, du dépit.

Trois suspects. Quatre, même, car je tenais à leur ajouter l'individu X. Ce surnom désignait toute personne présente à la fête de Cat, et ayant celle-ci dans le collimateur pour une raison que j'ignorais – par exemple un rédacteur d'un magazine concurrent ou un employé de *Gloss*. Dans l'immédiat, j'allais me limiter aux trois premiers. Dimanche, je devais dîner avec Polly, mais nous pourrions peut-être avancer notre rendez-vous à ce soir. Si Jeff et Cat passaient le week-end à Litchfield, avec un peu de chance j'arriverais à les coincer à leur retour pour amorcer un semblant de discussion avec Jeff. Quant à Kip, il attendrait lundi.

Je réglai l'addition et pris le chemin de la maison. Une fois rentrée, je laissai un message chez Polly pour lui proposer de nous retrouver ce soir, puis un autre chez Cat, à Litchfield. Mais aucune urgence à joindre l'inspecteur Farley : pourquoi lui raconter ma vie, alors qu'il n'y avait *a priori* aucun rapport entre l'effraction chez Landon et les soucis de Cat ? Et puisqu'il prévoyait apparemment de se rendre lui-même dans le comté de Bucks, libre à lui de tirer ses propres conclusions.

Je me replongeai enfin dans l'affaire Marky. Mine de rien, j'avais pas mal avancé ces deux derniers jours, et presque bouclé mon premier jet. Mes années de presse quotidienne m'avaient armée d'un précieux savoir-faire : quand j'étais tenue par des échéances journalières, j'avais appris à avancer vite, quels que soient les remous dans la salle de rédaction et les désordres dans ma vie privée.

Mais un détail m'empêchait de finir mon article : j'avais beau relire les notes de mon entretien avec Jack Herlihy et deviné comment la fillette réalisait la plupart de ses tours de passe-passe, certains me troublaient encore.

Je ne voyais qu'une solution : interroger à nouveau Jack Herlihy. Mince ! Rien qu'à y penser, je sentais monter mon adrénaline. Ce n'était pas le genre de stress qui précède un rendez-vous avec une grosse pointure, mais plus celui qui survient quand le téléphone sonne et que c'est justement l'homme de vos pensées. Cependant, je doutais que Jack soit là un samedi après-midi, et j'avais raison. Sur son répondeur, je lui demandai de me rappeler.

À 17 heures, je reçus un coup de fil de Polly. Elle se trouvait dans la queue d'un cinéma et me proposait, à défaut d'un dîner ce soir, un déjeuner demain. Marché conclu. Le reste de ma soirée fut un concentré de pathétique : j'avalai un morceau dans la brasserie en bas de chez moi, bu deux verres de mauvais vin rouge, vidai toutes les chaussures d'été de mon placard pour les remplacer par les paires d'hiver, et visionnai *Raison et Sentiments*. Je me mis au lit à minuit, pour me réveiller une seule fois d'un cauchemar où quelqu'un me maintenait la tête sous l'eau.

Dimanche, je fus debout à 8 heures, reposée et détendue comme si j'avais refait le plein d'oxygène. Mon rendez-vous avec Polly étant à 12 h 30 à Chelsea, son quartier, et je profitai de la matinée pour retravailler mon article. Vers 10 heures, alors que je me servais un deuxième café, Cat me contacta enfin.

– Salut, Cat. Comment tu te sens ?

– Beaucoup mieux. Ça fait du bien d'être ici, loin de New York. Mais ce n'est pas encore la forme des grands jours. Alors, tu as du nouveau ?

J'avais décidé de taire l'épisode du rôdeur, du moins dans l'immédiat.

– Oui, j'ai parlé à Darma puis à un médecin de l'hôpital où Tucker est mort, et j'ai appris des choses intéressantes. Il se peut, en effet, que Tucker ait avalé un champignon mortel – c'est impossible à prouver –, mais, même si c'était le cas, il paraît peu probable que sa mort ait un rapport avec tes ennuis.

– Qu'est-ce qui te fait dire ça ?

– Simple question de timing. Son entourage new-yorkais a toujours cru qu'il était tombé malade au bureau, en milieu de semaine. Mais c'était sans doute une rechute.

– Je ne comprends rien à ce que tu dis, Bailey. (Je l'entendis murmurer à l'écart du combiné.) Écoute, on est en train de plier bagage pour rentrer à Manhattan. Jeff doit développer un film cet après-midi. On essaie de se voir demain à la première heure ? Tu m'expliqueras tout ça et j'aurai moi aussi des choses à te confier.

– Pourquoi pas ce soir ? hasardai-je.

– Ça ne m'arrange pas, répondit-elle sans autre explication.

Je dis OK pour lundi matin. Elle devait assister à une séance photo. Aussi, elle proposa qu'on se retrouve là-bas, du côté de la 20e rue ouest.

Je m'apprêtais à aller sous la douche quand Polly appela à son tour.

– Je peux te demander une faveur ? lança-t-elle.

Aïe, me dis-je, à tous les coups elle allait se décommander. Mais non, elle souhaitait juste sauter le repas et faire une balade à pied.

– Tu comprends, Bailey, je viens de perdre deux kilos et je me connais : si je m'assieds dans un restaurant, je vais dévorer tout le menu.

– Aucun problème, mentis-je. On se retrouve où ?

– Je sonne chez toi dans, disons, une heure ? Et on verra où on va.

Moi qui avais enfin retrouvé l'appétit et qui, depuis quelques heures, rêvais de *penne alla puttanesca* en terrasse, je me retrouvai condamnée à racler mes fonds de frigo en espérant un miracle. Je ne trouvai pas mieux qu'un bloc de pâté de foie de canard, que Landon m'avait donné après le dîner de l'autre soir. Je reniflai le pot. Rien d'alarmant. Après ma douche, j'allai le déguster sur le balcon avec des crackers et un thé glacé. Je venais de reposer l'assiette dans l'évier quand Polly sonna.

En la voyant, je faillis tomber à la renverse : elle était ravissante et semblait d'un zen parfait. Fini les nattes de vieille institutrice, elle avait lâché ses cheveux, excepté quelques frisons retenus en arrière par des épingles à cheveux colorées. Son teint était vif et ses lèvres rehaussées d'une touche de gloss rose. Difficile de l'imaginer fomentant les plus noirs desseins...

Nous décidâmes de descendre Broadway vers le sud, pensant que ce serait moins bondé dans ce sens-là. Dès le premier bloc, il devint clair que le but de cette promenade n'était pas de brûler des graisses, car on aurait dépensé plus de calories en se rasant les jambes qu'en lambinant ainsi. Mais peu importe : seules m'intéressaient Polly, son humeur et son attitude face aux revers qu'elle avait subis.

– Alors, tes projets de week-end sont tombés à l'eau ? demanda-t-elle.

– Disons qu'ils ont pris fin plus tôt que prévu... Et toi, comment va le boulot ?

– Ce vendredi a été un véritable enfer. Dommage que tu aies raté ça.

– Vas-y, raconte.

– Tu n'as pas lu le *Post* de vendredi ?

– Non, j'ai quitté Manhattan aux aurores.

– Figure-toi qu'ils ont publié un article où ils expliquent que Tucker Bobb a peut-être été empoisonné, lui aussi, et que les deux affaires pourraient être liées. Ils entrevoient la piste d'un collaborateur commun à Cat et à Tucker, ou d'un psychopathe qui se serait mis en tête de trucider les rédacteurs en chef de la presse féminine les uns après les autres. On croit rêver, non ?

– Les collègues ne parlaient que de ça, j'imagine ?

– C'est rien de le dire. Dès que Cat est partie pour la Pennsylvanie, sur le coup de 11 heures, le journal a basculé dans la folie pure. Les gens couraient dans tous les sens pour échanger leurs théories et leurs spéculations idiotes. Et le téléphone n'arrêtait pas de sonner. Leslie a fait une note glaciale, promettant que quiconque parlerait à la presse serait viré sur-le-champ. Et, tu sais, cette assistante stupide dont je t'ai parlé, celle de la rubrique beauté, qui rêve soi-disant d'être harcelée parce que cela prouve qu'on est sexy ? Elle a démissionné le jour même.

Un seul commentaire me vint à l'esprit :

– Oh la la...

– Attends de connaître la suite. Les flics ont débarqué, deux inspecteurs, pour entendre le maximum de collègues ayant participé à la fête de Cat. On doit être tous plus ou moins suspects.

– Ils t'ont interrogée, toi ?

– Ne m'en parle pas. Quel supplice. J'étais une vraie pile. C'est comme quand on passe la douane. Tu sais, lorsqu'ils ouvrent ton sac et que tu es sûre d'y trouver un kilo de cocaïne.

– Tu crois qu'ils te soupçonnent de quelque chose ?

– Oh, non. Leurs questions étaient plutôt du genre : « Avez-vous remarqué quelque chose d'anormal ? Auriez-vous aperçu une boîte de friandises sur la table de l'entrée ? Étiez-vous nombreux à savoir que Cat Jones adorait le chocolat ? » Et puis, entre nous, ils ont bien dû voir que j'ai trop peu de sang-froid pour assassiner qui que ce soit.

Pouvais-je me rallier à ce jugement ? Je ne demandais pas mieux. Mais il m'en fallait plus.

– Et comment ont réagi les autres ? Eux aussi devaient être tendus.

– En fait, tout est redevenu très calme avec l'arrivée des flics, et ceux qui venaient de se faire interroger étaient peu causants. Kip n'a pas dit un mot – ça doit être la première fois de sa vie qu'il ne sort pas sa petite remarque cinglante. Rachel est partie de bonne heure. Qui d'autre, sinon ? Ah oui, Leslie a passé le reste de la journée enfermée dans son bureau. Je suis sûre qu'elle était au téléphone avec Cat. Et attends, tu sais pas la meilleure ? Voilà Sasha, notre brillante chef de mode, qui surgit dans mon bureau pour savoir si la police va vérifier les comptes ! Elle doit avoir peur qu'on découvre qu'elle se fait rembourser ses notes de pressing par la boîte.

Parvenues à Houston Street, nous fîmes une halte, le temps de décider de la suite de notre itinéraire. Nous choisîmes de continuer vers le sud, jusqu'à Canal Street, puis de longer quelques blocs vers l'ouest avant de remonter vers le Village.

– Pauvre Cat, elle est vraiment dans de beaux draps, lançai-je en guise de perche.

– Si tu le dis, répondit Polly. Moi, c'est surtout pour Heidi que j'ai de la peine. Être dans l'entourage de Cat est rarement agréable, mais à ma connaissance c'est la première fois que quelqu'un en meurt. Pardon, la seconde fois. J'ai entendu dire qu'un type qui était fou d'elle à la fac s'était suicidé.

– C'est vraiment ce que tu penses ? Travailler avec Cat est si pénible que ça ?

– Oui... et non. C'est vrai que travailler pour son magazine a bien étoffé mon CV. Mais elle ne m'a pas fait de cadeaux.

– Elle trouve ce que tu fais formidable, Polly. Je n'ai jamais compris qu'elle ait tant de mal à le reconnaître face aux autres.

– Oh, rassure-toi, ça ne m'empêche pas de dormir. Souvent, les patrons ont tendance à tirer la couverture à eux, mais on l'accepte parce qu'on sait que, d'une manière ou d'une autre, leur succès servira la suite de notre carrière. Et puis, je connais Cat. Dès que tu la rencontres, tu sais que ce n'est pas quelqu'un à solliciter pour un don de moelle osseuse. Mais c'est vrai qu'elle m'a fait un sale coup dernièrement. J'ai postulé pour un emploi génial dans un autre journal, et elle a tout fait pour que je ne l'aie pas.

– Tu plaisantes ! m'écriai-je en jouant la surprise. De quoi s'agissait-il ?

– Franchement, répondit-elle en s'arrêtant sur le trottoir, ça n'a plus aucune importance, Bailey. Je meurs d'envie de te le dire depuis un bon moment, mais ça doit rester un secret, d'accord ? Dans à peu près cinq semaines, je vais donner ma démission. Je quitte *Gloss* !

La nouvelle me coupa le souffle. Prise dans la tempête des derniers jours, je n'avais rien vu venir. Comme si je la croyais incapable de tirer les conséquences de son préjudice.

– Eh bien, Polly, je ne sais pas quoi dire ! Je suis ravie pour toi. Mais triste pour moi.

– Ne le sois pas. Je vois ça comme le début d'une grande amitié entre nous deux. Le fait que tu doives me rendre des comptes a toujours un peu faussé nos rapports. À présent, nous pourrons devenir de vraies copines.

– Je suis très heureuse pour toi, insistai-je tout en l'embrassant. Je sais que tu as pas mal souffert cette année.

– Et pas seulement à cause de Cat, précisa-t-elle. Le travail lui-même avait tendance à me fatiguer. S'il s'agissait seulement de m'occuper de tes articles, ce serait le paradis, mais tous ces conseils mode et beauté commencent à me sortir par les yeux. Tiens, l'autre jour, je suis tombée sur le mot « culmédon ». Tu sais ce que ça veut dire, « culmédon », Bailey ? Comme son nom est censé l'indiquer, il s'agit de l'acné qui recouvre les fesses. Quand j'ai expliqué à la rédactrice qu'il était absurde d'employer ce genre de mots, elle m'a regardée comme si c'était moi la plus demeurée des deux. Et puis, j'avoue que je ne trouve plus ma place dans l'équipe actuelle. Ils sont tous si jeunes et si branchés. Tu as trente-trois ans, alors tu arrives à suivre, mais moi, je suis déjà larguée. L'autre jour, j'entendais les filles de la mode parler à tout bout de champ de « sexophone ». J'ai fini par leur demander ce que c'était au juste. Eh bien, ce fut très instructif : jouer du sexophone, tu vois, c'est appeler un ex ou une connaissance quelconque dans le seul but de coucher avec lui. Ou alors c'est lui qui appelle, je ne sais plus. Bref, non seulement je n'avais jamais entendu cette expression, mais je n'ai jamais vécu ce genre de choses ! Non, vraiment, j'ai fait mon temps...

– Et que vas-tu faire ? Tu vas te mettre à ton compte ?

– Oh, non. J'ai trouvé un job. Je vais servir de manager pour ma troupe de théâtre, les *Chelsea Players*. Il nous fallait quelqu'un pour vendre le spectacle, gérer la publicité, le budget, et tout ça. Ça ne paie pas très bien, mais il me reste une jolie somme du divorce, et surtout je vais enfin faire ce qui me plaît. Le poste ne sera créé que dans quelques semaines, alors d'ici-là je continue chez *Gloss*, histoire de mettre encore un peu d'argent de côté. Ça fait deux mois que je veux t'en parler, mais par superstition j'avais peur de vendre la mèche trop tôt.

Arrivées dans le West Village, je proposai de prendre un cappuccino. Nous nous installâmes à une terrasse de Bleecker Street, au soleil, et tandis que Polly me racontait ses projets, je voyais le visage d'une femme heureuse. Comment aurait-elle pu assassiner Cat ? D'après ses explications, la perspective d'un job dans sa troupe de théâtre avait pris forme, *grosso modo*, au moment où le poste de ses rêves lui était passé sous le nez. Au lieu de nourrir son ressentiment contre Cat, elle avait décidé de tourner une page de sa carrière. À l'entendre, Cat et *Gloss* étaient déjà sortis de sa vie. Bien sûr, elle aurait pu tenter un baroud d'honneur au moment de tirer sa révérence, mais je n'y croyais pas tellement. Elle ne paraissait animée d'aucun esprit de revanche. Et j'en étais soulagée.

Une fois nos tasses vidées, je lui proposai de la raccompagner à Chelsea. Jurant de ne pas trahir notre secret, je l'embrassai chaleureusement et lui souhaitai bonne chance. Puis je pris le chemin de la maison à un rythme beaucoup plus soutenu, zigzagant vers le sud-est.

À l'angle de la Sixième Avenue et de la 18e rue, je me rappelai que le studio de Jeff se trouvait dans le coin, même si je n'avais pas l'adresse exacte en tête. Je m'y étais rendue une fois, à la grande époque de la parade nuptiale : Cat m'avait choisie comme chaperon d'une opération séduction, où elle surgissait à l'improviste vêtue d'une robe aussi longue et aussi épaisse qu'un carré de gaze. Je dégainai mon portable pour joindre les Renseignements, qui m'indiquèrent un numéro sur la 19e rue, entre la Cinquième et la Sixième Avenue. D'après Cat, Jeff devait y être cet après-midi, et c'était l'occasion parfaite d'un petit tête-à-tête. Je voulais le questionner sur sa femme et sur le meurtre, pour voir ce qu'il allait me dire. Je remontai d'un bloc vers le nord, puis suivis la 19e rue jusqu'à son immeuble.

Le quartier était plein d'anciens ateliers reconvertis en studios ou en lofts, derrière de larges façades de dix étages couvertes de suie, qui dégageaient une atmosphère caverneuse.

L'immeuble de Jeff était plus proche de la Cinquième Avenue que de la Sixième, un grand bâtiment d'aspect délabré, qui abritait au rez-de-chaussée un labo photo. Le trottoir était couvert d'ordures et de vieux journaux. Je poussai la porte, entrai dans le vestibule et cherchai son nom sur le tableau de l'interphone. Il partageait le cinquième étage avec l'entreprise New Century Video.

Je n'étais pas ravie de lui tendre ce piège, mais je comptais sur l'effet de surprise pour baisser sa garde. Je pressai le bouton de l'interphone et attendis. Pas de réponse. Deuxième tentative. Toujours rien. J'allais partir quand une voix d'homme grésilla. Je crus comprendre : « Qui c'est ? »

– Jeff ? Salut, c'est Bailey. Je passais dans le coin et j'aimerais te parler, si tu as une minute.

Il y eut un silence. À se demander s'il m'avait entendue ou si c'était bien Jeff qui avait décroché. La seconde porte produisit un déclic et je m'engouffrai dans un hall gris poussière.

L'ascenseur mit un temps fou à descendre au rez-de-chaussée. Je l'entendais grincer quelque part au-dessus de ma tête. Quand il vint enfin, je m'attendais à voir quelqu'un descendre. Mais il était vide. Je montai jusqu'au cinquième, la cabine tremblant à chaque palier.

Dans la pénombre du couloir, je repérai la porte de Jeff, entrouverte de quelques centimètres. Je la poussai pour entrer dans son studio.

J'en avais gardé un souvenir différent. Cent cinquante mètres carrés environ. Une entrée agencée comme une petite salle d'accueil. Un grand espace central, rempli de projecteurs et de trépieds. Sur le mur de gauche, un immense rouleau de papier de fond qui se dévidait. De l'autre côté, une rangée de fenêtres encrassées par la pollution.

Il y avait un silence mat, comme si on avait coupé le son. Aucun signe de Jeff, excepté la lampe d'architecte allumée dans l'entrée et un rai de lumière sous la porte du petit bureau, au fond de l'appartement.

– Jeff ? lançai-je. Y'a quelqu'un ?

Il émergea du bureau, prenant soin de refermer derrière lui. Il portait un tee-shirt vert olive et un pantalon kaki taille basse, sans chaussettes ni chaussures. Il vint vers moi, les bras ballants. Jeff faisait partie de ces hommes qui n'expriment jamais leur nervosité en se touchant le visage ou les cheveux.

– Que me vaut l'honneur de cette visite ? demanda-t-il.

Son ton n'était pas sans ironie. Il n'avait pas l'air enchanté de me voir, même s'il prit la peine de me faire la bise. Ses lèvres étaient toutes gercées, comme après un week-end de voile.

– J'espère ne pas trop te déranger en plein travail. Je déjeunais dans le coin avec une amie, alors j'ai pensé te faire un petit coucou. Cat m'avait dit que tu passerais l'après-midi ici.

– J'ai un film à développer, expliqua-t-il. Eh oui, ce n'est pas la meilleure façon de profiter d'une journée comme celle-ci. Mais tu es venue à mon secours, si je comprends bien ?

Euh... J'étais censée répondre quoi ?

– En fait, j'ai une question à te poser, avouai-je.

– Assieds-toi, dit-il en indiquant le canapé en cuir collé contre le mur. Je te sers quelque chose ? Une bière, comme moi ?

– Avec plaisir.

Pendant qu'il repartait d'un pas nonchalant vers un petit comptoir avec réfrigérateur, je m'installai au bord du canapé, évitant le coussin éventré d'où s'échappaient des bouts de mousse. À cette heure-ci, j'étais aussi pressée d'engloutir une bière que de trier le contenu de mon portefeuille, mais je comptais un peu sur ça pour dissiper ma gêne.

Comme il refermait le frigo avec le talon, il jeta un coup d'œil furtif vers le bureau. Cachait-il quelqu'un là-dedans ? J'avais déjà trouvé bizarre la façon dont il avait refermé la porte...

Il revint en tenant deux Corona par le goulot, s'arrêta à la table pour chercher le décapsuleur sous des monceaux de paperasse, mit la main dessus et ouvrit les deux bouteilles. Il me tendit la mienne avant de se laisser tomber sur le canapé. Il but une longue gorgée, puis se tourna vers moi, étirant le bras sur le dossier du sofa. Ses biceps tendaient le tissu de ses manches ; ces derniers temps, il n'avait pas lésiné sur la musculation.

– Tu travailles sur quoi ? lui demandai-je après avoir goûté ma bière. Toujours dans la mode ?

Le studio avait l'air d'un logement vide.

– En quelque sorte, répondit-il entre deux gorgées.

– Écoute, je ne voudrais pas abuser de ton temps, mais je me fais énormément de souci pour Cat, et je tenais à t'en parler.

– En quoi puis-je t'être utile ?

– Eh bien, en me disant par exemple si tu ne vois personne qui pourrait lui vouloir du mal ?

– Tu sais comme moi qu'elle a malmené des tas de gens. Mais aucun nom en particulier ne me vient en tête.

– Vous n'avez jamais reçu d'appels étranges ou ce genre de choses ?

– Jamais. Pas à ma connaissance, en tout cas. Tu devrais poser la question à Carlotta.

Il paraissait tendu, sans que je sache si j'en étais la cause.

– Je me suis absentée quelques jours, mais on m'a parlé d'un article qui faisait un parallèle avec le décès de Tucker Bobb.

Sa bière s'arrêta à mi-chemin de sa bouche. Il me dévisagea en levant un sourcil.

– Oui, et Cat m'a dit que tu t'étais rendue en Pennsylvanie et que tu ne voyais aucun rapport entre les deux affaires.

– Je ne suis pas sûre à cent pour cent, répondis-je rapidement. Mais c'est mon avis.

– Alors me revoilà sur la liste des suspects ? fit-il d'un air canaille.

– Pourquoi ? Les flics te traitent comme ça ?

– Non. Pas encore. Mais ils m'ont cuisiné un long moment la semaine dernière. Je devrais peut-être leur dire que je suis le seul à savoir que Cat préfère les *Maison du Chocolat*. Du moins, je pense être le seul.

– Qu'est-ce que ça veut dire ?

– Rien. Je plaisantais.

– As-tu eu l'impression que les flics avaient leur petite idée sur l'identité du coupable ?

Il refit son petit rictus.

– Ils n'avaient pas l'air désireux de me confier leurs secrets, si c'est le sens de ta question. Bien qu'ils aient du mal à cacher qu'ils me considèrent plus comme le gigolo de service que comme le maître des lieux.

Je pris un virage à cent quatre-vingts degrés :

– J'ai tendance à oublier que, en plus des menaces qui planent sur vous, il y a d'abord la mort d'Heidi. Ça doit être très douloureux.

– Bien sûr, dit-il, le regard plongé au fond de sa bouteille. Et très culpabilisant.

– Culpabilisant ? Parce que Heidi a avalé ce qui était destiné à Cat ?

– Oui, et aussi parce que si Cat avait été là, comme prévu, Heidi aurait peut-être été sauvée.

– Pourquoi « comme prévu » ? Elle ne devait pas se rendre à Est Hampton ?

– Si j'ai emmené Tyler à la campagne, c'est parce qu'elle devait travailler et qu'elle ne voulait pas nous avoir dans ses jambes. Et puis, voilà qu'elle m'appelle de Long Island. Mais bon, tu sais comme cette femme est imprévisible.

Il employait le ton de la plaisanterie, mais je perçus un fond d'amertume.

Il prit une rasade de Corona, s'essuya la bouche d'un revers de la main, puis s'affaissa dans le canapé, les jambes tendues devant lui. Ses pieds étaient très bronzés. Je remarquai qu'il avait le deuxième orteil légèrement plus long que le gros. J'avais lu quelque part, sûrement dans *Gloss*, que cela était censé révéler quelque chose sur un homme – le besoin de commander, peut-être. Ou une propension aux mensonges. Ou un pénis démesuré...

– Ça doit être très angoissant, relançai-je d'une petite voix.

– Non, tu crois ? La mort d'Heidi, les truffes empoisonnées... Ça ne rigole pas. Mais le pire, c'est quand je pense à Tyler. Tu imagines un peu, s'il avait réussi à attraper la boîte sur la table ? Hier, on l'a conduit chez la mère de Cat, dans le Massachusetts, et il y restera jusqu'à ce que tout soit rentré dans l'ordre. En espérant que ça arrive un jour...

Un silence assez pesant s'ensuivit. Quel tour donner à cette conversation ? Je portais la bouteille à ma bouche, pour gagner du temps, quand Jeff se pencha vers moi, la main droite tendue. Tétanisée, je crus qu'il allait essayer de m'embrasser. Mais il arracha un bout d'aluminium qui se détachait du goulot.

– Ne t'entaille pas la lèvre, dit-il en jetant le morceau par terre.

J'avais à peine bu la moitié de ma bière, mais j'avais hâte de partir avant que la situation dégénère.

– Eh bien, je suis contente d'avoir bavardé un peu, lançai-je en me relevant. Si je peux faire quelque chose, n'hésite surtout pas, d'accord ?

Il me dévisagea sans répondre, puis se leva du sofa. Comme je cherchais un endroit où poser ma bière, il me la retira des mains, en douceur, tout en jaugeant ce qui restait.

– La prochaine fois, fais-moi penser de te proposer une Évian.

– Désolée, Jeff. Mais, à cette heure, la bière me fait somnoler.

– Ça serait dommage, en effet.

Il me reconduisit à la porte, qu'il ouvrit d'une main tandis que l'autre se posait sur mon épaule. Il me fit le même baiser qu'à l'arrivée, me piquant la joue avec ses lèvres gercées. Je remarquai un perroquet en bois dressé derrière la porte, où pendait un imperméable turquoise en nylon ou en viscose.

– Repasse quand tu veux, dit Jeff sans conviction avant de refermer derrière moi.

Seule dans le couloir, j'eus de nouveau l'impression qu'on avait coupé le son. Pendant que l'ascenseur montait, je pensai à l'imperméable turquoise. Il avait pu être oublié par un mannequin, un styliste, ou même Cat. Ou bien il appartenait à une personne qui était restée cachée dans le petit bureau, attendant en silence mon départ.

15

Le sexophone. Par égard pour elle, je n'avais pas avoué à Polly que je connaissais l'expression, mais que j'en avais aussi, au cours des années, acquis une certaine expérience. En fait, ce dimanche soir, assise sur ma terrasse, un verre d'eau pétillante à la main, face à un coucher de soleil époustouflant, je me rendis compte que mes projets pour la soirée illustraient assez bien ce concept.

Pourtant, je n'avais pas prévu cette issue. J'avais quitté l'immeuble de Jeff plutôt fébrile, submergée par toutes les questions soulevées par mon piteux entretien. D'abord, je ne pouvais m'ôter de l'idée qu'il avait caché quelqu'un dans son bureau. Mais qui, bon sang ? un mannequin ou une styliste avec qui il flirtait à l'occasion ? ou une maîtresse plus régulière ? ou était-ce Cat, dissimulée pour connaître les raisons de ma visite ? Peu probable vu les piques que Jeff avait lancées sur elle.

Pour la énième fois, où en étaient-ils tous les deux ? Certains mots m'avaient marquée : « imprévisible », « gigolo de service »... Et je n'avais pas aimé ses explications concernant la virée de Cat à East Hampton : elle m'avait parlé d'un rendez-vous professionnel programmé depuis longtemps, mais Jeff avait une tout autre version. Peut-être avait-elle vraiment un amant.

Autres questions, en vrac : Où Jeff en était-il de son travail ? En avait-il seulement un ? Qu'était devenue sa « fulgurante » carrière ? Et surtout : Leur mariage battait-il tellement de l'aile que Jeff aurait voulu tuer Cat ? Aurait-il vu rouge devant la réussite insolente de sa femme ? Ou y avait-il une autre femme ? Si divorcer voulait dire pour Jeff renoncer à la grande vie, un meurtre déguisé en croisade antipresse lui permettait d'avoir le beurre et l'argent du beurre. Cette pensée me fit peur.

Sur le trajet du retour, je m'étais arrêtée dans une épicerie fine de University Avenue pour acheter de quoi cuisiner des *penne alla puttanesca* – histoire d'en finir avec la frustration depuis le restaurant annulé de ce midi. Les provisions posées dans la cuisine, j'avais aussitôt interrogé le répondeur. Quatre messages : un record pour un dimanche. Le premier était de Landon, qui allait quitter le comté de Bucks pour revenir à New York : il était sain et sauf et réessaierait plus tard. À la suite de mon coup de fil, Jack Herlihy rappelait. Ma mère m'adressait un bref bonjour de l'étranger. Puis un raccrochage, avec numéro masqué. Visiblement, mon intimidateur était rentré de week-end. À tout hasard, je remarquai qu'il avait appelé *après* mon départ du studio de Jeff.

Refusant de céder à l'angoisse, je composai tout de suite le numéro de Jack Herlihy. D'excellente humeur, il ne parut pas du tout dérangé par ma nouvelle requête.

– J'ai relu mes notes de l'autre jour au sujet de la petite Marky, et quelques détails semblent ne pas cadrer avec vos explications. Si vous avez un moment de libre en début de semaine, j'aimerais bien vous poser de nouvelles questions – même par téléphone.

– Et si je vous invitais plutôt à dîner ? répondit-il. Vous pourriez me faire découvrir une nouvelle adresse du Village.

Nous y voilà donc. Je ne m'étais pas trompée : il m'avait bel et bien draguée l'autre jour. Je l'avais senti avec le coup des deux fourchettes, puis sa distraction apparente m'avait fait douter. Que faire à présent ? C'était assez le bazar dans mon existence pour que je ne commence pas une nouvelle liaison. Je devais aider Cat. J'avais besoin de temps pour évacuer KC. Je n'aimais pas les hommes à la peau de bébé. Je ne concevais pas de sortir avec un psy. Alors pourquoi m'entendis-je soudain accepter son invitation ? J'avais perdu la tête ? Nous prîmes rendez-vous pour 19 heures le lendemain ; une fois le restaurant choisi, je m'engageai à lui communiquer dans la journée son adresse.

Je venais de reposer le téléphone quand la sonnerie me fit sursauter. Soupçonnant un appel anonyme, je décrochai sans dire un mot. Je reconnus avec effroi la voix de KC :

– Bailey ? Tu filtres, maintenant ?

– Salut. Non, mais je reçois pas mal de coups de fil étranges en ce moment.

– Je te jure que c'est pas moi, s'amusa-t-il.

– Je te crois, va.

– Alors, qu'est-ce qu'il y a, Bailey ? J'ai dit quelque chose qu'il ne fallait pas ? Si je n'avais pas senti ton parfum sur l'oreiller, j'aurais juré avoir rêvé.

Jouait-il la comédie ? Un peu plus et j'allais culpabiliser.

– Je partais à la campagne, expliquai-je. Je devais récupérer ma Jeep aux aurores.

– C'est trop bête. J'avais prévu de te concocter un petit déjeuner de rêve.

– Mon œil. J'ai ouvert ton frigo : un pack de bières et une petite bouteille de Tabasco.

– De *t'acheter* un petit déjeuner de rêve, je voulais dire.

– Alors, ce n'est que partie remise, concédai-je.

– Parfait. On dit demain matin ?

J'éclatai de rire.

– Et on se retrouve où, gros malin ?

– En fait, je te propose une sorte de deux-en-un : je t'emmène aussi dîner ce soir.

C'est donc ainsi que j'avais renoué avec le sexophone. J'avais dit oui à KC, de même que j'avais dit oui à Jack

Herlihy – bien que mes motivations soient plus claires dans le premier cas. J'avais toujours le béguin pour KC. Et je l'avais peut-être sous-estimé. Visiblement, ma fuite de vendredi matin l'avait perturbé. Et s'il était demandeur d'une vraie relation, en fin de compte ? Peut-être était-il seulement fâché avec la règle du jeu – celle qui impose par exemple de donner rendez-vous six jours à l'avance. Autre argument en sa faveur : en cédant à ses avances, je faisais l'économie d'une nuit à l'hôtel Insomnie, harcelée par les images d'Heidi, du *Mon Chéri* et du rôdeur de chez Landon.

KC arriva avec quinze minutes de retard, mais très à son avantage : pantalon marron et chemise blanche, pull jaune en coton négligemment noué autour des épaules et nez pelé après un coup de soleil. Pour ma part, j'avais un fuseau et un dos-nu noirs – mais le dos-nu atterrit sur mes hanches quand, au moment de m'embrasser, KC s'amusa à défaire le nœud.

– Je suis désolé, dit-il. Si j'avais su que tu porterais ce genre de truc, je t'aurais mise en garde. Je n'ai jamais pu résister.

Il rapprocha son visage, mais au lieu de poser sa bouche sur la mienne, il lécha doucement le contour de mes lèvres, pendant que ses mains encore fraîches se posaient sur mes seins. Les évènements prenaient une tournure désarmante. Je m'étais attendue à un « Bonjour, comment ça va ? », non à ce numéro de séduction express au milieu du mon salon, toutes lumières allumées et stores relevés, invitant la moitié du West Village à se tordre le cou. Pourtant, quand ses lèvres rencontrèrent enfin les miennes, et sa langue l'intérieur de ma bouche, je me laissai entièrement, durcissant sous ses doigts. Ses gestes étaient à la fois vifs et tendres, comme s'il avait une furieuse envie de moi, mais qu'il s'était juré de me tuer à petit feu. Sa main quitta ma poitrine pour caresser mes jambes à travers le Lycra de mon pantalon. Quand elle se nicha entre mes cuisses, je crus que mes genoux allaient céder.

– Tu as faim ? demanda-t-il en s'immobilisant.

– Ça dépend de quoi.

Quarante-huit secondes plus tard, nous étions au lit – et nous n'atteindrions jamais le restaurant. Vers 21 heures, une pause fut décrétée, qui me permit de cuisiner mes bien nommées *penne alla puttanesca* – « très épicées ».

KC se leva à 6 heures du fait d'une réunion de 7 à 9 – comme quoi, ses promesses de petit déjeuner étaient fausses. En refermant derrière lui, je sentis venir une nouvelle bouffée d'angoisse. Mon rendez-vous avec Cat n'était pas avant 10 heures. J'enfilai un survêtement et me rendis à mon club de gym pour courir trente minutes sur un tapis. À mon retour, je pris une bonne douche et bus deux cafés. À 9 h 45, j'arrêtai un taxi sur Broadway.

Comme la voiture se frayait un chemin vers le bloc le plus à l'ouest de la 26e rue, je m'aperçus que je ne savais rien du thème de la séance photo à laquelle je me rendais. À ma connaissance, Cat ne se déplaçait que pour les couvertures montrant des célébrités, et à condition que ce soit à New York. Mais elle m'aurait prévenue s'il s'agissait de regarder une star passer au brushing ou piquer une crise de nerfs devant une pile de fringues.

Le studio se trouvait au rez-de-chaussée d'un immeuble de deux étages. Après qu'on m'eut ouvert la porte à distance, je me retrouvai au milieu d'une zone de chargement, qu'il fallait traverser pour atteindre la salle. Je fus accueillie par une fille à la peau nacrée et aux cheveux noirs courts et crantés.

– Vous êtes avec *Gloss* ? demanda-t-elle avant que j'aie pu parler.

Elle avait le léger zézaiement de celle qui vient de se faire percer la langue, et je vis en effet un reflet argenté dans sa bouche. Devant ma réponse positive, elle hocha la tête, puis courut pour répondre au téléphone. Le studio était immense, très haut de plafond, les murs en briques apparentes. L'entrée était aménagée en coin bureau, avec une grande table en verre et des classeurs métalliques, complétés d'un réfrigérateur, d'un évier et d'une planche sur tréteaux – avec un somptueux buffet de petit déjeuner. On était à mille lieues de la turne de Jeff. Au loin, sur ma gauche, s'alignaient un comptoir et un miroir à ampoules argentées. Un type en jean noir et tee-shirt à l'effigie des Rolling Stones était perché sur un tabouret, plongé dans un numéro *d'Interview*. Mais c'est tout au bout du studio que se passait l'action : un photographe mitraillait sur fond de papier gris une personne invisible d'ici. Un petit bataillon fourmillait autour du plateau : deux assistantes, une maquilleuse, un coiffeur avec une petite bouteille d'eau coincée dans sa poche revolver. Je reconnus aussi Josh, un styliste du département mode de *Gloss*. Mais aucune trace de Cat.

– Oui, j'aime quand tu lèves le menton... s'extasiait le photographe. Faisons une autre pellicule comme ça.

Quand il s'écarta de son trépied, je vis que l'objet de toutes ces attentions n'était autre que Cat.

Génial. La plaisanterie pouvait bien durer toute la matinée. Je posai mon cabas par terre, attrapai un mini-sandwich saumon-fromage au buffet et gagnai le coin maquillage.

– Vous savez s'il s'agit d'une campagne publicitaire ? demandai-je au type qui portait le tee-shirt à la grosse langue.

Il releva les yeux au moment où je m'installais sur un tabouret. Quelques mois plus tôt, Cat avait émis l'idée de poser en personne pour une campagne de promotion.

– Je ne pense pas, répondit-il avec l'accent british. J'ai entendu parler d'une page d'éditorial.

– Vous voulez dire que ces photos sont destinées à l'édito de *Gloss* ? m'exclamai-je.

– Oui, c'est sûrement ça.

Cat se trouvait au cœur d'une affaire d'homicide, et elle trouvait le temps d'actualiser son image. Ça s'appelle ne pas perdre le nord.

Je venais d'entamer mon sandwich quand le photographe décréta une pause. Après un bref échange avec lui, Cat vint vers moi, talonnée par la maquilleuse et Josh. Ses cheveux étaient gonflés comme jamais, retombant en vagues sur ses épaules, et son visage enseveli sous une tonne de maquillage – le gloss était si épais qu'on pouvait presque se voir dedans. Sous le fard, elle semblait épuisée.

– Ça fait longtemps que tu es là ? demanda-t-elle en m'apercevant.

– Quelques minutes.

Je dis bonjour à Josh, qui arborait une marinière et un pantalon si serré que seule la couleur de ses attributs restait un mystère.

– Alors, quel est le programme ? demandai-je en revenant à Cat.

– Je crois que je vais m'arrêter là. Je n'en peux plus de me changer toutes les dix secondes.

– Tu ne vas pas essayer le *Dolce* ? s'alarma Josh.

Il la regardait comme si elle avait l'intention de noyer une portée de chatons.

– J'ai eu ma dose, insista-t-elle. Je ne tiendrai pas une minute de plus. Tu peux dire à tout le monde que c'est fini. Et puis, ajouta-t-elle en se laissant tomber dans un fauteuil face à la glace, j'ai vraiment une mine atroce.

La maquilleuse se planta dans son dos et posa ses dix doigts sur ses joues.

– Vous savez ce que je vois ? fit-elle. Je vois des tas de toxines en stagnation sur votre visage. C'est le stress qui empêche leur élimination. Vous n'avez jamais pensé à la réflexologie faciale ? Je peux vous montrer ça tout de suite.

Cat l'observa sans dire un mot, comme si la fille parlait chinois. Puis elle se releva en annonçant qu'elle allait se rhabiller. Dans le miroir, je vis la maquilleuse croiser le regard du fan des Stones, l'air de dire : « Non mais, t'as vu ça ? »

Au bout de quelques minutes, Cat réapparut dans un ensemble à manches courtes en batik blanc et fuchsia. Elle me proposa de prendre un café dans le quartier et, comble des combles, proposa même d'y aller à pied. Ce que nous fîmes, la grosse berline roulant au pas à côté de nous, comme un véhicule des services secrets surveillant le footing présidentiel. Nous trouvâmes sur la Dixième Avenue une petite boutique qui revendiquait le statut de « café-deli », à l'odeur de banane pourrie brassée par le ventilateur de plafond. Nous commandâmes au comptoir deux cafés ainsi qu'une eau glacée pour Cat, avant de nous installer autour d'une petite table ronde. Une fois assise, Cat fondit en larmes.

– Ma pauvre Cat... murmurai-je en lui serrant le bras. Ça doit être très dur.

En fond sonore s'échappait de la musique salsa, indifférente à nos malheurs.

– Toute mon existence est en train de s'écrouler, lâcha-t-elle entre deux sanglots. Tyler est chez ma mère, Carlotta semble à deux doigts de partir, j'ai des millions de paparazzi devant ma porte et je vais perdre mon job si je ne fais pas attention.

Elle prit une serviette en papier, la froissa et s'essuya les yeux.

– Comment ça, perdre ton job ?

– Les ventes sont atroces. Elles étaient assez moyennes depuis quelques mois, et voilà que, ce matin, le type de la diffusion, celui qui adore arracher les ailes de mouches, m'appelle à 8 h 30 pour m'annoncer, la bouche en cœur, qu'avril promet d'être une mégabombe.

– Une bombe ? Quel genre de bombe ?

– Le genre : plus aucune trace de vie dans un rayon de dix kilomètres, répondit-elle dans de nouveaux sanglots. Harry était déjà sur mon dos, mais depuis le meurtre il frise l'apoplexie. Je pensais qu'il compatirait, qu'il apprécierait au moins les retombées médiatiques. Il a toujours rêvé d'avoir son nom dans le *Post*. Mais il a surtout peur que les annonceurs se sauvent vite fait.

– J'imagine comme ça doit être difficile d'avoir la tête à ton travail. Mais tu as intérêt à multiplier les signes qui prouvent que tu maîtrises la situation, glissai-je en essayant d'éviter le ton moralisateur.

– Ça me fait peur d'être là-bas. Je me sens si vulnérable.

– Aucun progrès du côté des flics ? J'ai appris qu'ils avaient interrogé le personnel vendredi.

– Attends, tu ne sais pas ce que m'a dit Farley ? Même quand les rapports toxicologiques reviendront – ce qui, au train où vont les choses, devrait se produire au siècle prochain –, rien ne dit qu'on saura ce qui a tué Heidi. Tout un tas de poisons, dont certaines substances naturelles, ne font l'objet d'aucun test. C'est pour ça que je ne cesse de penser à Tucker Bobb. Pourquoi es-tu si sûre qu'il n'existe aucun rapport entre les deux cas ?

– Il y en a peut-être un, mais alors indirect.

– Qu'est-ce que ça veut dire ?

– Je t'explique. Comme je te le disais hier, il est possible que Tucker ait mangé un champignon mortel. Mais, vu le moment où sont apparus les symptômes, il n'aura pu l'avaler qu'en Pennsylvanie, et non à New York. En d'autres termes, si quelqu'un a utilisé ce champignon pour le tuer, forcément il le lui a servi là-bas. Rien n'exclut qu'il ait reçu la visite d'une personne qui allait également fréquenter ta fête, mais reconnais que c'est peu probable.

– Alors, comme ça, d'après toi, les deux décès ne sont pas liés ?

– Oui et non...

– Je t'en prie, Bailey, parle avant que je devienne folle !

– Excuse-moi, Cat. Le rapport, le voici : je crois que l'individu qui a tenté de t'empoisonner avait eu vent du cas Tucker Bobb et de la théorie du champignon, et qu'il a voulu *faire croire* que les deux affaires avaient un lien.

– Mais dans quel but ?

– Pour maquiller son mobile, pardi. En laissant penser qu'un type a tué deux rédacteurs en chef, on imagine aussitôt un règlement de comptes avec la presse féminine. Alors, la police s'oriente sur cette piste, laissant de côté ce qui se rapporte à ta vie privée.

– Si je comprends bien, la personne qui a voulu me tuer me haïssait moi et rien que moi.

– Exact. Et c'est pourquoi nous devons nous creuser la cervelle. Nous savons que cette personne était présente à ta fête. Et que ce n'est pas un léger ressentiment qui l'anime, mais une haine dévorante, ou encore la nécessité de te mettre hors-jeu. Ce qui nous ramène à l'éternelle question : qui ?

Cat se gratta le front, avant de caler sa tête dans sa paume.

– En dehors de Dolorès, que tu as déjà rayée de la liste, je ne vois personne au journal qui m'en voudrait à ce point.

Prenant mon courage à deux mains, je lâchai :

– Ça ne va pas te faire plaisir, mais ça fait un moment que je m'interroge. Où en es-tu avec Jeff, Cat ? On pressent comme un malaise entre vous deux...

Elle releva la tête d'un bond.

– Jeff ? Tu ne parles pas sérieusement ! Tu crois que *Jeff* aurait voulu m'empoisonner ?

– Je t'en supplie, ne parle pas si fort. Qui te dit que nous n'avons pas été suivies par un type des tabloïds ? Écoute, Cat, je sais que ça fait mal, mais nous ne devons rien négliger. Un de tes invités a essayé de te tuer, et tout indique qu'il ne s'agit pas d'une vague connaissance mais de quelqu'un de bien plus intime, assez en tout cas pour avoir été blessé par une attitude ou un geste de ta part. Jeff n'aurait aucune raison particulière de t'en vouloir ?

Elle but une longue gorgée avant de répondre.

– On a eu des hauts et des bas ces derniers temps, mais rien qui l'aurait poussé à me tuer, voyons !

– Quel genre de bas ?

– Je n'arrive même pas à croire qu'on parle de ça !

– Écoute, si tu veux que je...

– D'accord, d'accord. Au moment du Nouvel An, Jeff m'a harcelée pour que *Gloss* lui commande des reportages photos. J'ai dit non, et il n'a pas été ravi de ma réponse.

– Et qu'est-ce qui te déplaisait là-dedans ? Dans sa proposition, j'entends.

– Eh bien, tout d'abord, cela aurait été assez délicat vis-à-vis de la direction artistique d'imposer mon mari. Ensuite, il n'est pas assez mûr pour *Gloss*. On traite avec des photographes de mode plus expérimentés que lui, tu sais. Mais, surtout, ce n'était pas par intérêt pour *Gloss* qu'il me proposait ses services. Il voulait simplement que je le remette en selle, car il traversait une mauvaise période. Mais les passages à vide arrivent à tout le monde, et j'estimais que je ne rendrais service à personne en l'aidant de la sorte. Tu vois, Bailey, je ne suis pas obnubilée par notre différence d'âge, loin de là, mais il m'arrive tout de même d'y penser, et je me suis jurée de ne jamais le materner.

– Et ta réponse l'a mis en colère ?

– Oui. Mais ça n'a pas duré. Il a changé d'agent, et les contrats sont revenus. Tout est rentré dans l'ordre.

Elle détourna les yeux une seconde, comme pour observer la salle. Était-ce innocent ? ou cherchait-elle à fuir mon regard ?

– D'autre part, enchaîna-t-elle en me fixant à nouveau, si Jeff voulait m'éliminer, il ne ferait pas l'imbécile avec quelques chocolats. Il me briserait le cou ou me maintiendrait la tête sous l'eau, d'une seule main.

Oui, pensai-je, sauf s'il craignait d'être soupçonné...

Cat s'apprêtait déjà à lever le camp, fourrant sa serviette dans sa tasse avant d'examiner son reflet dans un miroir de poche.

– Une dernière question, ajoutai-je. Qu'est-ce qui se passe au juste avec Kip ?

Rougissement instantané, comme la première fois que j'avais prononcé ce nom.

– Pardon ? fit-elle.

– Si tu veux que je t'aide, Cat, tu dois me dire les choses. Tu ne peux pas me révéler ce qui t'arrange et garder le reste pour toi.

Avant de répondre, elle poussa un long soupir, qui exprimait autant l'agacement que le regret.

– Nous avons un peu batifolé sur un canapé, un après-midi, il y a quelques mois. Mais ça n'est pas allé plus loin, car il n'a pas fallu plus de trois minutes pour constater que nous ne dégagions pas grand-chose ensemble. Dieu merci, il était aussi flasque qu'un chiffon trempé, et je me suis ressaisie à temps. Ne me dis pas que j'ai été stupide, parce que je le sais déjà !

– Je n'ai aucun jugement à porter, opposai-je (même si je ne pouvais résister en mon for intérieur).

Malgré les soupçons que j'avais depuis quelque temps, l'aveu de cette liaison me fit un choc.

– Je suis juste surprise, Cat. Je n'ai jamais perçu la moindre alchimie entre vous...

– Parce qu'il n'y en a pas eu, Bailey ! Et il n'y en aura pas, crois-moi. C'était un simple accident. J'étais toute seule, abandonnée, avec trois verres de chardonnay dans le nez quand il est arrivé à l'improviste, proclamant que j'étais une déesse.

– Ça s'est passé chez toi ?

– À Litchfield. Jeff et moi avions prévu de rester à Manhattan tout le week-end, car nous devions nous rendre à je ne sais quel évènement qu'il photographiait le samedi soir. Mais on a eu une dispute le matin – en partie à cause de ses vues sur *Gloss* – et je me suis réfugiée à Litchfield. Je n'aime pas y rester seule, mais Heidi devait me rejoindre un peu plus tard avec sa copine Janice. J'avais promis à Heidi de lui laisser la maison pour le week-end. En fin de compte, elles se sont décommandées, car Heidi avait la grippe ou quelque chose comme ça. J'étais donc seule comme une âme en peine, et voilà que Kip sonne à la porte vers 16 heures. Je n'en reviens pas. Il a su que j'étais seule, m'explique-t-il, et il a eu envie de me voir. L'instant d'après, j'avais mon tee-shirt remonté autour du cou.

– Vous avez donc « roulé » sur le canapé. Et ensuite ?

– Il est remonté dans sa voiture et il est parti. Un quart d'heure plus tard, c'est moi qui rentrais.

– Je voulais dire : que s'est-il passé entre vous deux ?

– Mais rien du tout. Enfin, ce n'est pas tout à fait vrai : pendant trois jours, j'ai eu la nausée chaque fois que j'y repensais. Puis j'ai réussi à le chasser de ma tête. Ça va peut-être te surprendre, mais je n'ai jamais trompé Jeff. D'accord, j'ai embrassé un ex à Los Angeles, mais ça ne compte pas. Je m'en suis voulue à mort après cet incident à Litchfield, tu sais. J'ai même fait recouvrir le sofa pour n'en garder aucun souvenir.

– Et Kip, penses-tu qu'il a tourné la page, lui aussi ? Et s'il se languissait secrètement de toi ? ou t'en voulait de l'avoir rejeté ?

– Il fait comme s'il ne s'était rien passé. J'avoue que j'ai été frappée de le voir plein de fougue, puis soudain si détaché. Qui sait, il est peut-être aussi gêné que moi. Ça me pèse de le croiser tous les jours, mais il fait du très bon travail, et ce n'est pas maintenant que je vais le virer. Crois-moi, s'il y a une chose qui le taraude, c'est la peur que sa femme le surprenne avec une autre.

– À propos d'époux, Jeff a-t-il appris cette histoire ?

– Non. Comme je te l'ai dit, je suis vite rentrée à New York. Je suis venue à son rendez-vous professionnel, et on s'est réconciliés.

– C'est arrivé quand, au fait ?

– En mars. Mais, crois-moi, Bailey, tout ça, c'est de l'histoire ancienne, et je suis sûre que ça n'a rien à voir avec ce qui m'arrive aujourd'hui.

Nous sortîmes de notre petit box et regagnâmes le trottoir. La grosse berline nous attendait sagement, le moteur en marche.

– On te dépose chez toi ? proposa Cat. Je vais dans le centre.

– Non, merci. Je retourne à *Gloss*.

J'eus envie de lui raconter ma nuit *Les Nerfs à vif* dans le comté de Bucks, mais le moment semblait mal choisi.

– On te verra aujourd'hui ? ajoutai-je.

– Plus tard, fit-elle vaguement en se glissant sur la banquette arrière.

Je regardai la voiture s'éloigner en silence. C'était une Lincoln noire, brillante et lisse, excepté un léger accroc sur la portière arrière.

M'avait-elle dit la vérité ? Pour ce qui était d'elle et de Kip, oui, certainement. Enfin, plus ou moins. Peut-être étaient-ils allés un tout petit peu plus loin que ce qu'elle admettait – une brève séance de massage... – et peut-être avaient-ils remis ça, à l'occasion. Quoi qu'il en soit, j'étais sûre que leur relation n'avait jamais été plus qu'une aventure, qu'elle appartenait bien au passé et qu'elle n'inspirait à Cat que des remords. Cependant, j'avais conscience de céder à mes propres sentiments, et le fait qu'une femme désire Kip dépassait mon entendement : avec sa tête trop petite et son air hautain, il ressemblait à un boston terrier.

Ce que je ne savais pas, c'est comment Kip voyait les choses. Peut-être ne s'était-il pas aussi bien remis que le disait Cat. J'allais essayer de le prendre entre quatre yeux pour connaître son état d'esprit.

Il y avait aussi les révélations sur Jeff. Là, il était clair que Cat ne me disait pas tout. Préserver l'intimité de son mariage était son droit le plus strict, mais si je ne savais pas l'étendue de leur mésentente (ni la façon dont Jeff la vivait), comment déterminer s'il méritait le titre de suspect ? Il me restait à trouver le moyen de lui délier la langue pour de bon. Et découvrir le type de contrat de mariage qu'ils avaient éventuellement signé. Car, à supposer que Jeff ait le béguin pour une autre et puisse divorcer sans y laisser un sou, alors rien ne l'incitait à éliminer Cat.

Par contre, si rompre voulait dire pour lui partir les mains vides, eh bien... ça changeait tout.

Il était grand temps de retourner à *Gloss*. J'appréhendais de retrouver mon bureau, mais je voulais nouer le contact avec Kip. Dehors, il s'était mis à pleuvoir et je passai le quart d'heure suivant coiffée d'un papier journal, en quête d'un taxi. Midi avait sonné quand j'arrivai à destination : tout le service artistique avait investi la table de conférence du puits, piochant dans des boîtes d'un traiteur thaï. Premier arrêt : mon bureau. J'entrai dans la pièce sur la pointe des pieds et mis la lumière. Pas de chocolat, aucun objet menaçant laissé en évidence, tout semblait à sa place. Je posai mes sacs sur la chaise du coin et allumai l'ordinateur. Après avoir commandé un sandwich et un cappuccino par téléphone, je me dirigeai d'un pas nonchalant vers le bureau de Kip. Il n'y avait personne. Sa secrétaire, une brunette effrontée, était à son poste, une canette de soda light à la main.

– Kip est dans le secteur ? demandai-je.

– Non, et je ne sais pas quand on le verra. Il essaie de déloger son chat coincé derrière le frigo.

Sa voix était sardonique, comme s'il lui avait annoncé qu'il déjeunait avec Elvis.

En repartant vers mon bureau, je poussai la porte des toilettes et me retournai brusquement en sentant une présence dans mon dos. C'était Leslie.

– Tu as une seconde ? demanda-t-elle tandis que je maintenais la porte ouverte.

– Bien sûr. Ça t'embête si je fais pipi d'abord ?

– Retrouve-moi dans mon bureau, dans ce cas.

Je supposais qu'elle voulait connaître l'état d'avancement de mon article. Mais quand je me présentai devant elle cinq minutes plus tard, je compris qu'il s'agissait d'autre chose.

– Où en est Cat ? dit-elle d'un air agacé tout en refermant la porte. Tu l'as vue dernièrement ?

J'hésitai une seconde, le temps de juger si Cat aurait voulu que je parle de notre pause-café de ce matin.

– Non, répondis-je. Mais je l'ai eue au téléphone hier. Elle était à Litchfield ce week-end.

– Je sais, merci. Mais elle n'est pas venue ce matin, et elle n'a pas appelée. Il y a une pile d'épreuves entassées sur son bureau.

– Et qu'en dit Audrey ?

– Que la patronne est, ouvrez les guillemets, en rendez-vous extérieur, fermez les guillemets. Tiens, assieds-toi, fit-elle en déblayant la chaise réservée à ses visiteurs.

Elle contourna le bureau et prit son fauteuil, celui de son petit pouvoir.

Si la plupart des collègues se souciaient peu de personnaliser leur espace de travail, Leslie avait mis le paquet : un petit sofa gris, des plantes vertes, des lithographies de tableaux célèbres et au moins quinze photos d'elle et de son mari, Clyde, en divers endroits de la planète – un peu comme s'ils avaient été élus « Couple le plus chou de l'univers ». Mais tout ce déploiement ne parvenait pas à rendre la pièce accueillante. Car tout le monde savait que les convocations chez Leslie se soldaient en général par un savon.

– J'adorerais bavarder avec toi, dis-je en m'asseyant tout au bord du siège, mais je suis pressée. J'essaie de boucler l'histoire de Marky.

– Mes soucis à moi sont autrement plus graves, tu vois, car ils concernent tout le personnel. Tu peux comprendre ça, Bailey, même comme free-lance ?

Ses narines s'étaient gonflées, et elle paraissait à cran. Me revint en mémoire une couverture récente de *Gloss* : « Ballonnements ? Humeur de chienne ? Comment déjouer le syndrome prémenstruel. »

– Je t'écoute, Leslie.

– Moi aussi, j'ai parlé à Cat ce week-end, et elle m'a dit que, d'après toi, ce... ce drame qu'elle a vécu n'a rien à voir avec Tucker Bobb. Que c'est une pure coïncidence. Et que tu t'es rendue chez lui dans les Poconos, ou je ne sais trop où, pour interroger des gens ?

– Oui, je l'ai fait à sa demande.

Pourquoi jouer les cachottières, puisque Cat lui faisait apparemment des comptes rendus réguliers ?

– Au vu des infos que j'ai récoltées, poursuivis-je, les deux affaires sont sans rapport. Je ne crois pas que quelqu'un se soit juré de tuer tous les rédacteurs en chef. Je pense que l'assassin visait Cat et seulement Cat.

Leslie me dévisagea sans un mot.

– Et toi, qu'est-ce qui te tracasse au sujet du personnel ? demandai-je en espérant accélérer le mouvement.

– Les gens commencent à paniquer. Les flics étaient là vendredi et ils ont semé la terreur dans tout l'étage. Je ne reproche pas à Cat de rester à la maison, mais sans elle le magazine prend des allures de *Titanic*.

– Elle va bientôt revenir. Elle essaie juste de digérer les évènements.

– Tu vas continuer à l'aider, non ?

Que Cat veuille confier mes découvertes à Leslie, soit. Mais rien ne m'obligeait, de mon côté, à lui dévoiler mes intentions.

– Si elle me le demande, oui, bien sûr. Mais, dans l'immédiat, je vais essayer de boucler mon histoire d'esprit frappeur.

À nouveau, le regard de chauve-souris.

– Écoute, Leslie, lui dis-je en quittant le fauteuil, je serai dans mon bureau. Je te fais signe si j'ai la moindre nouvelle de Cat.

– Très bien, dit-elle d'une voix glaciale.

Je sortis de là assez perplexe quant à ses motivations. S'angoissait-elle vraiment pour Cat et le journal ? Ou trépignait-elle surtout de me savoir plus impliquée qu'elle ?

Pour l'instant, je devais vaquer à mon article et appeler les parents de Marky pour leur soumettre l'hypothèse de

Jack – comme quoi la fillette leur jouait des tours. Avant ça, je lançai une recherche Internet sur les poisons. Il en existait une infinité, dont de nombreuses substances naturelles, ainsi que Cat me l'avait signalé. J'appris par exemple que les graines de curare, certaines fleurs comme l'aconit, et des plantes telles que la ciguë provoquaient de violentes diarrhées et des vomissements, mais aussi des paralysies, des troubles sensoriels et des délires. La mort pouvait survenir très vite, parfois en deux petites heures.

Il ne m'en fallut pas plus pour raviver mon souvenir des draps de bain verts et de la jeune Heidi étendue par terre, souillée de vomi. Je secouai la tête pour chasser ces images terribles.

Je consacrai les deux heures suivantes à mon article, remaniant l'introduction jusqu'à ce que je me sente en possession d'un truc percutant. J'entrecoupai mon travail de promenades régulières vers le bureau de Kip, mais, en fin d'après-midi, il n'avait toujours pas donné signe de vie ; sa secrétaire commençait à me regarder comme un vigile de supermarché flairant un mauvais coup.

Vers 16 heures, mon cerveau réclama de la caféine ; je me rendis vers le coin détente. Le spectacle valait le détour : Leslie avait enlevé les en-cas destinés au personnel – le pop-corn pour micro-ondes, les cookies Snackwell et les paquets de chips. Même le café et les sachets de thé avaient disparu ! Il ne restait plus qu'une boîte de touillettes en bois.

Si on cherchait un moyen d'attiser l'hystérie collective, ce genre de scène était idéal. Ne manquait plus qu'un écriteau indiquant : « Tueur parmi nous ». Mais on ne pouvait pas reprocher à Leslie sa prudence...

Cela me ramena à un détail qui me turlupinait depuis le début : la place démesurée du hasard dans cette affaire. L'assassin ne prenait-il pas un risque énorme en laissant les chocolats en évidence sur la console ? Avait-il seulement conscience que tout le monde pouvait les prendre ? Ou cherchait-il seulement à faire un mort, peu importe son identité ? J'étais persuadée qu'une grande partie de la solution se cachait derrière cette énigme.

16

Sur le coup de 17 heures, je fis une dernière tentative du côté de chez Kip. Veste en jean sur le dos, sa secrétaire était sur le départ, fourrant quelques revues dans son sac de sport.

– Alors, on en est où ? lançai-je. Il vient ou il vient pas ?

– M'étonnerait.

– Vous lui avez parlé ?

– J'ai appelé chez lui il y a une heure environ, et personne n'a décroché. S'il était en route, il serait déjà arrivé.

– Il est peut-être à la clinique vétérinaire, répondis-je avant de tourner les talons, la laissant se demander si c'était du lard ou du cochon.

N'ayant aucune raison de m'éterniser, je remballai à mon tour. Contrairement à mes plans, j'allais devoir revenir demain pour tenir la jambe à Kip. Quelle pouvait être la raison de son absence cet après-midi ? Après son entretien avec les flics vendredi, Polly l'avait trouvé méconnaissable, et aujourd'hui il manquait à l'appel. Avait-il quelque chose à cacher ? Avait-il pris peur ?

De retour à l'air libre, je vis que le ciel s'était dégagé et qu'il faisait meilleur. Je rentrai en métro, agréablement désert, et, en sortant de l'ascenseur, j'allai directement sonner chez Landon.

– Ma pauvre chérie ! s'écria-t-il en ouvrant la porte.

Il portait un polo blanc et un bermuda kaki, et paraissait dix fois plus bronzé qu'en fin de semaine dernière.

– Comment tu te sens, ma biche ? Ça m'a rendu malade, tu sais.

– Je t'assure que je vais bien, dis-je en entrant. Les policiers sont venus te voir ?

– Oui, oui. Ils n'ont pas la moindre piste concernant le rôdeur, mais ils promettent d'ouvrir un œil sur la maison en faisant une ronde de temps en temps. Je me demande si je ne devrais pas installer une alarme. J'allais me faire un thé, tu en prendras ?

– Ce serait avec plaisir, mais je dois me rendre à un entretien. Écoute, attends un peu avant d'engloutir deux mille dollars dans un système d'alarme. Je suis sûre que ce type est venu exprès pour m'effrayer, moi.

– Tu crois vraiment que ça pourrait être lié au meurtre de cette pauvre fille ? Je t'avais pourtant dit de ne pas t'en mêler...

– Non, je ne pense pas à la mort d'Heidi en disant cela. J'ai changé d'avis depuis hier. Je n'ai pas le temps de développer, mais en gros j'ai réveillé l'eau qui dort, alors l'eau s'est vengée. Je pense qu'on a juste voulu marquer le coup et qu'il n'y aura pas de suite.

– Tout de même, je n'aime pas te voir courir dans tous les sens à jouer les détectives. Il pourrait t'arriver quelque chose de grave.

J'essayai de minimiser ses craintes, mais dès que je rentrai chez moi, les mots de Landon résonnèrent dans ma tête. Je risquais gros, c'est vrai. Le *Mon Chéri* ne valait-il pas toutes les mises en garde ? Mais je ne pouvais pas renoncer maintenant. J'avais donné ma parole à Cat. Je voulais savoir qui avait tué Heidi. Et je refusais de céder sous la menace.

Aucun message sur mon répondeur, pas même une courte respiration suivie d'un raccrochage. Je passai la demi-heure suivante à classer les factures dispersées sur mon bureau et à ranger un peu l'appartement. Puis je vis qu'il était temps de s'habiller pour le dîner. Mais comment ? Cette soirée s'engageait sous de curieux auspices. Je ne pouvais pas nier que Jack Herlihy avait quelque chose d'attirant – la preuve, je n'avais pas su refuser son invitation. Mais ça, c'était avant la soirée pyjama de dimanche avec KC. Depuis, je voulais lui offrir une seconde chance. Peut-être était-il moins dégonflé que je ne l'avais cru. En tout cas, ma vie était assez compliquée ces jours-ci sans que je m'encombre d'un autre copain. Alors, pour l'instant, je m'en tiendrais à KC.

La meilleure stratégie, décidai-je, était d'envoyer à Jack quelques signaux laissant comprendre que je ne considérais pas cette soirée comme un rendez-vous galant, mais comme le prolongement de notre premier entretien. J'optai donc pour un pantalon beige serré, des ballerines noires et un twin-set noir en coton. Élégante, pas trop sexy, le genre d'ensemble qu'aurait pu porter Faye Dunaway dans l'intimité de son living.

Plus tôt dans la journée, j'avais laissé sur le répondeur de Jack l'adresse d'un restaurant espagnol de Thompson Street, qui servait de la paella. Le décor faisait très Village d'antan – beaucoup de cachet, mais assez décrépit. En somme, un endroit peu susceptible de lancer les mauvais signaux.

Le rendez-vous étant fixé à 19 h 30, j'arrivais tranquillement avec treize minutes d'avance. Le ciel avait la couleur d'un jean bleu foncé. Washington Square Park était bondé, et on sentait planer une douce excitation maintenant que le printemps était bien parti.

J'arrivai la première ; on me fit asseoir dans un coin près de la devanture, sous un tableau de matador assez médiocre. Je posai aussitôt mon cahier sur le coin de la nappe – preuve ultime que j'étais là pour le travail. J'étais en train de commander un verre de cabernet quand Jack fit son apparition, massant nerveusement sa chevelure châtain. Il portait un blazer marine, plus strict que sa veste précédente, une chemise à rayures bleues et blanches, et un pantalon ocre – un look jeune BCBG, comme on en croise rarement en dessous de la 14e rue. Mon cœur se remit à faire des siennes.

– J'espère que vous n'attendez pas depuis trop longtemps ? lança-t-il avec un joli sourire, s'efforçant de caser ses longues jambes sous la petite table.

– Non, je viens d'arriver.

– J'ai arpenté la rue de long en large avant de comprendre que j'étais sur le mauvais bloc, au niveau de Sullivan. Mais je me suis juré de connaître le Village comme ma poche d'ici la fin de l'été.

Comme il dépliait sa serviette et l'étendait sur ses genoux, son regard capta mon cahier.

– Vous avez passé un bon week-end ? demandai-je. Vous avez acheté un pantalon sur la 8e rue ou goûté à d'autres distractions d'ici ?

– J'aurais dû. Il faudrait que je me trouve une tenue noire pour ne plus avoir l'air d'un touriste. En fait, j'ai préféré passer le week-end aux Bermudes. Je suis parti vendredi matin et suis rentré hier vers midi.

Tiens, tiens... Les Bermudes n'étaient-elles pas une destination amoureuse par excellence ? Était-ce sa façon à lui de sous-entendre qu'il avait une copine et que le dîner de ce soir était bien un rendez-vous de travail ? M'étais-je donc méprise sur ses intentions, par excès de vanité ? J'aurais dû me sentir soulagée, mais il n'en était rien. J'étais plutôt contrariée.

– Vous êtes parti comme ça, sur un coup de tête ? fis-je d'un air aussi détaché que possible. Ou vous êtes-vous porté au chevet d'un gosse de riche, atteint d'une terrible névrose, comme la peur du sable et du surf ?

– Vous savez, répondit-il en riant, il existe vraiment une phobie des vagues. La cymophobie, ça s'appelle.

– Sérieusement ?

– Il y a des centaines de phobies, des plus courantes au plus improbables. Vous avez la peur du brouillard : l'homichlophobie. La peur des poupées : koréphobie. Et vous connaissez sûrement la peur du nombre treize : la triskaïdékaphobie.

– Il fallait toutes les savoir pour obtenir son diplôme ?

– Pas du tout. Ça m'a pris un jour où j'étais censé faire autre chose, du genre réviser pour mes examens. Vous voulez connaître ma préférée ? La lutraphobie : la peur des loutres.

– Des loutres ? Elles sont pourtant si mignonnes. Mais des huîtres, je comprendrais. Je n'ai jamais pu en avaler.

Quelle mouche m'avait piquée ? À tous les coups, il allait s'imaginer que j'appréhendais aussi le sexe oral.

– En fait, vous souffrez peut-être de biennophobie, suggéra-t-il. La peur de la vase. Et à part ça ? Rien d'autre qui vous fasse hyperventiler ou vous maintienne éveillée toute la nuit ?

Formidable. Nous n'avions pas passé deux heures ensemble qu'il flairait déjà mes insomnies.

– Je garderai ça pour moi, répondis-je d'un ton badin. J'en ai bien assez dit comme ça.

Le serveur apporta mon verre de vin rouge, et Jack commanda la même chose. J'essayai de détourner la discussion de ma petite personne en demandant à Jack ce qui l'avait poussé à enseigner plutôt que de pratiquer à temps plein. Pendant qu'il répondait, j'étudiai son visage, et l'agencement de cet ensemble-meilleur-que-la-somme-des-parties. Je n'étais pas la seule à l'apprécier. Depuis son arrivée, les trois femmes de la table voisine étaient en pâmoison.

Dans la foulée, je le branchai sur ses meilleurs souvenirs d'expert, et je vis à sa façon d'expédier ses réponses qu'il avait hâte de revenir à moi. Mais je ne lui laissai pas ce plaisir.

– À propos d'enfants perturbés, poursuivis-je, j'aurais quelques questions supplémentaires au sujet de Marky.

– Ah, notre joyeuse petite farceuse...

– Vos éclairages de la dernière fois m'ont été très utiles. En repensant à tous les incidents – ceux dont on m'a parlé et ceux que j'ai vus de mes propres yeux –, j'ai réussi à deviner comment Marky agissait. Du moins, pour l'essentiel, car certains phénomènes laissent encore perplexe.

Le serveur revint prendre la commande, et Jack m'imita en choisissant la paella.

– Lesquels, par exemple ? reprit-il quand le garçon fut parti.

– À un moment donné, nous étions tous réunis, quand soudain un animal en peluche a fendu l'air. Et, plus tôt dans la journée, deux tasses s'étaient mises à bouger toutes seules sur la table basse. Dans les deux cas, Marky se trouvait à l'autre bout de la salle.

Jack pivota sur son siège d'un quart de tour, croisa les jambes et manipula distraitement son verre pendant qu'il rassemblait ses pensées.

– Quand vous étiez petite, commença-t-il, vous connaissiez des tours de magie ?

– Oui, quelques tours de cartes. Je savais aussi faire disparaître une pièce et la faire réapparaître dans mon oreille.

– Et j'imagine que ce dernier tour reposait sur un principe essentiel de la magie : la diversion. Je me trompe ?

– Vous voulez dire, pousser les spectateurs à regarder au mauvais endroit ?

– Tout à fait. Ce qui permet au prestidigitateur de tromper le public, c'est notre besoin intuitif de regarder là où se déroule l'action. Il suffit que le magicien agite sa main avec insistance pour que celle-ci capture toute notre attention, et, pendant ce temps, l'autre s'affaire discrètement.

– Vous êtes magicien à vos heures perdues ?

Il se mit à rire.

– Je rêvais de le devenir entre neuf et onze ans. J'avais même convaincu ma petite sœur que je pouvais la faire disparaître.

– Et cela aurait un rapport avec Marky ?

– Dans une certaine mesure, oui. Je parie que cette gosse pratique la bonne vieille diversion pour réaliser ses trucs. De nombreux cas qui m'ont été soumis s'expliquaient ainsi. Prenez la peluche : je parierai que vous étiez en grande discussion avec les parents quand elle s'est mise à voler. Marky n'a pas forcément provoqué la diversion, mais simplement attendu qu'elle se produise naturellement. Elle a lancé le jouet dans la pièce lorsque tout le monde avait le dos tourné.

– Admettons, dis-je, prenant quelques notes sur mon cahier. Oui, c'est effectivement une possibilité. Vous pensez qu'elle a étudié la magie ?

– Pas du tout. Je suis persuadé qu'elle a découvert ça toute seule. Tant qu'on est sur ce sujet, il existe une autre forme de diversion. Temporelle, cette fois. Souvent, le magicien précède son tour d'un faux début, ce qui lui laisse plus de temps pour organiser son affaire et réduit notre faculté de compréhension. Un rideau de fumée, en quelque sorte.

– Vous avez un exemple en tête ?

Il réfléchit, pressant son pouce sur ses lèvres. Je me dis qu'il devait être un type très posé au lit. Qui vous offre beaucoup de temps, beaucoup d'attention...

– Bon, imaginons que le prestidigitateur décide de transformer un foulard bleu en foulard rouge. Il fourre le bleu dans son poing avant de le ranger dans je ne sais quelle boîte magique. Puis il donne un coup de baguette ou promène sa main au-dessus de la boîte et, pendant ce temps, toute la salle se concentre sur ses gestes, se demandant comment il va réussir son coup. Sauf qu'il l'a déjà réalisé. Il a remplacé le foulard avant de l'enfourner dans la boîte. Le vrai tour commence souvent plus tôt qu'il y paraît. Marky avait peut-être piégé les tasses avant que vous entriez tous dans la pièce. Je me souviens d'avoir lu quelque part qu'en posant des assiettes sur une petite flaque d'eau, elles finissent par glisser sur la table. Marky a peut-être utilisé ce truc.

Il avait fini de parler, mais je continuais de noircir mon cahier, d'abord parce que je n'avais pas réussi à suivre la cadence, ensuite parce que j'entrecoupais cette transcription de questions inopinées, de choses à ruminer plus tard. Ses explications semaient une étrange confusion dans mon cerveau, comme lorsqu'on vous secoue gentiment l'épaule pour vous réveiller dans un train. Je me sentais bousculée, mais sans savoir dans quelle direction. Peut-être y verrais-je plus clair à la maison, en relisant mes notes à tête reposée.

L'arrivée de la paella mit fin à la discussion. Jack en profita pour me poser toutes sortes de questions personnelles – d'où je venais, ce qui m'avait amenée à New York et comment j'en étais venue à écrire ce genre d'articles. Je m'en tins d'abord à des réponses brèves, pour préserver le sérieux de cette rencontre. Puis je devins plus bavarde, parce que le vin m'y incitait et que Jack était une oreille hors pair. Même l'évocation de mon divorce – un sujet plutôt rébarbatif – ne sembla pas entamer l'intérêt qu'il me portait. Puis nous vîmes surgir au fond de la salle un groupe de mariachis, qui distribuèrent leurs sérénades de table en table. La nôtre eut droit à un morceau entier, où figurait à peu près soixante-quinze fois le mot *amor*. Je sentis le feu me monter aux joues et priai pour que Jack n'en remarque rien, dans la lumière tamisée.

– Laissez-moi vous raccompagner, demanda-t-il quand nous sortions du restaurant, gagnant lentement le carrefour Thompson/Washington Square North.

– Ne vous donnez pas cette peine, Jack. Ce n'est pas du tout votre chemin, et, de toute façon, je dois m'arrêter au *deli*. Merci quand même. Votre aide a été inestimable.

Oui, je lui fermais la porte au nez, je l'envoyais dans les cordes, mais avais-je le choix ?

Il me regarda avec une légère grimace dans le regard, comme s'il essayait d'établir un diagnostic – je faisais la pimbêche ou je le rembarrais ? Son expression se transforma vite en résignation stoïque, comme pour dire : « Alors comme ça, tu m'envoies sur les roses ? D'accord. Je suis trop poli pour jouer les vexés. » Il me tendit la main.

– Eh bien, merci de m'avoir montré un nouveau coin du Village. C'était un chouette restaurant.

Soudain, comme au sommet d'une expérience pentecôtiste, ma bouche lâcha les paroles les plus inattendues :

– Si vous êtes libre ce week-end, gazouillai-je, je pourrai peut-être vous offrir une visite guidée ?

– Volontiers, répondit-il sans avoir l'air de trop y croire. On se rappelle dans la semaine.

Là-dessus, il pivota et s'éloigna vers l'est de Washington Square South, l'arrière de sa veste flottant au vent comme la dernière fois. Avais-je perdu la tête ? Comment pouvais-je laisser filer un homme pareil ? À croire que mon divorce m'avait rendue sourde aux messages de mon cœur et de ma libido. Un instant, j'eus l'envie furieuse de lui courir après, de l'attraper par les basques de sa veste et de lui proposer un dernier verre. Mais je me ravisai avant de traverser la rue en direction du parc.

Même si la douceur de la nuit invitait à la flânerie, je rentrai à toute vitesse, ne m'arrêtant que deux minutes sur University Place pour emporter un cappuccino. Je succombais d'un coup à la plus étrange des sensations : non seulement je m'en voulais d'être sentimentalement si gourde, mais cette impression diffuse d'être à deux doigts d'un déclic me revenait. Comme si une information refoulée remontait peu à peu à la surface. Je pressentais déjà que ça ne concernait pas Marky, mais Cat. J'avais hâte d'arriver pour me replonger dans mes notes.

Aucun message sur le répondeur, sinon deux raccrochages avec numéro masqué. J'observai que ces appels inquiétants ne suivaient aucune escalade : ni respiration lourde, ni paroles menaçantes. Et s'ils visaient avant tout à vérifier ma présence ?

Dans mon bureau, j'attrapai le cahier consacré à Cat et sortis sur la terrasse avec mon cappuccino. Le lampadaire mural suffit à éclairer ma lecture. J'allais à la première page, où j'avais écrit : « Mort d'une fille au pair. » Drôle de choix, quand on sait que Cat était la cible visée. Je parcourus les feuillets suivants, mais rien ne me sauta aux yeux. Mon trouble s'amplifiait, comme une éponge qui gonfle à mesure qu'elle se gorge d'eau. En déroulant mentalement le film de la soirée, je compris que ce malaise était né quand Jack m'avait parlé de diversion. Était-ce juste parce que ce meurtre était bien camouflé ? En utilisant du poison, le tueur avait voulu appuyer la thèse d'un complot antipresse, alors qu'en fait il s'intéressait à la seule personne de Cat.

Je refermai le cahier et me renversai sur le dossier du fauteuil en fer forgé. L'air était clair comme du cristal : la vue de ce soir paraissait délicieusement factice, comme un décor de Broadway – un ciel d'encre, des étoiles petites comme des piqûres d'épingle, des buildings aux fenêtres allumées dans un ordre aléatoire, presque trop parfait. À 23 heures, je me couchai devant la cassette de *Witness*. Je l'avais vue une dizaine de fois : cela entraînerait peut-être une lassitude soporifique. Et ça fonctionna à merveille – avant même qu'Harrison Ford arrive à Lancaster.

Peu après 3 heures, je me réveillai d'un bond, le cœur palpitant, avec l'impression d'avoir été réveillée par un bruit venant du salon. Je me levai, éteignis la télé réduite à un écran bleu vif et inspectai rapidement le living, jusqu'à la porte-fenêtre du balcon. Rien. En retrouvant mon lit, je compris que j'avais fait un cauchemar. Je m'étais vue entrer dans le studio d'Heidi pour, cette fois-ci, la découvrir vivante, debout au centre de la pièce, un drap de bain sur les épaules, prête à partir à la plage. J'ouvrais la bouche pour lui parler, mais elle secouait la tête, agacée. C'est tout ce dont je me souvenais.

M'appuyant sur un coude, je calai ma tête contre le bois du lit, mi-assise mi-allongée. Je restai dans cette position quelques minutes, dans le noir, regardant le radio-réveil passer de 3 h 16 à 3 h 17, puis à 3 h 18. Soudain, la réponse m'apparut, dans un mouvement d'effroi. Je savais ce qui m'avait tracassée plus tôt, dans la soirée. Et je savais pourquoi j'avais rêvé d'Heidi.

17

Ce mardi matin, je sortis du lit vers 8 h 30. Après mon cauchemar et la révélation qui avait suivi, tous mes efforts pour me rendormir avaient été vains. Je m'étais retournée pendant un moment, histoire de me rappeler combien j'étais douée à ce jeu-là, avant de regarder la suite et fin de *Witness*, puis de lire presque tout le *Gloss* de mai : entre autres choses, on se demandait s'il était bien prudent de s'épiler le tour des tétons (la réponse était oui). Comme j'envisageais de me lever aux aurores pour vérifier au plus vite la théorie qui avait germé dans ma tête, j'avais senti le sommeil revenir. J'avais donc désamorcé l'alarme du réveil, décidée à repiquer du nez. Mieux valait être en forme pour les épreuves qui m'attendaient.

Dehors, il faisait chaud malgré un ciel un peu couvert. En vue de mes pérégrinations j'enfilai un baggy, un tee-shirt noir et mes grosses sandales Merrell. Après avoir décongelé, grillé et englouti un petit pain avec mon café, je fis le numéro de Cat dans l'espoir d'aller chez elle examiner une dernière fois les affaires d'Heidi. Je cherchais une chose bien précise qui, le cas échéant, allait bouleverser la donne. Mais Carlotta m'annonça que Cat était partie au journal. Peut-être s'était-elle enfin décidée à reprendre les commandes – avant qu'on les lui confisque brutalement. J'essayai de la joindre chez *Gloss*, mais Audrey m'apprit que la chef était en réunion. N'osant me rendre à son domicile sans son accord, je n'avais plus qu'à la trouver au journal. De toute façon, je prévoyais d'y faire un tour pour mettre le grappin sur Kip.

Du fait de perturbations sur la ligne R, le temps que j'atteigne l'étage de *Gloss* il était déjà 10 h 30, et l'activité était forte. Surprise : en débouchant sur le puits, je découvris Cat assise à la table de conférence, présidant une réunion de sept ou huit journalistes, tous du service rédactionnel. Me tournant le dos, elle ne remarqua pas ma présence, mais plusieurs participants, dont Polly, jetèrent un œil discret vers moi.

Cat détestait ces grandes réunions – c'est pourquoi elle en organisait rarement. Elle faisait des séances de planification régulières avec sa poignée de cadres – un mal nécessaire –, mais convoquait des assemblées plus grosses uniquement dans les situations critiques, par exemple quand le contenu du magazine lui sortait par les yeux et qu'elle décidait de tout bouleverser. Comme free-lance, j'étais exemptée de ces réunions, et j'en remerciais le ciel chaque jour : non seulement elles étaient interminables, mais elles mettaient tout le monde à cran : les rédacteurs les moins inspirés ou ceux qui bafouillaient se voyaient réduits en bouillie. Pour peu que Cat n'appréciât pas la tournure de la discussion, elle devenait vite odieuse. Un jour, après une heure et demie de palabres, un collègue tenta de dissimuler un bâillement. Alors elle lança devant tout le monde : « Ça va, tu te sens bien ? »

Cat avait la parole et je ne distinguai que les mots : *ennui mortel pour le lecteur*. Son auditoire semblait en proie à un mélange de lassitude et de nervosité, comme de pauvres bougres mis en attente sur le standard de SOS Herpès. Constatant que Kip n'était pas de la partie, je me hâtai vers mon bureau.

Comme je m'asseyais sur ma chaise, un détail me frappa. La choppe rouge, où je rangeais mes crayons et qui, d'habitude, était près de l'ordinateur, avait migré au centre du plateau. Peut-être l'avais-je décalée ? Peut-être avait-elle été déplacée par la femme de ménage ? Peut-être même Marky était-elle passée en mon absence ?! Je regardai le reste du plan de travail, puis l'ensemble de la pièce, mais rien d'autre n'avait bougé. J'ouvris le tiroir central du bureau : le prospectus du livreur à domicile Just Soup, qui la dernière fois recouvrait encore mon bazar, était froissé sur le côté. Pas de doute : on avait fouillé dans mes affaires.

Dans le hall, je reconnus la voix de Sasha. Sortant la tête de mon cagibi, je l'aperçus, vêtue d'une minijupe rouge et d'un débardeur noir, qui argumentait avec une collaboratrice.

– Je ne veux pas de Nadia, disait-elle. Il y en a pour dix pages. Il nous faut une fille plus... plus mûre.

– Mais j'ai déjà pris une option sur Nadia, geignit l'autre. Qu'est-ce que je vais dire à l'agence ?

– J'en sais rien, répondit Sasha en haussant les épaules. Dis-leur qu'on a besoin d'une blonde à cause de la lumière du site, ou de la façon dont Keith souhaite travailler, et patati et patata... D'accord ?

La sous-fifre, Mlle Toboggan ou quelque chose de ce style, repartit furax. Sasha se tourna vers moi.

– Alors, Palm Springs ? lançai-je.

– C'était pas mal. Mais je ne pensais pas trouver des gens aussi flippés à mon retour.

– Ne m'en parle pas. Dis-moi, tu n'aurais pas vu quelqu'un entrer dans mon bureau ce matin ? Quelqu'un qui m'attendait, peut-être ?

– Non, Bailey. À vrai dire, ta porte était fermée quand je suis arrivée, et j'en ai déduit que tu t'étais enfermée pour travailler.

Tiens, tiens...

– Entendu. Merci, Sasha.

Je regagnai mon bureau et repris mon inspection. Aucune mise en garde cette fois-ci, pas le moindre chocolat. Mais on avait fouillé mon domaine, sans doute en quête de documents ou de notes indiquant l'état de mes recherches. J'en avais la chair de poule.

Je décrochai le téléphone, fis le numéro de poste de Cat et demandai à Audrey combien de temps allait durer la réunion. Elle venait de commencer, répondit-elle, et il y en avait pour une bonne heure encore.

Tant pis. Je devais accéder d'urgence au studio d'Heidi. À l'évidence, il faudrait se passer du feu vert de Cat. Mais, après tout, elle ne m'avait pas donné carte blanche pour rien, et Carlotta serait là pour veiller au grain.

Kip pouvait attendre, lui. Si mon hypothèse se confirmait, je n'aurais même pas à lui adresser la parole.

Ayant pris un taxi pour aller plus vite, je me présentai à la porte de Cat, mais personne ne m'ouvrit. Je patientai un quart d'heure au coin de la rue, assise sur le muret d'une église, avec la maison en ligne de mire, essayant de garder mon calme. Comme je m'apprêtais à lever le camp, Carlotta apparut sur le trottoir d'en face, avec deux sacs à provisions. Très élégante, elle portait une longue jupe bleu marine et un chemisier blanc. Rentrant la tête dans mes épaules pour éviter d'être reconnue, je lui laissai quelques minutes pour prendre son poste avant de sonner à nouveau.

– Bonjour, Carlotta ! lançai-je quand elle m'ouvrit, après avoir demandé mon identité par l'interphone. Je suis revenue pour finir d'examiner la chambre d'Heidi.

– Très bien, répondit-elle sans méfiance apparente. J'allais passer l'aspirateur dans la bibliothèque.

La talonnant à travers le salon et l'escalier, je constatai que toutes les fenêtres étaient fermées. On avait rabattu les écoutilles donnant sur la 91e rue, préférant la climatisation aux brises printanières.

Arrivée dans la bibliothèque, Carlotta ramassa le tube d'un petit Électrolux rouge abandonné au milieu de la pièce. Visiblement, elle allait me laisser vaquer en toute tranquillité. J'ouvris la bouche avant qu'elle ait allumé l'engin :

– Dites, Carlotta, Cat m'a dit que vous nettoyez le studio toutes les semaines. Je peux vous poser une question à ce sujet ?

Elle se retourna, sans lâcher l'aspirateur.

– Le policier m'a déjà demandé si j'avais vu de la drogue là-dedans. J'ai dit non, jamais.

– Détrompez-vous, ce n'est pas ça qui m'intéresse. Je me demandais juste quel jour de la semaine vous faisiez le studio.

– Le vendredi. Cette chambre, c'est tous les vendredis.

– Parfait. Et, à tout hasard, vous n'auriez pas trouvé du papier cadeau usagé, le vendredi avant le décès ? Dans la corbeille à papier, par exemple. Du papier cadeau, comme si Heidi avait reçu quelque chose.

Elle fit non de la tête.

– Et un sac de shopping, en papier ou en plastique ? On ne retient pas forcément ce genre de détails, mais...

Elle secoua la tête de plus belle. Puis elle s'éloigna vers les rayonnages pour ouvrir un des placards situés dans la partie basse. Un instant, je crus qu'elle se remettait au travail, mais elle brandit et me remis une grande enveloppe marron matelassée.

– Vous avez trouvé ça dans la poubelle d'Heidi ? demandai-je médusée.

Maintenant que je tenais ce que je cherchais, je pouvais à peine y croire.

– Oui, je l'ai gardée pour l'utiliser une autre fois.

– Et la police est au courant ?

La question parut l'alarmer.

– Non. Ils ne m'ont pas parlé de vendredi !

– Rassurez-vous, Carlotta. Vous n'avez rien à vous reprocher.

Pensant qu'il n'était pas malin de laisser mes empreintes sur l'enveloppe, je la reposai sur le bureau en noyer ancien, situé dans mon dos, piochai deux Kleenex dans la boîte en faux croco qui décorait le meuble, en recouvris mes doigts et repris l'objet.

Même si elle ne portait pas d'inscription, l'enveloppe avait, à coup sûr, contenu quelque chose avant d'être ouverte, comme en témoignaient les trous d'agrafes alignés dans le sens de la longueur. La personne qui l'avait ouverte – Heidi, *a priori* – avait ignoré la petite glissière prévue à cet effet. En pressant les coins de l'enveloppe, je fis bâiller l'ouverture pour examiner l'intérieur. Vide. Ensuite, je la retournai et la tapotai au-dessus du bureau. J'entendis quelque chose tomber sur le plateau, un son faible et mat. Écartant l'enveloppe, je vis le pétale blanc d'une fleur en soie – très certainement celle qui avait orné la boîte Godiva. J'en avais presque le souffle coupé.

– Je vous remercie, Carlotta, lui dis-je d'un ton volontairement neutre, tout en rangeant le pétale dans l'enveloppe à l'aide d'un mouchoir.

J'essayai de me rappeler les paroles de Cat : « C'était une fleur rose, je crois. Rose pâle. » Mais la pénombre du hall avait pu l'induire en erreur...

– Laissons cette enveloppe dans le placard, ajoutai-je. Elle intéressera peut-être la police, alors surtout évitez d'y toucher. Et n'en parlez à personne. Je me charge d'informer Cat.

D'un air impassible, Carlotta me regarda ouvrir le meuble et remettre l'enveloppe à sa place.

Désormais, j'avais la réponse à ma question. Mais quitte à me trouver ici, autant refaire un tour chez Heidi. Certains détails prendraient peut-être un nouveau relief.

– Je vous laisse travailler, Carlotta. Je fais juste un saut dans le studio, vous voulez bien ? Cat m'a demandé de l'aider.

J'ouvris la lourde porte cachée derrière les livres et, au moment où j'allumais l'interrupteur du couloir, l'aspirateur rugit derrière moi. Je refermai la porte aux trois quarts pour en atténuer le bruit. En premier lieu, je remarquai qu'on était enfin venu à bout de l'odeur nauséabonde. Ensuite, qu'on avait fait un sacré ménage là-dedans. Une dizaine de cartons de déménagement avaient envahi l'espace : quatre près de la commode et deux au pied de la bibliothèque étaient déjà remplis, et d'autres attendaient leur chargement, rabats dressés, au milieu de la pièce.

Je mis mon nez dans les paquets de vêtements. S'y trouvait la garde-robe que j'avais déjà découverte, soigneusement pliée, comme si elle devait bientôt resservir, comme s'il s'agissait d'un simple déménagement. Sur une boîte reposaient deux sachets de congélation contenant les bijoux fantaisie d'Heidi, mais la parure Tiffany n'était pas en vue. Cat l'avait peut-être ramassée quand je lui en avais révélé l'existence. Ça serait à vérifier.

Les cartons près de la bibliothèque renfermaient une maigre collection de livres, de CD et de babioles. Rien de nouveau depuis la dernière fois. J'entendis au loin s'éteindre l'aspirateur.

Dans ce coin-ci, les seuls objets non empaquetés étaient les deux portraits de la jeune fille, couchés sur plusieurs épaisseurs de papier journal, prêts à être enveloppés. Saisissant celui pris sur le quai des croisières Circle Line, je m'aperçus soudain que la fille qui posait à côté d'Heidi n'était autre que Janice, avec sept ou huit kilos de moins et les cheveux plus foncés. Puis un autre élément me frappa : sur ce cliché, Heidi portait un long imperméable turquoise. Comme celui que j'avais aperçu au portemanteau de Jeff.

J'allais vers la petite table placée entre les deux fenêtres. Ce secteur était encore intact. Par terre, je remarquai la corbeille à papiers où Carlotta avait dû trouver l'enveloppe matelassée. M'asseyant sur la chaise, j'essayai de reconstituer mentalement la séquence des évènements. Désormais, je connaissais le scénario du meurtre – seuls les détails me manquaient.

– Que fais-tu là ?

Dans mon sursaut, je faillis me mordre la langue. Frottant la chaise sur la moquette, je me retournai vers le fond de la pièce d'où avait surgi la voix. Je mis quelques instants à reconnaître Jeff, ses longs cheveux plaqués en arrière, tout mouillés de la douche. Pieds et torse nus, il ne portait qu'un jean sans ceinture, façon décontractée. Mais son expression était tout sauf détendue. Il n'avait pas l'air content.

– Ah, salut, fis-je d'une petite voix de souris se découvrant prise à un piège à colle. Je ne savais pas que tu étais à la maison.

Il devait être sous la douche lors de mon premier coup de sonnette.

– Qu'est-ce que tu fabriques ici ?

– Eh bien, tu sais que je donne un coup de main à Cat au sujet de tout ce qui s'est passé...

Ces propos laborieux visaient à gagner du temps, en attendant qu'un mensonge acceptable me vienne.

– Comment es-tu entrée ?

– Carlotta. Elle m'a ouvert.

– Quel rapport entre la chambre d'Heidi et ton soutien à Cat ?

– Il n'y a pas de lien direct, répondis-je en me relevant, mon cœur battant. J'essayais juste de remettre mes idées en place. Les chocolats, Cat, la mort d'Heidi, tout ça... Je me disais qu'en m'asseyant ici pour me rappeler la découverte du corps, j'aurais peut-être une illumination.

– Et elle s'est produite, cette illumination ?

Question purement sarcastique.

– Possible. Écoute, je crois que je ferais mieux de partir. Cat m'a demandé un coup de main, mais je n'ai aucune envie de vous créer des problèmes.

– Attends, Bailey, dit-il d'une voix radoucie, en se rapprochant de quelques pas. Je ne veux pas jouer les râleurs de service. Mais Cat ne m'a jamais dit que tu devais passer aujourd'hui. Une fille vient de mourir chez nous, et voilà que j'entends quelqu'un rôder dans le studio. J'ai tout de suite cru qu'un paparazzi était entré par effraction.

– J'ai compris le message, Jeff. Mais, encore une fois, je ne savais pas que tu étais chez toi, sans quoi j'aurais dit à Carlotta de t'avertir de ma présence. Bon, je peux sortir par ici ? Ça m'évitera de retraverser toute la maison.

– Euh, oui, fit-il, l'air songeur. Si je retrouve la clé du portail. Voyons voir...

Il redevenait le Jeff charmant, le bon petit gars du Sud. Je suivis son dos bronzé jusqu'au vestibule, dont il trouva l'interrupteur sans regarder. C'était un coin étroit et aveugle, que je découvrais seulement, avec une glace au mur, une petite console et un portemanteau dégarni.

– Gagné ! dit-il en prenant une clé suspendue près de la porte.

Il tourna le verrou, me précéda dans le corridor situé sous les marches de l'entrée et m'ouvrit la grille.

– Tu retournes au bureau ? demanda-t-il dans un sourire.

– Oui, je pense.

Avant que j'aie posé le pied dehors, il me prit l'épaule et m'embrassa sur la joue.

– Sans rancune, hein ? susurra-t-il.

Il se tenait si près que je sentais la moiteur de son torse velu.

– Bien sûr que non, répondis-je en m'esquivant dans la cour. Prends soin de toi.

C'était une salutation plutôt ridicule, vu les circonstances, mais ma grande perplexité ne permettait pas mieux.

Je remontai d'un pas soutenu jusqu'à Madison Avenue, puis errai sur un bloc ou deux jusqu'à tomber sur un charmant petit salon de thé. L'endroit vous transportait tout droit en France, avec des tables en fer forgé recouvertes de nappes provençales et une vitrine remplie de pâtisseries. La clientèle se composait en majorité de riches femmes au foyer, certaines accompagnées de leurs enfants, d'autres en solo, moulées dans un short de footing en Lycra. Je pris la dernière table libre, au fond de la salle, avant de commander un cappuccino et un croissant.

J'étais toute chamboulée. Cela était dû à ma collision avec le pas-si-gentil et demi-nu Jeff, mais pas seulement. Je savais maintenant ce qui s'était passé le soir de la fameuse fête : quelqu'un avait déposé ces truffes dans le but d'éliminer

Heidi, et non Cat. Cette théorie, suggérée par mon rêve de cette nuit, puis développée pendant l'insomnie qui avait suivi, se trouvait confirmée par l'enveloppe matelassée et le pétale de fleur.

Tout en buvant mon café, je pensai à la façon dont Jack Herlihy m'avait mise sur la voie. L'idée que les choses ne sont pas toujours ce qu'elles paraissent. Que le tour du magicien se joue souvent ailleurs qu'à l'endroit où convergent les regards, voire à un autre moment.

Eh bien, ici aussi, nous avions étés dupes d'une jolie diversion. Ces maudites truffes, qui semblaient naturellement destinées à Cat, visaient en fait Heidi, depuis le début. On les avait laissées en évidence sur la console pour simuler un cadeau à notre hôtesse avant de les reprendre et de les offrir à Heidi dans l'enveloppe matelassée. Ou bien, pensai-je soudain, Heidi avait reçu son propre lot de chocolats (donc empoisonnés), après que tout le monde eut repéré une boîte tout à fait inoffensive dans l'entrée. Je n'avais jamais compris que l'assassin ait pris le risque énorme d'empoisonner d'autres convives. Non, à présent, j'étais persuadée que la boîte laissée dans l'entrée n'aurait pu tuer personne.

Alors, je tentai d'imaginer comment le meurtrier s'y était pris. Voyons voir. Il arrive le soir de la fête, avec sa boîte de chocolats, la transfère d'une sacoche ou d'un cabas vers la console, quand personne ne regarde. Elle reste en évidence assez longtemps pour qu'on la remarque, pour que *Cat* la remarque. Puis, juste avant que la soirée se termine, il récupère sa marchandise, toujours en cachette. Un peu plus tard, une seconde boîte, piégée celle-là, est déposée chez Heidi. Par exemple glissée entre les barreaux de la grille. Oui, pourquoi pas ? Une solution facile et discrète. Personne d'autre qu'Heidi ne la repérerait. Aucun mot d'explication ne l'accompagne, bien sûr, sans quoi la police ferait aussitôt la distinction avec la boîte du hall. Heidi y verrait une simple surprise, le cadeau d'un mystérieux admirateur. Apparemment, elle avait ouvert le paquet vendredi, mais elle avait peut-être choisi de le garder en prévision d'une prochaine fringale.

La seule faille possible à ce stratagème ? Que la fausse boîte soit entamée ou emportée avant que le tueur la range. Mais cela n'aurait pas été la fin du monde, juste un pétard mouillé l'obligeant à concevoir un plan B.

Tout de même, pourquoi échafauder un scénario si complexe, au lieu de déposer simplement les truffes mortelles devant la porte d'Heidi ? Parce qu'il fallait brouiller les pistes, pardi. S'il s'avérait qu'Heidi était bien la cible visée, c'est sur elle que se braqueraient tous les projecteurs. Dans ces conditions, difficile pour notre meurtrier de rester dans l'ombre.

À ce stade, je n'avais pas la moindre idée sur l'identité du tueur. Mais je savais que 1) il avait assisté à la partie de Cat 2) il connaissait sa faiblesse pour le chocolat 3) il savait la propension d'Heidi à voler de la nourriture.

Je vidai ma tasse, payai l'addition et me faufilai entre les tables de mes voisines qui en étaient à leur deuxième ou troisième consommation. Une fois sur le trottoir, je retrouvai le papier avec le numéro de Janice et l'appelai sur mon portable. La jeune fille affirmait ne pas connaître les dernières frasques amoureuses de sa meilleure amie. Mais il restait une chance : qu'elle ne m'ait pas dit tout ce qu'elle savait – ou qu'elle en sache plus qu'elle croyait. Tombant sur le répondeur de ses employeurs, je raccrochai, avant d'essayer l'autre numéro, celui de son mobile. Sa voix semblait baigner en plein courant d'air.

– Salut, Janice, Bailey Weggins à l'appareil.

– Qui ça ?

– Bailey, l'amie de Cat Jones. On s'est rencontrées sur votre lieu de travail, la semaine dernière.

– Ah oui, fit-elle d'une voix qui ne débordait guère d'enthousiasme.

– J'ai les boucles d'oreilles dont vous m'aviez parlé. Je vous les apporte ?

Cela suffit à la regonfler :

– C'est pas vrai ! Vous les avez retrouvées ? Le truc, c'est que je ne suis pas à la maison, là. Je suis au parc avec George.

– Pas de problème. Je me trouve à quelques blocs de là. Dites-moi dans quel coin vous êtes, et je viens à votre rencontre.

Elle m'expliqua qu'il ne s'agissait pas de Central Park, mais de Carl Schurz Park, au bord de l'East River, du côté de la 85e rue. Elle serait au terrain de jeux, mais George devenait grincheux, alors j'avais intérêt à faire vite. Je lui dis de tenir bon, promettant d'arriver d'ici dix minutes.

Comme mon taxi filait vers l'est, je me replongeai dans la fête donnée en l'honneur de Dolorès, essayant de considérer l'évènement sous un jour nouveau : un individu présent ce soir-là était venu dans l'intention d'éliminer Heidi. Ce qui faisait de Jody un suspect de choix. Il n'avait pas été convié, mais il était passé en coup de vent pour « dire bonjour ».

Qui d'autre à part lui ? Puisqu'il s'agissait d'une fête de lancement d'un livre, elle réunissait *a priori* des gens qui n'avaient aucun lien avec Heidi. Mais la réalité était peut-être différente... S'il y a avait un rapport entre la jeune baby-sitter et l'un des convives, deux classiques du genre venaient à l'esprit : l'amour et le désir. On pouvait imaginer une relation intense, éventuellement clandestine, qui aurait mal tourné. Jack Herlihy disait que les meurtres étaient le fruit d'émotions importantes. Or, une belle fille comme Heidi déclenchait facilement de telles émotions : la jalousie, par exemple, ou la rage d'être évincé ou trahi.

À cet égard, Jeff était le candidat idéal. Le cliché de Circle Line me poussait à croire que la demoiselle s'était déjà rendue au studio de son employeur. En tout bien tout honneur, pour lui remettre un pli ou pour montrer Tyler à son papa ? ou bien Jeff sortait-il avec Heidi dans le dos de Cat ? Un an plus tôt, une telle hypothèse aurait été inconcevable. Mais si ses contrats s'étaient raréfiés et si la fin de non-recevoir de Cat lui était restée en travers de la gorge, rien de mieux pour regonfler son ego qu'une jeunette de vingt-deux ans, qui le prenait sûrement pour un photographe génial. Sauf qu'une telle forfaiture ne devait en aucun cas revenir aux oreilles de sa femme, sans quoi il perdrait tout. Pas plus tard qu'hier, je m'étais demandée si Jeff n'avait pas voulu s'affranchir de Cat tout en gardant ses privilèges. Peut-être n'avait-il aucune envie de la quitter, après tout. Et s'il avait, au contraire, liquidé Heidi afin que Cat ne découvre jamais le pot aux roses ?

Pour autant, je ne pouvais négliger notre fameux monsieur X, celui qui avait initié Heidi aux joies du jazz et des diamants, mais qui préférait rester incognito. Je ne pensais pas que Jeff et lui forment une seule et même personne. Peut-être X était-il venu à la fête. Peut-être avait-il une raison de vouloir la mort d'Heidi.

Un dernier élément à considérer : Nancy Highland. Selon Dolorès, Heidi avait détruit son fils avant de mettre les voiles. S'agissait-il de la vengeance d'une mère ? ou le fiston lui-même s'était-il déplacé ? Je n'avais pas souvenir d'un homme aussi jeune, mais dans cette foule répartie sur deux niveaux je n'avais pas pu repérer toutes les têtes.

Je mis plus d'un quart d'heure à arriver à Carl Schurz Park. Je franchis en trombe l'entrée sud, gardée par son vendeur de hot dogs, et m'élançai du mauvais côté avant de me rappeler l'emplacement du terrain de jeux. J'étais hors d'haleine quand j'aperçus Janice, qui poussait machinalement George sur l'une de ces balançoires formées d'une simple poche de cuir avec deux trous pour les jambes. Elle était vêtue d'un jean coupé aux genoux et d'un tee-shirt Planet Hollywood trop serré.

– Je ne peux pas rester plus longtemps, dit-elle en me voyant. Il va devenir fou, le pauvre.

– Je voulais surtout vous rendre ceci, dis-je en sortant les boucles d'oreilles de mon sac.

– Je vous en suis très reconnaissante, vraiment.

Elle arrêta de pousser George pour ouvrir le mouchoir qui enveloppait ses bijoux. Elle fronça le nez en voyant qu'il manquait une fausse perle.

– Je les ai trouvées dans cet état, m'empressai-je d'expliquer. La perle a dû tomber alors qu'Heidi les portait. C'est peut-être pour cette raison qu'elle n'osait pas vous les rendre.

– Je la reconnais bien là, maugréa-t-elle en secouant la tête. J'aime pas dire du mal des morts, mais Heidi était d'un égoïsme, des fois ! Sans blague, elles m'ont coûté genre quarante dollars !

Le travail de deuil semblait décidément en bonne voie...

– Tenez, fis-je, en prenant deux billets de vingt dans mon porte-monnaie, je sais que Cat aurait tenu à vous dédommager.

– Waouh, lâcha-t-elle, saisissant l'argent sans l'ombre d'une hésitation avant de l'enfourner avec les bijoux dans la poche de son jean.

D'une autre poche, elle sortit un paquet de Marlboro light aplati et s'en alluma une. À ce moment, George émit un bruit à mi-chemin entre le grognement et le couinement, car la balançoire s'était arrêtée.

– Ça va, ça va ! pesta Janice avant de reprendre sa besogne d'une main.

– Vous avez suivi les derniers développements de l'affaire ? demandai-je.

– Plus ou moins. En discutant avec les flics, Jody a cru comprendre qu'Heidi avait eu un problème avec des chocolats, puis les journaux ont expliqué qu'ils appartenaient à Mme Jones. Mais Jody ne sait rien de plus, sinon que ça a l'air sordide.

– Jody ? Vous avez parlé à Jody ?

– Oui, je l'ai retrouvé chez Starbucks. C'est quelqu'un de réglo, vous savez. En fait, je pense qu'Heidi me racontait des histoires en le présentant comme un menteur. Elle craignait que je la trouve nulle de le plaquer, alors elle l'a fait passer pour un imbécile.

– Vous ne savez vraiment pas pour qui elle voulait le quitter ?

– Non, fit-elle avant d'aspirer une nouvelle bouffée. Mais il y avait forcément quelqu'un, vu qu'elle n'avait plus une minute à me consacrer. Et puis, on n'imagine pas Heidi sans homme. Ce n'était pas son genre.

– Ce type pourrait-il appartenir au milieu de *Gloss* ?

Elle fronça le nez de nouveau.

– Je crois qu'elle n'aimait pas trop aller là-bas. Il y a quelques mois, elle devait apporter un truc à Mme Jones, et elle m'a demandé de l'accompagner pour que je le dépose moi-même là-haut. Elle ne voulait pas monter dans les bureaux.

– Elle n'a jamais dit pourquoi ?

– Jamais.

– Vous aurait-elle parlé d'un type avec qui elle sortait quand elle travaillait à Westchester ?

– Ah oui, monsieur Westchester. Il y avait quelqu'un là-bas qui était dingue d'elle. Mais je n'ai pas eu droit aux détails. Elle m'a juste dit un jour qu'elle aurait des ennuis si jamais on l'apprenait.

– Vous savez s'ils avaient gardé le contact ?

– Ça m'étonnerait. Elle ne l'a jamais beaucoup apprécié. C'était une sorte de défi, pour s'amuser. Comme je vous le disais, il fallait toujours qu'elle ait un copain. Elle n'était pas heureuse tant qu'elle n'avait pas tous les mâles à ses pieds.

George se mit à crier et à se débattre dans son siège. Tous les balancements du monde n'allaient pas pouvoir le calmer.

– Je vais vous laisser à votre travail, Janice.

– C'est gentil, répondit-elle.

Elle écrasa son mégot du bout de sa chaussure noire, puis plaça George hurlant dans la poussette.

– Mais pourquoi ce soudain intérêt pour Heidi ? ajouta-t-elle, essayant désespérément d'attacher le garçon, qui résistait en s'arc-boutant. Je veux dire, je croyais que Mme Jones avait quelqu'un à ses trousses.

– J'essaie simplement de me faire une image fidèle de la vie d'Heidi. Une dernière petite question, vous voulez bien ? À quelle période Heidi est-elle devenue inaccessible ?

Elle réfléchit un instant.

– Vers janvier ou février, je pense. Oui, c'est ça. Je m'en souviens, parce que mon anniversaire tombe le 4, et elle n'a même pas voulu sortir ce soir-là.

– Pourtant, d'après Cat, Heidi vous a invitée au mois de mars à passer tout un week-end dans la maison de Litchfield.

Janice ouvrit des yeux ronds.

– Ah non, elle ne m'a jamais invitée à Litchfield pour le week-end. Heidi ne m'a jamais invitée nulle part pour le week-end. Bon, je dois vraiment y aller, maintenant.

Sur ces mots, elle se sauva, courant à moitié derrière sa poussette. Je restai plantée derrière, assaillie de points d'interrogation.

18

Rien de tel qu'un esquimau, décidai-je, pour booster mes méninges. Je trouvai mon bonheur à l'entrée du parc et partis le déguster sur la promenade le long du fleuve, que je remontai vers le nord. Il n'y avait pas foule : quelques adeptes de marche sportive en shorts moulants et des maîtres avec leurs chiens – carlins, teckels, corgis. Le calme était tel qu'on entendait l'East River s'écouler vers le port. Un minuscule remorqueur rouge nous croisa, qui guidait paisiblement une péniche noire et anonyme.

En marchant, je cherchais une signification au mensonge d'Heidi. Elle avait dit à Cat son désir d'inviter Janice à Litchfield, mais l'intéressée niait avoir eu cet honneur. J'étais prête à parier qu'elle avait en fait emmené un homme. Voilà pourquoi elle avait tout annulé quand Cat avait décidé de débarquer. Sur ce coup-là, Jeff était hors de cause, car retenu à Manhattan par un engagement. Quant à ce pauvre Jody, à cette époque il était déjà sorti du jeu. Restait donc monsieur X.

De qui pouvait-il s'agir ? Le choix de Litchfield pour ces rendez-vous clandestins fournissait peut-être un début de réponse. Possible qu'Heidi ait simplement voulu impressionner son chevalier servant et jouer les princesses pendant deux jours. À moins qu'elle n'ait choisi Litchfield comme alternative au studio, pour ce week-end où Cat restait à la maison : monsieur X n'osait pas se dévoiler devant elle et, pour une raison quelconque, ses quartiers à lui n'étaient pas plus disponibles. Me voici revenue aux présomptions de la semaine dernière : tout chez cet homme fleurait le mot « marié ».

Heidi avait sûrement enragé d'avoir eu à décommander en catastrophe. Mais comment s'y était-elle prise, d'ailleurs ? Imaginons qu'elle n'ait pas pu le prévenir, car elle redoutait de tomber sur son épouse au téléphone. Ou elle a simplement manqué de temps, car il était déjà en route quand Cat a changé son fusil d'épaule. Bon sang, mais oui ! Voilà pourquoi Kip était venu là-bas la bouche en cœur ! Pour non pas pour Cat, avec laquelle il n'avait jamais rien ressenti, mais pour Heidi.

Quitte à paraître cruelle, je me mis à rire, je l'avoue. Rien que d'imaginer Kip découvrant Cat derrière la porte et improvisant vite fait une déclaration enflammée pour sauver la face. Et Cat qui mordait à l'hameçon, tellement persuadée d'être la femme la plus sexy du monde. Pas étonnant qu'il ait eu une panne : après avoir failli être démasqué comme amant attitré de la fille au pair, il lui fallait honorer sa patronne ! Épouvantable, mais hilarant.

Cela dit, j'étais sûrement la seule à trouver ça drôle. Depuis ce jour-là, Kip devait se ronger les sangs, craignant à tout moment que Cat n'apprenne le fin mot de l'histoire. Alors il s'exposerait à une colère terrible : comme chacun le savait, s'il y avait une chose que Cat détestait – bien plus que les titres sans saveur, les messes basses en réunion et les gringalets –, c'était d'être humiliée. Elle trouverait vite une raison de le licencier et s'arrangerait sans doute pour que Mme Kip reçoive le rapport détaillé des exploits de son mari volage. Bref, l'addition serait très salée. Aussi, peut-être Kip avait-il pris ses dispositions pour que sa liaison avec Heidi ne s'ébruite jamais. Cet air sombre qu'il affichait le lendemain du décès... Cette histoire grotesque de chat derrière le frigo, comme prétexte pour ne pas venir au bureau... Tout ça était décidément très louche.

Quelle ironie, quand même. À peine avais-je disculpé Kip qu'il reprenait aussitôt la tête du peloton des suspects. Était-ce donc lui, le jazzman amateur de vodka qui se fournissait chez Tiffany ? Je devais à tout prix trouver un moyen de lui parler. Il n'avait pas assisté à la réunion de ce matin, ce qui voulait dire qu'il n'était toujours pas réapparu. De mon portable, j'appelai sa charmante assistante pour essayer de lui tirer les vers du nez : elle parut ravie de m'entendre – pourvu qu'elle n'imagine pas que c'était *moi*, sa maîtresse – et m'expliqua sèchement que Kip avait un problème personnel à régler. Il allait venir, mais plus tard. Aucune mention, cette fois-ci, du matou coincé.

Avant qu'elle raccroche, je la priai de me passer Cat. Je devais impérativement baliser le terrain avant que Jeff lui raconte ma visite au studio, à l'improviste. De plus, je tenais à lui faire part de mes dernières déductions, exception faite du quiproquo de Litchfield : qu'elle n'aille pas trucider le coupable avant que j'aie pu l'interroger !

Audrey me la passa sur-le-champ.

– Salut, Cat. C'était une grosse réunion, dis-moi. Productive, au moins ?

– Elle n'avait pas d'objet particulier. Je n'ai fait que suivre ton conseil : montrer que je suis toujours à la barre. Mais où es-tu, Bailey ? Je t'entends mal.

– Je suis à deux pas de chez toi, et je dois te parler d'un truc.

– Tout va bien ? Tu as du nouveau ?

– Oui, deux fois oui. Mais je me suis retrouvée dans une situation un peu délicate. Ce matin, j'ai demandé à Carlotta de me laisser aller au studio, sans savoir que Jeff était à la maison. Je crois que la surprise ne lui a pas trop plu.

Son fameux silence. Puis :

– Je ne comprends pas. Que faisais-tu chez Heidi ?

Ses paroles étaient hachées. Alors je quittai mon banc pour redescendre la promenade à la recherche d'une meilleure zone de réception.

– C'est justement de ça dont je voulais te parler. Tu es toujours là ? Écoute, plus je me penche sur cette affaire, plus je me dis que le poison visait Heidi dès le départ.

Un nouveau silence. Avait-on été coupées ? ou mes propos la laissaient-ils sans voix, cramponnée au granit noir de son bureau ?

– Ne bouge pas, je ferme la porte, dit-elle enfin.

Je l'entendis poser le combiné et le reprendre trente secondes plus tard.

– Mais de quoi tu parles, Bailey ?

– Je pense qu'on a voulu tuer Heidi, et non toi. C'est à elle que les truffes étaient destinées.

– C'est ridicule. Comment pouvait-on savoir qu'elle allait les manger ?

– Sauf que ça ne s'est pas passé comme ça. Allô ? La ligne est de nouveau mauvaise, Cat. Tu m'entends ? Écoute, j'arrive et je t'explique tout.

Cette fois, nous étions vraiment coupées.

En traversant le parc, je préparai ma stratégie à court terme. J'allais retourner au journal, pour faire part de mes lumières à Cat, mais aussi pour passer une série de coups de fil. Bien que cela me répugne, je devrais confier à Farley mes dernières découvertes. Mais avant de l'appeler, je voulais me rendre dans une boutique Godiva pour m'assurer que le pétale de fleur, présent dans l'enveloppe matelassée, provenait bien de chez eux – même si cela ne faisait pour moi aucun doute. Je comptais également contacter l'auteur Nancy Highland. Et Kip, bien entendu. Il me faudrait m'attarder au bureau jusqu'à ce qu'il daigne montrer le bout de son nez – en espérant qu'il le fasse un jour.

Avant tout cela, j'allais faire un saut chez Starbucks pour bavarder avec Jody.

Ne voyant pas un taxi sur l'East End Avenue qui longeait le parc, je fis le trajet à pied, ce qui fut plus long que prévu. C'est en nage et les pieds meurtris que je poussai enfin la porte de Starbucks. Je n'avais pas souffert pour rien : Jody était à son comptoir en train de remplir un pichet de lait moussant. Il ne sauta pas de joie en me reconnaissant. Quand j'indiquai d'un signe que je désirais lui parler, il acquiesça en indiquant avec ses doigts : « Dans cinq minutes. » J'allai l'attendre à une table jonchée de sucre en poudre.

Il était midi, et la salle était noire de monde, pour l'essentiel des gens au look free-lance, comme moi. Au bout de dix minutes, Jody vint à ma rencontre, m'invitant d'un mouvement de tête à sortir. Je le suivis au même endroit que la dernière fois.

– Vous n'avez pas bien choisi votre moment, commença-t-il.

– Désolée, j'aurais d'abord dû vous appeler. Mais j'étais chez Cat ce matin, alors j'ai voulu faire un crochet par ici, histoire de prendre de vos nouvelles.

– Et en quoi ma petite personne vous intéresse-t-elle ?

– Je sais qu'Heidi et vous avez été très proches, et vous êtes sûrement très affecté par sa mort. Cela ne me regarde pas, mais puisque je suis impliquée, par la force des choses, dans cette affaire...

S'adossant au mur, il se décrispa un peu. Ses cheveux étaient plus courts que la dernière fois et ne lui tombaient plus dans les yeux. Mais il continuait à secouer la tête pour les ramener en arrière, comme victime de l'illusion des amputés.

– Alors, tout ce que racontent les journaux, comme quoi c'est Cat Jones qui était visée, c'est la vérité ?

– À ce qui paraît, mais je n'en sais pas plus. Les policiers sont revenus vous voir ?

– Non. La première semaine, j'ai eu l'impression qu'ils me soupçonnaient, moi, l'amoureux transi. Mais à présent ils doivent chercher du côté des ennemis de Jones.

J'en déduisis que la tournure des évènements l'avait plutôt soulagé.

– Où aviez-vous rencontré Heidi, au fait ?

– Ici. Elle est venue à l'automne dernier, avec sa copine Janice.

– Et comment était la vraie Heidi ? Je l'ai croisée plusieurs fois, mais nous n'avons jamais vraiment lié connaissance.

– C'était une bombe, comme vous l'avez sûrement remarqué. Je l'ai d'abord prise pour une Suédoise ou une Allemande, du fait de son look et de son job de fille au pair. Que ce soit dans la rue ou dans un bar, elle attirait tous les regards.

– Mais quel était son tempérament ?

– J'en sais rien, moi. Dans l'ensemble, je dirais qu'elle avait un bon fond.

– Pourquoi « dans l'ensemble » ?

– Vous voyez, le souci numéro un d'Heidi, c'était Heidi. Mais quand on sait l'enfance qu'elle a eue, on ne peut pas lui en vouloir. Disons qu'elle ne supportait pas que les choses n'aillent pas comme elle voulait. Et elle n'hésitait pas à se servir des gens. Janice, par exemple. Aux yeux d'Heidi, Janice n'était qu'une pauvre fille prête à l'accompagner quand elle ne voulait pas sortir toute seule.

Nouveau balayage des mèches fantômes.

– Et vous ? enchaînai-je. Vous aviez l'impression qu'elle profitait de vous ?

– Pourquoi me demandez-vous ça ?

– Par curiosité.

– Oui, il n'est pas exagéré de dire qu'elle s'est servie de moi. Elle débarquait à New York, sans un sou en poche, et je suis devenu le brave type qui lui montrait la ville et l'invitait au restaurant. Entre elle et Janice, j'ai bien dû sortir cinq cents cafés gratis.

– Et pourquoi a-t-elle voulu rompre ?

– Je n'en sais rien. Elle a juste dit qu'elle souhaitait « faire une pause ».

– Il y avait quelqu'un d'autre ?

– Allez savoir. Peut-être. Des millions d'hommes auraient aimé l'avoir. (Il jeta un œil à l'intérieur de la boutique.) Encore une fois, elle a juste parlé de faire une pause, façon de dire que je ne faisais plus l'affaire. Un petit employé de chez Starbucks cadrait mal avec ses grandes ambitions, vous comprenez.

– Quelles ambitions ?

– Déjà, elle ne comptait pas jouer les baby-sitters toute sa vie. Elle envisageait de devenir mannequin. Ce type, là, le mari de Cat Jones, il lui a fait un petit book, qu'elle a montré à quelques agences. Son seul handicap était sa taille. Elle mesure – mesurait – environ un mètre soixante-dix, alors qu'ils exigent tous des amazones d'au moins un mètre soixante-quinze.

– C'était sympa de la part de Jeff, commentai-je d'un air candide, évitant de lui montrer que l'information déclenchait dans ma tête une alerte de niveau cinq.

– Oui, sûrement. En même temps, c'est son boulot.

– Et Heidi songeait-elle à démissionner de chez Cat ?

– Le moment venu, bien sûr. Dès qu'elle aurait trouvé une autre opportunité. Mais, encore une fois, on ne se voyait plus beaucoup, alors je ne connaissais pas ses derniers projets en date.

– Vous êtes pourtant passé le soir de la fête...

– Vous voulez savoir pourquoi ? dit-il en décollant son dos du mur. Elle me devait trois cents dollars. Pour toutes les fois où je l'avais dépannée. Je vais peut-être bientôt repartir dans l'Ouest, alors je faisais une dernière tentative pour récupérer mes sous. (Il observa de nouveau la salle.) Bon, je dois filer. C'est une heure de grosse affluence.

– Une dernière petite chose. Avez-vous offert à Heidi un bracelet Tiffany ?

La question le stupéfia.

– Pourquoi ça ? Vous en avez retrouvé un ?

– Oui. J'ai pensé que ça venait peut-être de vous.

– Ben voyons ! Je n'ai jamais mis les pieds dans cette boutique, madame.

Il regagna son poste, déblayant une table sur son passage, et je m'éloignai vers Park Avenue, où un taxi me reconduisit au journal.

Je ne savais que penser du sieur Jody, avec ses faux airs de boy-scout. Et s'il avait tué Heidi pour se venger de leur rupture ? Ce gars n'était peut-être pas une flèche, mais il avait fréquenté la 91e rue et pouvait facilement connaître le goût de Cat pour le chocolat, tout comme les fringales d'Heidi. Cela dit, je le voyais mal déposer un *Mon Chéri* sur mon bureau.

Le plus troublant était le coup de la séance photo chez Jeff. Cela expliquait la présence de l'imperméable turquoise, mais mon petit doigt me disait que ce book n'avait pas reçu l'aval de Cat, et même qu'elle ignorait les petits extras de son Pygmalion de mari. Je doutais que Cat apprécie que sa baby-sitter prenne la pose devant un fond de papier blanc, le Nikon de Jeff braqué sur son corps. Et puis, pourquoi aurait-elle encouragé le départ d'une énième fille au pair ?

C'est fou ce que j'avais appris sur Heidi en l'espace d'une journée. De son vivant, j'avais l'image d'une fille posée et distante ; à présent je la savais aussi insatiable, ambitieuse et manipulatrice...

Alors que le taxi fonçait sur Central Park West, je méditai, fascinée, sur la façon dont Heidi avait gravi les échelons en quelques mois, révisant sans cesse ses attentes à la hausse. Elle avait quitté l'Indiana pour un poste dans le comté de Westchester, puis filé à Manhattan à la première occasion. Là, elle avait jeté son dévolu sur Jody, qui était tout disposé à lui prêter un peu d'argent et à lui fournir des boissons chaudes. Et quand cela ne fut plus suffisant, elle alla voir ailleurs. Kip fit sans doute partie des suivants. Il était plus vieux et plus accompli que Jody, mais je me demandais ce qu'il avait vraiment à lui offrir. Peut-être juste les délices de la séduction ou de l'interdit. Comme l'avait souligné Janice, Heidi aimait voir la gent masculine à ses pieds.

Si quelqu'un pouvait se vanter d'avoir été utile, c'était bien Jeff, qui l'avait aidée à poursuivre ses rêves de mannequinat. Ce que j'ignorais, c'est si le sexe était inclus dans le forfait ou si Jeff s'était contenté de la photographier – un simple coup de pouce amical envers la jeune employée de la famille. Mais au fait, qu'étaient devenus ces clichés ?

Je me demandais aussi si Kip était bien monsieur X ou s'il existait un troisième larron – et, le cas échéant, quelle était sa position dans la chaîne alimentaire ?

De retour chez *Gloss*, je fondis sur le puits pour gagner le bureau de Cat, mais à mi-parcours je vis qu'il était éteint, et celui d'Audrey vide. Par acquit de conscience, je bifurquai dans le couloir menant chez Kip, au cas où il serait apparu plus tôt que prévu. Sa secrétaire était au téléphone, qui secoua la tête à mon approche : « Nooooooon, il n'est pas là. » Elle portait la même fausse jupe Pucci qu'hier, mais avait troqué son débardeur blanc contre une veste de jean boutonnée à même la peau. Un effort vain pour dissimuler le fait qu'elle avait découché.

Arrêt suivant : l'antre de Polly, que je trouvai rivée à son écran, le sourire aux lèvres.

– Eh bien, en voilà un visage épanoui ! lançai-je.

Comme j'entrai dans son bureau, elle pivota sur son fauteuil.

– J'ai eu une révélation, Bailey, fit-elle avec une exaltation ironique. Je peux être gaie toute la journée, même pendant une réunion lobotomisante comme celle de ce matin, depuis que je sais que je n'ai plus que quelques semaines à tirer.

– Merci, ce n'était pas la peine de me le rappeler. À propos de réunions mortelles, sais-tu si Cat est dans les parages ?

– Non. Il semble qu'elle ait déjeuné avec des publicitaires avant de partir au siège du groupe. Elle n'a pas l'air de se plaire parmi nous, ces temps-ci. Mais assieds-toi.

– C'est gentil, mais je dois boucler mon article. Tu l'auras demain, d'ailleurs.

– Tiens, et pourquoi un tel empressement ?

– Tu n'es pas au courant ? Cat l'a avancé de septembre à août.

– C'est dingue, on ne me dit vraiment rien !

– C'est toujours la débandade, ici ?

– Plutôt, oui. Les gens ont peur, et ils sont tellement occupés à colporter les rumeurs que le travail n'avance plus. D'après miss Leslie, on a déjà quatre jours de retard sur le planning du numéro d'août. Et tu as lu le *Page Six* d'aujourd'hui ?

– Non, pourquoi ?

– Le petit nouveau du département artistique, Jason, il vient de démissionner, tout comme l'idiote du service beauté, et *Page Six* raconte que les rats quittent le navire en perdition de Cat Jones.

– Et qui gère la boutique en son absence ?

– Leslie et moi, chacune dans son domaine. Puisque Cat survole à peine les épreuves qu'on lui soumet, je suis tentée d'enlever tous les trucs exagérés ou grotesques. Tiens, écoute ça. (Elle revint à son écran d'ordinateur.) C'est censé provenir d'une lectrice, et la chef de rubrique santé voudrait qu'on publie ça dans la page « Allô docteur ». Je te le lis : « Je fais parfois l'expérience de *douleurs fessiales*. Ces élancements aigus dans mon rectum surviennent d'un coup, en général quand je suis allongée. Est-ce normal ? » Je pourrais laisser cette horreur telle quelle, Cat ne le remarquerait même pas. Tu as déjà entendu parler de *douleurs fessiales*, Bailey ? Moi, je connais ce mot depuis quatre minutes. Mais peut-être qu'on vient de mettre le doigt – si je peux m'exprimer ainsi – sur un problème qui frappe des millions de femmes ! Sans parler de notre contribution inestimable à l'évolution de la langue...

– Eh bien, gloussai-je, sur cette jolie conclusion je vais retourner travailler un peu, d'accord ?

Je regagnai mon cagibi, craignant ce que j'allais y trouver. Il n'y avait pas âme qui vive au service mode, excepté Gros Derrière vêtu d'une pèlerine blanche. Tout un mur était bordé de paires de bottes de la nouvelle collection d'automne, des jaunes, des rouges, des turquoises, toutes plus pointues les unes que les autres. La plupart avaient le mollet avachi, comme fatiguées d'attendre.

J'entrai dans mon bureau tout doucement, mis la lumière et scrutai l'espace. Tout semblait à sa place.

Mon premier coup de fil fut pour commander un sandwich poulet-crudités, puis je consultai mes mails et interrogeai mes deux répondeurs, personnel et bureau : quelqu'un proposait de me mettre en rapport avec un opticien du nom de Bob, deux copines de la concurrence se souciaient de savoir si j'étais encore en vie et me suggéraient de changer de crémerie, et mon ancienne colocataire de la cité universitaire voulait me débaucher à l'occasion de sa venue, fin mai. Aucun coup de sexophone de la part de KC – même si ce genre d'exercice survient en général à la faveur du soir – ni de Jack Herlihy, saisissant au vol mon offre de visite guidée. J'en fus soulagée, mais un peu déçue.

Sur ce, je joignis Audrey, enfin revenue à son bureau, et obtins le numéro de Nancy Highland. Celle-ci habitait Scarsdale, un bourg chic de la banlieue de New York. J'allais lui servir le même refrain qu'à Dolorès : au secours, je prépare un recueil de mes textes et j'ai besoin de vos lumières. Une employée de maison me répondit que Mme Highland était partie trois jours à Manhattan pour assurer la promotion de *L'Amour à tout prix*. Mais elle ne m'indiqua pas comment la contacter. Je rappelai donc Audrey pour avoir le nom de l'attachée de presse de la maison d'édition, que je parvins à joindre du premier coup.

– Nous sommes tous ahuris par ce qui vient de se passer, lança-t-elle dès que je me fus présentée. La défunte est-elle cette jeune fille blonde que nous avons croisée le soir de la fête ? Je n'arrive pas à me dire que je l'ai vue, de mes yeux vue...

– Je ne sais pas à quelle jeune fille blonde vous faites allusion. Toujours est-il que la victime est la baby-sitter de Cat.

– Mais comment est-ce arrivé ? De quoi est-elle morte ?

Faisant l'innocente, je détournai vite la conversation sur le magistral *L'Amour à tout prix*. Mon interlocutrice confirma la présence de Nancy à New York, mais précisa qu'il ne s'agissait pas d'une date clé du dispositif. Dans le cadre d'une série de « thé parties », l'auteur allait juste lire l'un de ses deux textes sélectionnés par Dolorès, demain après-midi dans une petite librairie de Madison Avenue. Je notai les références de l'évènement, remerciai l'attachée de presse et raccrochai.

Enfin, je composai le numéro de poste de Kip, pour tomber cette fois-ci sur sa boîte vocale. Je laissai un message le priant de me rappeler dès son arrivée.

Je consacrai les deux heures suivantes à l'article sur Marky, procédant à quelques réorganisations et colmatages. Il était presque achevé, mais je doutais d'y mettre un point final d'ici ce soir. Mon esprit était perturbé par les bruits du couloir et par mes découvertes de la matinée.

Vers 16 h 45, je vérifiai si Cat était revenue. Audrey m'informa qu'elle ne prévoyait pas de repasser aujourd'hui. Elle se trouvait à bord de sa Lincoln et, non, son portable n'était pas allumé.

À peine avais-je reposé le combiné que j'entendis un bruit derrière moi. Me retournant, je vis Kip dans l'embrasure de la porte, les traits tirés et l'air grincheux. Ses vêtements – éternels pantalon de coton et polo Ralph Lauren, aujourd'hui jaune citron – étaient tout froissés, à croire qu'il avait ramassé ceux d'hier sur la moquette de sa chambre. Son menton était tout entaillé, comme s'il s'était rasé dans le métro.

– Quoi de neuf ? demanda-t-il. Stacey dit que tu me cherchais désespérément.

Sa voix avait des intonations peu chaleureuses.

– Ah, oui, répondis-je avec décontraction. J'avais un truc à te demander. Tu vois, je...

– Vas-y, d'accord ?

– En fait, murmurai-je, c'est une question assez personnelle. Tu peux fermer la porte ?

Il hésita un instant, avant d'avancer dans la pièce et de rabattre la porte avec la main.

– Assieds-toi, fis-je en indiquant la seconde chaise.

Il s'exécuta en soupirant, et la chaise gémit sous son poids. Il se tenait si près de moi que je pouvais distinguer chacune de ses taches de rousseur.

Depuis que j'enquêtais sur ce meurtre, j'avais toujours tourné autour du pot avec mes interlocuteurs. Mais Kip étant du genre taciturne, je devais prendre un chemin plus direct si je voulais lui arracher quoi que ce soit. Bien que cette résolution me terrifiât d'avance...

– Écoute, tu l'ignores peut-être, mais, par un concours de circonstances, je me suis retrouvée mêlée à toute cette histoire concernant la baby-sitter de Cat. Elle venait du Midwest et n'avait gardé aucune famille là-bas. Alors, Cat m'a demandé si je pouvais l'aider à régler les dernières formalités, en regardant par exemple si Heidi avait des factures en cours ou je ne sais quel projet, ce genre de choses...

Dès que j'eus prononcé le prénom d'Heidi, il essaya de se composer un masque d'indifférence, mais ne put empêcher ses yeux bleus de ciller.

– Et donc... ? fit-il en croisant les jambes.

– Je ne sais pas trop comment te dire ça, mais voilà : je sais que tu étais lié à Heidi et je voulais te poser quelques questions – en toute discrétion, bien sûr.

– Mais de quoi tu parles ? grogna-t-il en devenant blême.

– Je te promets de n'en parler à personne. Mais certains détails me sont indispensables.

– Tu es folle, Bailey. Je ne sais pas où tu es allée chercher tes informations.

Il parut sur le point de se relever.

– Je suis également au courant pour Cat et toi, un certain après-midi à Litchfield. Je sais que tu es allé là-bas en pensant tomber sur Heidi et que tu t'es senti obligé d'entreprendre Cat pour préserver ton secret.

– Bon sang..., expira-t-il.

Il regarda la porte comme pour en évaluer l'épaisseur, craignant qu'on nous entende depuis le couloir.

– Et tu en as parlé à Cat de ta petite théorie ?

– Non, et je n'en ai pas l'intention.

– Voyez-vous ça. Mais où sont passées les deux copines qui passaient leur temps à s'échanger leurs secrets ?

– À quoi ça m'avancerait, Kip ? Ça serait dramatique pour toi, et Cat y verrait l'humiliation suprême. Encore une fois, seule Heidi m'intéresse dans cette histoire.

Il se tut un moment, les lèvres pincées. Puis d'un coup il se fit doux comme un agneau :

– Et si on allait plutôt prendre un verre quelque part ? proposa-t-il. Je n'ai pas envie de parler de tout ça ici.

La panique me prit. Je ne voulais pas suivre ce type, mais, d'un autre côté, que pouvait-il m'arriver en plein cœur de Manhattan ? Ce n'était pas comme s'il risquait de me jeter dans le coffre de sa voiture. Tandis que nous nous dirigions vers les ascenseurs, il proposa le Trattoria Dell'Arte, un italien branché de la Septième Avenue, en face de Carnegie Hall. Nous remontâmes en silence les deux blocs de trottoirs. Le restaurant était rempli de gens qui dînaient avant le spectacle, mais il y avait de la place au bar. Nous prîmes les deux tabourets du bout, en retrait de la salle. Je commandai une bière, et Kip un Jack Daniel's sec. Puis il alluma une cigarette.

– Très bien, dit-il en secouant son allumette, la cigarette vissée aux lèvres. Je vais jouer cartes sur table. J'ai effectivement eu une petite aventure avec Heidi. Mais ce n'était pas grand-chose, et ça a été très court.

– Vous vous êtes rencontrés comment ?

– Je l'avais croisée au bureau. Tu sais, quand elle apportait des trucs à Cat. Mais, à l'époque, je la prenais pour une mineure, une de ces Européennes de seize ans. Alors je me suis contenté de la regarder. Puis, autour du Nouvel An, Cat a organisé une réception pour ce type de la sécurité aérienne dont on a publié les bonnes feuilles. Je m'ennuyais comme un rat mort, alors je me suis éloigné vers la cuisine. J'y ai retrouvé Heidi, en train de piocher dans les restes. On s'est mis à bavarder. Et j'ai appris qu'elle avait vingt-deux ans, et non seize.

– Puis tu l'as rappelée.

– C'est elle qui m'a rappelé. Je te jure. (Il s'interrompit le temps d'avaler une gorgée.) Mon but dans la vie n'est pas de jouer les vilains garçons, quoi qu'en pensent les gens. Je n'avais aucune intention de la draguer. Mais, comme je te l'ai dit, elle m'a rappelée, soi-disant pour me demander conseil, et j'ai accepté de la rencontrer. Et quand on s'est revus, elle m'a signifié d'une façon très claire qu'elle cherchait plus qu'un simple avis. Mon couple partait à la dérive depuis quelque temps, alors je me suis laissé tenter. Toi qui as été mariée, tu sais comment ça peut dégénérer et combien ça peut te rendre dingue.

– Et où tout cela a-t-il eu lieu ? Dans le studio d'Heidi ?

– Pour commencer, il n'y a pas eu de « tout cela ». (Il tira longuement sur sa cigarette, puis descendit une nouvelle gorgée de bourbon, avant de se lécher les lèvres.) On a dû se voir une dizaine de fois en l'espace d'un mois, et jamais chez Cat – je ne suis pas suicidaire ! J'ai un pote qui vit à Hong Kong, et il m'a laissé les clés de son pied-à-terre new-yorkais. J'ai fait très attention, mais malgré ça Cat a failli me prendre la main dans le sac...

– Que voulait savoir Heidi ?

– Pardon ?

– Tu disais qu'elle t'avait d'abord demandé conseil.

– Elle voulait des tuyaux pour entrer à la télé.

– Tu lui avais parlé de ton passé de producteur ?

– C'est ça. Mais je ne connaissais rien à la branche qui l'intéressait : elle rêvait d'être vidéo-jockey sur MTV. Et, crois-moi, elle est devenue très froide quand elle a fini par comprendre que je ne pouvais rien pour elle.

– Ça t'a mis en colère ?

– Ça m'a surtout soulagé, en fait.

Mmm, difficile à croire...

– Ça t'était égal qu'une fille aussi belle te quitte ?

– J'aurais préféré le faire moi-même, mais je ne vais pas te raconter des histoires, Bailey : depuis un moment, je me demandais comment arrêter sans causer trop de dégâts. Alors j'avoue qu'elle m'a drôlement facilité la tâche.

– Mais si elle t'avait plaqué, pourquoi t'inviter à Litchfield ?

Il secoua sa tête de boston terrier.

– Ce n'était pas prémédité. Je me trouvais dans le bureau de Cat quand je l'ai entendu expliquer à sa femme de ménage qu'Heidi allait passer le week-end là-haut avec une copine, pendant que Jeff et elle seraient à Manhattan. Ce samedi-là, on s'est beaucoup disputés avec ma femme – j'avais dû commettre quelque chose de très très mal, comme prendre une douche sans rentrer le rideau dans la baignoire – et sur un coup de tête j'ai pris la route de Litchfield, en quête de réconfort. J'ai eu un choc en découvrant Cat. Et tu connais la suite. Que voulais-tu que je fasse ?

– Il suffisait de dire que tu passais dans le coin et que tu venais faire coucou.

– Sauf que j'avais des fleurs et une bouteille de Taittinger à la main. Et si j'avais montré ma surprise, elle aurait compris que je couchais avec Heidi. Elle m'aurait incendié et se serait sûrement arrangée pour que ma femme apprenne l'affaire. Mais Cat n'a jamais rien su.

– Et comment réagirait ta femme si elle l'apprenait ?

Il écrasa son mégot dans le cendrier.

– À part m'étriper, incendier ma voiture et me dépouiller au tribunal au moment du divorce ? Je ne sais pas trop. Mais pourquoi cet interrogatoire, d'abord ? Je ne comprends pas qu'Heidi te fascine à ce point.

– Encore une fois, c'est moi qui ai découvert le corps, alors je suis concernée, par la force des choses. Et je ne veux rien négliger d'important. Tu as souffert en apprenant sa disparition ?

– Oui, évidemment, dit-il en levant ses sourcils roux. Je ne suis pas un monstre. J'ai couché avec cette fille, et je vis la situation assez mal, surtout depuis que j'ai lu que ce n'était pas elle qu'on visait.

– Est-ce que tu lui as offert un bracelet Tiffany ?

– Bien sûr, fit-il d'un air ironique. J'ai un compte chez eux, c'est bien connu.

Il regarda sa montre.

– Bon, il faut que je file, dit-il avant de liquider son bourbon.

– Une dernière question, Kip. Avais-tu peur qu'Heidi vende la mèche à Cat si elle apprenait ce qui s'était passé cet après-midi-là ?

– Aucune chance. Pourquoi aurait-elle fait une chose pareille ?

– Cat était sa patronne, après tout.

– Tu ne m'as pas bien écouté, Bailey. Heidi était une parfaite opportuniste. Raconter la vérité à Cat revenait pour elle à se tirer une balle dans le pied. Elle avait besoin de ce job – pour le moment, du moins.

– Pigé.

– Ça te suffit ? dit-il en descendant de son tabouret. Je vais vraiment être en retard.

– Oui, ça me suffit, répondis-je.

– Je compte sur ton silence, d'accord ? Tu me l'as promis, hein ?

– Tu n'a pas bien écouté, Kip. Je t'ai donné ma parole.

Il disparut du restaurant pendant que je réglais l'addition. Devais-je le croire quand il décrivait sa liaison avec Heidi comme une simple récréation sportive ? Kip m'avait déjà montré ses talents de menteur : un jour, je l'avais entendu jurer à une journaliste indépendante que son article était digne de Truman Capote, puis déclarer devant Cat, une heure plus tard, que lire ce papier tenait de la chirurgie osseuse sans anesthésie. En tout état de cause, même s'il s'agissait d'une histoire banale entre lui et Heidi, il pouvait très bien l'avoir tuée si elle l'avait menacée de tout dire à Cat. Ou bien s'était-il mépris sur les sentiments d'Heidi. Folle de lui, mais voyant qu'il allait l'abandonner, elle aurait pu, dans un moment de désespoir, menacer de tout révéler à sa femme. Laisser un *Mon Chéri* sur mon bureau était un jeu d'enfant pour Kip. Ou bien, autre hypothèse intéressante : Mme Kip elle-même aurait fait le sale boulot. Je l'avais aperçue à la fête, marmonnant dans son coin.

Une chose dont j'étais sûre : Kip n'était pas la moitié d'un imbécile, et si c'était lui l'assassin, alors il avait forcément compris que je savais qu'Heidi n'était pas une victime fortuite. En d'autres termes, je m'étais peut-être fourrée dans un beau pétrin.

Après avoir récupéré ma monnaie, j'interrogeai ma messagerie. J'entendis d'abord l'assistante de Leslie, qui revenait à la charge au sujet de mes notes de frais, puis Cat qui, à 17 h 55, me disait d'une voix affolée :

– C'est très urgent, Bailey. Il est arrivé quelque chose. N'éteins pas ton portable. Il faut que je te parle.

19

De retour dans la rue, j'essayai d'imaginer ce qui avait pu motiver cet appel. Cat m'avait paru au bord de la crise de nerfs : Était-elle tombée sur un indice accablant ? Un problème avec Jeff ? Avait-on voulu l'effrayer, elle aussi ?

Je tentai de la joindre chez elle, mais sans grand espoir : elle m'aurait prévenue si elle se trouvait là-bas. Je tombai sur Carlotta, qui m'informa que Cat n'était pas rentrée et ne lui avait laissé aucune indication sur son emploi du temps. Quand je lui demandai si tout allait bien à la maison, elle m'expliqua que les toilettes du premier fuyaient à nouveau et qu'elle attendait le plombier. Quelque chose me dit que ce n'était pas à cette crise-là que Cat faisait allusion.

À mi-longueur d'un pâté de maisons, je m'assis sur le muret d'un immeuble de bureaux, sortis mon carnet d'adresses et essayai son portable. Les gens défilaient devant moi, allant vers leur domicile, un spectacle ou un endroit pour dîner. De là où j'étais, je voyais danser les néons rouges, jaunes et bleus de Times Square, une douzaine de blocs au sud. L'air était lourd et moite, comme s'il allait pleuvoir. Au bout de quatre sonneries, je tombai sur la messagerie. J'annonçai que j'avais rallumé mon téléphone et ne l'éteindrais pas avant d'avoir de ses nouvelles. Puis je le rangeai dans mon sac et réfléchis à ce que j'allais faire.

À l'évidence, Cat n'était pas joignable et je pouvais juste attendre qu'elle me relance. Mais j'avais bon espoir qu'elle rentre bientôt, après quoi c'est moi qui me rendrais chez elle pour l'aider à résoudre ce mystérieux pépin. Au lieu de descendre dans le Village, au risque de devoir rebrousser chemin, je décidai alors de gagner l'Upper East Side et de traîner là-bas, en attendant les nouvelles.

Il me fallut un bon quart d'heure pour trouver un taxi, et encore, je dus battre au sprint une jeunette au look d'avocate, vêtue du dernier tailleur bleu marine à la mode à Manhattan. Je me fis déposer devant le Martell's, un bar-restaurant au coin de la 83e rue et de la Troisième Avenue. Cat n'habitait pas la porte à côté, mais c'était la seule adresse qui m'était venue à l'esprit – l'Upper East Side n'étant pas vraiment mon quartier préféré. Je grimpai sur un tabouret et commandai une bière pression.

Tout en sirotant mon verre, je gardai les yeux rivés sur le nuage de mousse, car le bar se remplissait vite, et il suffisait du plus petit croisement de regards pour qu'un type un peu lourd vienne me demander quelque chose du style : « Pourquoi cet air triste ? On a un chagrin d'amour ? »

Du coin de l'œil, je vis que la salle était pleine d'hommes qui me rappelaient Kip – de ceux dont la vanité avait gonflé comme du pop-corn depuis l'université de Duke ou de Dartmouth, de ceux qui trouvaient toujours très drôle de jeter des gens tout habillés dans une piscine. À vrai dire, Kip appartenait à une sous-espèce plus cérébrale : il était orgueilleux, du genre à faire de l'humour sur votre dos ou à glisser une référence érudite dont il savait qu'elle vous échapperait.

Sa façon de changer de ton quand je l'avais mis au pied du mur avait été saisissante. Portant mon verre à mes lèvres, je me rappelai ce qu'il avait consommé : un bourbon sec. Puis je me souvins qu'il disait s'être rendu à Litchfield sur un coup de tête. En d'autres termes, ce n'était pas lui l'élu du week-end. Kip n'était pas monsieur X.

Restait donc à savoir pour qui Heidi avait voulu jouer les hôtesses de luxe. Vu sa façon de faire, la logique voulait qu'il s'agît d'un homme plus important ou plus influent que Kip. Un type susceptible de lui mettre enfin le pied à l'étrier. Ses projets de mannequinat n'avaient rien donné, pas plus que son rêve d'une carrière à MTV. Alors, s'était-elle fixée un nouvel objectif avant d'attirer dans sa toile le faire-valoir idéal ? Ou bien, au hasard d'une rencontre, monsieur X lui avait-il fait miroiter quelques perspectives ?

Dans un cas comme dans l'autre : était-ce lui l'assassin ?

Dans le brouhaha du bar, je faillis ne pas entendre mon téléphone. En décrochant, je dus me recroqueviller pour distinguer ce qu'on me disait à l'autre bout de la ligne.

– Ah, Bailey, te voilà enfin !

Cat Jones dans toute sa splendeur...

– Tu vas bien, Cat ? Qu'est-ce qui se passe ?

– Qu'est-ce qui se passe ? Ce qui se passe, c'est qu'on a tenté d'empoisonner Patty Gaylin. Il y a bien un complot contre nous !

– Tu plaisantes !

Patty Gaylin était la rédactrice en chef de *Women's Home Journal*. La cinquantaine bien tassée, elle était réputée pour sa sévérité, à la limite de la tyrannie, bien qu'elle fût capable de pitié si on la suppliait assez fort. Cat l'appelait « Cocotte Patty », car son magazine était plein de bonnes recettes familiales, la plupart à base de viande bouillie.

– Est-ce que j'ai l'air de plaisanter, Bailey ? Quelqu'un s'est juré de nous liquider un à un !

– Tu es chez toi ? Je me trouve dans ton quartier, alors ne bouge pas.

J'entendis des syllabes étouffées, comme si elle s'écartait du téléphone pour parler à une autre personne.

– Non, je viens d'arriver chez Leslie. On va dîner ici. Jeff est à Miami jusqu'à demain et je ne voulais pas passer la soirée toute seule.

– Patty Gaylin va bien, au moins ?

– Autant que je sache, oui. Mais pas moi. Cette histoire me rend malade.

– Écoute, Cat, fis-je en essayant de cacher ma stupeur, j'ai des choses à te dire. Je suis venue dans ton quartier pour te rendre visite. Crois-tu que je pourrais m'incruster... chez Leslie ?

L'idée de me mêler au tandem Cat-Leslie était aussi séduisante qu'une séance d'épilation à froid, mais c'était *a priori* ça ou rien.

Elle se remit à parler loin de l'appareil, sans doute pour demander à Leslie si j'étais invitée aux réjouissances. Et dire que je me retrouvais à quémander devant cette pimbêche... Quand Cat me reprit, je dus lui faire répéter à cause du bruit qui m'entourait.

– J'ai dit : c'est bon, tu peux venir ! Tu connais l'adresse ? 140, Central Park West.

– Je serai là dans un quart d'heure.

Je me frayai péniblement un chemin parmi les agents de change qui juraient que la fête ne faisait que commencer et que c'était idiot de partir. Une fois sur le trottoir, ma bonne étoile m'offrit un taxi libre sur-le-champ.

J'avais beau me répéter de ne pas me monter la tête, d'éviter une conclusion hâtive tant que je ne possédais pas tous les éléments, c'était plus fort que moi : M'étais-je trompée en recentrant mon enquête sur Heidi ? Avais-je pu passer cette dernière journée et demie dans une erreur totale, m'accrochant désespérément à une lubie, jusqu'à épuiser Cat d'informations fausses ? Pourtant, je n'avais pas rêvé : on avait bien retrouvé une enveloppe matelassée dans la corbeille d'Heidi et qui contenait un pétale de fleur venant à coup sûr de chez Godiva. Non, il y avait forcément une autre explication aux malheurs de Patty Gaylin.

Le trafic étant très fluide, j'atteignis l'immeuble de Leslie un peu plus tôt que prévu. Un soir, en sortant d'une fête organisée par le journal dans l'Upper West Side, Leslie et moi avions partagé un taxi, qui l'avait déposée ici en premier. Mais je n'avais jamais vu son intérieur. J'en avais beaucoup entendu parler, cela dit. Au journal, il était réputé pour sa taille, son luxe et sa vue imprenable sur Central Park. Son mari, Clyde – qui avait fait un malheur en Bourse avant d'avoir la sagesse de se retirer –, conservait un bureau à Manhattan pour gérer sa fortune et vaquer à diverses opérations.

C'est ce même Clyde qui m'ouvrit la porte de l'appartement situé au quinzième étage, après que le portier m'eut imposé un examen à la limite de la fouille corporelle. Le mari de Leslie me salua comme si nous ne nous étions jamais rencontrés. Au moins, il semblait prévenu de mon arrivée.

– Elles sont à la cuisine en train d'avaler un morceau, indiqua-t-il.

À sa tenue, on aurait dit qu'il revenait d'une réunion : chemise bleu cobalt, pantalon noir et splendide ceinture en cuir, qui devait venir de chez Hermès et valoir autant qu'une Ford Taurus. Soudain, les paroles de Cat me revinrent – pour avoir fait la conversation à cet homme, elle s'était vue taxer d'allumeuse.

– Je peux les retrouver ?

– Faites donc, répondit-il d'un ton parfaitement indifférent. Mais vous voulez peut-être prendre un verre avec vous. Le bar se trouve par ici.

Les gorgées de bière précédentes n'avaient pas réussi à me détendre ; alors j'étais disposée à essayer le vin. Je suivis donc Clyde à travers un hall immense, semblable à une galerie, jusque dans une grande bibliothèque tout en lambris. Deux murs étaient couverts de livres, du sol au plafond, et sur les deux autres s'alignaient au moins trente sabres rutilants, aux poignées ornementées. On m'aurait fait croire facilement qu'ils avaient servi à chasser les Turcs de Constantinople.

– Un verre de vin sera parfait, dis-je en désignant sur le bar une bouteille de bordeaux à moitié pleine.

Clyde n'étant pas d'humeur causante, je lui demandai mon chemin jusqu'à la cuisine. Il me montra un couloir près du hall, qui me mènerait à destination. L'appartement était d'une dimension impressionnante et la décoration raffinée, mais sans chaleur, dans des tons bleu ciel et gris. Je croisai successivement un immense séjour faiblement éclairé, une salle à manger plongée dans la pénombre et un corridor qui semblait desservir de nombreuses chambres. Leslie n'avait pas d'enfants, mais elle prévoyait peut-être d'en faire, ou bien elle hébergeait beaucoup d'invités. Même si j'avais du mal à envisager quoi que ce soit de festif ou d'amusant chez elle...

Leslie et Cat se trouvaient toutes deux dans la grande cuisine garnie de placards en bois clair, accoudées à un long comptoir, sous une batterie de casseroles en cuivre. Entre elles, une carcasse de poulet rôti, un saladier avec les restes cuits d'une salade verte et le fond d'une bouteille de blanc. Si Cat était vêtue comme au bureau – une jupe lavande et un tee-shirt noir moulant –, Leslie s'était visiblement changée pour un col roulé marron et un treillis, avec un pli sur le devant, qui la grossissait un peu. L'ambiance était morne, et si elles se retournèrent à mon arrivée, aucune ne se fendit d'un bonsoir.

– Il reste à manger, dit Leslie tandis que j'avançais vers le comptoir. Je te sers quelque chose ?

– Je n'ai pas très faim, merci.

Elle se montrait aimable, mais d'ici quelques secondes il faudrait qu'elle me rembarre, comme chaque fois que nous étions toutes les trois. J'éprouvai cette gêne typique, qui vient quand on surgit au milieu d'une conversation dont on est l'objet, et qu'on devine peu flatteuse.

– Alors, que s'est-il passé au juste ?

– On n'a pas tous les détails, répondit Leslie en m'offrant un tabouret. On a simplement appris que Patty a reçu une boîte de cookies au courrier d'aujourd'hui. Ils étaient enveloppés comme des gâteaux maison, façon cadeau d'amis, mais sans aucun mot d'explication. De toute façon, elle ne les aurait pas goûtés sans savoir d'où ils provenaient, mais sa secrétaire était très méfiante vu les évènements de ces derniers jours. Il paraît qu'elle les a reniflés et trouvé l'odeur anormale. Alors elle a appelé la police, qui va les analyser.

– Vous avez pensé à prévenir les flics qui enquêtent sur la mort d'Heidi ? demandai-je en me tournant vers Cat.

Celle-ci resta muette, figée dans sa mauvaise humeur. C'est Leslie qui répondit :

– Oui, Cat les a aussitôt alertés.

– Parle-moi un peu de ces cookies, repris-je avant de goûter mon vin, essayant de m'intégrer dans ce dîner de filles. Qu'entends-tu par une odeur anormale ? Et s'ils étaient juste avariés ?

– Avariés ? s'étrangla Cat. Bon sang, Bailey ! Mais que faut-il pour que tu admettes enfin l'existence d'un complot ?

Elle parlait d'une voix sèche et rosse, que je l'avais entendu servir à des collaborateurs, mais jamais à moi. Je répondis avec calme, sans montrer que ses paroles me cinglaient comme une gifle.

– Écoute, Cat, tu ne cesses de répéter que j'ai pour qualité d'aller au fond des choses, et de me poser plein de questions. Alors pourquoi m'y prendrais-je autrement dans le cas présent ?

– Je ne te reproche pas de te poser des questions, répliqua-t-elle. Tu devrais juste commencer par te poser les bonnes.

Elle avait jeté ça en fixant mon visage, mais sans vraiment croiser mon regard. Puis elle revint à son verre. Je m'apprêtais à riposter quand Leslie intervint :

– Écoutez, nous sommes toutes un peu perturbées en ce moment, et on le serait à moins. Mais nous devons garder la tête froide. Laissons Bailey exprimer son point de vue, d'accord ?

Pour toute réponse, Cat but une nouvelle gorgée, ce que Leslie considéra comme un feu vert :

– Donc, Bailey, tu ne crois pas que ce qui est arrivé à Cat – du moins, ce qui a failli lui arriver – puisse être un complot contre les dirigeants de la presse féminine ? Une obscure vengeance, voire une sorte de message...

– Elle pense que je ne suis même pas concernée ! maugréa Cat. Elle croit qu'Heidi était la seule visée.

– Heidi ? s'écria Leslie. Qu'est-ce que c'est que cette histoire ?

– Bailey m'a appelée ce matin pour m'expliquer qu'on avait délibérément tué Heidi.

– Mais pourquoi ferait-on une chose pareille ? demanda Leslie d'un air ahuri.

– Bailey va se faire une joie de te l'expliquer, grinça Cat, de plus en plus injurieuse. N'oublie pas que c'est la première de la classe, celle qui connaît toutes les réponses.

– Vous savez, dis-je calmement en redescendant de mon tabouret, je crois que je ferais mieux de vous laisser.

Je ramassai mon sac à main et mon cabas, et les abandonnai toutes deux dans la cuisine.

Arrivée dans la galerie, j'entendis du bruit derrière moi. Puis la voix de Leslie :

– Attends, Bailey, ne pars pas comme ça.

Je me laissai rattraper. Leslie jeta un œil vers la bibliothèque, comme pour chercher son mari, mais celui-ci s'était vraisemblablement enfoncé plus avant dans l'appartement caverneux.

– Cat est sur les nerfs à cause de cette histoire, alors tu ne dois pas te formaliser, Bailey.

– Merci. J'apprécie ton soutien.

C'était sorti d'un ton plus sarcastique que prévu.

– Écoute, on n'a jamais été amies, et on ne le sera jamais, mais je te respecte – et plus que tu l'imagines. Ne te mine pas pour si peu. Cat n'est pas en état de se montrer gentille. Je te rappelle, d'accord ? Je te dirai tout ce qu'on a appris sur Patty.

– Ce serait chic de ta part, Leslie.

– Mais tu crois sérieusement que l'assassin en avait après Heidi ? Qui pourrait lui vouloir du mal ? Cette fille n'était rien du tout.

– Cette fille n'était pas *rien du tout*, comme tu dis. Les hommes étaient tous à ses pieds, et cela a pu suffire à pousser l'un d'eux au meurtre. C'est ce que j'ai l'intention de tirer au clair.

Elle sourit, puis conclut :

– Je regrette que Cat te soit si peu reconnaissante pour tes efforts.

Elle me raccompagna jusqu'au palier. Au radar, je gagnai le rez-de-chaussée, débordant de rancœur pour Cat. Qu'avais-je fait pour m'attirer tant de haine ? Elle semblait préoccupée par quelque chose, au-delà du mépris qu'elle avait pour ma théorie...

Me faire moucher devant Leslie ajoutait à mon humiliation, c'est vrai. D'ailleurs, cela expliquait qu'elle se soit montrée si gentille. Sa jubilation à me voir dans le collimateur avait dû lui provoquer un accès de clémence.

Débouchant dans la rue, je découvris – cerise sur le gâteau – qu'il s'était mis à pleuvoir. Une bonne pluie bien drue, qui n'allait sans doute pas s'arrêter de sitôt. Une armée de taxis défilait en trombe sur Central Park West, essuie-glaces en action, tous occupés. Et pas une seule station de métro commode ! Je cherchai du regard le numéro de la rue – 74e – et me demandai qui je connaissais dans un rayon de deux blocs qui pourrait me prêter un parapluie.

Un vieux camarade de Brown possédait un appartement à l'angle de la 73e et de Columbus, mais, aux dernières nouvelles, il travaillait à Jakarta. Une ancienne collègue de *Get* habitait un studio sur la 72e, mais elle était toujours fourrée chez son copain, du côté de Tribeca. Enfin, il y avait, mais oui, KC ! Pas tout à fait dans le périmètre voulu, mais à peu de choses près : 81e rue. Lui, il n'hésitait pas à m'appeler sur un coup de tête, alors je pouvais bien en faire autant. Fini le temps des chichis. Et puis ça me ferait du bien de voir son visage. Je retournai dans le hall de l'immeuble et l'appelai sur mon portable. De toute façon, peu de chances qu'il soit chez lui.

Mais si, il y était. Prise de court, j'improvisai une tirade, où je mentionnais une dispute avec ma chef, la pluie qui m'avait prise au piège et mon besoin de parapluie. Il hésita un instant, et je crus qu'il allait refuser, mais il finit par dire : « OK, je t'attends, j'ai plusieurs pépins et tu n'auras qu'à choisir. »

Le temps que je parcoure les sept blocs sous la pluie battante, mes cheveux étaient en charpie et mes vêtements collés à ma peau. Mon reflet, dans la glace de son immeuble, ressemblait à s'y méprendre à une loutre sortant d'une mare. Je tentai quelques réparations de fortune, mais sans grand résultat. Cet appel était une erreur, je le pressentais, et la seule façon de m'en sortir la tête haute serait de repartir aussitôt mon parapluie choisi.

KC portait une chemise blanche, aux manches retroussées, et un boxer à carreaux. Pieds nus. Ses cheveux sombres étaient un peu humides et plaqués sur son crâne, comme s'il venait de se recoiffer. Curieux qu'il ait pensé à ça, et non à enfiler son pantalon. Mais je n'allais pas jouer les coquettes. Il m'embrassa sur la joue et, m'éloignant des parapluies regroupés dans l'entrée, me conduisit au salon, où le canapé en cuir marron, la table basse et même la moquette étaient couverts de paperasse et de classeurs.

– Mince, tu travaillais ! Je suis vraiment confuse.

– Non, j'ai terminé. On a conclu aujourd'hui et je remettais de l'ordre dans mes documents avant de les rapporter au bureau. Je t'offre une bière ?

– Ce ne serait pas raisonnable. J'ai à faire.

– Assieds-toi, dit-il en empilant les dossiers du canapé sur ceux de la table basse. Je reviens tout de suite.

Il partit dans la cuisine et réapparut au bout d'une minute avec deux Coors et une serviette de toilette, avec laquelle je m'épongeai les cheveux, tandis qu'il se laissait tomber à l'autre bout du canapé. Il était très sexy, avec ses cheveux gominés, ses yeux un peu fatigués et sa chemise à peine plissée, ouverte sur son torse. Mon pouls aurait dû s'emballer, mais je me sentais comme déconnectée. Ma colère contre Cat anesthésiait peut-être mes autres sentiments... Ou je commençais à me sentir un peu vaseuse, même si je n'avais pas fini un seul verre depuis le début de la soirée. Ou alors j'étais vexée de la distance d'un mètre cinquante que KC maintenait entre nous.

– Cette affaire a tourné en ta faveur ? demandai-je, en posant ma bière sur la table mexicaine collée à mon accoudoir.

– Oui, on a cassé la baraque ! exulta-t-il avec son rire irrésistible. Mais parle-moi un peu de cette dispute avec ta patronne. Tu lui as dit d'arrêter de t'appeler le dimanche matin aux aurores, c'est ça ?

– Non, mais j'aurais dû, tiens. Si tu veux savoir, elle m'a mouchée devant une femme avec qui on travaille. En soi, ça n'a rien d'extraordinaire, quand on sait que ses colères sont répertoriées comme armes de destruction massive, sauf que, jusqu'ici, elles n'avaient jamais été dirigées contre moi. Elle subit une pression énorme en ce moment, c'est vrai, car elle est persuadée que quelqu'un cherche à l'abattre. Mais je suis blessée quand même. Je me rends compte à quel point j'étais naïve de me croire à l'abri de ses coups de griffe. C'est comme d'élever un puma en captivité et de penser qu'il ne t'agressera jamais.

Consciente que mon monologue devenait aussi lassant qu'un discours de dictateur, je m'arrêtai là.

– Les patrons sont toujours des êtres redoutables, commenta KC. À mon avis, il ne faudrait jamais s'attacher à eux.

Il baissa les yeux sur ces dernières syllabes, puis se tut lui aussi. Avait-il en tête une expérience douloureuse ? ou ne faisait-il qu'exprimer à mots couverts sa philosophie de la vie : ne jamais s'attacher *tout court* ?

– Tu me conseillerais quoi ? dis-je pour relancer la conversation.

– Eh bien, j'imagine que tu tiens à ta situation ?

– Oui, elle est idéale.

– Alors, je laisserais filer.

C'était bien un avis masculin : définitif et hors de tout sentimentalisme. Pourquoi m'attarder ici ? Cet échange devenait bancal, gênant, et je ne m'étais jamais sentie aussi piteuse qu'en franchissant cette porte. Mais comme je cherchais un moyen de prendre congé, KC me décocha un sourire fatal et se pencha vers moi.

– Il existe tout de même un remède, murmura-t-il, et je ne saurais trop vous le conseiller.

– Ah oui ? Et en quoi consiste-t-il ? demandai-je avant de déglutir.

Réduisant l'écart sur le canapé, il prit mon visage à deux mains et m'embrassa fermement, me mordillant abondamment la lèvre. Une vague de désir m'envahit, comme si ma libido était montée de zéro à cent en quatre secondes chrono. Le tout mêlé à un sentiment de délivrance : je n'allais pas m'en aller, car j'allais passer la nuit ici, au chaud, au sec et en sécurité. D'abord, nous fîmes l'amour sur le tapis persan, d'une manière frénétique et bestiale, puis dans la chambre, pendant une heure langoureuse. Rien de tel pour oublier Cat, Heidi et tout le reste. Il était environ 22 h 30 quand nous relâchâmes notre étreinte pour dormir ; en moins de dix minutes, la respiration profonde et régulière de KC caressait mes tympans.

Si j'avais toujours dormi comme une bienheureuse entre ces murs, je me savais incapable de sombrer de si bonne heure. Surtout avec l'estomac qui gargouille. Pour toute pitance, je m'étais contentée de lorgner la carcasse de poulet sur le comptoir de Leslie. Il fallait que j'avale quelque chose.

Allant dans la cuisine, le dos couvert d'un tee-shirt de KC, je regardai s'il avait renfloué son frigo depuis ma visite de jeudi soir. Il y avait un léger mieux, dont une demi-douzaine d'œufs. J'en cassai deux dans une poêle en veillant à ne pas faire trop de bruit. Rêvant de toasts, je dus me rabattre sur une poignée de crackers. J'éteignis la lumière et m'installai à la tablette de la fenêtre, éclairée par les lumières de la ville qui s'étirait quatorze étages plus bas. Mes pensées dérivèrent très vite vers mon enquête.

Comme je ressassais les protestations de Cat, je trouvai une nouvelle explication à la présence du pétale dans l'enveloppe – une solution que je sentais germer depuis plusieurs heures, sans parvenir à l'identifier. Supposons qu'Heidi ait repéré les chocolats de Cat et voulu s'en emparer discrètement. Elle trouve une grande enveloppe quelque part dans la maison, retourne dans l'entrée et y glisse la boîte. Autre possibilité : le pétale ne venait même pas de chez Godiva. Je n'avais pas pu le vérifier aujourd'hui, mais je m'en occuperais demain.

En fin de compte, j'avais peut-être fait fausse route. Mais je n'y croyais guère. Car j'en revenais toujours à cette même objection : abandonner des chocolats sur la console, dans le but d'empoisonner Cat, était beaucoup trop hasardeux. En mon for intérieur, je savais qu'Heidi était la proie désignée.

Quant à Patty la Cocotte, à ce stade, je ne pouvais émettre que des suppositions sommaires : ces cookies malodorants étaient peut-être dus à une recette ratée. Ou bien la secrétaire s'était-elle laissée abuser par le climat ambiant : des rédacteurs en chef se faisaient empoisonner un peu partout, et voilà qu'on s'en prenait à la sienne. Autre option, beaucoup plus inquiétante : passé maître dans l'art de la diversion, notre assassin aurait bel et bien expédié ces biscuits suspects à Patty, en aucun cas pour lui nuire, mais juste pour confirmer la thèse du complot antipresse – et achever d'éloigner les regards d'Heidi.

Quel dommage de n'avoir pas pu débroussailler tout cela avec Cat, ce soir. Mais pourquoi donc s'était-elle mise dans un état pareil ? Et pourquoi était-elle si opposée à l'idée qu'on ait pu viser Heidi ? C'était à se demander si elle ne me reprochait pas de détourner l'attention dont elle jouissait, de la déloger du centre de l'univers au profit de sa baby-sitter défunte. Sa colère m'avait paru tellement excessive, comme si, par mes propos, j'avais franchi je ne sais quelle ligne rouge.

Les poils de mes bras se hérissèrent à l'idée suivante : et si Cat me reprochait, non pas de l'évincer des spotlights, mais d'y pousser Heidi ? Et si, malgré tous ses appels à l'aide, elle n'avait jamais voulu que je parvienne à mes dernières conclusions ? Et si elle faisait tout pour me cacher quelque chose ?

Et si l'assassin d'Heidi n'était autre que Cat ?

20

J'écartai cette idée aussi vite qu'elle était venue. C'était tout bonnement impensable. Le désarroi de Cat face à la mort d'Heidi n'avait rien de feint, et elle m'avait autorisée à fouiller dans les affaires de la jeune fille, de même qu'elle m'avait orientée sur ses amis. D'autre part, je n'avais pas l'ombre d'une preuve que Jeff et Heidi aient été amants, ce qui, jusqu'à nouvel ordre, laissait Cat sans mobile. Pour l'instant, j'allais donc m'en tenir aux deux thèses précédentes : Cat avait pété les plombs soit parce que ses nerfs lâchaient, soit parce qu'elle refusait de se laisser voler la vedette.

Je posai mon assiette dans l'évier, regagnai la chambre en silence et me blottis contre le dos de KC. Je passai un bras autour de sa taille en quête de chaleur et de réconfort, essayant de me concentrer uniquement sur son odeur. Mais c'était plus facile à dire qu'à faire. Ma tête bouillonnait d'images et de rêves liés au meurtre, et il me fallut bien une heure pour m'endormir à mon tour.

Je me réveillai grelottante, les draps ramenés en accordéon sur mes mollets, avec une barre dans le crâne, sûrement par manque de caféine. L'autre moitié du lit était vide ; en tendant l'oreille, je distinguai le bruit de la douche. Le réveil indiquait 6 h 22, et le dehors trempait dans une lumière lugubre. Je m'extirpai du lit et partis ramasser mes vêtements dispersés au hasard du salon, puis m'aspergeai le visage à l'évier. La cafetière était pleine et fumante – quatre tasses –, présageant que je ne serais pas mise à la porte avant le petit déjeuner.

Au sortir de la salle de bains, une serviette rouge brique autour de la taille, KC se montra aimable, un peu distant tout de même et, selon ses propres mots, « très très en retard ». Je l'avais toujours vu ainsi au saut du lit, alors je ne m'en fis pas trop. Pendant qu'il s'habillait, je pris sa place dans la salle de bains. Puisqu'il semblait clair que j'avais peu de temps, j'allai à l'essentiel. Tandis que je me lavais les dents avec sa brosse, mon œil se posa par hasard sur un objet rose, qui dépassait du rideau de douche. Je l'écartai doucement et découvris sur le rebord de la baignoire un rasoir jetable rose, le genre de modèle réservé aux femmes.

Mon estomac se noua. Je n'avais rien remarqué hier soir. Cette chose était-elle déjà là jeudi dernier ? J'en doutais. Je l'aurais forcément repérée quand nous nous étions douchés ensemble, au retour du bar. Depuis, une femme était venue ici et qui s'y sentait assez à l'aise pour apporter son propre rasoir. Je me sentais nauséeuse – et furax. En premier lieu contre moi-même. Comment pouvais-je être aussi bête ?

D'un air impassible, je regagnai la cuisine, où KC en costume bleu marine et cravate Hermès engloutissait son café. Je me versai une tasse que je bus sans lait, puisque le frigo n'en contenait pas. KC annonça qu'un taxi l'attendait en bas, qui me reconduirait dans le Village après l'avoir déposé au travail.

J'aurais voulu me sauver par mes propres moyens, mais je savais qu'il était impossible de trouver un taxi à cette heure-ci, et je n'avais pas le courage d'affronter le métro. Il pleuvait et la température avoisinait les quinze degrés, me faisant frissonner sous mon tee-shirt. Dans la voiture, KC commenta brièvement la météo avant de se plonger dans le *Wall Street Journal* laissé à son intention dans le hall. Son bureau se trouvait sur Park Avenue, vers la 50e rue, et dans la circulation encore rare du petit matin, le trajet dura à peine vingt minutes. Comme la voiture ralentissait devant son bâtiment, il m'embrassa furtivement sur la bouche.

– Du coup, tu n'as toujours pas de parapluie, lança-t-il d'un air fripon.

Avant que j'aie pu glisser la moindre réplique, il partit affronter la pluie.

Quand le chauffeur me déposa devant chez moi, j'avais le moral en dessous de zéro, sans même savoir ce qui me minait le plus : ma bisbille avec Cat, les angoisses liées à mon enquête ou ce satané rasoir rose. Le plus probable était que l'ensemble mijotait pêle-mêle dans la cocotte qui me servait de cervelle.

Je vérifiai mes messages. Aucun raccrochage. Juste un type qui pensait s'adresser à Mary, et deux phrases hystériques de Cat, laissées dans la foulée de son appel, sur mon portable, hier après-midi.

Je mis de l'eau à bouillir et pris une douche. Puis, tout en me séchant, j'attrapai le téléphone pour proposer à Landon de petit-déjeuner ici. Je n'avais pas grand-chose à lui offrir, sinon des petits pains congelés, mais il était partant.

Tout en disposant les tasses et les assiettes sur la table du salon, j'essayai d'établir mon programme de la journée. Quelle marge de manœuvre me restait-il ? Cat voulait-elle encore de mes services, à présent que j'avais dévié de l'itinéraire prescrit ? Ou devais-je stopper là mes recherches ? Eh bien, elle se mettait le doigt dans l'œil si elle croyait que j'allais renoncer comme ça. Je me faisais un devoir de découvrir la vérité. D'autant que l'assassin me surveillait de près. Je ne dormirais sur mes deux oreilles que lorsqu'il – ou elle – serait sous les verrous.

Je devais mettre la dernière main à mon article, ensuite j'irais le déposer. J'aurais pu l'envoyer par mail, mais un saut au journal était l'occasion rêvée de jeter un œil sur mes collègues. Puis je me rendrais à la boutique Godiva de la

Cinquième Avenue. Bien que les produits de la marque soient disponibles dans la plupart des épiceries fines de New York, c'est encore chez eux que je trouverais le plus grand choix. Je prévoyais aussi de passer quelques coups de fil à gauche et à droite pour grappiller des informations sur Patty Gaylin et ses cookies. Sans oublier la lecture publique de Nancy Highland. Elle aurait lieu à 15 h 30 dans une librairie proche de la 70e rue est, et je ne voulais pas rater ça.

On sonna. Dès que Landon me vit, son visage se renfrogna.

– Mais tu as l'air épuisée, ma chérie !

– C'est terrible à ce point ?

– Je n'ai pas dit terrible, attention. Disons que tu as de grosses et sombres cernes sous les yeux. Mais, sur toi, ça ne peut être que sexy.

– Bien rattrapé, concédai-je.

Il s'assit, tandis que je versais le café dans un broc et enfournais un bagel dans le grille-pain.

– Toi aussi, tu m'as l'air un peu flapi, lançai-je depuis la cuisine. La nuit a été torride ?

– J'ai cru qu'elle le serait, avant qu'elle vire au désastre. Cet Edward dont je te parlais il y a quelques semaines, celui avec le faux accent british, il m'a proposé de l'accompagner à une fête dans un loft de Tribeca. Il était désolé de me prendre au dépourvu, mais promettait que ce serait génial. Il n'avait jamais répondu à mes coups de fil, mais je me suis dit : « C'est pas grave, il était sûrement débordé. » Je passe donc le prendre en taxi, que je paie de ma poche, et, une fois sur place, je me rends compte que nous ne sommes que de vulgaires pique-assiettes. Je te jure, je n'ai jamais eu aussi honte de ma vie.

– Vous vous êtes fait virer ?

– Non, mais c'est la meilleure chose qui aurait pu nous arriver. Il y avait ce type à l'entrée qui cherchait à savoir qui nous avait invités. Là, Edward voit le buffet et lance : « Nous sommes des amis du jambon ! » avant de se fondre dans l'assemblée, me laissant complètement en plan. Il a dû m'inviter uniquement parce que je n'ai pas une tête de pique-assiette et que ma présence l'aiderait à entrer. Sur le moment, je l'ai eue très mauvaise, mais bon, mon amour-propre en a vu d'autres. Et toi, alors, pourquoi dirait-on que tu as veillé toute la nuit ? Quoi de neuf avec la miss Kit-Cat ?

J'allai remplacer le bagel dans le grille-pain. J'informai Landon des rebondissements de mon enquête et de mes dernières conclusions, sans oublier la gifle verbale que j'avais essuyée.

– Mais c'est à vous flanquer la migraine, une histoire pareille ! s'exclama Landon. Et tu ne sais toujours pas qui a pu tuer la fille au pair ?

– Non. Mais quelqu'un a fouillé mon bureau et me bombarde d'appels anonymes. Il doit s'agir de l'assassin, ce qui veut dire qu'il est tout près de nous.

– Si seulement tu restais en dehors de tout ça, Bailey... C'est bien trop dangereux !

– Le pire, c'est que même si je laissais tomber, je n'ai aucun moyen d'en avertir le tueur. Autrement dit, je ne serais pas plus à l'abri. Non, le plus sûr est encore de le démasquer.

Sur ce, je lui demandai quelle attitude il me conseillait d'adopter vis-à-vis de Cat.

– Pour commencer, dit-il, ne va pas te mettre à genoux ni pleurer misère. Tu ne ferais que réveiller le monstre qui sommeille en elle. À ta place, je me ferais oublier quelques jours.

– C'est exactement ce que me suggérait KC hier soir.

– Tiens, ça se réchauffe de ce côté-là ?

– Non, ça se refroidit. Si nous parlions d'autre chose ?

Avant qu'il ait pu entonner son couplet comme quoi je méritais d'épouser l'homme le plus merveilleux du monde, nous eûmes la surprise d'entendre frapper à la porte ; d'ordinaire, les visiteurs étaient annoncés pas le portier.

Je traversai le salon pour ouvrir, sans détacher la chaînette de sécurité. Cat Jones se tenait dans le couloir, vêtue d'un trench-coat crème.

– Tu vas me laisser entrer ? demanda-t-elle.

– Bien sûr, répondis-je en ôtant la chaînette. Tu n'as pas croisé le portier en bas ? Personne ne m'a prévenue.

– Si, il y avait un type dans le hall, dit-elle en passant le seuil. Mais il ne m'a rien demandé.

Il avait dû croire à son attitude qu'elle venait d'acheter l'immeuble.

– Mets-toi à l'aise. Je te sers un café ? J'en ai du tout prêt.

Elle écarquilla les yeux en apercevant, par-dessus mon épaule, Landon, qui s'était levé de sa chaise. Sur le coup, elle dut penser que je fréquentai un homme qui avait le double de mon âge. Je fis les présentations, en m'abstenant toutefois de préciser que Landon était mon voisin – pour le malin plaisir de prolonger la confusion de Cat. Mais quand ils échangèrent une poignée de main, je vis qu'elle le reconnaissait, d'une fête *Gloss* où je l'avais traîné.

Je voyais bien que Landon se faisait une joie d'assister au spectacle, mais un simple regard me suffit à l'en dissuader. Il se retira sans attendre, annonçant avec humour qu'il avait une poitrine de bœuf à faire mariner.

– Cet endroit a drôlement changé depuis ma dernière visite, estima Cat en jetant son manteau sur le canapé. C'est mignon. Très Santa Fe, je me trompe ?

– En quelque sorte, répondis-je en lui tendant sa tasse.

Elle portait un gilet ultramoulant à col en V et une jupe ample, imprimée de lèvres mauves.

– C'est devenu assez commun aujourd'hui, expliquai-je, mais j'aime ces couleurs, et ces corbeilles sont très bon marché. J'avais hâte de me débarrasser de tous ces trucs ultramodernes qui me rappelaient mon mariage.

– Et ça va, tu tiens le coup ? Par rapport à ton divorce, j'entends.

– Oui, oui. Le plus dur est passé.

– Ce doit être difficile de vivre seule dans un endroit qu'on a partagé avec un être aimé, non ?

Tiens... Se souciait-elle vraiment de mon sort ou avait-elle un projet similaire ?

– Je dirais que ça dépend. Si tu es encore amoureuse, ça doit être très dur. Mais je ne l'étais plus. Et puis, tu n'imagines pas ce qu'un changement de déco peut faire.

– Tu m'en veux toujours ? demanda-t-elle à brûle-pourpoint.

Elle avait déambulé jusqu'à la table avant de prendre la chaise libérée par Landon. Je m'assis à mon tour.

– Oui, Cat. Moins qu'hier soir, mais je te mentirais si je disais que j'ai passé l'éponge.

– Eh bien, je suis justement venue m'excuser. Je sais que mon attitude d'hier est impardonnable – et tu es la dernière personne qui méritait ça –, mais tu dois comprendre que je ne suis plus moi-même ces temps-ci. Je perds les pédales, Bailey. Entre Tyler qui me manque, Jeff qui s'absente souvent et mon travail qui devient un cauchemar, cette histoire avec Patty est la goutte d'eau qui a fait déborder le vase. J'ai demandé à Carlotta de rester cette nuit et je me suis réveillée en sursaut, en pensant : « Et si c'était elle, la tueuse ? Et si elle se trouvait là, derrière la porte de ma chambre, avec un couteau de boucher à la main ? » Voilà dans quel état je me trouve en ce moment. Et j'ai soudain eu l'impression que tu t'en moquais, que tu poursuivais ton idée bille en tête, comme si je n'existais pas.

– Je suis désolée de t'avoir donné ce sentiment, Cat. Je reconnais que, dans le feu de mes recherches, je ne t'ai pas manifesté beaucoup de compassion.

– Remarque, c'est normal que tu te tracasses moins que moi, releva-t-elle avec un peu d'amertume, puisque tu penses que tout cela ne concerne qu'Heidi.

– Tu tiens vraiment à remettre ça sur le tapis ? C'est comme ça que tu t'es emportée hier.

– Oui, je veux qu'on en parle. Tu as raison quand tu dis que je t'ai sollicitée parce que tu es brillante et opiniâtre. Il faut que je puisse te faire confiance.

– Je ne me suis jamais prétendue brillante, Cat.

– Allons, Bailey, tu sais parfaitement ce que je veux dire. Si tu as quelque chose à me dire au sujet d'Heidi, dis-le. Je suis prête à l'entendre.

Elle semblait sincère, alors je décidai de tâter le terrain, en douceur.

– En effet, je pense de plus en plus que les chocolats étaient destinés à Heidi, mais je n'en suis pas sûre à cent pour cent. Il me reste un dernier détail à vérifier.

– Mais je ne comprends pas, répondit-elle. Comment aurait-on pu savoir qu'Heidi allait prendre cette boîte ?

– Je ne crois pas à cette version-là, Cat. Je pense que l'assassin a laissé la boîte en évidence sur la console avant de la reprendre. Une sorte de leurre, en somme. Puis il a glissé les truffes empoisonnées à travers les barreaux du studio.

– Mais pourquoi, voyons ? Pourquoi l'un de mes invités en aurait-il après Heidi ? Attends... Jody est passé ce soir-là. Ça pourrait être lui ?

– C'est un suspect évident. Mais nous devons chercher d'autres noms. À ta connaissance, y avait-il, parmi tes convives, des individus qui connaissaient déjà Heidi ?

– Bien sûr. Les collègues l'ont souvent croisée dans les locaux de *Gloss*, sans compter ceux qui passaient à la maison. Mais... veux-tu dire qu'un de mes employés ait eu une *liaison* avec elle ? bredouilla-t-elle.

– Peut-être. Tu aurais une idée ?

– Non. Rien dont j'ai eu vent, en tout cas.

J'avais bien regardé son visage pendant qu'elle répondait et elle paraissait sincère. Elle ne savait rien de l'idylle entre Heidi et Kip, et j'allais bien me garder de la mettre au parfum. De même que j'allais éviter d'aborder le sujet Jeff : je n'avais aucune preuve à son sujet, j'avais déjà cuisiné Cat sur l'état de son mariage et je ne voulais pas déclencher une nouvelle dispute.

– Et la parure Tiffany, alors ? J'ai cru comprendre que Carlotta ou toi l'avait récupérée. La vue de ces bijoux ne t'a rien évoqué ?

– Non, Bailey. Encore une fois, je n'ai aucune raison de penser qu'Heidi ne les possédait pas en arrivant à New York. En tout cas, ils n'ont pas pu être offerts par Jody. C'est le genre de gars qui offrirait un tapis de voiture en guise de cadeau d'anniversaire. Au fait, que devrais-je faire de cette parure, d'après toi ?

– Rien dans l'immédiat. Mais s'il s'avère que j'ai vu juste et qu'Heidi était bien la personne visée, alors il faudra la remettre à la police. Si ce sont de vrais Tiffany, on pourra peut-être retrouver l'acheteur.

– Et quand pourras-tu vérifier ce « dernier détail » dont tu parlais ?

– Peut-être demain.

– Et d'ici là, tu ne peux rien me dire ?

– Rien de sûr, en tout cas. Il s'agit peut-être d'une fausse piste. Mais je promets de t'appeler dès que j'ai la réponse.

– Je vois que tu as une idée précise derrière la tête, fit-elle en reculant sa chaise pour montrer qu'elle était sur le départ. Je m'en vais à Litchfield vers 15 heures, cet après-midi. J'ai besoin de m'éloigner de New York. Cette affaire ne me concerne peut-être pas, mais tant que la police le croit et que tu n'as pas prouvé le contraire, je ne serai pas tranquille ici. Pourquoi ne viendrais-tu pas passer quelques jours avec moi ?

– Rassure-moi, tu ne comptais pas y rester toute seule ?

– Bien sûr que non. Jeff rentre de Miami ce soir. Il prendra un taxi directement de La Guardia jusqu'à Litchfield. Et ma mère nous amènera Tyler ce week-end, si je me sens... en sécurité.

– Ton invitation me touche, Cat, mais n'as-tu pas besoin d'un peu de temps pour toi, pour toi et pour Jeff ?

– La maison est assez grande. Et ça nous donnera l'occasion de discuter tranquillement.

– J'adorerais t'accompagner, mais j'ai une journée bien remplie.

– Dans ce cas, tu n'as qu'à monter demain.

– D'accord, ça me paraît jouable. Mais je ne sais pas à quelle heure je pourrai me libérer...

– Peu importe. Tu as mon numéro. Appelle-moi ce soir. J'y serai à partir de 18 heures.

Elle sortit de son sac un tube de rouge à lèvres et, se regardant dans la lame d'un couteau de table, s'appliqua un raccord aussi épais qu'une couche de mastic. Quand elle eut terminé, après avoir pressé ses lèvres l'une contre l'autre pour obtenir une répartition uniforme, nous nous levâmes ensemble. Elle ramassa son manteau, le mit et embrassa la pièce d'un coup d'œil, fidèle à sa manie de faire l'inventaire des lieux chaque fois qu'elle s'en allait. Peut-être était-ce, à l'origine, par peur d'oublier un parapluie ou des gants. Mais, par moments, elle avait l'air de celle qui cherche des snipers.

– Tu n'as pas peur que tes absences répétées au journal te portent préjudice ? demandai-je en la reconduisant à la porte. Tu disais que Harry était sur ton dos.

– Pour l'instant, il me laisse tranquille. Il a toujours aimé qu'on vienne ramper devant lui en faisant mine d'être perdu sans ses conseils.

– C'est là que tu vas maintenant ? au bureau ?

– Tout à l'heure, j'ai d'abord une réunion à l'extérieur.

– Avant que tu partes, j'aurais une dernière question sur Heidi. J'ai appris qu'elle travaillait avant pour Nancy Highland à Scarsdale. Comment s'est-elle retrouvée chez toi, au juste ?

– Je sais que cette femme considère que je lui ai volé Heidi, mais ça ne s'est pas passé comme ça, répondit-elle en nouant – au lieu de boucler – la sangle de son trench. L'été dernier, Audrey a téléphoné là-bas pour régler un petit détail à propos de son bouquin stupide, et c'est Heidi qui a répondu, en se présentant comme la fille au pair de la maison. Vu que la mienne venait de démissionner, Audrey en a profité pour lui demander si elle avait des amies disponibles pour le même job, à New York. Elle nous a aussitôt supplié de l'embaucher. Mais pourquoi cette question ?

– Par simple curiosité.

– Quelle que soit la piste que tu explores, sache que ça me convient, Bailey. J'ai besoin de ton aide, et tu le sais, non ?

– Je ferai tout mon possible, Cat.

Soudain, elle parut pressée de partir et c'est elle qui ouvrit la porte. Je lui dis au revoir, promis de lui communiquer au plus vite le résultat de mon enquête et de l'appeler, ce soir, pour lui indiquer mon heure d'arrivée à Litchfield.

Il était plus de 10 heures ; j'étais déjà en retard sur mon planning. Laissant les restes du petit déjeuner sur la table, j'allumai l'ordinateur et parcourus une dernière fois mon article sur Marky, corrigeant quelques bouts de phrases par-ci, par-là. J'étais plutôt satisfaite du résultat final, même s'il aurait sans doute été meilleur si j'avais eu un délai plus long. Quand je mis le point final, j'essayai de joindre plusieurs collègues free-lance qui avaient travaillé pour *Women's Home Journal* ; une seule était chez elle, et elle ne savait rien sur cette histoire de cookies. Malheureusement, je ne connaissais aucun salarié dans la place.

Midi venu, j'avais hâte de bouger. Je choisis de modifier mon programme en me rendant chez Godiva avant d'aller chez *Gloss*. Voyant par la fenêtre du balcon qu'il pleuvait à verse, j'enfilai mon imperméable et mes bottes en caoutchouc noires. Ce n'était pas vraiment le look Cat Jones, mais je ne roulais pas en limousine, moi. Au kiosque à journaux du métro, j'achetai le *News* et le *Post* pour voir si on y parlait de Cocotte Patty, mais rien. Le train était étonnamment plein pour une fin de matinée, ce qui me valut un voyage déplaisant, serrée entre des corps chauds et humides.

Tout en boiseries, la boutique Godiva située au coin de la 54e rue et de la Cinquième Avenue était vide. La fête des

Mères passée et l'été approchant, c'était plutôt la morte saison. Sur les étagères, la boîte dorée classique se déclinait dans toutes les tailles, certaines avec un simple élastique brillant, d'autres coiffées de toutes sortes d'ornements. Je décidai de procéder avec méthode en parcourant les rangées de l'avant de la boutique vers le fond. Je m'y attelais depuis une petite minute quand une vendeuse noire, d'une trentaine d'années, en tailleur-pantalon sombre vint me proposer son aide. J'expliquai que je désirais offrir une boîte à une amie, sans trop savoir quelles options existaient. Elle me promena dans le magasin, m'exposant les différentes caractéristiques. Mais pas la moindre fleur blanche ou rose en vue. Je pris un assortiment de truffes pour préserver la bonne humeur de la vendeuse et, comme elle enregistrait mon achat, je lui demandai s'ils vendaient aussi des modèles avec une fleur en tissu.

– Tout ce que nous avons est là, madame.

– Et ces modèles sont toujours les mêmes ou ils se renouvellent ?

– Ils changent d'une saison à l'autre. C'est pour un cadeau d'anniversaire ?

– Pour tout vous dire, je me demandais si une petite fleur blanche que je possède venait de chez vous.

– C'est possible. Nous en faisons parfois. (M'ayant rendu la monnaie, elle semblait pressée de servir un nouveau client qui secouait son parapluie.) Vous avez cette fleur sur vous ? Je la reconnaîtrai peut-être.

Je répondis que non, mais que je pourrais la rapporter à l'occasion. Elle m'adressa un sourire crispé, comme face à une folle. Je ressortis en rangeant mon emplette dans mon cabas.

Pour aller à *Gloss*, le chemin le plus court était encore d'y aller à pied. Je me mis en route, pataugeant sous la pluie, devenant à chaque seconde plus trempée et grognon. Je profitai de cette balade pour faire le point : j'avais été persuadée que le pétale présent dans l'enveloppe matelassée s'était détaché de la boîte Godiva, mais je repartais sans preuve. À ma place, les flics auraient seulement eu à comparer ce pétale avec la fleur d'origine en leur possession, mais je n'avais pas ce pouvoir. Et je ne voulais pas risquer de les ameuter pour rien. Pourrais-je sortir le pétale de chez Cat pour le montrer à la vendeuse ?

Le siège du journal baignait dans un silence de plomb : nous entrions dans cette phase d'accalmie qui succède au bouclage. Cela dit, comment savoir désormais ce qui relevait de nos habitudes de travail et ce qui résultait de la terreur collective ? En sortant de l'ascenseur, je jetai un coup d'œil vers le puits – une vraie ville fantôme –, puis gagnai mon bureau en faisant une boucle, dans l'espoir d'éviter Leslie.

Mes affaires semblaient à leur place, intactes. Combien de temps me faudrait-il pour entrer dans ce bureau sans ressentir un pincement au cœur ? J'ôtai mon imperméable, l'égouttai rapidement et l'accrochai à la patère de la porte. Je laissai les bottes et le parapluie dans le couloir et chaussai la paire de tennis que j'avais fourrée dans mon cabas.

J'étais venue pour remettre mon article ; je décidai donc d'y vaquer sans plus attendre pour ne pas être tentée de le retoucher une énième fois. La lecture de Nancy Highland étant prévue à 15 h 30, il me faudrait partir une demi-heure plus tôt. Avec un peu de chance, j'arriverais à l'interviewer et à voir dans quelle mesure Heidi lui avait gâché l'existence – et, à partir de là, à déterminer si elle méritait la qualité de suspecte ou non.

Et quoi, ensuite ? Si j'étais décidée à approfondir l'hypothèse Heidi, l'absence de preuve réfrènerait mon élan. En fait, plus j'y pensais, plus il apparaissait que je devais suivre deux routes parallèles. La première : démontrer qu'on avait tué à dessein Heidi. La seconde : partir du principe que j'étais dans le vrai pour traquer dès maintenant son meurtrier. Si celui-ci avait envoyé des cookies douteux à Patty Gaylin afin de noyer le poisson, cela voulait dire qu'il se sentait acculé. Auquel cas, je n'osais imaginer quel serait son prochain geste...

J'avais déjà rencontré les proches d'Heidi, examiné deux fois ses effets personnels et interrogé les deux ex que je connaissais, Jody et Kip. Il me restait à percer l'identité du client de Tiffany, amateur de jazz et de vodka. Mon petit doigt me disait que cette découverte me mènerait tout près du but. Mais comment faire ?

Je me rendis au bureau de Polly et laissai mon article dans sa corbeille de bureau, puisque ni elle ni sa secrétaire n'étaient dans les parages. De retour dans mon cagibi, je commandai une soupe de palourdes Nouvelle-Angleterre, qui me fut livrée avec trois sachets de crackers insipides. Tout en les grignotant, j'élaborai un plan. Pour commencer, j'allais accepter l'invitation de Cat à Litchfield. Avec un peu de chance, j'apprendrais quelque chose d'intéressant. Ça serait l'occasion d'observer ses rapports avec Jeff, et son comportement à lui. Et puis, sait-on jamais, puisque Heidi avait déjà séjourné dans cette maison – et même prévu d'y attirer monsieur X –, elle aurait pu laisser traîner un indice. Je me berçais peut-être d'illusions, mais c'était toujours mieux que de rester les bras croisés à New York.

Pour revenir à aujourd'hui, après la prestation de Nancy Highland, je retournerais sur la 91e rue. Cat allait partir pour Litchfield et Jeff travaillait à Miami, mais Carlotta serait sans doute là. Avant, j'emprunterais un Polaroïd au département artistique afin de photographier ce satané pétale et le montrer à la vendeuse de Godiva.

Je quittai la rédaction à 15 heures précises. Au coin de Madison, la petite librairie indépendante était de celles qui avaient survécu à la concurrence des géants du secteur. Je me frayai un chemin jusqu'au fond de la boutique, où Nancy Highland avaient commencé sa lecture devant une vingtaine d'auditrices, rien que des femmes, assises sur des chaises pliantes noires ou appuyées aux rayonnages de livres. On avait disposé une assiette de biscuits Milano sur un guéridon, seul effort pour souligner l'aspect « tea party » de la rencontre.

D'après une affiche, l'extrait de *L'Amour à tout prix*, proposé aujourd'hui, était *Un après-midi à Alger* : apparemment, cela traitait d'une quadragénaire divorcée qui, lors d'un voyage organisé en Afrique du Nord, s'éprenait du jeune guide du groupe. L'auteur détachait chaque mot, avec toute la solennité requise par *Les Morts* de James Joyce. J'essayai de prendre un air absorbé, mais c'était très, très difficile.

Malgré son petit nombre, l'assistance semblait enthousiaste. À l'évidence, il s'agissait d'amies et de fans, qui toutes voulurent la féliciter à la fin. Je restai en retrait, attendant que chacune y soit allée de son petit commentaire et de sa petite question, mais au bout de vingt minutes, je compris que deux d'entres elles n'allaient jamais lâcher prise. Si je voulais agir, je devais m'imposer.

– Bonjour, Nancy, fis-je en m'avançant, la main tendue. Nous nous sommes rencontrées chez Cat Jones, il y a quelques semaines. J'ai beaucoup apprécié cette lecture.

Elle me considéra avec aversion. Elle possédait l'un de ces petits minois criblés de taches de rousseur, qu'on trouve chou jusqu'à l'âge de vingt-quatre ans, avant qu'ils se rident comme une pêche vieille d'une semaine. Elle portait un tailleur Chanel rose vif à gros boutons dorés, comme pour compenser son manque d'éclat.

– Oui, vous travaillez chez *Gloss*, répondit-elle enfin. Qu'est-ce que vous fabriquez ici ?

– Eh bien, j'écris moi aussi, et j'ai eu envie de vous écouter. Auriez-vous une minute à m'accorder ?

– À vrai dire, non. Je vais dîner avec deux amies et je ne voudrais pas les faire attendre.

– Ce sera bref et c'est très important.

– D'accord, capitula-t-elle dans un gros soupir. Mais faites vite, alors.

Je baissai la voix pour ne pas être entendue des deux copines qui faisaient le pied de grue.

– Comme vous le savez peut-être, la fille au pair de Cat Jones, Heidi, nous a quittés dernièrement.

– Bien sûr que je suis au courant. La police est venue jusqu'à Scarsdale pour m'interroger sur cette fête. Je leur ai déjà dit que je ne savais rien.

– Cat est préoccupée par certains aspects de la vie d'Heidi qu'elle découvre seulement, et elle m'a chargée d'apprendre tout ce que je pouvais.

– Comme c'est original ! Elle vérifie les antécédents *après* le décès de sa fille au pair.

Elle parlait en hochant la tête d'avant en arrière, comme ces chiens montés sur ressort posés sur la plage arrière des voitures.

– Je sais qu'Heidi a été votre employée et qu'elle vous a causé quelques soucis.

– Qui vous a dit ça ? Dolorès ?

– Elle aurait eu une liaison avec votre fils aîné, poursuivis-je en ignorant sa question.

– Mon fils ? s'étonna-t-elle. Alors, c'est bien Dolorès qui vous a renseignée, hein ? Bon sang, il faut toujours qu'elle comprenne tout de travers. Non, il ne s'agissait pas de mon fils. Heidi a *joué* avec mon fils. Elle l'a aguiché et même torturé, ce qu'il ne m'a révélé qu'à l'automne dernier, au téléphone, après son départ pour Chapel Hill. Mais elle avait beaucoup mieux à se mettre sous la dent. Celui qu'elle a vraiment débauché était mon camarade de country club, monsieur le concessionnaire Mercedes, marié et père de deux enfants. Son épouse lui a pardonné, mais je me demande bien pourquoi. Il est si pathétique...

– Avez-vous aperçu Heidi lors de la fête chez Cat ?

– En coup de vent. Elle a détalé comme un lapin en me voyant. Ça me fait penser que je n'ai toujours pas appelé mon fils pour lui annoncer sa mort.

– Il est à Chapel Hill, disiez-vous ?

– Oui, avec une nouvelle fiancée tout à fait délicieuse. Vous savez, sur le moment, j'étais furieuse qu'Heidi nous lâche aussi vite, ne serait-ce que parce que nous lui avions payé le voyage depuis l'Indiana. Mais, tout compte fait, il ne pouvait rien nous arriver de mieux. Elle ne nous apportait que des ennuis. Cat Jones a voulu nous la prendre, eh bien, elle a eu ce qu'elle méritait. Ça doit être atroce de travailler pour cette femme. J'espère que vous ne commettrez jamais l'erreur de lui faire confiance.

Sur ces mots, elle se retourna vers ses deux copines, qui m'observèrent comme si j'étais une fanatique. Je ressortis sans demander mon reste.

La pluie avait enfin cessé. En cette heure de pointe, il était vain de chercher un taxi pour remonter la vingtaine de blocs qui me séparaient de chez Cat. Mais je me trouvais à côté d'un arrêt de bus : je sautai dans le numéro 2 qui arrivait à l'instant, espérant atteindre la 91e rue en moins d'un quart d'heure.

À écouter Nancy Highland, elle n'avait aucune raison valable de figurer sur ma liste de suspects. Heidi l'avait laissée le bec dans l'eau, avait brisé le cœur de son fils et jeté le trouble dans le country club, mais cela ne suffisait pas à justifier un meurtre. Il ne me restait plus qu'à concentrer mes efforts sur monsieur X.

Descendue au carrefour Madison/91e, j'aperçus au loin Carlotta qui descendait les marches de la maison dans son imperméable noir.

– Ohé, Carlotta ! lançai-je en courant à sa rencontre. Cat est déjà partie pour Litchfield ?

– Oui, depuis au moins deux heures, Mlle Bailey.

– Zut, j'espérais la coincer avant, mentis-je. Vous avez fini votre service, Carlotta ?

– Oui. Je n'aime plus rester ici la nuit.

– À cause du drame, vous voulez dire ?

– Oui, ça me fait trop peur. Je l'ai dit à Mme Henderson.

Elle descendit les deux dernières marches, signe qu'elle était pressée de partir. Je ne voyais pas comment la convaincre de rouvrir la maison pour me laisser prendre une photo. Elle jugerait ça louche et trouverait une bonne excuse pour refuser. Comme elle partait vers l'est, sûrement pour prendre la ligne Lex sur la 96e rue, je lui emboîtai le pas.

– Je comprends votre angoisse, dis-je. Ça doit être très oppressant.

Elle acquiesça en silence.

– Heidi et vous étiez devenues assez proches, non ? Elle vous manque ?

S'arrêtant net, elle se tourna vers moi, plantant ses yeux noirs dans les miens.

– Non, elle ne me manque pas. Elle a fait beaucoup de problèmes.

– Qu'entendez-vous par là ? demandai-je, tandis qu'elle reprenait sa marche.

– Elle a fait des problèmes entre M. et Mme Henderson. Ça n'était pas joli.

– Quel genre de problèmes ?

– Très grave. Mais non, je ne dois rien dire.

– Je vous en prie, Carlotta. Je cherche seulement à aider Cat.

– Il était très gentil avec elle. Ils ont eu de grosses disputes à cause de cette fille. Mais, s'il vous plaît, je ne peux rien dire.

Sur ce, ayant lâché sa bombe, elle se sauva.

21

Cat m'avait menti. Dans les grandes largeurs. Elle m'avait juré que tout allait pour le mieux entre elle et Jeff, et qu'elle ne connaissait à Heidi aucune liaison adultère. Je me sentais trahie, manipulée. À cela s'ajoutait une terrible angoisse : Cat avait un mobile pour tuer.

Tandis que Carlotta s'éloignait sur le trottoir, les pensées se bousculaient dans ma tête. Mais je doutais de lui en faire dire plus : alors je la laissai filer. Je pris à droite sur Park Avenue, optant moi aussi pour la ligne Lex, mais depuis la station de la 86e rue.

La cervelle en ébullition, tiraillée entre la colère et la détresse, j'avançais en pilotage automatique, indifférente aux passants, aux flaques d'eau et aux voitures qui rasaient le trottoir. Puis les choses allèrent de mal en pis. Parvenue à l'angle de Lexington et de la 86e rue, je traversai machinalement cette dernière au lieu de m'enfoncer dans la bouche de métro. Et là, à quelques mètres d'un bistrot français, je tressaillis : KC émergeait d'un taxi en compagnie d'une femme – non, de deux femmes, âgées d'une vingtaine d'années et gaies comme des pinsons. Je fis aussitôt deux pas pour m'adosser à la façade du premier immeuble venu, baissant la tête pour l'épier sans qu'il me reconnaisse. Le trio parlait fort sur le trottoir. Puis un autre homme sortit de l'avant de la voiture, rangeant son portefeuille dans sa poche révolver. Ce n'était peut-être qu'une bande de copains. Mais quand le second type passa le bras sur les épaules d'une des femmes, KC glissa tendrement sa main dans le dos de l'autre.

Je réprimai une furieuse envie de hurler, rebroussai chemin à toute allure, redescendis sur Park Avenue et, au niveau de la 77e, finis par trouver un taxi qui remontait dans la mauvaise direction.

Je refermai ma porte d'entrée dans un état presque convulsif. Je me débarrassai de mes bottes et jetai mes sacs dans le bureau. Je n'avais pratiquement rien à manger, mais j'étais trop affamée et tendue pour faire la queue au *deli* ; j'éliminai les moisissures d'un bloc de cheddar et me cuisinai une omelette au fromage, que je dévorai sur la table du salon. Un peu plus tard, alors que je m'acharnais sur la poêle avec les lambeaux d'un tampon à récurer, je me mis à pleurer toutes les larmes de mon corps.

Je ne savais pas exactement ce qui prédominait dans mon chagrin : KC, Cat ou bien la somme de tout ce que j'avais enduré en deux semaines. Mes derniers gros sanglots remontaient à deux mois après le départ de mon mari – lorsque je m'étais effondrée face à un vendeur de chaussures agressif. Au bout d'un quart d'heure, quand mes spasmes redevinrent de simples reniflements, je me sentis mieux. Mais je n'étais pas plus avancée.

Pour ce qui était de KC, je reconnaissais que je ne pouvais m'en prendre qu'à moi-même : il n'avait jamais réclamé la moindre exclusivité entre nous, et le rasoir rose aurait dû finir de me convaincre qu'il n'était pas pour moi. Naïvement, j'avais voulu croire que nos rendez-vous de dernière minute étaient un simple gage de décontraction, quand ils n'étaient pour lui qu'un bon moyen de se distraire sans jamais s'engager. Quand je pense que la femme de ce soir avait réussi à lui arracher un restaurant... Dans le fond, Landon n'avait peut-être pas tort : ce qui m'avait séduit chez KC était peut-être sa parfaite non-disponibilité.

Venait ensuite Cat. Elle m'avait roulée dans la farine, mais il y avait pire : elle pouvait bel et bien avoir empoisonné Heidi. Rétrospectivement, en observant son comportement depuis deux semaines, je relevai toute une série d'incohérences. Pour commencer, son coup de fil du dimanche matin : sans raison apparente, elle avait su tout de suite qu'il était arrivé quelque chose à Heidi, et tenait mordicus à ce que j'accoure chez elle. Pensait-elle que me faire trouver le cadavre contribuerait à la disculper ?

Ensuite, l'étrange programme de ce week-end-là : envoyer Jeff et Tyler à la campagne, soi-disant pour travailler, puis filer à East Hampton. Y avait-elle seulement mis les pieds ? Et puis, quelle idée de convoquer Heidi un dimanche matin...

Mais ce n'était pas tout. Cat avait tout de suite mentionné les habitudes chapardeuses de sa fille au pair, précisant que les truffes qu'elle avait mangées devaient être celles laissées à son intention. Plus tard, c'est encore elle qui ferait le parallèle avec le cas Tucker Bobb, comme Leslie me l'avait indiqué au téléphone.

Enfin, et surtout, sa virulence quand j'avais suggéré qu'Heidi était peut-être la seule visée...

À supposer qu'elle ait voulu se venger d'une liaison entre Jeff et Heidi, pourquoi s'en prendre à elle et pas à lui ? Parce qu'elle tenait encore à Jeff ? À moins que l'idylle ait pris des proportions inquiétantes et que le jeune mari soit sérieusement mordu. Dès lors, la seule façon d'y remédier était d'éliminer sa rivale.

Cela dit, si Jeff et Heidi avaient été amants, Jeff redevenait suspect, lui aussi.

Dans ces conditions, devais-je aller à Litchfield ou pas ? Était-ce bien prudent de passer la nuit chez d'éventuels meurtriers, surtout s'ils sentaient l'étau se resserrer ?

Je n'avais pas le choix. Je voulais savoir la vérité. Et puis, en mon for intérieur, je restais convaincue de l'innocence de Cat. Son comportement laissait songeur, mais tout le reste pouvait s'expliquer autrement. Elle m'avait alertée ce matin-là, car elle avait peur, et à juste titre ; elle avait mentionné les vilaines manies d'Heidi, car nous évoquions ses habitudes alimentaires ; elle avait souligné que les Godiva lui étaient destinés, car c'est ce que tout le monde avait cru.

De plus, une question majeure plaidait en sa faveur : Pourquoi m'aurait-elle demandé de jouer les limiers de service si je risquais de la confondre ? Et pourquoi m'intimider à coups d'appels anonymes et de *Mon Chéri* alors qu'elle m'encourageait à persévérer ?

Oui, je devais me rendre à Litchfield, ne serait-ce que pour me rassurer et lui arracher la vérité au sujet de son mariage. Je soutiendrais qu'elle avait flairé une liaison entre Heidi et Jeff, et je verrais bien sa réaction. Je resterais vigilante, car Jeff pouvait être l'assassin. En même temps, je doutais qu'il tente quoi que ce soit en présence de Cat.

Le reste de la soirée fut un fiasco total. Grâce à mon festival lacrymal, mes yeux étaient boursouflés et ma migraine menaçait de me fendre le crâne, ce qui éliminait d'entrée de jeu la solution cinéma. Vers 20 heures, une copine de *Get* m'appela pour me raconter qu'elle avait enfin couché avec son nouveau copain, mais qu'au milieu de la nuit il s'était écrié : « Eh, c'est *mon* doudou ! » Était-ce une raison suffisante pour le quitter ? se demandait-elle. Personnellement, je pensais oui, trois fois oui, mais vu mes derniers exploits en matière de flirt, je ne m'estimai pas d'assez bon conseil pour donner une réponse franche. Après avoir raccroché, je pris un bain tout en feuilletant un *Gloss* de l'hiver dernier que je n'avais jamais ouvert. Arrivée au tuyau malin pour adoucir les toisons rêches (utiliser un après-shampooing ordinaire, disait le magazine), je décidai d'appeler le marchand de sable.

Je me retournai dans mon lit pendant une bonne heure, mes rêves allant de KC à Cat et à Heidi. J'essayai quelques exercices de relaxation, repris mes retournements et sombrai vers 1 heure. Juste avant que le sommeil m'emporte, je notai que je n'avais pas reçu un seul appel anonyme de la soirée.

Jeudi, le lendemain, je me levai tôt, peu avant 7 heures. Malgré des prévisions météo annonçant une belle journée, il faisait gris et frisquet. Je fis un saut à ma salle de gym pour courir 45 minutes sur un tapis. De retour à la maison, j'appelai Cat, l'informant que j'arriverais pour le déjeuner. Là-dessus, je pris ma douche et remplis mon sac de voyage avec des vêtements pour deux jours. Je visais de prendre la route vers 10 heures.

Alors que j'éteignais toutes les lumières de l'appartement, le téléphone sonna. Leslie. Version nouvelle copine.

– Il paraît que tu vas à Litchfield aujourd'hui. Tu veux profiter de la voiture ?

– C'est gentil, mais j'ai ma Jeep. Tu pars aussi ?

– Oui, Clyde et moi prenons un long week-end. On vient de boucler le numéro de juillet et j'ai besoin de décompresser.

– En tout cas, merci pour ton offre, dis-je, pressée de conclure. On se verra peut-être là-bas.

– Au fait, insista-t-elle, j'avais promis de t'appeler si j'apprenais quelque chose sur Patty Gaylin. Mais je n'ai rien de nouveau.

– Moi non plus.

– J'en déduis que tu poursuis ton enquête. Ça avance ?

– Ça se pourrait. Écoute, il faut que je file. J'ai dit à Cat de m'attendre pour déjeuner.

J'avais posé un pied sur mon paillasson quand j'opérai un brusque demi-tour, lâchai mon sac dans l'entrée et attrapai le téléphone pour joindre Jack Herlihy. Je laissai un message sur son répondeur, lui annonçai que je partais deux jours, mais que mon offre touristique tenait toujours pour dimanche. Au passage, je lui confiai le numéro de mes hôtes. Ma voix était fluette et grinçante, comme si j'avais inhalé une bonbonne d'hélium. Je regrettai ce dérapage. Maintenant que je m'étais ridiculisée, il ne serait plus intéressé.

Je fis bonne route, atteignant le comté de Litchfield en deux heures et des poussières. Contrairement à celui de Bucks, il restait préservé de l'expansion de la banlieue. Un paysage de plaines onduleuses et verdoyantes, jalonnées de superbes maisons de maître avec leurs écuries. Même sous la grisaille, c'était magnifique.

La maison de Cat et de Jeff n'était pas la plus cossue du secteur, mais elle était coquette et spacieuse, une ancienne ferme au toit de bardeaux bâtie en bord de route, avec une grange rouge, de nombreuses dépendances et environ quatre hectares de terrain avant la forêt.

Malgré la fraîcheur, la porte d'entrée était entrouverte. Je collai mon nez à la moustiquaire et, ne voyant personne, frappai au cadre. Pas de réponse. La BMW de Cat était dans l'allée, ainsi que le pick-up. Ils ne pouvaient être bien loin.

J'ouvris la moustiquaire et entrai dans la maison, qui embaumait le lilas. Aucun bruit.

J'appelai Cat à plusieurs reprises, sans succès. Laissant mon sac et ma sacoche d'ordinateur dans le hall, je m'aventurai sur la gauche, vers la cuisine. L'ancienne ferme était tout en longueur : on pouvait crier à un bout sans être entendu de l'autre. La cuisine était déserte, mais ailleurs je repérai quelques signes de vie : on avait disposé trois chaises autour de la table rustique, près de la cheminée. J'explorai la salle à manger, le séjour et le porche couvert, ainsi que la petite bibliothèque lambrissée située à l'opposé de la cuisine. Toujours personne.

Comme je remontais le couloir, je distinguai des voix et des pas. Cat apparut alors dans l'escalier, pieds nus, vêtue d'un jean et d'un débardeur en élasthanne, sans soutien-gorge, coiffée en queue de cheval. Derrière elle, j'aperçus Jeff, qui terminait de se reboutonner. Génial. Rien de tel que de déranger ses hôtes en pleine intimité.

– Tu m'as fait peur, dit Cat. On n'a pas entendu ta voiture, mais seulement des bruits dans la maison.

– Je n'arrive pas trop tôt, au moins ?

– Non, on allait passer à table.

Elle me donna une brève accolade et Jeff dit « Salut » en descendant les dernières marches. Aujourd'hui, pas de lèvres gercées sur mes joues ni d'accueil sinistre. Rien que le Jeff gentil, mais un peu distant.

Le déjeuner était composé de salades et de charcuterie, que Cat avait achetées à New York ce matin. Je l'aidai à ouvrir ses paquets et à mettre la nourriture dans les plats, pendant que Jeff remontait une bouteille de la cave. Malgré les cernes sous ses yeux, je n'avais pas trouvé aussi bonne mine à Cat depuis le dimanche du drame – sûrement l'un des bienfaits du sexe avant le repas. Au moment de nous attabler, le téléphone sonna et, au bout de quelques secondes, je compris qu'il s'agissait de Leslie. La discussion semblait concerner le travail, jusqu'à ce que Cat demande : « On vient pour quelle heure ? » La communication terminée, elle déclara que nous étions tous trois conviés ce soir à dîner chez Leslie. Chouette alors.

J'eus du mal à savourer ce déjeuner. Mon estomac faisait des siennes, sans doute le résultat du stress, et l'ambiance de la tablée n'arrangeait rien. Jeff était aimable, mais d'une manière détachée, livrant quelques commentaires sur les qualités comparatives des crus californiens et français, avant de se concentrer sur son assiette. Cat se montrait moins bavarde que d'habitude. En la voyant arracher un morceau de baguette, je pensai malgré moi que ces mains avaient peut-être concocté des truffes empoisonnées.

– Alors, quand est-ce que Tyler nous rejoint ? demandai-je pour meubler la conversation. Vous devez être impatients.

– Ma mère l'amène demain, répondit Cat. Je me faisais une joie de le retrouver aujourd'hui, mais elle avait prévu une petite sortie, et je ne voulais pas la vexer.

– Et où en êtes-vous côté baby-sitter ?

– Eh bien, l'agence ne m'a envoyé personne, et j'ai peur que ce soit dû au battage médiatique autour de l'affaire. En attendant, la cousine de Carlotta va assurer l'intérim.

– Elle va loger dans le studio ?

– Non, elle ne le souhaite pas. Mais elle restera dormir de temps en temps, quand nous le lui demanderons. (Puis elle sauta du coq-à-l'âne.) Il faudra que Jeff te montre son nouvel atelier. Il vient d'aménager le grenier de la grange.

– Pour des photos ?

– Non, répondit l'intéressé. Je fais un peu de peinture. (Il devait être l'une des rares personnes au monde à rester sexy même avec une bavure de mayonnaise sur la lèvre.) Ça a toujours été un hobby, et j'essaie de m'y remettre sérieusement. Je ne suis pas le nouveau Jackson Pollock, mais c'est une sorte d'exutoire, un bon moyen de se détendre.

– Ne sois pas si modeste, protesta Cat. Tes tableaux sont magnifiques.

À l'évidence, elle était encore sous le charme de leurs jeux matinaux... Nous discutâmes peinture pendant quelques minutes, avant d'enchaîner sur la situation de l'immobilier dans le comté de Litchfield. Au moment du café, Cat se mit à caresser l'intérieur du poignet de Jeff, de ce mouvement tendre et lent qui, pratiqué sur la tête d'un chat, l'endort illico. Mais à quoi rimait toute cette mise en scène ? finis-je par me demander.

Une fois nos tasses vidées, j'aidai Cat à charger le lave-vaisselle, tandis que Jeff se préparait à aller chercher en pick-up des meubles achetés quelques semaines plus tôt dans une vente aux enchères. Avant son départ, Cat et lui exhibèrent pendant vingt secondes un baiser torride, comme s'il partait en mission à bord du *Faucon Millenium*.

Ensuite, Cat me montra la chambre d'amis rouge et blanche qui m'était attribuée à l'étage. Je lui demandai si c'était là qu'avait dormi Heidi, et elle répondit que cette dernière avait eu une plus petite chambre, tout au fond du couloir. La question parut l'intriguer, mais ne suscita aucun commentaire. Elle proposa que je la retrouve dans le porche, où elle allait descendre quelques couvertures pour se réchauffer. Je l'y retrouvai rapidement, penchée sur une liasse d'épreuves. Heureusement, j'avais pensé à emporter mon ouvrage sur Anne Boleyn. J'en avais lu deux phrases lorsque Cat, pelotonnée dans un fauteuil noir en rotin, m'interrompit :

– Tout va bien, Bailey ? Tu ne m'en veux plus, hein ?

– Bien sûr que non. Pourquoi ?

– Quand tu m'as appelée ce matin, je t'ai trouvée un peu froide. Et tu parais... je ne sais pas. Quelque chose te tracasse ?

– En dehors du tumulte des quinze derniers jours, tu veux dire ? Je suis fatiguée, c'est tout. Je n'ai pas arrêté de courir.

– Allons, pas à moi, Bailey. Je vois bien que tu n'es pas dans ton assiette. C'est à cause de moi ?

D'une voix étranglée, je répondis :

– T'inquiète pas. Ce ne sont que quelques soucis personnels, qui remontent de temps en temps.

– Tu sais ce que j'ai pensé pendant le repas ? Que c'était peut-être à cause de Jeff et de moi.

– Comment ça ? demandai-je en reposant mon livre, supposant que la suite n'allait guère me plaire.

– Eh bien, il y avait une drôle d'ambiance à table. Je me suis demandée si ce n'était pas éprouvant pour toi d'être seule face à un couple. Depuis ton divorce, j'entends.

– Tu veux dire, si mon divorce m'a traumatisée au point que je ne supporte plus la vue d'un couple heureux et épanoui ? Je ne pense pas, non.

Sur ces derniers mots, ma voix avait glissé vers le caustique.

– Ne le prends pas mal, Bailey. C'est par amitié que je te dis ça. Lors de ma dernière rupture, j'ai vu combien ce genre de chose pouvait être pénible. Et j'ai l'impression que tu te sens mal à l'aise en présence de Jeff et de moi.

Mon sang ne fit qu'un tour.

– La seule chose qui me mette mal à l'aise, Cat, c'est d'assister à ce cirque ridicule ! Vous jouez les tourtereaux transis, mais je sais que vous sortez d'une crise plus grave que tu ne le prétends. Une crise directement liée à Heidi.

Là où j'attendais sa colère ne vinrent que des larmes. Dans son débardeur et son jean, Cat paraissait plus vulnérable que jamais.

– D'où tu tiens ça ? Qui te l'a dit ? gémit-elle en s'essuyant les paupières avec le coin du plaid.

– Je le sais, c'est tout.

– D'accord, d'accord, renifla-t-elle. C'est la vérité, mais je n'arrivais pas à t'en parler. J'avais tellement honte. J'aime Jeff. Il n'est pas parfait, mais je ressens avec lui ce que je ne n'ai jamais ressenti avec un autre. Quand j'ai commencé à soupçonner une liaison entre Heidi et lui, ça m'a rendu folle. Et je ne sais toujours pas ce qu'il en a été exactement.

– À quel moment sont apparus tes soupçons ?

– Il y a environ deux mois. Je t'ai raconté qu'il voulait travailler pour *Gloss* et que j'ai refusé ? Eh bien, il ne l'a pas digéré aussi vite que je l'ai dit. Il a commencé à s'éloigner de moi. Physiquement parlant. D'une manière insidieuse et insoutenable. Il s'endormait pendant que je me démaquillais, et quand nous faisions l'amour, il était distrait, blasé. Notre parfaite harmonie sexuelle se délitait. Quand j'ai essayé de lui en parler, il a répondu que je me faisais des idées. C'est ce qui m'a poussée à faire l'idiote avec Kip. Je ne savais plus où j'en étais.

– Et que vient faire Heidi là-dedans ?

– Un après-midi, je suis venue au studio de Jeff pour lui faire une surprise. J'essayais désespérément de raviver la flamme. Il n'était pas là, mais j'avais un double de la clé, alors je suis entrée, pensant qu'il serait bientôt de retour. Puis je me suis mise à fouiller partout. Ce n'était pas prémédité, mais une fois que j'étais lancée je ne pouvais plus m'arrêter. Et c'est là que j'ai découvert ces photos d'Heidi. Du genre portraits de mode, mais très sexy. J'ai pété les plombs.

– Tu lui as demandé des comptes ?

– Oui, et il m'a expliqué qu'il lui avait juste rendu un service. Elle voulait devenir mannequin et sollicitait un coup de pouce. Soi-disant, elle ne m'avait rien dit de peur que je le prenne mal. Et quand j'ai suggéré qu'ils ne s'étaient peut-être pas contentés d'une simple séance photo, il a joué les indignés.

– Mais pourquoi n'as-tu pas licencié Heidi sur-le-champ ?

Cat ôta l'élastique de sa queue de cheval, comme s'il la serrait trop, avant de se passer les mains dans les cheveux.

– Pourquoi je ne l'ai pas mise à la porte à coups de pieds aux fesses, comme j'en serais capable ? Parce que j'avais peur, tiens.

– Peur ? Depuis quand Cat Jones a-t-elle peur ?

– Je redoutais que ça soit pire après. S'ils étaient vraiment amants, alors Jeff risquait de me quitter pour elle. Et s'ils ne l'étaient pas, il m'en aurait voulu encore plus, me taxant de paranoïa. Et puis, j'ignorais ce dont Heidi serait capable. Imagine qu'elle soit allée se répandre dans la presse. Alors, j'ai préféré attendre. Réfléchir à la meilleure stratégie, sans précipitation.

– Mais quand tu as évoqué l'idée d'une liaison, pourquoi Jeff ne s'est-il pas démené pour dissiper tes craintes ? Ne serait-il pas en mauvaise posture si tu le mettais dehors ?

– Financièrement, tu veux dire ? Nous n'avons pas signé de contrat de mariage, alors il s'en sortirait très bien. Et puis, il sait que je ne supporterais pas de le perdre et que je lui pardonnerai tous ses écarts.

– Et comment ça va maintenant ?

– Mieux. Ce n'est pas parfait, mais il y a du progrès. Il s'est montré très attentionné depuis les évènements. Et quelle délivrance de ne plus avoir Heidi dans les pattes ! (Elle se rendit aussitôt compte de l'outrance de ses propos.) Tu ne me voies pas comme une suspecte, tout de même ?

– Je n'ai jamais dit ça.

– Mais tu le penses, non ? cria-t-elle. C'est donc là que mène ta petite théorie ? (De nouveaux sanglots.) Comment peux-tu me croire capable d'un tel geste ? Je t'en supplie, dis-moi que c'est faux !

– J'avoue que je me pose certaines questions, Cat. Pourquoi m'as-tu appelée ce matin-là ? Qu'est-ce qui t'empêchait d'entrer toi-même dans le studio ?

– Parce que j'avais peur, encore une fois. Tu sais, j'avais rêvé secrètement qu'Heidi disparaisse. Alors soudain j'ai eu peur d'avoir forcé le mauvais sort.

– Et pourquoi t'es-tu empressée de faire un parallèle avec le cas Tucker Bobb ?

– C'est faux. J'avais toujours cru qu'il avait succombé à un ego surdimensionné. C'est Leslie qui m'en a parlé, et j'ai trouvé la coïncidence troublante.

– Et qu'avais-tu réellement derrière la tête en convoquant Heidi un dimanche matin ?

Elle ouvrit son plaid, se leva et se mit à faire les cent pas sur les lattes du porche.

– Je vais te confesser un truc dont je ne suis pas fière du tout, Bailey. Mais comprends bien que j'étais à bout. En fait, j'avais fini par trouver un moyen de me séparer d'Heidi, sans mêler Jeff à ça. J'ai demandé à lui parler d'urgence ce dimanche-là. Mon intention était de lui dire que je la soupçonnais d'être à l'origine d'un vilain bleu découvert sur le bras de Tyler, et que je lui offrais l'alternative suivante : soit elle démissionnait, soit j'allais voir les services sociaux. Je la savais innocente, mais je pensais qu'en la menaçant de la sorte elle n'oserait pas faire de scandale. Et Jeff ne prendrait pas sa défense.

Je l'observai, abasourdie.

– Je sais que c'est ignoble, mais j'étais terrorisée, Bailey ! Je ne pouvais plus la garder sous mon toit.

Nous entendîmes alors claquer la porte d'entrée, à l'autre bout de la villa.

– Tu dois me croire, Bailey, chuchota Cat. Je n'ai pas empoisonné Heidi. Je ne sais même pas cuisiner !

– OK, je te crois, Cat.

Mais ma tête s'était mise à tourner. Je ne savais plus ce que je croyais vraiment.

22

Cat posa son index sur ses lèvres pour m'inviter au silence. Ensuite, elle déclara qu'elle allait aider Jeff à décharger le pick-up. Puisqu'elle déclinait poliment mon aide, je trouvai judicieux de me faire oublier quelques instants. J'attrapai un blouson dans ma chambre, gagnai la grange par l'arrière de la maison et enfourchai une vieille bicyclette Raleigh à trois vitesses.

Je passai les deux heures suivantes à sillonner les petites routes de campagne, veillant à me souvenir de mon parcours pour éviter de me perdre. Malgré l'air humide, presque âpre, ça faisait du bien de se dérouiller les jambes, les cheveux au vent.

Mon échange avec Cat résonnait sans fin dans ma tête. Sa confession m'avait stupéfaite. Il n'était pas exclu qu'elle m'ait à nouveau menti – comme au sujet de Kip, puis de son mariage –, quitte à s'accuser des pires horreurs pour dissimuler la vérité. Pourtant, je la croyais : le récit de son sinistre plan pour chasser Heidi sonnait très vrai.

En un sens, j'étais soulagée. Je ne supportais pas l'idée que Cat, ma fidèle amie de sept ans, soit une meurtrière. Comme je continuais de pédaler en faisant attention aux coins de chaussée glissants, une nouvelle interrogation me vint : pourquoi l'avais-je prise pour amie ? À l'heure des choix, Cat privilégiait toujours ses intérêts personnels, n'hésitant pas à blesser ses plus dévoués serviteurs. Que tirais-je vraiment de notre relation ? N'étais-je pas vouée tôt ou tard à finir flouée comme les autres ? Que m'avait dit la miss Highland à ce sujet ? « J'espère que vous ne commettrez jamais l'erreur de lui faire confiance. »

Puisque je faisais le pari de croire l'histoire de Cat, me voilà revenue à ma liste précédente de suspects, à savoir Jody, Kip et Jeff. À en croire Cat, ce dernier n'avait aucun intérêt à éliminer Heidi : il savait son épouse prête à tout lui pardonner et n'avait rien à redouter d'un divorce, car ils vivaient sous le régime de la communauté. Mais la jalousie restait un mobile envisageable, pour peu que Jeff, l'amant, eût appris l'existence d'un rival en la personne de monsieur X.

En retrouvant la maison vers 17 heures, j'aperçus Cat qui arpentait nerveusement le porche, vêtue de son trench-coat.

– Je suis en retard ? demandai-je. À quelle heure sommes-nous attendus ?

– Ça n'a rien à voir. On a une urgence avec Tyler.

– Il lui est arrivé quelque chose ? m'alarmai-je tout en calant le vélo contre la rambarde.

– Rassure-toi, il n'est pas blessé. Ma mère vient d'appeler pour dire qu'il est triste depuis ce matin. Il est malheureux et réclame son papa et sa maman. On part le chercher tout de suite.

– Pauvre petit.

– Il y a au moins deux heures de route jusque là-bas, et ma mère ne nous laissera pas repartir sans nous avoir gavés de son bœuf Wellington. Mais on devrait rentrer avant 11 heures.

– Y'a pas de souci, Cat. Je pourrai toujours bouquiner ou regarder un film.

– Non, non, non, va donc chez Leslie. Elle t'attend toujours. Je lui ai expliqué la situation, et si tu as peur de te perdre en chemin, Clyde propose de te prendre ici et de te ramener.

– Allons, pourquoi tout ce charivari ? Je ne veux pas m'imposer, et je serai très bien ici.

Sortant de la maison dans sa veste en jean, ses clés en main, Jeff fondit sur la BMW, m'adressant un hochement de tête de pure forme.

– Tu ne peux pas te décommander, insista Cat. Leslie a invité un autre couple, et elle sera vexée si tu ne viens pas. Ça sera très sympa, tu verras.

Sur ces mots, elle dévala les marches, comme si l'affaire était entendue.

– J'ai laissé son numéro sur la table, lança-t-elle avant de sauter en voiture. Appelle-la pour lui demander le chemin ou pour faire venir Clyde.

Je les saluai tandis que la berline s'éloignait dans l'allée, mais ils étaient trop préoccupés pour le remarquer.

De retour à l'intérieur, je trouvai comme convenu le petit mot de Cat. J'avais autant envie de dîner avec Leslie, Clyde et des inconnus que de me pendre, et je pensais, au contraire de Cat, que Leslie ne serait pas mécontente de me voir renoncer. Composant son numéro, je tombai directement sur elle.

– Salut, c'est Bailey. Écoute, je suis touchée que tu maintiennes ton invitation malgré l'absence de Cat et de Jeff, mais on peut remettre ça à une prochaine fois, tu sais. Et puis, j'aimerais autant être à la maison quand ils rentreront pour m'assurer que tout va bien.

– Ne t'en fais pas, ça ne durera pas toute la nuit. Il s'agit d'un dîner à la bonne franquette, sans prétention. Je suis sûre que nos amis te plairont.

– C'est gentil, mais il est quand même préférable que je reste ici.

– Allons, Bailey, j'ai fait une tonne de chili ! Je ne vais tout de même pas en jeter la moitié. Et puis, j'aimerais bien qu'on discute un peu toutes les deux. Harry m'a contactée hier et il est dans ses petits souliers. Si tu pouvais m'aider à remettre Cat sur les rails...

Je compris qu'il n'y avait aucun moyen d'y échapper. Sans compter que cette affaire avec Harry ne me laissait pas indifférente. Je promis donc de venir, avant de noter l'itinéraire sur un papier.

Ayant un peu de temps devant moi et la maison de Cat à mon entière disposition, j'allai explorer la chambre qu'avait occupée Heidi. C'était une pièce accueillante, un peu étroite et à l'écart des autres, qui servait manifestement d'appoint lorsque les deux chambres d'amis étaient occupées. Elle comprenait une table de chevet, une commode toute simple et un fauteuil à bascule blanc patiné, avec pour seuls accessoires une petite horloge, arrêtée sur 2 h 30, et un vase jaune ébréché.

J'ouvris les tiroirs de la commode. Rien que des draps et des couvertures empilés sur du papier à tapisser qui semblait dater de l'ère Kennedy. Le placard n'était pas plus fourni, où se trouvait un unique sac en toile rempli de vêtements d'hiver de Cat, dans une odeur de renfermé. Heidi avait dormi ici sans rien laisser derrière elle. Mais qu'avais-je espéré ? Une lettre d'amour de monsieur X, signée de son vrai nom ?

Comme je refermais le placard, j'entendis un bruit, comme un léger claquement de moustiquaire. Je dévalai les escaliers quatre à quatre et me ruai dans l'entrée. Personne. J'avais dû confondre avec l'un des craquements de ces vieilles maisons. Toujours est-il que cela suffit à raviver tout l'effroi de ma nuit chez Landon. Il y avait un côté kafkaïen à cette façon que j'avais de me retrouver seule dans les maisons de campagne de mes amis... Je respirai à fond pendant quelques secondes, puis regardai rapidement chaque pièce. Soudain, j'étais ravie à l'idée de passer la soirée dans une villa pleine de monde.

Il me restait une heure avant d'arriver là-bas. Je récupérai mon livre laissé dans le porche et me retranchai dans le cadre douillet de la bibliothèque. Mais, même calmée, je me surpris à lire en boucle le même paragraphe, incapable de me concentrer sur le texte. Peu avant 7 heures, je montai me changer. Conformément aux consignes de décontraction données par Leslie, je me glissai dans un pantalon et un corsage noirs, complétés d'une veste en cuir rouge. Cat avait oublié de me confier un jeu de clés ; je verrouillai alors la porte du porche, mais laissai ouverte celle de l'entrée pour ne pas me retrouver bredouille si je rentrais la première. En contrepartie, je pris soin de projeter vers l'extérieur un maximum de lumière.

Le trajet entre les deux maisons n'était pas d'une complexité folle, même si je risquais de changer d'avis en rentrant de nuit. Connaissant l'appartement de Leslie et de Clyde, je m'attendais à une superbe maison, et je ne fus pas déçue : belle et grande, sur trois niveaux, avec un porche circulaire. Mais il lui manquait le charme de chez Cat.

Chose inédite, Leslie me fit la bise ! Après tout, c'était la première fois que nous nous retrouvions hors d'un cadre professionnel. Elle avait un pantalon bleu marine et un haut rose du genre tunique, censé à l'évidence – mais sans succès – la mincir. Elle m'informa que Clyde était là-haut, dans son bureau, et qu'il nous rejoindrait sous peu. Elle me guida à travers un long couloir central qui desservait un séjour, une bibliothèque et enfin la cuisine, une immense salle peinte tout en blanc, comme les murs d'un dispensaire. Leslie me servit un verre de blanc frais ; je vis le grand faitout de chili sur la cuisinière.

– J'ai pensé à un truc tout simple, vu que notre gouvernante est en congé, dit-elle en remarquant la direction de mon regard. D'ailleurs, j'ai utilisé de la dinde hachée, au cas où tu éviterais la viande rouge.

– Parfait.

Elle me proposa une petite visite de la maison. Volontiers, répondis-je. Mes cuisses étaient fourbues de la balade à vélo, mais je me voyais mal lui dire non. Je la suivis d'une pièce immense à l'autre, toutes à hauts plafonds, puis dans une petite véranda humide et poisseuse, percée en plein milieu d'une bouche d'évacuation. L'exposé comprenait l'historique de la maison ainsi que les travaux que Leslie et Clyde avaient réalisés. Elle s'exprimait d'une voix claire et forte, à croire que le verre qu'elle tenait à la main était déjà le deuxième ou le troisième de la soirée. Le coup de fil d'Harry l'avait peut-être angoissée. Car si Cat était remerciée, Leslie serait elle aussi du voyage.

Le circuit se termina dans ce qu'elle appelait le solarium, une salle fermée par trois cloisons de verre.

– Je pensais dîner ici, vu la taille de la table.

Au centre se trouvait en effet une longue table en fer forgé, sur laquelle je ne vis que trois jeux de couverts.

– Nous ne serons que trois ? demandai-je sans cacher ma surprise.

– Eh bien oui, en fin de compte. Figure-toi que les Bogard ont appelé juste après ton coup de fil. Ils venaient directement de Manhattan et ils sont tombés en panne à la hauteur de White Plains. Ils ne pourront malheureusement pas se joindre à nous.

– Tu aurais dû m'avertir. Je me serais décommandée et vous auriez pu passer la soirée en amoureux.

– Ne sois pas ridicule. Et puis Clyde avait envie de mieux te connaître.

Je faillis grogner en pensant à la soirée qui m'attendait. On aurait dit que Leslie avait tout manigancé pour me coincer en tête à tête afin d'évoquer les déboires professionnels de Cat. Je me consolai en me disant que c'était toujours mieux que de rester toute seule dans une ferme isolée.

Leslie me ramena dans une petite pièce lambrissée qui, comme leur bibliothèque new-yorkaise, était remplie de sabres. La nuit commençait à tomber et Leslie alluma plusieurs lampes, dont les abat-jour noirs atténuaient sensiblement l'effet. Sur la table basse, un grand plateau de fromages nous attendait. Ayant à peine touché à mon assiette ce midi, j'avais une faim de loup. Je posai mon verre pour me tartiner un toast de bleu crémeux. J'entendis alors quelques notes de musique en fond sonore, trop faible pour qu'on l'identifie.

– Et tous ces sabres, dis-je en m'essuyant les doigts avec une serviette en papier, vous les collectionnez à deux ?

– Pas moi, penses-tu. Non, c'est la grande passion de Clyde.

– C'est pour le simple plaisir des yeux ou il sait aussi s'en servir ?

– En fait, Clyde est un excellent escrimeur. Il l'a été, du moins. Il a concouru au niveau national pendant ses années de fac.

– Et toi, quelles sont tes passions, Leslie ?

– Tu veux dire, quand je ne suis pas en train de piquer des colères, comme vous dites chez *Gloss* ? J'adore me retrancher ici. Chiner, jardiner... Je suis assez fière de mon travail dans cette maison. Clyde et moi sommes au paradis, ici.

Elle parlait d'un ton défensif, presque agressif, comme si je l'avais défiée.

– Je vois ça, répondis-je gentiment. Alors, parle-moi un peu de cet échange avec Harry. Que se passe-t-il au juste ?

Ses yeux trahirent de l'agacement, peut-être parce que j'avais osé changer de sujet. Pour la première fois, je constatai qu'on distinguait à peine ses pupilles tant l'iris était foncé.

– Harry est inquiet, très inquiet, répondit-elle en contemplant son verre. Tu penses qu'il a tort ?

– Comment le saurais-je, puisque je ne connais pas le motif exact de son inquiétude ? Il a peur pour la sécurité de Cat, c'est ça ?

– Oui. Mais aussi pour l'avenir du magazine. Toute cette mauvaise publicité, ce n'est pas ça qui va redresser les ventes. Sans compter que Cat passe désormais plus de temps à l'extérieur du journal qu'à l'intérieur. Chaque fois qu'il veut lui parler, on lui répond qu'elle n'est pas joignable.

– Ce sont ses mots à lui ?

– Oui, en gros.

– Pourtant, Cat dit avoir arrondi les angles avec lui, cette semaine. Elle m'a confié cela pas plus tard qu'hier matin. Quand Harry t'a-t-il appelée au juste ?

– Après ça.

– Aujourd'hui ?

– Hier soir. En fin de journée.

Elle restait évasive, sans raison apparente. J'en vins à me demander si elle n'était pas en train d'affabuler. À moins qu'il y eût une suite à l'histoire, qu'elle hésitait à m'avouer.

Comme je ruminais tout ça, Clyde fit son entrée, un verre à la main. Il portait un pantalon beige en gabardine, impeccable, une chemise blanche entrouverte et une nouvelle ceinture hors de prix – qui avait dû coûter la peau de plusieurs anacondas. Je me levai du sofa pour aller le saluer.

– Inutile de te lever, dit-il me serrant la main. Désolé pour ce retard.

Il paraissait aussi maussade que l'autre soir.

– Tout va bien, Clyde ? demanda Leslie.

– Oui, très bien, répondit-il d'un ton crispé.

Il se rendit au bar, où il souleva le couvercle d'un seau à glace en cristal.

– Tu es servie comme il faut ? me demanda-t-il tout en se versant deux glaçons à l'aide d'une pince en argent.

– C'est parfait, merci.

Je notai qu'il n'avait rien demandé à Leslie, dont le verre était presque vide. Peut-être estimait-il qu'elle avait assez bu comme ça. Après avoir reposé sa pince, il ouvrit le placard d'un meuble et monta le son de la chaîne hi-fi. La musique emplit la pièce avant qu'il réduise un peu le volume.

– J'étais en admiration devant ta collection de sabres, lançai-je en me rasseyant. Ils viennent tous d'endroits différents ?

– Certains sont originaires d'Asie. Mais la plupart sont celtiques, comme l'indiquent leurs gravures. Ma mère est juive, mais mon père était Irlandais. C'est lui qui a commencé la collection et j'ai repris le flambeau. Ces armes possèdent une puissance inouïe.

J'intégrai ses explications avec un temps de retard, car j'étais restée concentrée sur la musique qui s'échappait des enceintes. Du jazz. Version moderne, dans le genre Sun Ra ou Ornette Coleman. Je laissai mon regard se poser sur le petit verre de Clyde. Rempli de gin ou de vodka. La peur me happa comme une lame de fond. Je me forçai à dire un truc, n'importe quoi :

– Ils me rappellent *Braveheart*.

– En effet, c'est exactement le genre d'épées qu'on voit dans ce film.

– Et si nous parlions de tout cela à table ? proposa Leslie en se levant. Clyde a des anecdotes stupéfiantes au sujet de ces sabres.

– Puis-je d'abord me rendre aux toilettes ? J'aimerais me laver les mains, expliquai-je nerveusement.

Leslie m'indiqua le cabinet au fond du couloir principal et m'invita à les retrouver au solarium. Une fois le loquet fermé, j'abaissai le couvercle de la cuvette et m'assis dessus, fébrile. Le jazz, la vodka, un pouvoir d'achat permettant l'achat de bijoux de valeur. Clyde était monsieur X ! L'image du livre sur les symboles celtiques me revint – il était sur les étagères d'Heidi. Sur le moment, je l'avais associé aux autres ouvrages *new age*, mais c'était une erreur. Heidi avait dû l'acheter pour identifier les symboles gravés sur les sabres, afin d'épater Clyde, de la même façon qu'elle s'était familiarisée avec le jazz. À moins qu'il lui ait offert ce guide pour lui communiquer sa passion. Heidi avait accompli là une percée sociale des plus fulgurantes. Mettre la main sur Clyde, c'était devenir la reine du château.

Voilà pourquoi Cat l'avait trouvée si secrète. Voilà pourquoi elle refusait d'entrer dans les locaux de *Gloss* : de peur de tomber nez à nez avec Leslie. Et voilà pourquoi elle avait voulu se rendre seule à Litchfield pour le week-end. Clyde n'aurait eu aucun mal à s'esquiver pour la retrouver. Mais pouvait-elle sérieusement escompter devenir son unique promise ? Pourquoi pas ? Clyde avait tout du type en pleine crise de la quarantaine, tenté par les sirènes d'une nouvelle vie.

L'avait-il tuée ? Peut-être venait-elle de le quitter pour un plus puissant encore ? Ou cherchait-il seulement une aventure ? En réaction, aurait-elle proféré des menaces ? Il avait participé à la fête chez Cat et pouvait très bien avoir apporté les chocolats.

Ou bien était-ce *Leslie* la tueuse ? Elle découvre le pot aux roses et comprend qu'il ne suffira pas d'une simple colère pour faire rentrer son mari dans le rang. En tout cas, quel que soit le coupable, l'autre n'en savait rien – sinon, comment pourraient-ils encore cohabiter ?

Une dernière chose. On m'avait poussée à venir ce soir. Était-ce une idée de l'assassin ou de son conjoint ? M'avait-on tendu un traquenard ? Je doutais qu'il ou elle ose me faire du mal devant l'autre. À mon avis, l'assassin voulait savoir où j'en étais de mes investigations et où je me dirigeais. Leslie avait fait des pieds et de mains pour que j'honore son invitation. En même temps, elle avait précisé que Clyde souhaitait mieux me connaître. Peut-être était-ce lui qui tirait les ficelles.

Si j'ignorais encore lequel avait fait le coup, j'étais persuadée qu'en jouant le jeu comme si de rien n'était, la réponse m'apparaîtrait d'elle-même. Le plus curieux des deux se trahirait. La raison me commandait peut-être de prendre mes jambes à mon cou, mais cela n'aurait fait qu'alerter le meurtrier – et prolonger le mystère.

Je ne pouvais rester plus longtemps dans ma cachette sans éveiller des soupçons. Alors, les jambes ramollies par la peur, je repris le chemin du solarium. Clyde était assis en bout de table, en train de déboucher une bouteille de vin rouge, et Leslie répartissait les assiettes de salade verte. Elle me fit asseoir dans la longueur de la table et prit la dernière chaise, en face de Clyde.

– J'espère que tu aimes la coriandre, dit-elle. J'en ai mis pas mal dans l'assaisonnement.

– J'adore, répondis-je au prix d'un effort surhumain.

J'allais devoir me ressaisir si je ne voulais pas tout compromettre.

Leslie goûta la première bouchée puis donna le feu vert de l'hôtesse. Malgré ma difficulté à déglutir, je trouvais cela très bon. Je songeai aux propos de Darma – comme quoi elle avait, un temps, côtoyé Leslie dans sa revue culinaire. Si Leslie était si bonne cuisinière, elle aurait su fabriquer de fausses truffes...

– Comment avez-vous trouvé cet endroit ? demandai-je.

– C'est grâce à Clyde, pas vrai, mon amour ? Raconte donc à Bailey.

– Il n'y a pas grand-chose à dire, rétorqua-t-il, peu loquace.

Leurs dialogues m'offraient un bon aperçu de l'état de leur mariage, et ce n'était pas beau à voir.

– Bien sûr que si, insista-t-elle.

Résigné, Clyde m'expliqua en vitesse qu'il avait assisté à une fête dans cette maison lorsqu'il était étudiant, plusieurs années avant que, par le plus grand des hasards, un agent immobilier la lui fasse visiter.

– Tu as étudié dans la région ? lui demandai-je ensuite.

– On peut dire ça. J'étais à Yale. Et toi, tu étais en fac avec Cat ? Leslie vous présente comme deux vieilles copines.

Il avait prononcé ces derniers mots avec un zeste de dédain, comme s'il pensait : « vieilles harpies ».

– Non, nous nous sommes rencontrées il y a sept ans, dans un magazine.

– Et tu lui donnes un coup de main en ce moment ? Leslie raconte que tu enquêtes sur le décès de sa baby-sitter.

Nous y voilà donc...

– Disons que j'essaie de me rendre utile. Je lui ai obtenu quelques renseignements.

– Et se sont-ils avérés importants ? demanda-t-il d'un air grave.

Je pris une bouchée de salade, le temps de préparer ma réponse. Il fallait l'encourager à parler, mais sans lui montrer que j'en savais trop.

– À vrai dire, je lui apporte surtout un soutien moral. Elle a très mal vécu ce drame.

– J'imagine que tu entends par « drame » une mort violente sous son toit ?

– La mort d'une personne à qui elle tenait, surtout.

– Tiens, Cat appréciait sa fille au pair ? releva-t-il d'un ton perfide. Je dois dire qu'elle le cachait bien.

– Bien sûr qu'elle l'appréciait, intervint Leslie.

Depuis un moment, je la voyais du coin de l'œil écouter en silence, repoussant machinalement les petites feuilles de salade sur le bord de son assiette. Elle ajouta :

– Personne ne prétend que c'étaient les meilleures amies du monde, mais Cat s'est toujours souciée du bien-être d'Heidi. Et ça la rend malade de penser que sa fille au pair est morte alors qu'on la visait elle, Cat Jones.

Tiens, aucune mention de ma dernière théorie en date. Voilà quelque chose que Leslie n'avait visiblement pas rapporté à Clyde. Tout en reposant ma fourchette, j'observai ce dernier. Il regardait distraitement son épouse, s'abstenant de polémiquer.

– Bon, lança Leslie avec un entrain forcé, et si j'apportais le chili ?

Refusant mon aide, elle débarrassa nos assiettes et les posa sur une desserte rangée contre le mur. C'est là que se trouvait le fameux chili, dans une grande cocotte rouge, maintenu à bonne température par un petit réchaud à huile. Elle transféra le récipient vers la table, sur un plat chauffant, suivi de ramequins garnis de fromage râpé, de crème fraîche et d'oignons hachés. Nous lui tendîmes les assiettes qu'elle remplit de portions généreuses, puis nous fîmes circuler les condiments. Clyde participa aux opérations sans prononcer un mot.

– Oui, c'est bon, fit Leslie en goûtant sa nouvelle mixture. Je redoutais que ça ne soit trop épicé, mais ça va. Tu cuisines, Bailey ?

– Ça m'arrive, répondis-je tout en coupant la miche de pain posée dans une corbeille, en milieu de table. Mais je n'ai aucun talent pour ça.

Je finis par commencer mon assiette. Très doux pour un chili, pour ne pas dire fade. Mais, à la seconde bouchée, une violente douleur jaillit dans ma gorge, une immense brûlure qui se propagea jusque dans mes oreilles, puis gagna mes lèvres et ma langue. Diagnostic sans appel : je venais d'avaler de l'arachide. Je fixai le plat de chili, sans comprendre. Puis je bondis de ma chaise, qui s'écrasa sur le carrelage.

– Que se passe-t-il ? demanda Clyde.

– Mon sac... articulai-je d'une voix suffocante. Il me faut mon sac.

Je me ruai hors de la salle, chancelante, terrorisée de sentir ma gorge se serrer de plus en plus. Je retrouvai mon sac là où je l'avais laissé, sur la chaise du couloir. Clyde criait quelque chose à mon intention, mais je n'avais pas le temps. J'empoignai le sac, le retournai et regardai son contenu se répandre à terre. Je ne la vis pas du premier coup d'œil, ma seringue d'épinéphrine, mais seulement après avoir remué frénétiquement mon fatras, sous mon carnet de chèques. J'arrachai le capuchon, relevai mon corsage et m'enfonçai l'aiguille dans l'estomac.

Fermant les yeux, je me laissai retomber sur le sol, attendant que l'injection fasse effet. J'avais l'impression d'avoir une boule de pain coincée dans la gorge. Je ne pouvais pas déglutir et à peine respirer. Finalement, après quelques secondes qui me parurent des minutes, mon cœur se mit à tambouriner, comme passé au défibrillateur, tandis que la douleur s'estompait. Rouvrant les yeux, je découvris Clyde et Leslie penchés sur moi.

– Ça va aller ? demanda Clyde, paniqué. Que peut-on faire ?

Leslie me dévisageait, imperturbable.

– L'arachide, murmurai-je, encore gênée par ma langue pâteuse. Je suis allergique.

– L'arachide ? s'écria Clyde. Mais comment ça ?

– Oh la la, fit Leslie, le beurre de cacahouète que j'ai mis dans le chili ! C'est une vieille recette familiale. J'ignorais que tu étais allergique.

Mon œil. C'était écrit noir sur blanc dans mon dossier professionnel. Voilà pourquoi Leslie m'avait fait venir ce soir : pour m'empoisonner.

– Laisse-moi t'aider, dit-elle en me tendant la main.

– Ne me touche pas ! haletai-je. Clyde, je t'en prie, tu dois m'aider. Ne la laisse pas s'approcher.

– Mais qu'est-ce qui se passe ? demanda-t-il, complètement perdu.

– Elle a tué Heidi ! Et elle a voulu me tuer !

Il se retourna vers sa femme.

– C'est toi qui l'as tuée ? *Toi* ?!

Avant que je puisse ajouter un mot, Leslie se laissa tomber sur un genou et, me clouant les bras au sol, me saisit le cou à deux mains. Elle serra de toutes ses forces en me secouant la tête comme une poupée. Je commençais à étouffer, tandis que ma cervelle menaçait d'exploser.

– Ferme-la ! hurla Leslie. Ferme-la !

Ses narines-haricots étaient si proches de mon visage que j'en distinguais les poils. D'un coup de genou, je réussis à la déséquilibrer. Clyde lui prit les épaules et la rejeta en arrière. Parvenant à se rétablir, elle s'enfuit dans le long couloir central menant à l'arrière de la maison. Soudain, je pensai à tous ces sabres exposés dans la bibliothèque. Clyde s'accroupit et m'aida à me redresser.

– Ça va ? cria-t-il.

– Oui. Enfin, non. Je dois filer aux urgences. Le truc que j'ai pris ne dure que trente minutes.

– C'est quoi, ces histoires ? D'où tu sors ça – sur Leslie et Heidi ?

Un bruit retentit au fond de la maison, comme une porte qui claque. J'essayai de reprendre mon souffle en forçant l'ouverture de mon larynx.

– J'ai reconstitué le puzzle. Leslie a fini par apprendre ta liaison. Elle a tué Heidi en faisant croire qu'on visait Cat. Et elle vient de tenter de me tuer, car elle savait que j'étais tout près du but.

Quelques secondes pour assimiler ces révélations, et la rage lui tordit le visage. Il se leva et tourna les talons. Aux trousses de sa femme.

– Ne me laisse pas ! suppliai-je. Il faut que tu m'aides !

Il hurla des paroles incompréhensibles avant de disparaître dans le hall. Faute de soins dans la demi-heure, l'œdème réapparaîtrait et pourrait facilement m'emporter. Mais pas question d'appeler le 911 pour attendre une ambulance entre ces murs. J'allais devoir aller à l'hôpital par mes propres moyens, sans même savoir où se situait le plus proche.

Je me hissai sur mes genoux, ramassai mes clés de voiture au milieu du bazar et fourrai mon portefeuille dans mon sac. Puis je remontai sur mes jambes. Comme j'essayais de me stabiliser et de reprendre mon souffle, j'entendis un nouveau bruit de porte à l'arrière de la maison, puis des pas saccadés qui se rapprochaient rapidement. Des pas de femme. Leslie venait finir sa besogne.

23

Mais ce n'était pas Leslie. Au milieu du hall se dessinait la silhouette de Cat Jones.

Je n'eus pas le temps de me demander ce qu'elle faisait là. Je débitai l'essentiel – Leslie avait tué Heidi, puis voulu me tuer, moi – avant de la supplier de me conduire aux urgences. Elle m'entraîna dehors, me soutenant par le bras, et tandis que nous traversions la pelouse vers la voiture, elle m'expliqua qu'elle n'avait vu ni Clyde ni Leslie, mais qu'à l'approche de la maison elle avait croisé un véhicule qui semblait déboucher de l'allée. Sûrement Leslie.

Une fois dans la voiture, nous ne fûmes pas bavardes. Cat était concentrée sur sa conduite rallye, et je me sentais trop faible pour parler. La tête contre la vitre, les yeux fermés, je m'interdisais de bouger, priant pour que ma gorge ne refasse pas des siennes. À un moment, j'entendis Cat joindre Jeff sur son portable. Elle lui résuma la situation et lui dit de ne pas ouvrir si Leslie voulait entrer.

Le trajet parut interminable, mais quand nous atteignîmes les urgences de Sharon, je vis à ma montre qu'il n'avait duré que vingt minutes. Le seul fait de franchir les portes vitrées fut une délivrance.

Il me suffit de dire « allergie à l'arachide » à l'infirmière de l'accueil pour qu'on m'emmène aussitôt en salle d'examens ; pendant ce temps, Cat se chargeait de montrer ma carte d'assurée. Un médecin accourut, une sorte de jeune Dr Carter. Lui épargnant les détails sordides, je lui signalai simplement que j'avais mangé du beurre de cacahouète, sans penser que le chili pouvait en contenir. Il m'administra du Benadryl et des stéroïdes, et m'ordonna de rester allongée. Cat se glissa dans la chambre tandis qu'il me piquait le bras, et me prit la main dès qu'il fut reparti.

– Il faut prévenir les flics, Cat. Tu peux t'en charger ?

– Bien sûr, si je trouve une cabine. Les portables sont interdits à l'hôpital.

– Mais ne préviens pas la police locale – pas tout de suite, du moins. Appelle d'abord Farley, il t'indiquera la marche à suivre. Et essaie de trouver Clyde. Qu'il soit prudent, surtout. Personne ne sait de quoi Leslie est capable.

Comme elle se retournait, je la rattrapai par le bras.

– Au fait, Cat, qu'est-ce qui t'a amenée chez Leslie ce soir ?

– Le médecin veut que tu te reposes. Je te raconterai plus tard.

– Non, je veux savoir.

– Très bien. C'est à cause d'un truc que tu m'as confié cet après-midi. D'après toi, c'est moi qui avais soumis le cas Tucker Bobb à Leslie. Mais, en réalité, c'est elle qui a abordé le sujet. Et puis son insistance à te recevoir ce soir… Bref, j'ai eu comme un mauvais pressentiment. En arrivant chez mes parents, j'ai tenté de la joindre et je suis tombée sur le répondeur. Très mauvais signe. Alors, j'ai dit à Jeff qu'on repartait tout de suite.

– Tyler va bien ?

– Il s'est remis à pleurer quand je l'ai laissé à son père, mais on pardonne vite à cet âge-là.

– Alors, comme ça, tu as volé à mon secours, Cat ?

– Mais que ça ne devienne pas une habitude, compris ? Allez, essaie de te détendre un peu. Je vais passer mes coups de fil.

Comme elle regagnait le couloir, je fermai les yeux, mais j'eus toutes les peines du monde à me relaxer. Cette nuit d'épouvante se rejouait en boucle dans ma tête, en particulier la terreur que j'avais éprouvée en sentant ma gorge enfler, puis quand Leslie avait tenté de m'étrangler. Quelle chance d'avoir eu la seringue à portée de main ! Depuis quelques années, j'avais renoncé à la garder sur moi en permanence, mais j'avais pensé à l'emporter pour ce week-end. Sans ça, je ne serais plus de ce monde. *Idem* si Cat n'avait pas débarqué à l'improviste. Cette pensée me mit les larmes aux yeux.

Je finis par m'assoupir, je ne sais pas combien de temps. Quand je rouvris les yeux, Cat était assise dans un fauteuil, feuilletant distraitement un magazine.

– Tu t'en es sortie ? demandai-je.

– Oui, et il y a du nouveau. J'ai d'abord appelé Clyde, au cas où il aurait des informations pour Farley. Leslie a eu un accident. Elle a percuté une rambarde, ou je ne sais trop quoi. Je n'ai pas tous les détails, parce qu'il avait du mal à aligner trois mots. Elle est hospitalisée – juste une jambe cassée.

– Pas ici, rassure-moi ?

– Non, non. Plus au sud. Ensuite, j'ai appelé Farley. Il n'en croyait pas ses oreilles, le pauvre. Il veut te rencontrer au plus vite. Je lui ai répondu que tu n'étais pas en état de lui parler cette nuit, alors il exige de te voir à New York demain. Il n'acceptera aucune excuse.

– Il t'a dit ce qu'il comptait faire ?

– Il s'occupe de tout. J'ai cru comprendre qu'il allait joindre les autorités du coin. Il pense qu'elles voudront aussi t'interroger avant ton départ.

Là-dessus, le jeune médecin réapparut. Il prit ma température et mon pouls, puis me laissa partir.

Tout en sortant d'une main la BMW du parking, Cat avertit Jeff de notre arrivée, et de la neutralisation de Leslie.

– J'ai encore du mal à y croire, s'écria-t-elle en rangeant le téléphone dans son sac. Je me sens un peu responsable, tu sais. C'est par mon intermédiaire que Clyde a rencontré Heidi. J'aurais dû flairer le truc. Il fut un temps où je pouvais dire au premier coup d'œil qui couchait avec qui, mais j'ai un peu perdu le feu sacré. Comment Leslie a-t-elle su, à ton avis ?

– Je ne sais pas. Leur relation devait battre de l'aile depuis un moment déjà, et elle devait sûrement avoir des soupçons. Et puis, tu connais la nature humaine. Il nous arrive de laisser traîner des indices, dans l'espoir inconscient d'être démasqués. C'est peut-être ce qu'a fait Clyde. À moins qu'elle n'ait mené sa petite enquête.

– Quand même, de là à tuer Heidi... Il y a d'autres moyens de gérer un problème d'infidélité.

– Mais tu ne peux pas forcer un homme à ne plus aimer une femme. J'ai tendance à croire que, aux yeux de Clyde, Heidi n'était pas qu'une simple passade. Je pense qu'il était fou d'elle. Regarde les bijoux : je suis sûr qu'ils viennent de lui. Et puis, nous savons à quel point Leslie était possessive. Souviens-toi de sa réaction quand elle t'a soupçonnée de draguer son mari. Si elle a découvert qu'il s'était épris d'Heidi et qu'il risquait de partir avec elle, la seule solution qu'elle a trouvée était d'éliminer sa rivale.

– Mais toi, Bailey, comment as-tu fait pour comprendre le fin mot de l'histoire ?

Pendant que la voiture filait dans la nuit, je retraçai les étapes de mon raisonnement, depuis ma discussion avec Jack au sujet des diversions jusqu'au pétale en tissu tombé dans l'enveloppe matelassée.

– Quel machiavélisme... soupira Cat. Je connaissais la maniaquerie de Leslie, mais je ne lui aurais jamais prêté une telle inventivité.

– La vraie force de son plan, c'est qu'elle était assez proche de nous pour influencer nos réflexions au fur et à mesure. Elle a confirmé que la boîte de chocolats se trouvait dans le hall, et je parie qu'elle te l'aurait rappelé si tu l'avais oublié. Puis elle a fait le rapprochement avec le cas Tucker Bobb.

– Et tu crois vraiment qu'elle a voulu t'empoisonner ? Il ne pourrait pas s'agir d'un accident ?

– Ce n'est pas un accident ! affirmai-je. Elle voulait se débarrasser de moi. Mon allergie figurait sur un formulaire que j'ai rempli quand on m'a attribué le bureau chez *Gloss*, et je parie que Leslie a eu le document sous les yeux. Tu vois, Leslie savait que je m'approchais de la vérité. Elle a d'abord voulu m'intimider avec des appels anonymes, puis en laissant le *Mon Chéri* sur mon bureau. De même qu'elle a cherché à me surcharger de travail en avançant d'un mois la publication de mon article. J'aurais dû me douter de quelque chose en voyant que Polly n'était pas au courant. Puis, l'autre soir, à son appartement, je lui ai confié que j'allais m'en tenir à la théorie selon laquelle Heidi avait été tuée par un de ses amants. Ça doit être là qu'elle a décidé de passer à la vitesse supérieure. Le coup aurait pu réussir : elle aurait invoqué l'accident tragique. Tiens, je parie que c'est elle qui a envoyé les cookies suspects à Patty Gaylin, dans une dernière tentative pour brouiller les pistes.

À la maison, nous trouvâmes Tyler endormi sur le sofa de la bibliothèque, et Jeff qui faisait les cent pas devant lui, impatient d'entendre notre récit. Quel soulagement de savoir qu'il ne donnait ni dans l'adultère (jusqu'à preuve du contraire, en tout cas) ni dans l'homicide. Je lui racontai nos aventures avant de passer le relais à Cat. Je ne tenais plus debout. À la porte de la bibliothèque, Cat me souhaita bonne nuit, avec une étreinte franche, comme elle en faisait rarement.

– Ah, Bailey, tu as reçu un coup de fil, ajouta Jeff, tandis que je m'éloignais dans le hall. Un certain Jack. J'espère ne pas avoir gaffé en lui disant que tu étais aux urgences.

– C'est vrai ? Euh, non, tu as bien fait, Jeff.

– Il demande que tu le rappelles, quelle que soit l'heure de ton retour.

Flasque comme une poupée de chiffon, je me traînai jusqu'à la chambre d'amis rouge et blanche, et m'effondrai sur le lit. Luttant contre l'envie de m'abandonner au sommeil, j'attrapai le combiné de la table de chevet et composai le numéro de Jack Herlihy. J'aurais pu attendre le matin, mais je brûlais d'entendre sa voix douce et rassurante.

Il avait le timbre enroué de celui qui se réveille, mais ne parut pas du tout contrarié.

– Vous allez bien ? demanda-t-il d'emblée. Que s'est-il passé ?

Je lui racontai toute l'histoire, me livrant plus encore qu'avec Cat. Je lâchai même quelques larmes, que je contins en respirant un grand coup. Il m'écouta, me posa des questions et me dit des paroles de réconfort, comme je m'y attendais.

– Et quand rentrez-vous à Manhattan ? demanda-t-il.

– Demain. Je suis attendue chez les flics. Et je ne sais pas pour combien de temps j'en ai.

– Et si on se retrouvait quelque part ensuite pour continuer la discussion ?

– Vous n'allez pas me la facturer, hein ?

– On verra, répondit-il en riant. À moins qu'on procède à un petit troc. Je vous invite à dîner ?

– Oui, avec plaisir.

Je le pensais vraiment, et cette fois pas question de me sauver comme une voleuse.

Quand je raccrochai, mon irrépressible coup de barre s'était dissipé. Je restai allongée sur le lit fermé, laissant mon esprit divaguer. Je pensai au tour de magie dont m'avait parlé Jack, celui avec les deux foulards, puis recensai toute une série de choses qui n'étaient pas ce qu'elles paraissaient. Les objets volants n'étaient pas mus par des esprits frappeurs. Les truffes pour Cat étaient destinées à Heidi. Leslie Je-contrôle-tout avait perdu le contrôle d'elle-même. Les mariages parfaits ne l'étaient jamais. Cat, qu'on disait indigne de confiance, m'avait sauvé la vie. Et Jack était peut-être mon genre d'homme, tout compte fait.

Achevé d'imprimé en mars 2012
par GGP Média GmbH, PöBneck (Allemagne)
Dépôt légal : juin 2012
ISBN : 978-2-501-07823-8
4108635/01